成都笔记

蒋蓝 著

四川人民出版社

图书在版编目（CIP）数据

成都笔记 / 蒋蓝著. —成都：四川人民出版社，2017.11（2021.11重印）
ISBN 978-7-220-10557-9

Ⅰ.①成… Ⅱ.①蒋… Ⅲ.①随笔—作品集—中国—当代 Ⅳ.①I267.1

中国版本图书馆CIP数据核字（2017）第278662号

CHENGDU BIJI

成都笔记

蒋 蓝 著

出 品 人	黄立新
责任编辑	石 云
封面设计	张 妮
版式设计	戴雨虹
责任校对	申婷婷 王 璐
责任印制	许 茜

出版发行	四川人民出版社（成都槐树街2号）
网　　址	http://www.scpph.com
E-mail	scrmcbs@sina.com
新浪微博	@四川人民出版社
微信公众号	四川人民出版社
发行部业务电话	（028）86259624　86259453
防盗版举报电话	（028）86259624
照　　排	四川胜翔数码印务设计有限公司
印　　刷	成都东江印务有限公司
成品尺寸	146mm×208mm
印　　张	17
字　　数	360千
版　　次	2017年11月第1版
印　　次	2021年11月第3次印刷
书　　号	ISBN 978-7-220-10557-9
定　　价	55.00元

■版权所有·侵权必究

本书若出现印装质量问题，请与我社发行部联系调换
电话：（028）86259453

阅读蒋蓝是一种怎样的体验

付海鸿

"树举起闪电一饮而尽/天空龟裂/向更高处塌陷/剩下树,和树的酩酊大醉//反刍的时间/空气里浮满树幼年的小手/身体被火的利斧劈开/树汁的星星喷射到高空……"这是诗人、散文家蒋蓝在"成都地区多民族诗人、作家与评论家迎新联谊会"上朗读的《雷击之树》中的句子,那些让人惊栗的隐喻给我留下了极深的印象。那天是2013年1月19日,是我与蒋蓝第一次在同一空间出现的日子。遗憾的是我当时忙于会务,没有主动与这位个子高大的作家攀谈。

随后几年,蒋蓝这个名字不时出现在好友罗安平与梁昭的微信朋友圈中,就连我回家乡邻水参加"匠心读书会"的活动,也能从家乡书友的口里听到蒋蓝的名字。原来身边这么多朋友都在读蒋蓝!说来惭愧,蒋蓝的书我读得不多。他的诸多著作中,我最先翻开的不是脍炙人口的《一个晚清提督的踪迹史》与《豹典》,而是《极端植物笔记》,因为我喜欢植物花草,我很好奇蒋蓝会如何"极端"地书写植物。在此之前,我已阅读了阿来的《草木的理想国》与洁尘的《一朵深渊色:四季植物情书》,以及好几本翻译过来的植物故事书。以往捧读植物故事书时,我总是处于一种完全放松的状态,甚至觉得自己不必思考,只需跟着作者的情绪游走,就能到达物我两忘的境界。或许《极端植物笔记》也会如此吧?一翻开蒋蓝写的代序,我就发现我以往的阅读经验将在此失效。在蒋蓝对植物所做的"北大语料库"式的超越寻常的文献呈现中,我的心脏被重重地冲撞了,我像一个不会游泳的孩子(我的确不会游泳)执拗地丢开游泳圈,走向蒋蓝植物故事的深渊,胆怯又振奋,有种将要溺亡又终于获救的挣扎、庆幸与快感。从此以后,面对蒋蓝的文字,我总是十分谨慎,生怕自己一不小心就喘不过气来。

2017年8月,机缘巧合,好友罗安平推荐我给蒋蓝的《成都笔记》写序,这让我感到有些意外。虽然我早就在先前的阅读中隐约感受到了一个特立独行的"蒋蓝",但我与他并不熟识,在我有限的阅读经验中,序言的执笔者基本上都是作者的熟人,或是学术上颇有建树之人。这两点,我都不具备。蒋蓝开玩笑说:"我不请巍然老者写序。你们是学术中人,且不油滑,我很看重!"话说得很有些任性,仔细想想,又很符合他的个性,恐怕只有蒋蓝才敢让默默无名的后辈为自己的大作写序了。

《成都笔记》是一部为古今巴蜀风云人物立传的书,与另一部表述四川古今文化的非虚构散文集《蜀地笔记》构成姊妹篇,前者是蜀地"人物卷",后者是蜀地"风物卷"。用"蜀地"与"成都"这两个地理名称连接"笔记",容易唤醒蜀人对蜀地久远历史的固恋与矜夸,同时也提醒从区域文化的角度来理解地方文化书写。不过,与"蜀地"一词本身侧重"中央"之与"四方"的关系不同,"成都"尽管也对应着一个客观的地理区域,但它更像是一个动词,是一个靠无数生灵血肉之躯与精神之树数千年来层叠累积、造化孕育而成的都城。就像蒋蓝在第一篇《蜀人自古足英雄》中所言,"文化是城市的灵魂,特色是城市的标志,城市最大的特性是文化性。"假如没有蜀人,蜀地的灵魂从何谈起?所以,是蜀人造就了成都,成都滋益了蜀人。

《成都笔记》凡35篇,分为"蜀地异人传""踬踣者外传"与"蜀地心史"三编。初看目录,《成都笔记》很有点稗闻野史的味道,似乎是一本轻松易读的书。不过,因为已有先前阅读《极端植物笔记》的经历,我旋即提醒自己不能掉以轻心,以免再次遭受重击。后来的阅读证明,我对自己的警醒是明智的。蒋蓝的随笔杂记带有强烈的个人体验,他敢于用笔记为我们熟知的历史人物写传,在于他对正史的精确掌握以及民间史的烂熟于心,当然还有他多年来养成的徐霞客式的文学田野考察的功底。蒋蓝用稳健又峭拔的笔力,将正史与民间史、人物访谈与图像实物资料杂糅在人物故事中,使得叙述线索看似毫无章法可言,但故事的枝蔓与人物悲喜的命运又在彼此的缠绕错结中,自见分晓,随后便有种醍醐灌顶的感激与酣畅淋漓的欢喜。当然,在阅读中,也会对内陆腹地的天下之府,对巴山蜀水与蜀人,生发出别样的深情来。

《成都笔记》三编中,"蜀地异人传"编中的"异人"非怪异之人,而是"天赋异禀","峭拔其上,独立于世"的雄奇。"踬踣者外传"编中的"踬踣"原意是"遭受挫折",蒋蓝引用孙中山的话语,用"踬踣者"借指那些"以坚毅不挠之精神,与民贼相搏"的人。"外传"与"正传"相对,显然蒋蓝写的不是正史,而是民间史。"蜀地心史"编由21篇文章组成,讲述了晚清以来入蜀的21位文人的故事。这部分历史书写,可以称作"入蜀文人踪迹探寻史",资料多来源于蒋蓝深厚扎实的文学田野考察。

因为蒋蓝重视文学田野考察,其写作常被视作"文学人类学式的书写",蒋蓝也因此被称为"学者型文化创作者"。关于这两点,我深有同感,不再赘述。除此之外,在我看来,蒋蓝还是一位名副其实的"儒侠"。他坦承,书生剑气,一直为他供给"活着"的血气(《铸剑者龙志成》),因为这血气,他在叙述中,会忽然跳将出来,对他感兴趣的事物做蒋蓝式的极致想象,比如恐惧或是鲜血:

人子之血,在乌云的俯视下尽情漫漶,这是对乌云的"描红作业"。它与那种阳光为乌云镶出一道金边美景的不同之处是,血的踪迹宛如一个胴体的彻底摊开,贴地而飞的红金箔,在乌暗的大地上,构成了"天狗吞日"的晖昧。那被黑暗染黑的血液,反射着天上的一幕:太阳为蘸满污血的刀,镶出了一道轻浮的蕾丝花边儿。但被骨头撞碎了一块的刀刃漏出金属的底色,那才是一具模糊的血肉所能达到的最高巅。(《翼王石达开在纳溪》)

类似这类虚构性写作,虽然与故事情节的推进并无多大关系,但却为我提供了一种新鲜刺激的阅读体验。与书生剑气相关的,自然还有侠骨柔情,情之所至,蒋蓝的情绪又淋漓尽致地蔓延开来:

病到深处，时光就慢下来，往事在蒸发，由清晰而渐次模糊，就像远去的背影终于融化到夜色。剩给自己的，就是一片菜油灯聚拢的安详。油灯只能照亮它自己，但暗示了周遭黑暗的广阔。在每一次灯花的爆裂中，椭圆的灯火顶起了黑暗。那些从缪斯丝质长袍上飘落的碎光，如今，开始被一盏菜油灯置换。灯下，已经没有了烛影摇红、撒豆成兵的幻梦，只有一件事情很明确，在最不需要感情左右的古建筑世界，让剩下的光得以延续或扎根。是的，就是延续。（《林徽因的李庄时代》）

蒋蓝叙述中的这种跨文体写作，应与他对"中道"的理解有关。蒋蓝认为，必须有能力去实现一个极端到另一个极端的跋涉，才可能获得一种冰炭相遇所构成的消融，直至恬然（《画家钟知一：于牛角间了悟中道》）。蒋蓝的书房里挂着一把剑，他是一手执笔一手仗剑的"儒侠"，拥有持续坚韧的、疾风迅雨般的情怀。他以笔为剑，在折叠的历史踪迹间挑拨开一道缝隙，剑光射进黑暗，那些被史籍遮蔽的部分，终于在蜀地鲜活复原起来，在历史的镜像里生长为一束光，照亮我重新审视生养我的巴蜀大地的漫漫路程。

《成都笔记》中，蒋蓝除了对蜀人与入蜀之人踪迹与心史的追寻，还特别注重地方性知识的收集。对孤陋寡闻的我来讲，纳溪竹海的"竹飙"与"脆蛇"；龙泉山脉报春花科的"四块瓦"，唤起我步出房间走向山野的欲望。我知道，当我重新面对我所身处的蜀地时，它将不再是我以往所认知的蜀地了。在蒋蓝文字的昭引下，我将会用心去触摸那些从未被我认真关注过的建筑、植被、街坊、饮食与风俗，在触摸里，我将第一次真切感知那些我从未看见的历史。

写到这里，我想起蒋蓝评价流沙河先生的话语来，他说，就展示成都的历史、文化、风物、习俗、遗构而论，沙河先生完成的是一座"纸上成都"的逶迤建筑，为蜀地保有弥足珍贵的文化记忆（《布金满地流沙河》）。实际上，蒋蓝的著作里，也有一座从蜀地的山林旷野里，从废旧的砖石缝里，从籍籍无名的草木里……滋养生成的逶迤建筑，它看似封闭保守，实则开放叛逆，它是蒋蓝的"成都"，也是你我的"成都"。

付海鸿

2017年9月9日于重庆寓所

付海鸿，四川邻水人，文学人类学博士，鱼鳞滩往事公众号发起人。

目 录

上编　蜀地异人传

蜀人从古足英雄　／003
扬雄：一个口吃者的大略雄材　／011
黄头郎邓通的奋斗史　／024
武阳李密与《陈情表》　／040
一代诗骨陈子昂　／051
陆游、范成大与崇州东湖　／064

中编　踬踣者外传

张献忠与洋人的交际史　／071
张献忠与老神仙　／091
大西军麾下的战象部队　／108

翼王石达开在纳溪　/ 118

名山奇人何崇政　/ 130

红灯照的精神动力学　/ 142

唐友耕家族与出版业　/ 178

铁血斑斓彭家珍　/ 199

下编　蜀地心史

王闿运与四川　/ 217

沃丘仲子考　/ 237

1909年，谢阁兰的黑水峡谷历险记　/ 253

"海归"作家张紫薇逸闻　/ 268

朱自清与成都　/ 272

海明威的巴蜀之行　/ 320

陈铨与皮影戏　/ 330

大师卢前与龙泉驿　/ 335

锦江侧畔怀江村　/ 340

舒新城：翩翩学人历险记　/ 351

陈寅恪：自笑平生畏蜀游　/ 360

林徽因的李庄时代　/ 369

齐白石成都逸事　/ 388

国画大师陈子庄的成都断代史　/ 398

罗常培与成都七二七大轰炸　/ 448

萧军：地老天荒一寸心　　/ 454

作为还珠楼主的李红　　/ 464

李劼人的退学风波　　/ 482

铸剑者龙志成　　/ 485

画家钟知一：于牛角间了悟中道　　/ 500

布金满地流沙河　　/ 513

如何定位和命名蒋蓝的写作　　/ 525

后　记　　/ 531

上编
蜀地异人传

蜀地多才子，川中出奇人，可很难出现绵延的家学与学派。这一现象，可以从扬雄《法言》《太虚》对后世影响找到部分原因。蜀人呼"一"为"蜀"，扬雄《方言》说："一，蜀也，南雄谓之独。"所谓"一者，道也"，标举其峭拔其上、独立于世的雄奇。

蜀人从古足英雄

1843年盛夏时节，曾国藩入川，写有《初入四川境喜晴》七律一首，其中有"楚客初来询物俗，蜀人从古足英雄"名句，昭示了两种迥然不同的文化氛围：楚地的生意经与蜀地高蹈的英雄气场。这个话所指的源头，自然是在蜀汉三国那里。

西汉至东汉，以成都平原为核心的天府之国已基本形成；三国时期，成都作为蜀汉政权的中心，虽然从刘备建都到后主投降才短短42年，但成都在三国文化里面的核心地位当仁不让，而且是三国文化的"首府"。既是"首府"，其凝聚的核心在哪里？

成都历史上一共出现过四座帝陵。一是惠陵；二是成汉李雄的安都陵（位于成都市武侯区。封土呈驼峰形，高度约为5米，陵墓周长约60米，地面早无建筑）；三是前蜀王建的永陵；四是后蜀孟知祥的和陵（位于成都市北郊约7公里的磨盘山南麓）。其中所建年代最早、影响最大、又是首批公布为全国重点文物保护单位的，便是刘备的惠陵。毫无疑问，惠陵不但是西南地区最具影响力的帝陵，而且是唯一保存至今的、毋庸置疑的三国时期皇帝陵。

惠陵还是一座合葬墓，除刘备外，还葬有甘夫人和吴夫人。历代修葺，均有史志书、舆地书等详细记载。在旧时坟堆甚大，异峰突起，成为回望城内皇城的一个瞭望台。有了惠陵，后来在旁边修建刘备庙，南北朝时候在刘备庙旁再建武侯祠。惠陵边那棵盛传为诸葛亮手植的古柏，俨然已经成为他鞠躬尽瘁的象征。"密叶四时同一色，高枝千岁对孤峰。此中疑有精灵在，为见盘根似卧龙。"这便是唐朝诗人雍陶对其气场的描绘。据《昭烈忠武陵庙志》卷二引《陆游记》记载，有一位唐代节度使曾来武侯祠从该古柏上取下一小树枝，制成手板，以书写记事，被记入后来的一种《图志》，遭到批评。可见在蜀人心目中，即使是"土皇帝"节度使，也不能擅取武侯祠一草一木。

在成都的城墙上。选自《1895—1897法国里昂商会中国西南考察纪实》

在成都城内就存在一个蜀汉文化的"铁三角"。如果以浆洗街为南北纵向，偏西方向是刘备墓惠陵，东北方向四五里是关羽的衣冠庙，西南方向四五里是张飞的衣冠冢（成都民间把位于如今华西医院高干病房区之内的小土坡认为是"张飞墓"，实为"成汉贵族墓"，在1985年成都市考古队就发掘过，出土有上百件文物。但这一误会深切体现出成都百姓对张飞的缅怀之情）。成都市考古队蒋成曾经表达过自己的猜测："三国和四川渊源甚深，离此墓不远的武侯祠有刘备的惠陵，洗面桥旁有祭祀关羽的衣冠冢。此三处如三角形三个顶点犄角而立，恰如桃园结义之三兄弟。"从位置而言，三个坟地恰如三角形，三个顶点犄角而立。位居坤卦的天府之国，成都的城南风水之所以出类拔萃，看来均是事出有因的。本土民俗史学者帅培业进一步阐明了这一"铁三角"的意义，这个三角区域，应该是成都地域文化最为重要的所在之一，更是蜀汉历史地理的精华所在。因为围绕这个三角区域，惠陵、武侯祠成为核心，黄忠墓、赵云墓以及洗马池、万里桥、诸葛井、九里堤、向宠墓、庞统墓、马超墓、张飞营、牧马山等等蜀汉历史文化点位层列其外，构成了蜀汉三国英雄文化的一个有序分布。

其实，这一"铁三角"布局早已形成。南宋《方舆胜览》记载："关、张祠……俱在府西七里惠陵左右。"宋朝任渊《重修先主庙记》将分布说得很清楚了，刘备庙在东，惠陵在西，武侯祠在庙的西偏稍南，君臣紧紧相依。《明一统志》中更有"铁三角"详细地理分布记录，并说到了洪武初年，才把诸葛庙与惠陵"合庙祀之"。由此，武侯祠成了全国唯一的君臣合祀祠庙。

著名巴蜀文化学者王家祐主撰的《汉晋夕阳——三国旅游寻踪》即认为:"刘备的惠陵与关羽衣冠庙、张飞桓侯祠,呈三角排列,这绝非偶然,而是民间刘、关、张桃园三结义的表现形式。遗憾的是今天仅存刘备的惠陵,而他两位兄弟的祭祀遗迹却荡然无存了。"

衣冠庙、洗面桥和桓侯巷

衣冠庙、洗面桥、桓侯巷这三个地点,说的就是桃园结义的刘、关、张三兄弟。巧的是其中有两个都是衣冠冢。

衣冠庙位于成都南门外神仙树街附近。当年关羽败走麦城被害后,尸首取不回来,蜀国百姓只得堆土为衣冠冢。冢前有庙,则称衣冠庙。《四川通志》记载,这是刘备用衣冠招兄弟的魂,再葬于此。从这一记载分析,衣冠庙应该在蜀汉时就存在了。后来,关羽自宋徽宗始就被历代统治者尊崇、加封,衣冠庙也得到修葺,但到明朝末期基本上已经毁坏殆尽。到清初重建,进入民国后,逐渐残破不堪。在1950年之前,墓、祠全部毁灭,这成为仅留其名的历史陈迹。

与衣冠庙相连的是洗面桥街。

相传刘备每次来祭奠关羽时,走到附近桥下,都要捧一把河水洗脸,以示虔心:他是渴望通过滔滔东去的锦江水,带去对死于临沮(今湖北省南漳县)的二弟的思念。洗罢,再到庙里拜祭,所以那桥又叫洗面桥,后来更衍生出洗面桥上街、下街、横街等地名。而在玉泉街和小关庙街，都有奉祀关羽的祠庙。

另一个衣冠冢是三弟张飞的。张飞谥"桓侯"，后人在万里桥与衣冠庙之间择地建立了纪念祠堂和衣冠冢，那条巷子即因此而得名。但该祠早已湮没。张祠在巷子的东南方向，冢旁立有石碑，上书"汉张夫子衣冠墓"，格局与他二哥关羽的相类，都是前庙后冢。

刘关张三弟兄，当初结拜创业，情深义重，可谓感天动地，所以两千年之后，他们在成都的地望上还密切相关，彼此拱卫。

旧时，提督街有清初修建的三义庙（1997年因城建需要整体迁建于武侯祠内），四进五殿，里面曾有一副佳联："在三在，亡三亡，而今享祀犹同伴；合义合，战义战，自昔铭勋匪异人。"称赞刘备、关羽、张飞结义，共图大业的情义，说他们三个人生死与共，肝胆相照，以至千秋共同享受祭祀。但彪炳千秋的，还是"义"。

赵云墓与子龙塘

赵云墓位于四川省大邑县东郊1公里的锦屏山。冢大如丘，依山而建，气势雄伟，四周有石砌女墙，古柏森森。墓前有清幽雅静的木结构四合院建筑，正中竖有高2.5米、宽1米的康熙年间镌刻的墓碑，上刻"汉顺平侯赵云墓"七个篆体大字，两侧刻有填金对联："赤胆永佑江原父老，忠魂犹壮蜀国山河。"匾文："永烈千秋。"当时在墓前另建有子龙庙，为明朝兴建的三重殿宇，塑有赵云以及儿子赵广像。由于赵云广受乡民爱戴，墓地保护较好。阳春三月，乡民就在子龙庙举行庙会，歌舞杂耍，茶棚酒肆，异常热闹。

和平街原名子龙塘，俗称"子龙洗马池"，相传是赵云故宅遗址。有占地6600平方米的池塘，可以泛舟，塘坎上立碑"赵顺平侯洗马处"。晚清，成都将军完颜崇实写有对联："两字勋名高北岳，千秋大义谏东征"，从大节出发评论蜀汉英雄，赞美赵云名望和功绩高于北岳的大将军，无愧于"顺平"（四川省文史馆张少成先生特意指出，柔贤慈惠曰"顺"，执事有班曰"平"，克定祸乱曰"平"）二字谥号。清嘉庆时（1815年前后）为周氏世居，同治时期房子易主，建为芙蓉池馆，楼台亭榭皆依地缘而构造。四川总督骆秉章死后，提督周达武购此屋建祠奉祀，街名亦改称骆公祠街。清末改祠为迎宾馆，民国时改建为小学；池畔的祠堂短期作为成都市参议会会址。1950年以后池子被填平，改称和平街。

民国时期，侨居四川的洋人尤其是日本人，祝贺、迎送亲朋或者举行宴会，一般都在城内的骆公祠、西来寺、满城内的关帝庙以及东南方向的望江楼举行。并非为了纪念蜀汉英雄，而是那时这些地方逐渐具备"公园"的交际功能。

黄忠墓

刘备在221年称帝时，封黄忠为"关内侯"，位列五虎上将。223年黄忠病逝并葬于定军山下，谥号"刚侯"。《三国志》里并未有过黄忠辅佐刘备功绩最高的评价，但为何成都的黄忠墓颇有些不一般？

清道光五年（1825年），被授为湖北天门县县令的学者刘沅，在成都西郊化成桥侧鸡矢树村的自家农田内，相继出土发现了"黄刚侯汉升之墓"墓碑和人骨架、剑、玉等文物，他认为尽管黄忠死在定军山，但依礼制，忠戚勋臣、封疆大吏出守边陲，一旦病逝，也会扶柩回朝安葬，或在原郡建立生祠衣冠冢，所以不能排除黄忠先葬定军山，后迁葬于鸡矢树村，现在既有墓碑，那就理应修复。

刘沅主持修墓建祠，墓地侧立有黄忠像，命其子刘桂文撰写楹联："北伐数中原，溯汉中王业所基，惟公绩最；西城留墓道，与昭烈庙堂相望，有此祠高。"对联肯定了黄忠在北伐中原的多次征战中，攻城略地，为刘备称汉中王奠定基业所立下赫赫战功。然后，又再介绍祠墓与南郊汉昭烈庙遥遥相望，老英雄的功业与祀祠同高。此地后称为黄忠坟，一度为黄忠大队，今为黄忠小区。"文革"中，黄忠墓被毁。另据民国初年隐沪山人的《拍案惊异记》记载：清朝道光年间，有人在成都东门外掘得一座古墓，谓之黄忠墓。华阳县知县郭志矗亲往查验，看见一方刻有汉隶的石碑，古意盎然，字径方寸，笔法古朴："汉赠大将军黄忠之墓"。此聊备一说。

从地望而言，蜀汉五虎上将层列，拱卫其外，先主刘备依托诸葛亮，他那"惟贤惟德，能服于人"的政治理念，成为后世敬仰的施政品德。

……

古蜀文明的起源是岷山河谷，包括成都平原、临邛（今邛崃）、江原（今崇州）、南安（今乐山）这一"三角地带"开始。蒙文通先生《巴蜀史的问题》指出："中国农业在古代是从三个地区独立发展起来的，一个是关中，一个是黄河下游，在长江流域则是从蜀开始的。"他主张"农业是从江原入成都平原的，江原、临邛，正是岷山河谷，蜀的文化可能从这里开始"。如果说古蜀文明是从一个"三角地带"开始的，那么，蜀汉文化遗址的"铁三角"，应该引起我们的高度重视。文化是城市的灵魂，特色是城市的标志，而城市最大的特性是文化性。蜀汉文化核心区域是成都的心灵、神韵和独特风俗的实体代表。

扬雄：一个口吃者的大略雄材

蜀地自古出异人

蜀地自古出异人。西羌大禹迈开奇特的禹步，可以化为巨熊开山裂石；帝王杜宇相传与大臣鳖灵妻子可以产生缠绵之爱，再到开明十二世对"山精"演变而来的武都丽妃的无上宠幸，最终导致古蜀王朝的覆灭……这些绮丽的历史叙事为蜀地涂抹了一层层深重的赤红，就像四川盆地铺天盖地的红壤与愤怒的桃花，成为久远历史的一种暗喻。

西汉时，严君平、落下闳一心问天，穷窥天象，达到前无古人的高度；司马相如、扬雄宛如峨眉、瓦屋两大并起之峰，成就了蜀地峭拔华夏文化的两大奇人，至此，蜀地璀璨的文采与孤绝的文思，开始居高临下，蔓延长江大河。司马相如、扬雄两位均是口吃者。口吃俗称结巴、磕巴，雅称"重言"，"双声"，医学上称为"语阻"。尽管众多口吃者自卑、无法胜任"剧谈"，但个中却有赫然巨臂，振臂一呼，可以发出狮子吼，一改局面，成为口吃者的光辉榜样。司马相如、扬雄因为口吃，他们放弃了结结巴巴的口头叙述，承接楚辞之风，继而精雕细刻出一种文体，雄阔的巴山蜀水化为了笔下的滔滔雪浪与无垠森林，铺排了、厘定了汉大赋的任督二脉。

扬雄的一生，让我不禁联想起作家徐迟在《二十岁人》序中所言："眼前放着这样的世界，我却'我我我我我我我我'地活着。"的确，一个人固然不仅仅是为自己活着，剩下的答案，就是为别人活着这般简单吗？

扬雄之师严君平

扬雄（前53年–公元18年），字子云，亦写作杨熊，西汉蜀郡成都（今四川成都郫县友爱镇）人，西汉官吏、学者、哲学家、文学家、语言学家。

扬雄的先祖，系姬周支庶，因食采于晋地之杨邑，而以杨为氏。据说扬雄目空一切，自改"杨"为"扬"，惊世骇俗，是为了以别于蜀地杨姓，这并没有实据。其实，"扬雄"在古本里一律作"杨雄"，明朝之前没有俗字"扬"，明朝以后各印本写成"扬雄"，约定俗成，逐渐成为定律。

后来，扬雄先祖为逃避战乱，迁往巫山，再沿江而上，

扬雄像

在今重庆住过一个时期。到祖先扬季时,方来到四川郫县落户,当时家有百余亩土地,在广种薄收的西汉,有百亩之地的家庭,应说是很不富裕的。

到扬雄时,"家产不过十金,乏无儋石之储。"西汉金的单位是斤,金重一斤,值钱万。十金值十万铜钱,其家境并不阔绰。

自汉武帝立五经博士之后,通经成为读书人追求仕途的主要手段。学通一经,扬名立万,就可成为博士或弟子员,许多读书人都为功名利禄而穷研经籍。扬雄在这样的风气下,没有成为懦懦书生,这在很大程度上是受他的老师严君平的影响。

《汉书·王贡两龚鲍传》载,严君平在成都市井以卜筮为业,"有邪恶非正之间,则依蓍龟为言利害。与人子言依于孝,与人弟言依于顺,与人臣言依于忠,各因势利导之以善……裁日阅数人,得百钱足自养,则闭肆下帘而授《老子》,博览而亡不通,依老子、严周之指,著书十余万言。扬雄少时从游学,以而仕京师显名,数为朝廷在位贤者称君平德。"

这一段记载里,我们可以发现,成都自古拥有一种坚韧的民间性,利与害、孝与顺、忠与善,鉴事而判,标举正义,在严君平身上算是找到了源头,他身上其实具有司马迁笔下"游侠"的部分精神特征。他不依靠官府为生,绝不厕身游走官场、乞食公门,而是设肆卜卦,以智慧养活自己。单凭这一点,杜甫就远不及严君平。很显然,老师赚足了一天的饭钱,才开始对弟子讲授《老子》奥义。根据扬雄的家境来看,严君平显然不是为了学费而教学,这只能是出于"孺子可教"也。

严君平本是亦人亦仙之辈,神话传说中有关他的传闻极多，可以瞬间遁迹，可以倏忽出现在百里之外。据说，严君平91岁去世后葬于郫县平乐山。他在平乐山生活了40多年，在山上写出了"王莽服诛，光武中兴"的预言，提前20多年预测了"王莽篡权"和"光武中兴"两个重要历史事件。当然了，这其中不乏附会。

这一段交往经历对于扬雄弥足珍贵。多年以后，他在《法言·问明》里称颂严君平师："蜀庄沈冥，蜀庄之才之珍也，不作苟见，不洽苟得，久幽而不改其操，虽隋和何以加诸？举兹以游，不亦宝（据《音义》，当作"珍"）乎？吾珍庄也。"可见老师的思想和操守，给扬雄毕生以重要的影响。

正因如此，少年扬雄可以"不为章句，训诂通而已，博览无所不见。""口吃不能剧谈，默而好深湛之思，清静亡为，少嗜欲，不汲汲于富贵，不戚戚于贫贱。"（《汉书·扬雄传》）与其说严君平的学识卓绝，不如说严君平言传身教的民间性，成了扬雄的圭臬，由此表现出与众不同的独立精神。读书自然不再是追求名利的敲门砖，而是遍涉各家学说，不以富贵、贫贱为念。称赞扬雄是把巴蜀人文、古蜀仙道思想与中原文化予以融汇的第一位大家，恰如其分。

扬雄跳楼

扬雄早年极其崇拜司马相如，"每作赋，常拟之以为式"（《汉书·扬雄传》）。他的《甘泉》《羽猎》诸赋，就是模仿司马相如《子虚》《上林》而写的，其内容为铺写天子祭祀之隆、苑囿之大、田猎之盛，结尾兼寓讽谏之意，这也开启了一种献策、献表的文章结构模式。其用辞构思亦华丽壮阔，与司马相如赋相类，后世有"扬马"之称。

西汉时人的寿命短促，一个人40多岁已算是老人，似不应远游。扬雄40余岁了，竟然离开四川，首次来到京师长安。

《扬雄传》："孝成帝时，客有荐雄文似相如者，上方郊祠甘泉泰畤、汾阴后土，以求继嗣，召雄待诏承明之庭。正月，从上甘泉还，奏《甘泉赋》以风。……其三月，将祭后土，上乃帅群臣横大河，凑汾阴……上《河东赋》以劝。……其十二月羽猎，雄从……故聊因《校猎赋》以风。"据扬雄被荐"罗余，奏《羽猎赋》，除为郎"来分析，扬雄被荐是在元延元年（前12年），时年他已42岁了。

扬雄入仕时，正面临刘氏王朝同王氏外戚集团的斗争。扬雄既无力维护刘氏王朝，又不敢得罪外戚势力，文弱书生只得埋头著述，企图超越于现实的政治斗争之外，在写作中获得自由。可惜，自己早年的民间性价值观已经严重不适应官场生态，扬雄不得不以夸大、蹈虚、华丽之辞来大肆"美新"，歌功颂德，百兽率舞，山河感应，这显然是为了避祸的违心之作。真是一入豪门深似海啊。

最为严重的在于，他竟然歌颂王莽："周公以来，未有汉公之懿也，勤劳则过于阿衡。"汉公指的是王莽，阿衡为伊尹。历代文人认为这段话是向王莽奋力献媚。伊尹、周公为商、周二代人所称道的贤相，扬雄将王莽与之相比，似乎是称颂，实际上则是慑于王莽的威势，对王莽的一种婉转箴劝。只是,这种"箴劝"对于气势如虹的王莽而言,何其微弱!我们历来发现,伟人的耳朵只能接收到铺天盖地的"颂圣"之声。

锦心绣口的诸葛亮舌战群儒时,他舌剑犀利,深犁古今,如此评价扬雄:"且如扬雄以文章名世,而屈身事莽,不免投阁而死,此所谓小人之儒也。"诸葛亮之所以说扬雄是小人之儒,在我看来不一定全是贬义。大人,英雄豪杰也;小人,贩夫走卒尔。诸葛亮是想说明扬雄才华横溢,却事暴君王莽,污点赫然,不过是一小人。诸葛心仪刘备,刘备一向主张安汉兴刘,诸葛亮用扬雄来告诉东吴文臣,英雄当遇明主,方可鞠躬尽瘁。

刘向、刘歆、扬雄同是西汉末年笃学之士,而政治和学术倾向各异。在刘歆授意下,扬雄开始教授刘歆之子刘棻辨识古文奇字。刘棻后来擅自造作符命,他与刘泳、丁隆、甄寻皆被王莽杀害,扬雄被当作与刘棻等有牵连的同党。在治狱使者来收捕他时,他惊慌失措,从天禄阁上跳楼而下,几乎丧命。后遂用"扬雄投阁"谓文人无端受牵连坐罪,喻走投无路。

这一年,他已经67岁了。

粉碎了篡党夺权的小集团后,王莽听到扬雄跳楼,他是目光如炬的:"扬雄一向不参与其事,为什么在此案中?"暗中查问其原因,查明扬雄的确不知情,下诏不予追究。然而京师为此评道:"因寂寞,自投合;因清静,作符命。"

"投阁事件"后,扬雄因病被免职,不久又恢复了大夫的职务。扬雄一生贫困,晚年"人希至其门,时有好事者载酒从游学,而巨鹿侯芭常从雄居(《扬雄传》)。"经历一惊一乍,扬雄萎顿于宫阙,在清贫寂寞中结束了半路入仕的一生,时年71岁。扬雄好友桓谭主持葬礼，学生巨鹿人侯芭常跟扬雄一起居住，扬雄传授他《太玄》与《法言》。侯芭负土为他建坟，号"玄冢"，坟地位于汉惠帝安陵园内，并守丧3年。

经历"投阁事件"的劫难，也成为扬雄写作与学术研究的分水岭。扬雄认为辞赋为"雕虫篆刻"，"壮夫不为"，转而研究哲学。仿《论语》作《法言》，模仿《易经》作《太玄》。提出以"玄"作为宇宙万物根源之学说。有人嘲笑他，于是他写了一篇《解嘲》；为了宽慰自己，又写了别具一格的《逐贫赋》，写他惆怅失志，"呼贫与语"，他质问贫困何以老是跟着他？这篇赋发泄了他在贫困生活中的愤怒。多用四字句，构思新颖，笔调诙谐，却蕴含着一股深沉不平之气。

看起来，蜀人的幽默、自嘲的精神，又回到了晚年扬雄身上。

载酒与问字

蜀人爱酒源远流长，扬雄是名士，非寻常之辈所能及。不然的话，他如何写得出彪炳千古的《酒箴》？！比如《酒箴》中比喻喝酒的人好像井口边上的瓶子，很容易被打碎。后以"观瓶居井眉"喻那些喝酒过量之人，有如井边瓶，极易破碎。《苏轼诗集》卷二十八，苏轼有《偶与客饮……戏用其韵答之》，他有些苛刻地认为："扬雄他文皆不奇，独称观瓶居井眉。"其实不管别人的瓶子是否打烂，反正扬雄这个酒瓶子，的确快碎裂了。

扬雄一度罢官，他素来无积蓄，非常贫困。可是爱酒依然,一往情深,这如何是好哇?

由于家里贫困,他不能再喝酒了,那么文思如何打发呢?有人知道了实情,索性用车载着酒和菜来向他求教。扬雄一见酒菜来了,文思大进,思想精骛八极,玄言奥义,连绵不绝,送酒的人因此大为受益……事情一传开,京城的有钱人于是经常向他求教。作为求教的礼物,都拉着酒菜来上门请益……这就是"载酒"一词的由来。

扬雄喝酒,更悟出了酒的启示录,比如他在《法言》说过,只有喝酒的实际内容而不讲究礼仪的形式,就会显得粗野;而讲究礼仪的形式而没有喝酒的实际内容,就会显得虚伪。形式与内容相符合才是真正的礼仪。扬雄其实拿捏到了一种分寸:适度,这本是蜀地的生活价值观。

那么,"问字"与扬雄又有什么关系?

扬雄对古文字学素有精湛研究,加上博闻强记,阅书无数,简直就是一部滔滔"字海"。诸如甲骨文、金文、篆书之类。有人就专门向他学文字学,这就是"问字"的由来。

"载酒"、"问字"这两件雅事,就这么合到一起,成了一条品格极高的成语。也可以说,扬雄是当时学问的象征。

玄,是扬雄体系中的最高范畴

值得一提的是,当时大司空王邑、纳言严尤一听说扬雄死了,就对桓谭说:"您曾称赞扬雄的书,难道能流传后世吗?"桓谭回答:"他一定能够流传。但您和我看不到了。凡人轻视

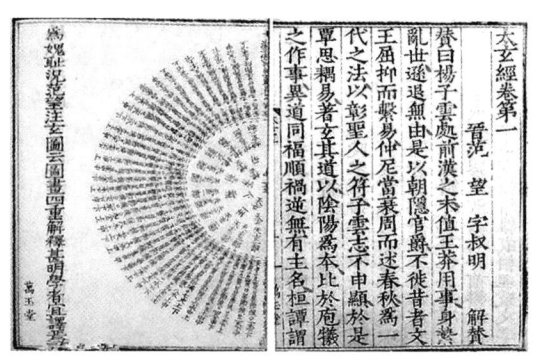

扬雄《太玄》书影

近的重视远的，亲眼见扬子云地位容貌不能动人，便轻视其书。从前老聃作虚无之论两篇，轻仁义，驳礼学，但后世喜欢它的还认为超过《五经》，从汉文帝、景帝及司马迁都有这话。现在扬子的著作文义最深，论述不违背圣人，如果遇到当时君主，再经贤知阅读，被他们称道，便必定超过诸子了。"

当时，腐儒们嘲笑扬雄不是圣人却敢作经，好比春秋吴楚君主僭越称王，应该是灭族绝后之罪。从扬雄死后情况而言，他的《法言》大行于世，但《太玄》未得进一步彰显。

作为扬雄哲学的最高范畴，"玄"有三种含义：其一，是指整个世界的总规律；其二，玄是天、地、人形成的总根源；其三，玄是包容天、地、人的绝对，这是"玄"作为最高范畴的主要含义。

扬雄对后世的影响意味深长。

我们知道，汉代的巴蜀经学兴起于文景之世。文翁奖励儒学教育，领先全国以"七经"造士（增加《孝经》《论语》），于是七经之学盛行巴蜀，经学大家渐次辈出。两汉巴蜀经学以易学、小学最盛，《诗》《书》之学次之，而《礼》《春秋》《孝经》《论语》之学亦有可观。中原的三皇五帝为具体神灵，巴蜀却改"三皇"为天、地、人；"五帝"也改为白帝、黄帝、青帝，等等，具有五行观。巴蜀学者不满当时章句之儒"碎义逃难"、"违背孔真"的现象，自严遵始熔《易》《老》于一炉，扬雄创拟经新篇，扬雄仿《周易》而造《太玄》，仿《论语》造《法言》，就与太学传统很不一样。在我看来，扬雄所为，其实是渴望以自己的言路，在保有孔子、圣哲的基本观点前提下，结合蜀地仙道哲学、地缘文化，创造性地提出一种人才观、天地观，从而构成汉代巴蜀经学独辟蹊径、自成体系的地缘学术特色。

在哲学、汉赋之外，扬雄在文字学和史学两个领域成果卓异。唐代刘知几《史通·正史篇》指出，扬雄曾续写《史

郫县友爱镇子云村扬雄墓。为成都市市级重点文物保护单位

记》，可惜原书已佚。东汉王充在《论衡·须颂篇》说："司马子长纪黄帝以至孝武，扬子云录宣帝以至哀平，陈平仲纪光武，班孟坚颂孝明。"说明扬雄继司马迁之后，写作了汉宣帝到汉平帝这一段历史。扬雄还著有《蜀王本纪》，是研究上古四川不可或缺的史料。

在文字学方面，扬雄有《训纂》《方言》等书。《汉书·扬雄传》说：扬雄以为"史篇莫善于《仓颉》，作《训纂》"；《华阳国志》指出：扬雄认为"典莫正于《尔雅》，故作《方言》"。这两部书，都是关于古文字学的珍贵经典。

遥望"西蜀子云亭"

扬雄一生历官汉成帝、汉哀帝、汉平帝及新朝王莽四帝，又是一位历经两朝，历官四代的耆宿。他文采焕然，学问渊博；道德纯粹，妙极儒道。王充说他有"鸿茂参圣之才"；韩愈赞他是具有"大纯而小疵"的"圣人之徒"；司马光更推尊他为孔子之后、超荀越孟的巍然"大儒"。连《三字经》也把他列为"五子"之一："五子者，有荀扬，文中子，及老庄。"获得如此隆誉的蜀人，殊然一人耳。

扬雄出身贫寒，成就极高，唐代刘禹锡在《陋室铭》中论证茅屋、草亭同样能孕育出公卿贤人，体现孔子的"君子居之，何陋之有"的思想，列举了诸葛亮、扬雄两人，写下了"南阳诸葛庐，西蜀子云亭"这一千古名句。

《汉书·扬雄传》只言子云住宅"处于岷山之阳"，时人称为"子云宅",因向他求学、问字者极多,故时人又称其居为"问字宅"。"宅"与"亭"含义显然并不一样,而且古代的"亭"是一种地方行政建制。"子云宅"何时被变为"子云亭"的呢?

著名语言学家王力先生认为:刘禹锡所说的"子云亭",其实就是"子云宅",就是指的扬雄的故宅。刘禹锡是为了让《陋室铭》中的句子押韵,有意将"宅"改为"亭"的。

自刘禹锡《陋室铭》一出,流传海内外,"子云亭"也不胫而走。郫县人因地处扬雄故里而自雄,也将"问字宅"改为"问字亭"。又因扬雄曾作过《太玄》,影响很大,故又有人称其宅为"草玄亭"。清朝时期,为避"圣祖"玄烨讳,改"玄"为"元",又称为"草元亭"。

鉴于《陋室铭》名声太大,蜀中"子云亭"四处林立,凡是扬雄曾涉足过的地方,纷纷修建"子云亭",其中较有名的有成都、犍为、剑阁、绵阳、郫县等地。

哪里才是真正的"西蜀子云亭"呢?

据《直隶绵州志》记载,扬雄在前往京师长安(今陕西西安市)之前,曾寓居涪县,即今绵阳。在西山和钟阳镇(今涪城区新皂镇)两处留有读书台和洗墨池等遗迹。《四川历史人物名胜词典》也认为是绵阳西山"子云亭",它也是目前仅存的一座"子云亭"。"子云亭"始建于隋,屡圮屡建。据《绵阳县志》载,清末重建的"子云亭"是木结构的长方形亭台,1976年在暴风雨中倒塌。后在原址又重建"子云亭",仿木结构,至今犹存,称原址"子云亭",以区别后来新建的"子云亭"。

学者李殿元指出,《少城文史资料》认为"子云亭"当在

位于四川省绵阳市涪城区的子云亭

成都,就在青龙街的原成都十三中内,依据是宋人乐史《太平寰宇记》《读易堂记》等。晚唐人郑暐撰《蜀记》即说扬雄宅邸是在秦大城内唐节度署西北二里二百八十步,其方位即在现在的青龙街。

遗迹俱往矣,但不会忘记的恰是王安石对扬雄的评骘:"儒者凌夷此道穷,千秋止有一扬雄。"

俗话说,口吃者慧心。口吃者急射。口吃者一直在提前推论每一个字词无碍的发音,不舒服,就要换一个。由此可见上苍的持正与公平。作为蜀人,我喜欢这些口吃者。尽管司马相如在卓文君加盟下,名声早已驷马难追,我还是更喜欢可能更结巴的扬雄。他身上有一种奇妙、无穷、精怪而吊诡的魅力,就像我们面对一个博尔赫斯式的人物,他张口结舌,吐不出一个字,却构成了一个无尽的让历史去猜想、去虚构的谜语。

黄头郎邓通的奋斗史

我偶然拿到一本乐山市编印的旅游册子，大力介绍历史上"南安"的种种辉煌。前言里提到西汉文帝时，南安人"邓通大将"铸造钱币，有"邓氏钱布天下"；三国时期，蜀国丞相诸葛亮在犍为铁山冶铁制造武器、工具，足见那时乐山的冶炼规模和技术已"达到世界先进水平"……

邓通是什么"大将"？这是编书者在为"尊者讳"。即便如此，邓通又是什么"尊者"呢？书里未讲清楚的还在于，邓通不但开创了中国历史上私人铸造钱币的金融史，更使得他成为中国历史上第一个拥有私家货币发行机构的牛人；第一个大规模开发铜矿冶炼的人物；他由此也成为第一个跻身"二十四史"的蜀地平民出身的人物；邓通还是第一个拥有一座独立城池的蜀郡人……单是这些，就是要进入吉尼斯纪录的。编写旅游书的人，没有注意到先贤的丰功伟绩啊，而且刻意遮蔽了邓通的艰辛奋斗史。毕竟从距离权力中心十分遥远的犍为郡南安（西汉犍为郡管辖12县），一介平民终于登堂入室，真可谓鲤鱼跳龙门。不仅如此，邓通后来在权力的卧榻上玉体横陈，俨然是龙门之上的一朵水莲花。

邓通仅仅依靠一只吱吱呀呀的摆渡船，如何从柔情蜜意的青衣江，抵达歌舞升平的长安？

刘邦继秦统一全国，夯实了巴蜀边地的权力管辖，巴蜀成为大汉帝国虎踞西南的要津。高帝六年（前201年），刘邦始按军功分封列侯，全国共封了大大小小137侯，边远的巴蜀只封了两个侯，一是什邡侯雍齿，一个就是南安侯宣虎。宣虎随刘邦降晋阳、灭燕王藏荼两大军功赐爵彻侯，封于南安，食900户，称庄侯，所封国称南安国。当时封国户数高者可达15000户，低者只有500户，宣虎在相对贫瘠的蜀地食1000户以下，显然是个小角色。《太平寰宇记》记载：他的封地主要在夹江平原，大约就是西汉一乡的人力物力，约相当于今天的夹江、洪雅两县。侯国地域虽小，但彻侯也算一国之君主，享有政治上、经济上的一些特权，如列侯之子也称太子，可以拥有家臣，收取封邑赋税等。

南安国属蜀郡，地位与后来县令、县长一样，也受蜀郡太守管辖。宣虎及其家属居长安，坐享900户农民的赋税收入的寄生生活。所以汉文帝曾经下令要列侯都回自己的封国去，多少做点事，但结果也是不了了之。《汉书·高帝纪》载："六年冬十月，令天下县、邑城。"据此分析，南安国或于此年之后才开始筑城。

宣虎在位30年，死后侯位传给儿子宣戎，宣戎又传宣千秋。到汉景帝中元元年（前149年），宣千秋因伤人罪"不奉上法"，封国被剥夺。当时南安侯国户口达2100户，52年间人口增加1200户，增长率之高在全国都名列前茅，这与汉王朝奖励人口增殖有关，更与蜀郡修生养息、发展民生相连。

宣虎后代在失去侯位封国后，逐渐湮没于民间，到了公元前62年，汉宣帝派人找到他的曾孙，只是一介三等爵的庶民（最高者即宣虎的第二十等爵的彻侯）。毕竟饿死的骆驼比马大，宣氏家族倒是香火不绝，在蜀汉时已成为南安县四大姓之一，因此《华阳国志》记载说：南安"有四姓，能、宣、谢、审"。

本地非大姓而为著名乡贤的，就是名声响彻后世的邓通。明朝曹学佺《蜀中名胜记》转引夹江县风物时说："《本志》云：'治西二十五里南安镇，即汉南安县治。有邓通宅故址。前有玛瑙溪，中有磐石，可以修禊。'"《蜀水经》也记载："玛瑙溪，源出南安镇，南入江，溪有磐石可以修禊，邓通故宅在焉。""修禊"为汉民族风俗，民俗农历三月上旬的巳日（三国魏以后始固定为三月初三），人们到水边嬉戏，以祓除不祥，称为修禊。由此可知，这里的居民已经不是古蜀原住民了，因为古蜀先民无此风俗。南安镇即今夹江县木城镇，邓通故居就在此，可知邓通是南安的庶民。分析起来，宣虎在位时，利用在京之便，邓通通融他，被推荐进入宫廷。

2014年夏季一天早晨，我来到民风淳朴的木城镇赶场，在茶馆里与当地居民提起邓通，他们脸上浮起向往之猪肝红。老人们说，邓通的父亲邓贤避开了秦末的战乱，家道殷实，也读了几年书。在接连有了3个女儿后，妻子终于为其生下了1个儿子。他见到官道上骏马飞驰、四方辐辏，就为儿子起名叫"通"。幼年的邓通读经习文之余，除到官道边看车马外，更多时间是去水深草丰的江中戏耍、摸鱼、捉虾。到了弱冠之年，读书没见大的起色，却练就了一副戏水撑船的好身手。

奇梦中人黄头郎

皇帝的梦，非同一般，乃是龙梦。

以"文景之治"称名后世的汉文帝，不梦则已，一旦梦起来，那梦的境界自然是梦中之梦，是真龙在吐泡，梦境主客体分明，万千宠爱集于身。汉文帝以外藩入继大宝，据说他睿智而简朴、勤政、爱民，不喜欢穷兵黩武，讲究"无为而治"，为汉武帝的极盛打下坚实的物质基础。清人张潮说："花不可以无蝶，山不可以无泉，石不可以无苔，水不可以无藻，乔木不可以无藤萝，人不可以无癖。"这里的癖，是癖好、兴趣之意。文帝伟人也有癖好，却是病态。好宠臣，诸如有宦者赵同、北宫伯子，等等，常为文帝参乘，他们或佯装慈祥，或是以星宿的传言者自居，经历了宫刑劫难、仍然下笔如刀的司马迁直书："邓通无伎能。"那是宽袖大袍之外无能力，里面呢？司马迁自然不知道。但是某天，天降大任于世人也。

文帝做了一个登天的奇梦。登天在古代意味着当上天子，类似的还有东晋名

汉文帝像

将陶侃梦到自己只登上了九重天门的八重。这样的梦，事关重大。他欲振臂上天，但"怎么也飞不高"，这时恰好有一黄头郎从后面推着他终于上天了。后世解释历史的人们一致认为，文帝回头一看，这个学雷锋的人，其衣的腰带后面穿了一个窟窿。醒后，他来到渐台的水池，别梦依稀，四处雄视，他寻找梦中之人——"黄头郎"。

突然，他看到了梦中之人，施施然走来，有芙蓉出水的韵致。龙目精光缕缕，见来人腰带后穿，正如梦中所见。文帝大喜，问其姓名，来人自称"邓通"。既然梦中人已经现身，帝王之威，要变乱他成为梦中情人也没有什么不可以！据说邓通生性谨慎，并不擅言辞社交。他的舌头不属于舌灿莲花一类的奸佞之徒，他属于地地道道的实干家。在这个贴身白刃的辉煌谱系里，《庄子·列御寇》记载了邓通的前辈医生们："秦王有病召医，破痈溃痤者得车一乘；舐痔者得车五乘。所治愈下，得车愈多。"按照这个多劳多得的分配原则，一分汗水一分收获，邓通的收入非常可观。

黄头郎是西汉体制中掌管船舶行驶的吏员，后来泛指船夫。隋朝萧该的《汉书音义》指出："善濯船池中也。一说能持擢行船也。土，水之母，故施黄旄於船头，因以名其郎曰黄头郎。""棹"也作"擢"，划船的短桨。《汉书·佞幸传·邓通》引此文，颜师古注："土胜水，其色黄，故刺船之郎皆著黄帽，因号曰黄头郎也。"这说明邓通通过宣氏的推荐，利用自己在青衣江练就的驾船技术，开始在皇家景观水域里摇船，乘船有鸿儒，往来无白丁。吃这碗饭需要高超技术，既要表演水上驾船回旋技巧，更要求船夫具备出色的体能。因此我推测，邓通身材高大，双臂虬起，腰力十足。他头顶黄帽，手大掌乾坤，脚大江山稳。但是，帝王梦里为什么要出现《汉书》里描述的"衣尻带后穿"的标志性记号呢？准确点说，那人衣衫的横腰部分，衣带在背后打了一个结，似乎是下力人将下摆扎在腰带上干活的打扮。咦，是不是"中国结"呢？在我看来，这个位置，不是腰带，分明暗示他的裤子屁股部位处，隐然有洞。这是不是身体政治应该分析的领域？我认为，后世的解释者们是明白的，但故意东说西说，挪动到腰带之上了。

反过来想一想，邓通是身为西汉体制中掌管船舶行驶的吏员黄头郎，怎么可能到了衣不遮体的程度？我认为，这一细节，是史家故意埋下的身体叙述伏笔。

除了划船，毫无身体技术修养的邓通，如何激发异能？

邓通是机警的，没有得意忘形，一句话，不忘本也。他小心翼翼服侍文帝，不喜去外面交游，虽按规定有"洗沐"的休假，他也不愿外出自由散漫，就是说，他把休息日也奉献出来了。龙目精光缕缕，明察秋毫，文帝看在眼里，决定进一步考验他的忠诚。这个机会真的来了。文帝突然得了痈病，史书没有记载这个"龙痈"长在哪里，但是，君臣必须在床榻坦然相见。一旦领受圣命，无法舌灿莲花的邓通，肺活量惊人，一个猛子下水，全力吸吮，壮怀激烈，也算一种一捅到底的舌耕。

一天文帝不乐，有一番至关重要的君臣问答：

文帝问邓通："天下谁最爱我呢？"

邓通妙答："都不如太子。"

……

接着太子进宫探病，文帝让他举舌吮痈，太子如受重击，虽然伸长脖子为父亲吮痈，上面是明察秋毫的，发现太子姿态僵硬，而且脸色难看。理由是合情合理的，后来太子听说邓通常常为文帝喈吮，心里感到惭愧，由此也开始怨恨能手邓通。

《史记·张丞相列传》记载了一个插曲，很能看出怒火中烧的嫉妒者是如何惩罚邓通的。当时的丞相是申屠嘉，据说他铁面无私，"为人廉直，门不受私谒。"一次"丞相入朝，而通居上傍，有怠慢之礼"。有点托大的邓通，为此结下了梁子。申屠嘉奏事完毕后，立即向文帝提出了抗议："陛下爱幸臣，则富贵之；至於朝廷之礼，不可以不肃！"既然要"肃"，面对丞相的泰然正气，文帝只好说，你不用说了，我私下会教训邓通。留个面子嘛。但廉直的丞相就是不肯放过，罢朝后一定要看看英明领袖如何教训傲慢的邓通，他找个事由传唤邓通立即到丞相府来。但邓通没来，申屠嘉怒不可遏，要立杀之。邓通知道麻烦大了，赶紧入宫向皇帝求救。文帝也想借此教育教育他，就安慰他，叫他先到丞相府去。"通至丞相府，免冠，徒跣，顿首谢。"申屠嘉厉声喝道："通小臣，戏殿上，大不敬，当斩。吏今行斩之！"邓通磕头如捣蒜，"首尽出血"……文帝的"龙痈"发痒难耐，思念不已，立即传旨把鼻青脸肿的邓通接回……

从此，邓通夹紧尾巴吮痈舐痔，一门心思捞钱。史书里，再没有他出格的记载了。

文帝见邓通如此尽心，舔舐技术妙到毫巅，就赏赐他钱巨万以十数，官至上大夫。不仅如此，文帝还时时去邓通家游戏，什么样的游戏？不会是"划旱船"吧？就是说，从体制内到体制外，邓通开始一通百通，他的水上功与水下功夫，全没有白费。

文帝的宠臣里有星宿的传言者，这种永恒的职业在20世纪80年代演变成了"气功大师"。一次汉文帝让善相者给邓通相面，这是帝王嘘寒问暖、关心下属的具体表现。不料相者的回答是："当贫饿死。"文帝大怒："能让邓通富有与否在我。怎么说他会贫穷至死呢？"他决定与命运掰一次手腕。文帝立即赐与邓通蜀郡严道县的"铜山"，他可以自己开采冶炼、铸钱、发行货币，以希望打破相面人的预言。

邓通自然领命，经济跃进的小高炉立即点燃。他的铸钱地盘，从洪雅瓦屋山到沙湾四峨山等地，在成都平原的邛崃也有铸钱之所。邓通由此成为大汉政府的"发钞银行"的总裁！"'邓氏钱'布天下，其富如此。"他的命运，不算吮痈舐痔技术人才里最坏的。

严道铜山

钱币收藏界一直关注"邓通半两"。根据研究者分析，半两钱直径2.3厘米至2.4厘米，重2.7克至2.95克，另外一种直径

邓通所铸造的"半两"钱

2.4厘米至2.5厘米,重3克至3.75克。著名收藏家袁银龙先生指出,邓通半两的特点是:一是钱面上下有全凸起;二是钱面上下有不规则凸起;三是钱面上下有长方形凸起;四是钱面上下有正方形凸起;五是钱面上下有三角形凸起;六是钱面上有一横条或下有一竖条,这些有规则或无规则的形状,只是锁定在钱面穿上或穿下某一部分隆起。对于这些隆起物,有几种分析:第一是由于钱径不符合标准而减轻了重量,在钱面凸出一块铜既加重又省工;第二是邓通本人有开采不尽的铜山和用之不完的财富,给每个钱币上多加上一块铜,彰显自己的财气;第三是邓通为区别自己与他人之钱,别有用心地采取一种钱面凸起的方式,都有可能使他在钱范的钱模上挖掉一块,这样铸出的钱,便是我们今天所见到钱面上有不规则凸出物的半两钱,俗称"邓通钱"。

贾谊《新书·铜布》中,他向文帝汇报了民间铸钱的危险:"民铸钱者,大抵必杂以铅铁焉……伪钱无止,钱用不信,民愈相疑。"具有反证价值的情况是,文帝令邓通铸币后,邓氏钱得以布天下,起码说明邓通的铸钱没有掺杂使假,民间乐意接受,流通无碍,他对得起皇帝的信任和自己的商业操守。

邓通童叟无欺的良心钱,大量流通逐渐成为主流货币,对稳定货币和抑制通货膨胀起到了一定作用,但是,福兮祸之所

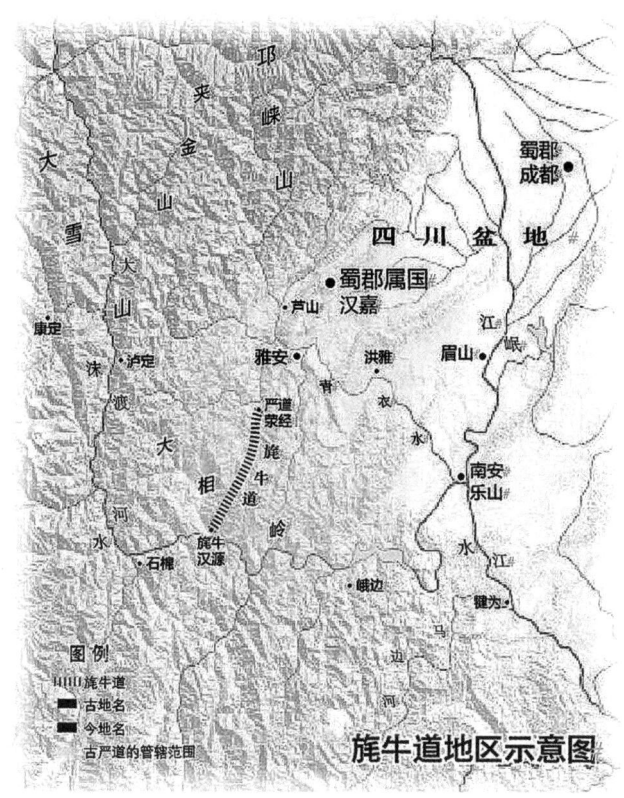

秦惠王时所设"严道"的管辖范围,以及古丝绸之路"旄牛道"

倚,危机夤夜而来,这是他的智力没有判断到的。

古代文献《管子》里,记载商汤派人于庄山采铜铸之事,这是最早有关这一神秘之地的记载。庄山究竟在何处?《中国地名大辞典·庄山》里将其定为"蜀郡严道铜山"。即为"严道铜山",学者指出,这是古人避讳所致。清嘉庆《洪雅县志·建置》有"洪雅西南皆为秦汉严道县地"之说。严道县管辖范围广阔，包括今天雅安、荥经、汉源、天全、芦山等县市地域。清乾隆《雅州府志·建置沿革》称："芦山县，秦严道县地，蜀郡，汉改青衣县。"《华阳国志·蜀志》："高后六年，城僰道开青衣，严道为秦置县。"文中说明严道属蜀郡，这就为其地望指出了准确的位置。蜀郡严道本意是以岷山庄王（瓦屋山为岷山中部）居此而得名，徐中舒先生在《古代楚蜀关系》与《试论岷山庄王和滇王庄关系》论著中指出，岷山（瓦屋山）庄王是楚庄王的后裔，以庄为氏，也是楚庄王派在瓦屋山地区的代理人。公元前316年秦并巴、蜀，分设二郡管辖。所以严道铜山原名庄道铜山，因避汉明帝刘庄讳，将"庄"改为"严"，故在东汉明帝以后庄道铜山即改称严道铜山，楚庄王亦改称楚严王，庄山之名由此而来。

严道铜山的铜矿开采极早，毫无疑问是中国最古老的铜矿，当地遗留的矿渣上亿吨，这暗示了三星堆、金沙青铜的一大来源。邓通的作用，是将其冶炼提升到了一个高峰。

乐山文管所历史学者唐长寿送过我几册乐山历史文物及地理考察资料，资料里提到的严道铜山至少有6个地点。20世纪80年代，乐山学者罗孟汀在《邓通铸钱考》中将洪雅瓦屋山作为邓通铸币地之一。"严道废县城，洪雅县西南一百二十里，思经山下，遗址尚存。今考其地，瓦屋居西南，思经居于东北，车岗水出其中，上流曰严王峡，谓瓦屋山下，思经山下皆是。"《雅州志》称："严道废城在州西郊大江之岸，今荥经县界。隋开皇中徙严道治青衣，所谓州西郊大江之岸者，当是隋时废城。"《荥经·沿革志》："秦为严道县地，则今荥经治，亦非故城。《四川省志》《雅州志》俱误。铜山今瓦屋山右，邛崃山、毛沟皆产，以瓦屋山者为是。"同书中的"金石之属"说得更为明白："铜山在瓦屋山。"清代的《县舆全图》中，就列铜山为3处。

洪雅文史学者王仿生的《严道铜山考异》一文指出：1958年大炼钢铁时，在瓦屋山腹地的吴庄乡复兴村创办了"复兴铜厂"，在这里开矿炼铜的工人有数百人之多。听朋友李宗良讲：当时工人在废弃了的矿坑中发现一个重达几十公斤的大铜锭，上面有字，工人不认识，找他去认。他是大学毕业的右派分子，被发配来此劳动改造，是这里的大知识分子。他用竹片挑剔干净浮泥后用水冲洗，"大汉官铜"四个大写篆字赫然呈现眼前。工人们欢喜不已，抬去收购站卖了几十元钱，买了一头猪，杀后大吃一顿……当时在场的工人现在绝大多数已经作古了，他们可能至死也不知道，被毁的铜锭是一件价值连城的重要文物。"大汉官铜"铜锭的出土，证实了《史记》对邓通的记载完全真实。（王文君、李成忠、王光鸿、王仿生主编《悠久复兴》，中国文化出版社2011年版）

邓通的结局没有逃出相命者的谶言。

文帝一崩，太子即汉景帝上台，邓通就被免官，居于家中。很快，有人告邓通私自出边界外铸钱，这其实是邓通钱流通太广所致。下狱一问，果然有之，于是没收尽邓通家产，尚差国家之债数巨万。景帝的姐姐长公主刘嫖可怜邓通而赏赐一些东西给他，官吏随即没收了，邓通到了"一簪不得著身"的地步。长公主无法，又让人借给他衣食，谁知"竟不得名一

汉景帝像

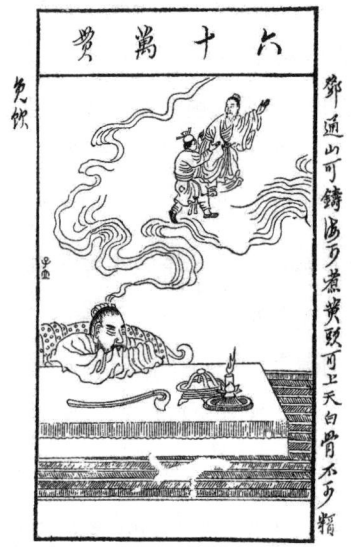

陈洪绶《博古叶子之邓通》。邓通最后穷得一文不名,这片"叶子"抽中者就"免饮"了

钱,寄死人家"。印证了"命里只有八合米,走遍天下不满升"的谶语。从这个细节看来,邓通为人不坏,还给别人留下了好印象。只是景帝一想起昔日的吮痈之人、之事就要呕吐,他必须以大力反腐败的断然手段去掉这段往事。

现在有学者指出,邓通在铜山铸钱后所患之病,也多半是饮用了含重金属元素的水所引起的。他不能进食,乃是肠胃食道有疾。这种症状,当是水中所含重金属元素所致。(四川省文史研究馆《巴蜀科技史研究》,四川大学出版社1995年9月1版,240页)

迅速致富的邓通没有忘记家乡尚未脱贫的人民。修桥铺路,造福一方,是西南丝绸之路的建设者。神奇的是,历史上的确有"邓通城"。《中国历史地名大辞典》载:"《舆地纪胜》卷147雅州:邓通城'在荥经县东三十里,(汉)文帝赏赐(邓)通(以)严道铜山铸钱。又有饿死坑,亦通饿死之地也。诗仙李白诗曰:多少金钱满天下,不知更有邓通城'。"抗日战争时期,国民党政府曾在荥经设置"铜矿管理处",开采宝峰一带铜矿;1939年李璜与黄炎培来川康考察物产时,曾在《过荥经有感》一诗中云:"荥经煤铁旧知名,茶叶输边亦有声。天地无私民仍困,令人愧对邓通城。"诗歌的结尾显然不明智,"天地无私民仍困,令人愧对邓通城",如果他们知道"邓通城"是"吮"来的,有何感想呢?

泾上木城坝的斜阳

将孔子名言"乡愿,德之贼也"用之于邓通,移之于木城,均不适合。

木城古名南安镇(乡),因唐武德元年(618年)曾在此建置南安县得名。隋朝之前,由于木城坝位于古泾口之上,故称"泾上"。关于木城之名由来有两种说法:一说为1646年明副将周鼎昌曾与此架木为城,打败张献忠部起义军,所以改名木城;一说为一古商人从古河道贩木时,曾于此三度沉木(筏)而得名,最初为"木沉",后改名为木城。木城作为古时繁华的大码头,民国素有"小上海"之称。直至今日,古建筑依然保存完好,如渡口、原镇政府走马转角楼、绣花楼、木城后街的民居、青石板路以及深嵌在大明寺墙头的大黄葛树等。邓通出于其中,并非咄咄怪事。

笔者来的时候,中午的雾霭,到下午仍然没有从江面散去。眼看着天色转暗,突然,一轮夕阳展示了回春之力,推开雾瘴,把江面推开。江中露出无数的滩涂,像开膛破肚的尸体……荒草萋萋,美其名曰"小岛风光"。

出木城沿青衣江而上,有渡口名"石面渡",为古渡口,是通往洪雅、丹棱等地的要津,渡口临崖,崖上有观音龛4龛,对联云:"何处去寻南海;此间便是普陀。"横披:"慈航普度。"佛教东汉才逐渐进入内地,邓通大人自有神术,无须护佑。乐山历史学者唐长寿指出,渡口旁原有汉柏一株,是两千年名木,可惜在30多年前被一所学校砍伐做了他用,只留下了"汉柏村"的地名和清代刘石父所书"汉柏"碑一通,算是档案。

连环画《黄头郎》,自河北美术出版社1983年9月1版

因为铸钱原因,邓通后来移居乐山沙湾。大渡河古称沫水,流经沙湾一段又名铜河。因邓通在此铸钱,所以大渡河下游自汉魏以来就称铜河。沙湾一地有两个响当当的名流,除了名声最大的文豹郭沫若,就是邓通大人了。在沙湾桐街子山,关于邓通的逸闻极多,当地有邓通墓、邓通庙等。其

中邓通墓在地方志上有载，并非虚构。明朝峨眉县知事在嘉靖年间重修其墓，立碑特书"汉邓通之墓"。清朝山东籍诗人、做过四川荣州知县的王培荀在《听雨楼随笔》中，收录了一首《竹枝词》："明月楼头且醉眠，从来富贵亦徒然。邓通坟近铜山在，寒食无人挂纸钱。"白云苍狗，这是哀怜他生前死后无人凭吊。这就让我感到奇怪，如今人们不是这么急切渴望利润么？邓通自然是财神啊！足见人情浇薄。传说他死后，皇帝赔偿了他一个纯金打造的脑壳。由于害怕盗墓，在桐街子范围葬了几十座邓通墓，修墓的工人也全部被杀。几十年来，很多盗墓者找遍了桐街子的旮旮旯旯，四处转悠，想找到那个金脑壳……

看看满街都是为利益而满脸焦虑、狼奔豕突的人民，就像面对一口堆金的古井，跳，还是不跳呢？

这的确是一个严重的问题！

武阳李密与《陈情表》

2011年4月16日清晨,细雨中的西蜀丘陵带着纵深的水汽起伏而来,那些蛰伏在岩石、山泉以及舌根的未及言说的春意,让人联想起望帝的逸事。按照四川省作协赴彭山县采风团的活动安排表,去的第一站就是位于龙安村的李密故里。说实话,尽管我长期在报社工作,竟然孤陋到不知《陈情表》的作者李密乃武阳(今彭山)人,心中不免惶然。

彭山县龙安村,李密故里。蒋蓝摄

出保胜乡西南约7公里,到达龙安村。这里四面环山,九峰罗列,龙安村一直被人们看作风水宝地,说它左有青龙山,右有白虎山,后面有龙眼睛山,前面有逗宝山。我用登山表测量了一下,山头海拔510米,与平地的相对高度不过50米而已。之所以名曰"龙安",是此地有始建于唐代的龙门寺。尽管村民们相信,在龙门寺大雄宝殿弥勒坐像右侧有一幽深石洞,四壁呈鳞甲状,数里开外的眉山东坡区某村一处烧火,烟却从这龙洞口冒出来。这不但是龙的栖居处,也是命名村名、寺名的唯一"圣动物"。

龙门寺大雄宝殿门外有一块雕有精美图案的石碑,镌刻道光二十八年(1848年)的圣旨,说明了重修龙门寺有关事宜。这块石碑厚约40厘米,高1.40米,一直被农民铺在猪圈里,前些年才被隆重"请出",成为镇村之宝。

李密故里的摩崖石刻群雕里,有《陈情表》。蒋蓝摄

在殿前道光圣旨石碑的旁边，还竖立着李密造像。村民们说，寺外原是李密故宅的荷塘。我眼前的"荷塘"只剩一池的浮萍，将一座三孔古石桥围了个密不透风。龙门寺虽是李密的故居，但李密于晋太康八年（287年）逝世后，却是葬于今天彭山县凤鸣镇的龙门桥村，民国《彭山县志·疆域》载："治北龙门桥去不一里，即为晋李密墓。碑为咸丰六年（1856年）知县李吉寿题。"李密墓经过历代维护，到1954年县文管所还修葺墓碑，可叹的是李密墓在1965年"改土"中被毁去，这是资料上所言。

究竟怎么毁掉的？眉山市文体局调研员王晋川先生对我讲，早年他对这一区域的文物进行田野考察期间，一位当地学校的老师对他说，那是在"破四旧"的高潮中，来了一批红卫兵，他们用锄头、钢钎打开了李密墓的巨大封土堆，当一具森然白骨出现时，引起人群一阵骚动，这才是他们寻找的"宝"。现场召开热烈的批斗会，几锄下去，这个"封建主义的孝子贤孙"立即碎成了一堆烂粉笔……"那个老师说，我亲眼看到了李密的头盖骨，都是完好的啊，太可惜了……"

也许干了一天体力活，这批年轻人的革命精力多发泄殆尽，待他们疲沓而去之后，有胆子大的村民悄悄把碎裂在地的骨头收捡起来，埋回到墓穴。据说坟内有两个头骨及几件陶器，还有一个是谁？这成了历史之谜。经人指点，我穿过龙门寺，顺左边一条小道上山，在一片蔬菜地当中，看到了一小块草地，没有封土，没有墓碑。芳草青青，就是它与周边唯一的区别。可见，有多少真相就掩盖在这堂皇的、土壤学的"改土"名目之下。

我站在山头眺望，春雨把一望无际的麻竹林染得簇新，更深的绿是竹林缝隙间的草地和庄稼，泛起了一抹苍蓝。紧靠龙门寺的一列小山叫鲜家山，因为山上居住的多为鲜姓人家。这也是风水先生所言的"白虎山"，逗宝山与龙兴场相邻，山的这一面为龙安村，又叫龙安场，山立在"龙兴"与"龙安"之间，自是宝地，被当地人称为"双龙抢宝"。

我从山头下来，往竹林深处走。麻竹外形很像慈竹，但宽大的竹叶彰显了它的特性。我突然想起"孝笋""泣笋"的传说，讲的就是三国东吴大司空孟宗为寡母泣生笋的故事。孟宗是三国时江夏人，母亲生病，医药无效，大夫嘱咐他用笋煮汤食。但冬天无笋，他便前往竹林，抱竹痛哭。忽然地裂长出嫩笋几茎，他立即煮汤给母吃，服后竟然不药而愈。他的孝闻传遍四方，后来他官至司空。这样的孝子神话宛如"雨后春笋"，其实是国人的一种身体政治观，缘木求鱼不可得，转而卧冰求鱼，鱼如泉涌，成就了孝与廉的国家报答。可惜的是，李密既不像他的老师谯周先生那么周圆无碍，可以在三朝之内完成人格周天循环，也不如他的师弟陈寿因为不孝之举遭到两次清议，他要沉默得多。如果不是那篇横空出世的《陈情表》，我估计清朝黄小坪的《百孝图记》也不会收入他的事迹。

李密的事迹不载元代郭守正辑录的《二十四孝》，我估计关键在于李密的孝行过于平凡。既没有尝粪忧心、恣蚊饱血、扼虎救父的激烈，也缺乏戏彩娱亲中欢笑掩盖的大恸，甚至没有黄庭坚身着官服超九十度鞠躬的"亲涤"母亲溺器的错位，李密的

上书陈情披肝沥胆。选自清代黄小坪《百孝图记》

遁世无闷高风亮节。选自清代黄小坪《百孝图记》

孝行，宛如石上流水，涓滴而下，将石头刻出了水的姿势。

李密（224-287年）字令伯，犍为郡武阳九峰龙门人。祖父李光，曾任东汉朱提太守。李密出生6个月丧父，他4岁时母亲何氏被逼改嫁，由此可推测他家庭的经济处境已经相当不妙。母亲改嫁后，他经祖母刘氏抚养。

李密像

李密幼年体弱多病，但甚好学，师事谯周先生，博览五经，精《春秋左传》。先秦时期，蜀人"多斑采文章"，在以华丽辞章著称的文学形式——汉赋先河当中，司马相如、扬雄雄文盘空，绮丽宛在，所谓"君子精敏、小人鬼黠"的蜀人智慧，润物细无声，这培养了李密的文学才华与能言善辩的机智。

多病之人早熟，早熟之人敏感。鲁迅先生在给许寿裳的信中，将古话"妇人弱也，而为母则强"予以扭转，彰显"孺子弱也，而失母则强"的现实硬度，得出这"却也并非完全的不幸，他也许倒成为更加勇猛，更无挂碍的男儿"的结论，以此反观李密，甚为恰切。李密祖母刘氏得病了，他痛哭流涕，夜不解衣，膳食、汤药、必口尝之后进献。李密拜师蜀中大儒谯周，在我看来，李密祖上还是声誉宛在的，不然的话，仅凭这孤儿老祖的实力，恐怕难以入其门墙。谯周的门徒把他比作子游和子夏。在我看来，这才是一个极富深意的比喻。

现在我们知道，"六经"中的大部分来自子夏的传授。所谓

"文学子游子夏"，就是经过孔子经学的主要传授人的流布，形成了后来的儒家和法家这两大派别。那么，李密是否继承发扬了老师谯周的人格与神髓？

后来，李密出任蜀汉尚书郎、大将军主簿、太子洗马（皇太子老师）。曾多次出使东吴，迅捷的辩才展露无遗。

司马昭三路伐蜀，姜维退守剑阁，与钟会对峙，263年八月，征西将军邓艾、中护军诸葛绪和镇西将军钟会率三路大军南下，开始灭蜀之战。汉中被破，邓艾率军偷袭涪城（今绵阳市），蜀汉江油守将马邈见魏军突然出现，投降魏军，又打败蜀卫将军诸葛瞻。十一月，刘禅接受谯周意见，带领文武百官出降，蜀汉正式灭亡。

谯周的举措，见仁见智，历代评说从未断绝，这才是历史的魅力。主降立功的谯周当年65岁了，被封阳城亭侯，他又可以蹀步书斋，开始他的学术生活。他最后的官职是"散骑常侍"，泰始六年（270年），他病死洛阳，终年69岁。

王夫之在《读通鉴论》里讲了一段锥心刺骨的话："人知冯道之恶，而不知谯周之为尤恶也。……国尚可存，君尚立乎其位，为异说以解散人心，而后终之以降，处心积虑，唯恐刘宗之不灭，憯矣哉！读周仇国论而不恨焉者，非人臣也。周塞目箝口，未闻一谠言之献，徒过责姜维，以饵愚民、媚阉宦，为司马昭先驱以下蜀，国亡主辱，己乃全其利禄；非取悦于民也，取悦于魏也，周之罪通于天矣。服上刑者唯周，而冯道未减矣。"（卷十"三国"之三十五节，中华书局1975年7月1版）"罪通于天"之语，未必是诛心之论，一个国家的城池，就在这般周全的劝慰声中轰然坍塌了。让我联想起秋瑾那"投降献地都是男儿做"的激烈之语。

就在蜀汉覆没的前夕,洛阳有一位著名的学者因为钟会的精心设计而被处死,这就是以一曲《广陵散》为自己死亡伴奏的嵇康。在这一年的冬天,竹林七贤的另一位名士阮籍与世长辞。

魏灭蜀后,征西将军邓艾招降纳叛,急于稳定人心,他聘李密为主薄,李密力辞不受。邓艾集团的骄横已经让他胆寒。邓艾初入成都时是"蜀人称焉",结果却是蜀人"有识者笑之"。晋泰始三年(267年),晋武帝诏征李密为"太子洗马",诏书连下,郡县不继催促。当年李密祖母已96岁,风烛残年,他上表叙述自己无法应命的原因。这就是《陈情表》,475字,这岂止是"千古散文绝唱",实乃一个人子研苦胆为墨的"黑书"。

嵇康的《与山巨源绝交书》发出金石之声,一直轰响在历史的廊道里。这是一种"自戕"而来的巨响,就像胡风于1951年1月16日致牛汉信中说的那一种真正的凌厉之力:"我在磨我的剑,窥测方向,到我看准了的时候,我愿意割下我的头颅抛掷出去,把那个脏臭的铁壁击碎的。"尽管胡风严重误读了现实,意识形态的击球棒已经把他飞舞的头颅凌空击碎,完成了一个超级"本垒打"——在头颅远未抵达铜墙铁壁的之前。李密没有将自己的头颅在权力之墙碰出裂瓜之声,他只用最软的笔发出墨声。

《陈情表》全文用了29个臣字,除了"前太守臣逵"和"后刺史臣荣"中两处指朝臣外,其余27个"臣"字均是李密自称。在"普天之下,莫非王土,率土之滨,莫非王臣"的普适逻辑之下,这让晋武帝颇感顺眼。更关键还在于,区区一份"陈情",不但可以免去抗旨死罪,还感动了君王铁石心肠,仅仅是文笔的魔力吗?

魏晋南北朝时期,启开了中国历史上对《孝经》研究的第一个高潮,最大特征是皇帝们纷纷著书立说,弘扬孝道。晋元帝有《孝经传》,晋孝武帝有《总明馆孝经讲义》,梁武帝著有《孝经义疏》,梁简文帝也有《孝经义疏》,北魏孝明帝有《孝经义记》等。北魏孝文帝还命令把《孝经》翻译为鲜卑语……

在个人与国家之间,在孝道与国忠之间,在亲情与君臣之情之间,哀婉曲折,幽径沟回,《陈情表》达成了一种"无咎"的圆通态势,悄然遮蔽了自己不愿出仕的真正动机。

写《陈情表》之际,李密时年44岁,我在46岁的当下重读此文,没有南宋谢枋得《文章轨范》引安子顺之说"读《陈情表》不哭者不孝"的感慨,我流不出眼泪,只觉得一种黑苦,宛如卤水呛喉。所谓"人命危浅,朝不虑夕"的重压,在此时化作了窒息呼吸的流汁……

祖母魂归道山之后,李密已经没有借口了,他履行了在《陈情表》的承诺。先后任温县县令、尚书郎、汉中太守等职。任期内,他在汉中勉县倡建武侯祠,那是对故国的追忆吗?然而,那来自"竹林七贤"的余韵,尽管不露行迹,但终有一天被酒力唤醒了。某天他酒后赋诗:"人亦有言,有因有缘。官中无人,不如归田。明明在上,斯语岂然。"激怒晋武帝，免官回乡。其实在此之前在温县时，他尝与人书曰："庆父不死，鲁难未已"，就差一点被人举报。

他287年卒于保胜龙安，好友安东将军胡熊与皇甫士安主持葬仪，师弟陈寿在《三国志》中为其列传。

我来到龙安村村口，此地原有7棵千年桢楠树，在大炼钢铁的年代被送进了炉膛，现在尚存两株，古意苍劲，老枝举翠。我问一个村民，当时为什么不干脆砍完呢？他闷了一下，"估计砍树的人还是想留点儿德吧！"

这是一句很真实的话，也许是这孝道之乡的余韵吧。

回溯李密一生，他几乎就是无咎的，因为每一步他都有言在先，没有矫言，他始终让言辞收敛在身形之内，绝不泼出一滴。《易经》讲的无咎，并非天生圣神，一生无过，而是"无咎者，善补过也"。从"李密故里"景点讲解员激昂的声音里，我感到了这一点。

李密曾言："吾独立于世，顾影无俦；然而不惧者，以无彼此于人故也。"这话完全可以解释他的行为，也是校准《陈情表》的价值圭臬。这话，至今有几个人敢说？

还可以追问历史一句的在于，李密出任"太子洗马"之后，晋孝武帝获得了多少孝道呢？

著名历史大家杨伯峻先生在《经书浅谈》当中，专谈《孝经》的第四节"《孝经》之受推尊"里指出："现在只谈东晋孝武帝这个人，他十岁死了父亲，便不哭丧，还说什么'哀至便哭'。他在位时，权臣桓温已死，权柄他一人掌握；其后谢安、谢石又大败苻坚于淝水，正是大有为之时，他自己却饮酒好色，又专任司马道子和王国宝一般龌龊小人，贪婪无厌，卖官鬻爵，流毒人民，结果被所宠爱的张贵人害死，甚至没有人来追究凶手。东晋因之日益衰颓，以后遂一蹶不振，还宣讲什么《孝经》（宁康三年重九日孝武帝曾亲自讲《孝经》），作什么《孝经讲义》？由此可见，统治者之讲《孝经》，为《孝经》作解说，都不过是骗人的把戏罢了。现存《十三经注疏》中的《孝经注》是唐玄宗作的，宋代邢昺作疏。因为《孝经》这部书，内容陈腐，文字浅陋，实在值不得一读。好在只有一千八百字，翻他一遍，半小时也就够了。"（中华书局2005年6月版，115页）——这段话够今人和后人咀嚼，我就发现，历史其实早把谜底摆在起点，我从迷宫出来，发现答案宛然：仅仅依靠李密的流自山野的涓滴之泉，又岂能清洗被权力硫酸蚀黑的灵田？！

在我看来，孝道之水，从来只是民间的渴泉。

一代诗骨陈子昂

陈子昂（661-702年），字伯玉，梓州射洪（今属四川射洪县）人。唐代文学家，初唐诗文革新人物之一。因曾任右拾遗，后世称为"陈拾遗"。其诗风骨峥嵘，寓意深远，苍劲有力，有《陈伯玉集》传世。陈子昂其诗词意激昂，风格高峻，彰显了唐时推崇的"汉魏风骨"，被誉为一代"诗骨"。

陈子昂像

陈子昂青少年时家庭较为富裕，这造成了他轻财好施、慷慨任侠的性格。他属于浪子回头式人物，后来发奋攻读，博览群书。同时关心国事，要求在政治上有所建树。24岁时举进士，任麟台正字，后升右拾遗，勇猛直率，直言敢谏。当时武则天当政，任用酷吏，滥杀无辜，陈子昂不畏强权，屡次上书。武则天计划开凿蜀山经雅州道攻击羌人，他又上书反对，主张与民休息。他的言论切直，常不被采纳，并一度因"逆党"反对武则天的株连而下狱。垂拱二年（686年），曾随左补阙乔知之军队到达西北居延海、张掖河一带。万岁通天元年（696年），契丹李尽忠、孙万荣叛乱，又随建安王武攸宜大军出征。两次从军，使他对边塞形势和当地人民生活获得较为深刻的认识。圣历元年（698年），因父老解官回乡，不久父亲病逝。在居丧期间，权臣武三思指使射洪县令段简罗织罪名，对他横加迫害，最后冤死于狱中。

陈子昂塑像，位于遂宁市射洪县的陈子昂读书台

碎琴动京城

陈子昂一生里最富有传奇的事迹，发生在他第二次参加京试期间。

唐代的进士考试，卷子不密封，考官除了看考生的卷子外还要看他的名气，更重要的是看是否有达官贵人的推荐。因此参加进士考试，首先就要在长安出名，使自己的诗文让一些有名望的人知道。那如何才能"暴得大名"呢？

唐高宗末年，陈子昂在长安街头踟蹰徘徊，偶然见有人捧胡琴求售，索价高昂。其实，这个卖琴的人说不定就与陈子昂一样，抱有成名的渴望。达官贵人、文人骚客，争相传看，由于价格离谱，却无人敢于下手。陈子昂看了琴之后，二话没说，倾囊便把琴买下。围观者啧啧称奇，陈子昂觉得差不多了，大声道："我生平擅长演奏这种乐器，只恨未得焦桐，今见此琴绝佳，千金又何足惜。"众人异口同声道："愿洗耳恭听雅奏。"陈子昂说："敬请诸位明日到宣阳里寒舍来。"

第二天，果然宾客满座。在酒酣耳热之际，他手捧昨天新买来的琴说："我陈某虽无二谢（谢朓、谢灵运）、渊明之

陈子昂碎琴雕像

才,也有屈(原)、贾(谊)之志,自蜀至京,携诗文百轴,奔走长安,到处呈献,竟不为人知。弹琴,我虽擅长,恐污尊耳。"说罢举琴就摔,"哗啦"一声,把琴摔得粉碎,在众人目瞪口呆之下,他才把自己的诗文遍赠宾客。众人愈以为奇,交头接耳,议论纷纷:"一摔千金,此人必是豪贵、奇人,奇人所作,必为奇诗奇文,不观也知其妙。"于是争相传诵。一日之内,子昂诗名满京华。其中"感时思报国,拔剑起蒿莱"之句,使人赞不绝口。

不久,陈子昂中进士,以上书论政,为武则天所赏识。他的诗是唐代革新派的先驱,对唐诗发展颇有影响。

陈子昂与糖画

糖画起源于四川,民间又称"糖影儿""糖饼儿"。顾名思义,糖画就是以糖汁做成的画。它亦糖亦画,可观可食,是广泛流传于巴山蜀水、备受老百姓喜爱的民间工艺食品。相传它是在古代"糖丞相"制作技艺的基础上演化而来的。这一民间工艺在四川主要流行于成都市、新都、双流、金堂、温江、郫县、都江堰市、彭县、绵阳及自贡、泸州、重庆、乐山、内江等地。

相传陈子昂在家乡时很喜欢吃黄糖(粗蔗糖)。不过他的吃法却与众不同。首先是将糖熔化,清洁光滑的桌面上倒铸成各种小动物及各种花卉图案。待凝固后拿在手上,一面赏玩一面食用,自觉十分有趣。

后来陈子昂到京城长安游学求官，因初到京师人地两生，只做了一个小吏。闲暇无事时便用从家乡带去的黄糖如法炮制，以度闲暇。一天，陈子昂正在赏玩自己的糖画。谁知宫中太监带着小太子路过，小太子看见了陈子昂手中的小动物，便吵着要。太监问明了这些小动物是用糖作的时候，便要了几个给太子，欢欢喜喜回宫去了。谁知回宫后小太子将糖吃完了，哭着吵着还要，惊动了皇上，太监只好上前如实回禀。皇上听完原委，立即下诏宣陈子昂进宫，并要他当场表演。

陈子昂便将带去的黄糖熔化，在光洁的桌面上倒了一枚铜钱，用一支竹筷粘上送到小太子手中，小太子立即破涕为笑。皇上心中一高兴，脱口说出"糖饼（儿）"两字，这就是"糖饼（儿）"这一名称的由来。由此陈子昂便得到了升迁，官至"右拾遗"。唐朝及后来朝代设置的小官，分左、右拾遗——咨询建议官员，字面意思是捡起皇帝的遗漏（政策失误），相当于当代的监察兼助理机构。左右拾遗为正八品官职，除了元代，汉族统治者朝代皆以左为大，右为小。所以左拾遗比右拾遗大一些（元代以右为大）。后来，陈子昂解衣归里后，为了纪念皇上的恩遇，同时也因闲居无聊，便收了几个徒弟传授此技。这些徒弟又传徒弟，并将它传向四方。有的干脆以此为业，走村串乡做起"糖饼儿"生意来。这"糖饼儿"生意虽小，但因曾得到过皇帝的赏识，所以生意十分兴隆，学的人越来越多，并代代相传，这一技艺从此就流传下来。

这一传闻虽然有些添枝加叶，但附会到蜀人陈子昂身上，没人认为不合理。

如何看待私仇与法律

夏商时代，在渭河上游地区（今甘肃省天水市境内）长期活跃着一个"邽戎"的部落。到春秋时期，秦武公十年（前688年），东周的诸侯国——秦国用武力征讨邽戎之地取得成功，将其设为邽县。这是我国最早设置的两个县份之一，堪称当今县制的源头。秦国越过陇山开始向东发展，为了加强关中地区的力量，将随军征战的一部分邽人安置在渭河下游地区，形成了一个新的邽人聚居区，为了使两地名称有所区别，于是将渭河下游的邽人聚居区设为下邽县（地址在今渭南市临渭区下吉镇一带，管辖范围约为今临渭区渭河以北地区），而将渭河上游的邽人聚居区更名为上邽县（即今天水市秦州区）。上下两个邽县正式分离，上邽县与下邽县的名称也由此正式确立。

武则天当政期间，同州下邽人徐元庆之父徐爽，被下邽县尉赵师韫杀害。后来赵师韫入朝当上了显赫的御史，徐元庆知道对方要铲草除根，自己更姓易名，混迹在驿站中充当仆役，这很像晋国的英雄豫让。过了很久，赵师韫恰好来到这个驿舍住宿，这真是叫"老天有眼"啊！深夜，血往上涌的徐元庆痛施杀手，赵师韫在梦中身首异处。见大仇已报，徐元庆坦然投案自首……对于此案，当时朝中有不少人认为徐元庆为父报仇，是孝义刚烈的行为，应赦免他的罪；而陈子昂则认为，按照法律，擅自杀人的要处死。因此，他建议，应当对徐元庆依法论死，然后再对他替父报仇的行为予以表彰，并将此事编入律令。当时，大家都赞同陈子昂的主张。陈子昂这篇《复仇议状》，可谓千古雄文，他在文章结尾指出：依我辈所见，应当严格执行国家法律，按照刑律处死元庆，然后在他的墓前立碑表彰，赞颂其美好节操，这样可以使天下按正道顺利发展。把这个案件载入国家法律，永远作为国家法典……

对于陈子昂的雄辩分析，偏偏有人看出了破绽，这人是柳宗元。

《驳复仇议》是柳宗元在担任礼部员外郎期间所写。属于驳论性奏议，句句针对陈子昂《复仇议状》而发。柳宗元认为，陈子昂的《复仇议状》中的观点非常矛盾，毫不足取，进而提出了个人的见解。徐元庆为父报仇，杀了父亲的仇人，然后到官府自首。对此，陈子昂提出了杀人犯法、应处死罪；而报父仇却合于礼义、应予表彰。虽然文章的主旨是要说明礼义和法律的一致，但在吏治腐败、冤狱难申的封建社会，仍然具有一定的进步意义。全文观点鲜明，逻辑严密，驳论有力。

可见，用双重标准去审判案件，实际上是对所谓法律的违背。王子犯法与庶民同罪，与现代法律讲求的"法律面前人人平等"，两者精神实质是一致的。无论尊卑贵贱，无论品行高尚与否，一旦站在法律的面前，所有人都应平等，这样才会有公正可言。衡量人们行为的标准也只有一个，那就是法律。即一个人行为是否应当受到处罚，只能拿法律这把尺子去衡量，而不是其他。如果一个人因为品德高尚或地位尊贵而免受法律的处罚，这时候判断案件的标准实际上已经不是法律，法律已经被弃置一旁了,也就更谈不上所谓法律面前人人平等了。

时过境迁,徐元庆案的结果如何已不重要,但柳宗元求真务实的思辨精神却依然宝贵。比较起来,柳宗元的结论显然比陈子昂的思考要更胜一筹。

千古绝唱《登幽州台歌》

《登幽州台歌》这首诗写于武则天万岁通天元年(696年)。陈子昂是一个具有政治见识和政治才能的文人。他直言敢谏,对武后朝的不少弊政,常常提出批评意见,不为武则天采纳,并曾一度因"逆党"株连而下狱。他的政治抱负不能实现,反而受到打击,这使他心情非常苦闷。万岁通天元年,契丹李尽忠、孙万荣等攻陷营州。武则天委派武攸宜率军征讨,陈子昂在武攸宜幕府担任参谋,随军出征。武攸宜为人轻率,少谋略。次年兵败,情况紧急,陈子昂请求遣万人作前驱以击敌,武不允。随后,陈子昂又向武进言,不听,反把他降为军曹。诗人接连受到挫折,眼看报国宏愿成为泡影,因此登上蓟北楼,慷慨悲吟,写下了《登幽州台歌》以及《蓟丘览古赠卢居士藏用》七首等诗篇。

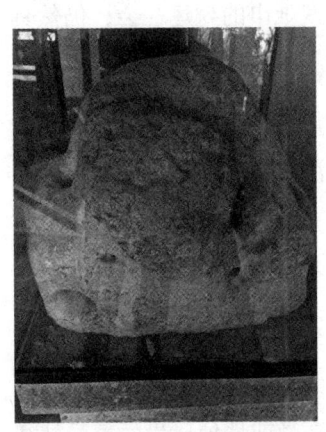

位于陈子昂读书台著名的"臭石头"。蒋蓝摄

《登幽州台歌》和《蓟丘

览古赠卢居士藏用》七首是陈子昂的代表作。唐朝卢藏用《陈氏别传》指出:"子昂体弱多疾,感激忠义,常欲奋身以答国士。自以官在近侍,又参与军谋,不可见危而惜身苟容。他日又进谏,言甚切至,建安谢绝之,乃署以军曹。子昂知不合,因箝默下列,但兼掌书记而已。因登蓟北楼,感昔乐土、燕昭之事,赋诗数首。乃泫然流涕而歌曰:'前不见古人,后不见来者。念天地之悠悠,独怆然而涕下!'"

陈子昂的这首《登幽州台歌》,即使我是在少不更事的年龄读它,也会感到字里行间表达出的巨大感伤,从而让我们知道了幽州台。唐朝的时候称北京旧址为幽州城,唐代的幽州城区域大概是在现在的北京三环以内的地方,而幽州台的具体位置却是众说纷纭,一说是在现今的广安门一带,一说是在现在的蓟门桥一带,一说是在今河北易县高陌乡境内,还有的说位于河北省定兴县高丽乡北章村台上西(台上隶属于北章大队,由黄金台在此而得名)。

在古代,幽州台也叫招贤台,亦称黄金台、蓟北楼,相传即燕国时期燕昭王为强国欲招贤纳士,构建高台,置黄金于台上,作为对人才的封赏。因燕昭王将黄金置于其上而得名。昭王拜郭隗为其师,成为当时燕昭王用黄金台招纳而来的第一位贤才。

也正是这首诗,在当时和后代得到无数读者的深刻同情,历史铭记了他的千古绝唱。卢藏用评论说,这首诗"时人莫不知也"。这不愧是齐梁以来从未有过的洪钟巨响。

陈子昂在著名的《修竹篇序》里,提出诗歌革新的正面主张："东方公足下：文章道弊，五百年矣，汉魏风骨，晋宋莫传，然而文献有可征者。仆尝暇时观齐梁间诗，彩丽竞繁，而兴寄都绝，每以永叹，思古人，常恐逶迤颓靡，风雅不作，以耿耿也。一昨于解三处见明公《咏孤桐篇》，骨气端翔，音情顿挫，光英朗练，有金石声。遂用洗心饰视，发挥幽郁。不图正始之音，复睹于兹；可使建安作者，相视而笑。……"在唐诗发展史上，陈子昂这篇短文是宣言，标志唐代诗风的斗转。刘勰、钟嵘反对南朝形式主义诗风，曾经标举过"比兴""风骨"的传统。陈子昂继承了这一尺度，指出初唐宫廷诗人们所奉为偶像的齐梁诗风是"彩丽竞繁，而兴寄都绝"，而应该以"风雅兴寄"和"汉魏风骨"的光辉传统作为创作的先驱，在倡导复古的旗帜下实现诗歌内容的真正革新。由于"初唐四杰"诗人的大声疾呼，唐诗新风格呼之欲出，沿袭齐梁的宫廷诗风已陷入审美疲劳，诗歌鼎革时机更加成熟。陈子昂的革新主张在这时提出，不仅有理论意义，而且富有实践意义；不仅抨击了陈腐的诗风，而且还为当时正在萌芽成长的新诗人、新诗风开辟道路。陈子昂的诗歌创作，鲜明体现了他的变革主旨。《感遇诗》三十八首，恰是表现这种精神的力作。《丁亥岁云暮》一篇更直接揭发了武后开蜀山取道袭击吐蕃的穷兵黩武的举动。这些内容都突破了泛拟古题的边塞诗传统之风，戛戛独造，发出金石之声。

陈子昂身后事

很多人知道射洪县金华山陈子昂读书台，却不知道陈子昂墓园，墓园位于射洪县龙宝山踝一线。龙宝山唐朝时即名独坐山，因其形酷似人之巍然独坐而得名，是陈子昂生前钟爱之地。诗人曾常在此与高僧"晖上人"坐禅念佛，留下了数首脍炙人口的诗篇。白云苍狗的变异，虽然早已没有了"岩泉万丈流，树石千年古"的景观，但山还是那座山，山前的梓江依然静水深流。

762年11月，杜甫乘船来到射洪，写有《陈拾遗故宅》《冬到金华山观，因得故拾遗陈公学堂遗迹》《送梓州李使君之任》《野望》等诗作，他称赞陈子昂是可与日月齐辉的圣贤。2016年1月上旬的一个周末，十几位诗人参加了"诗意遂宁"诗会，提出想去拜谒一代文宗陈子昂墓园。从遂宁行车40余公里后，拐入了一条蜿蜒而静僻的水泥乡道。抵达广兴镇龙宝村政府门前，斜刺里劈空一声大吼，盖过了几辆车的轰鸣……我站在码头的青

我在射洪县金华山陈子昂读书台考察。田文春摄

陈子昂墓园位于射洪县广兴镇龙宝村。2016年1月,我与陈子昂墓园的守墓人苏志华合影,我们身后即是陈子昂墓。程征摄

石台阶上,天空飘起了牛毛细雨,独座山被梓江环抱,宛如梦境。"龙宝"之名本源自民间二龙抢宝传说。本地人将从绵阳而来的涪江叫大河;从梓潼、盐亭方向流下来的梓江称小河。两江对撞,涪江成了正朔,梓江憋屈,成了涪江的支流。码头右侧是宽阔的三角洲田畴,依稀可见农民在地里劳作。江上有渔船漂浮,白鹭点点。

尽管陈子昂的文才与韬略赢得后世隆誉,但鄙视他的人不是没有,往往偏狭地纠结于他成了武曌的御用之人,甚至为杀害陈子昂的刽子手射洪县县令段简大唱赞歌。这个人,就是处于明末清初乱世之际的王士禛(1634-1711年)。王有"一代诗宗""文坛领袖"之誉,他避雍正皇帝胤禛之讳,改名为

"王士正"。乾隆即位后,鉴于"禛"和"正"连读音都不同,于是再将其改称为王士祯。诗宗对文宗,真是狭路相逢。他在《香祖笔记》写下了罕见的诛心之论:

《陈子昂文集》十卷,诗赋二卷,杂文八卷,与《陈氏别传》及《经籍志》合。子昂五言诗力变齐、梁,不须言,其表、序、碑、记等作,沿袭颓波,无可观者。第七卷《上大周受命颂表》一篇,《大周受命颂》四章,曰《神凤》,曰《赤雀》《庆云》《畦颂》,其辞诡诞不经,至云:"乃命有司正皇典,恢帝纲,建大周之统历,革旧唐之遗号。在宥天下,咸与维新。赐皇帝姓曰武氏。臣闻王者受命,必有锡氏。轩辕二十五子,班为十二姓,高阳才子二八,名为十六族。故圣人起则命历昌,必有锡氏之规。"云云。集中又有《请追上太原王帝号表》,太原王者士彟也。此与扬雄《剧秦美新》无异,殆又过之,其下笔时不知世有节义廉耻事矣。子昂真无忌惮之小人哉!诗虽美,吾不欲观之矣。子昂后死贪令段简之手,殆高祖、太宗之灵假手殛之耳。

尤其是文章结尾,可见怨毒之深。

白云苍狗,蝇营狗苟,该过去的,注定要过去。陈子昂注定是沉默的,宛如他的字:伯玉。

陆游、范成大与崇州东湖

崇州城内历史上出现过罨画池、东湖、西湖三个名词，三者所指互相混淆，历来争论不休。罨画池为北宋赵抃开凿并命名，至陆游时又称东湖，陆诗多以湖池互称，其实实指罨画池。西湖一说源于范成大的《吴船录》。近年同济大学专家考证认为，崇州罨画池从唐代衙署园林东亭，至两宋时期的罨画池，以及明清以后增建陆游祠和文庙的历史沿革，确认了罨画池的开凿年代，并证明历史上西湖、东湖、罨画池实为一物。罨画池作为西蜀衙署园林的典型代表，印证了中国古代衙署园林引水造园、因水得景的典型特征。

东湖夜月

古崇州曾是蜀国经济、政治、文化中心，也是蜀王杜宇的建都之地。从常璩《华阳国志》"朱堤梁氏女利游江原"这一记载可知，当时的崇阳（古称江原）是吸引游人的胜地。到唐宋时，逐渐形成了著名的"蜀州八景"，又称"江原八景""唐安八景""州治八景""崇庆八景"。后来的州县志均有记载，仅录载的吟咏州"八景"的诗就达百首。但真正口耳相授、流传至今的还是清代文人晏补之的诗：

> 惟爱东湖夜月圆，前村牧笛响悠然。
> 市桥官柳依依绿，东阁红梅朵朵鲜。
> 天目晓钟声八百，西江晚渡客三千。
> 岷山晴雪无今古，白塔斜阳照九川。

八景之中至少六处与陆游有关，多姿多彩、叠山宕绿的水景更是"蜀州八景"中的关键词。

"东湖"之名来自陆游《剑南诗稿》。诗人高适曾来到罨画池赏月，特意写有《与薛三韩四东亭玩月》一诗。罨画池赏月，不愧为人生一大快事，但那时叫"东亭"而不是"东湖"。宋孝宗乾道九年（1173年）陆游调摄嘉州，他一直怀念蜀州的生活与风物，写《秋日怀东湖》二首，首句即说罨画池，得知东湖即罨画池。他有《感事》诗句"'赖有东湖堪吏隐'和《暮春》中'春来日日在东湖'"。他在东湖的生活是惬意愉快的，尤其在明晃晃的月夜，微醺漫步湖中，荷叶摇曳，莲藕的倩影引人遐

陆游像

想，疏影暗香，令陆游心旷神怡。这样的东湖、这样的月夜，美得令人神驰。此后，无论杨高鹏的"月缺月圆亏更益，分明造化碧波中"，还是"天上冰轮仍皎洁，人间图画竟虚空"等诗句，都有蹈袭陆游"冰轮了无辙"、"岂复计圆缺"之嫌。

到了明末清初，人们尚称此景为"东湖夜月"。康熙《崇庆州志》记载："东湖夜月，治左。"其方位大致在今崇州正东街幼儿园以东一带。乾隆《崇州州志》记载："东湖，《通志》在州东南，旁有亭馆，为州景胜外，今废。"光绪《州志》所载"东湖夜月"线描图显示：水面广阔，湖光潋滟，皓月中天，与水中圆月交相辉映；湖畔绿树芳草，东南角有一供游人观景的亭馆。与乾隆《州志》所载完全相符。诗人陆游任蜀州通判时，还写有《夏日湖上》诗：

乌帽筇枝散客愁，不妨胥吏杂沙鸥。
迎风枕簟平欺暑，近水帘栊探借秋。
茶灶远从林下见，钓筒常向月中收。
江湖四十余年梦，岂信人间有蜀州。

大约从清初开始，由于湖水干涸，湖面逐渐缩小，在乾隆《州志》绘制的"州城八景图"中，此处已是农田。所以，清代乾隆《崇庆州志》记述和绘图标示的"八景"，便以地处州城西北隅的"西湖夜月"取代了地处州城东南角的"东湖夜月"。由此可知光绪《州志》绘制的"东湖夜月"早已由"西湖夜月"取而代之了。乾隆《州志》引述《吴船录》说："蜀州郡囿西湖，极广，芦花正盛，呼湖船泛之，系揽修竹古木间，景物甚舒，为西川胜处（今仅存湖）。"民国时期曾辟为"西湖公园"，20世纪80年代还有水面数十亩，人们俗称为"西湖塘"。水塘水深数米，仍然可泊舟楫。水是从城外"炮台"的一条沟渠引来的，出水处就是罨画池。冬天水枯，人们可以从水道中钻过，芦蒿、荷叶密布。塘是活水，鱼类甚多……

昔日的西湖塘现在改叫西湖巷，成为典型的商业住宅区。每天车来人往，就是看不到一棵原生的大树，更没有波光粼粼的水塘和荷花了。

范成大游历蜀州西湖

宋淳熙四年（1177年）六月，担任四川制置使的范成大，曾先后写有关于蜀州的诗词20首，可见他对蜀州的依依不舍之情。著名诗人范成大从苏州乘船沿长江来到成都，随岷江来到风景秀丽的元通镇，诗人游历之后，还为集镇4条街道留下了名垂千古的"东盛、双凤、麒麟、增福"街名，在古刹圣佛寺留宿，并留下了歌颂当地景色的诗篇。其中《蜀州西湖》堪称经典。

范成大画像

闲随渠水来，偶到湖光里。
凉风入午暑，水竹有秋意。
仍呼水月舟，径度云锦地。
谁云不解饮，我已荷香醉。
湖阴玉婵娟，夐立红妆外。
何须东阁梅，悠悠自诗思。
采菱不盈掬，兴与尊鲈会。
遥知新津宿，魂梦亦清丽。

　　诗人状写了湖上种种感受，秋风渐起，天高云淡，湖中的荷叶、菱花不禁让他浮想联翩。诗人说自己"不解饮"，即不知道饮酒、不能饮酒。但荷花的香味已使人酣醉不已了。第二天他将夜宿新津，那里也是水城，水天一色，"魂梦亦清丽"。他特别写有一个副题："花正盛开。水月，登舟亭也。湖阴亭外则有白莲，尤奇。蜀中无菱，至此始见之。"古人的诗词，不仅仅是务虚的，而且也记载了很多颇有价值的风物掌故，对于考证成都的植物流变，意义显然非常重要。

　　《宋史·陆游传》载："范成大帅蜀，游为参议官，以文字交，不拘礼法，人讥其颓放，因自号放翁。"仅此简单几句，就暗藏陆游入蜀的逍遥和酒色才气。在这样气场与地望当中，诗人岂能不诗情万端？在成都致辞，我们说崇州是拥有诗歌之湖的城市，应该没有疑问。

中编
踬踣者外传

在先行者孙中山的语境里,那种"以坚毅不挠之精神,与民贼相搏"之人,乃是踬踣者。

张献忠与洋人的交际史

利类思、安文思与《圣教入川记》

关于大西皇帝张献忠的史料颇多,但正规史料多取自稗官野史,道听途说,良莠不齐。因为绝大多数作者,并没有亲见过张献忠本人,更没有置身大西宫廷耳提面命,领教"黄虎"的喜怒无常与歇斯底里。因此,法国传教士古洛东1918年整理印行的《圣教入川记》就凸显出弥足珍贵的价值。用现在的话说,这是第一部也是唯一一部关于张献忠以及大西政权的非虚构之书,并不为过。

《圣教入川记》记录了利类思、安文思在四川的经历,尤以两人在张献忠阵营所待两年多时间的亲历为贵,惊心动魄,

梓潼县七曲山大庙里的张献忠塑像

冥河滔滔，九死一生。

利类思（1606-1684年），原名Ludovicus Buglio，天主教耶稣会传教士，意大利西西里岛人，贵族出身。1635年4月13日起程赴澳，1636年抵澳门，取名利类思，字再可。崇祯十年（1637年）来到内地，在江南传教两年后，赴北京助修历法，1640年入川传教，创建成都教堂。这是天主教进入巴蜀的源头，异域的教堂也随之在天府之国相继建立。利类思也撰写有大量的传讲天主教的著作。在当时耶稣会会士中被公认为汉语造诣最高深者，所遗著作、译作达20余种。利类思于康熙二十三年十月（1684年10月7日）卒于北京，赐葬栅栏教堂墓地，位于利玛窦墓附近，墓碑上刻有康熙皇帝的谕旨。

安文思（？-1677年），字景明，原名Gabriel Magallaens，葡萄牙人。崇祯十三年（1640年）来华，先住杭州，后入川传教，崇祯十五年（1642年）八月到成都。崇祯十七年（1644年）张献忠起义军再度入川，攻克成都，两位传教士于城陷前逃到山区避难，不久即为张献忠手下所获，遂在起义军中为大西政权制造天文仪器，并从事传教活动。清顺治三年（1646年）张献忠在西充县被一箭穿胸毙命，利、安两人又为清军所获，被肃王豪格留在军营，后随军到西安，顺治五年（1648年）到达北京，先后受到顺治、康熙皇帝的优遇，允许他们传教。豪格死后，利类思和安文思获得自由，参与天文台的工作，皇室赐给两人一座宅院，他们在此修建了一座教堂，被称为东堂，坐落在北京王府井大街76号。安文思具有一流工匠技艺，善于制造机械，先后曾为张献忠和清朝政府制造过许

安文思、利类思创建的北京王府井教堂

王府井天主教堂是北京地区著名的天主教堂之一，本名圣若瑟堂，又称东堂，位于王府井商业街中段东侧，堂体占地面积约2387平方米。选自《旧京史照》，北京出版社1997年版

多仪器，康熙帝称赞其"营造器具有孚上意，其后管理所造之物无不竭力"。除了制造机械，他还于1668年以葡萄牙文写成《中国的十二特点》一文称颂中国，后以《中国新志》为名刊行于巴黎。

　　安文思在北京传教期间著有《张献忠记》一书，叙述他和利类思在张献忠大西宫阙当中的经历和见闻。古洛东所说他在上海见到的耶稣会神父出示的抄本，当即与《张献忠记》有关。他加以摘录、编纂、注释，写成《圣教入川记》，从而保存了《张献忠记》的主要内容。由此可见《圣教入川记》的亲历价值。安文思于康熙十六年（1677年）四月逝世，赐葬滕公栅栏教堂墓地。在北京市西城区北营房北街（马尾沟）教堂，保存有清康熙十六年四月六日树立的"安文思墓碑"。

1640年意大利人耶稣会士利类思受东阁大学士刘宇亮之助，入川来到刘宇亮在绵竹的老家传教。刘宇亮为万历四十七年（1619年）进士，屡迁吏部右侍郎。崇祯十年（1637年）八月，擢礼部尚书，与傅冠、薛国观同入阁。刘宇亮短小精悍，善击剑。居翰林时，常与家僮角逐为乐。性不嗜书，馆中纂修、直讲、典试诸事，皆不得与。但刘宇亮声望极大，热心天主教，在他影响下，利类思在他老家住了8个月。他的家院里，"为利君将中堂装饰一新，堂中悬救世主及圣母像，设祭台，上置黄蜡烛台及各花草，宛如圣堂然。利司铎常在此处，不独向各绅宦讲论圣教道理，而各等人民来游玩者亦为之讲道（成都人士从未见经堂，闻风来观者殊不乏人）。听者皆乐而忘倦。于是进教者实繁有徒。"（《圣教入川记》，四川人民出版社1981年4月版，4页）

一个被中土内陆省份视

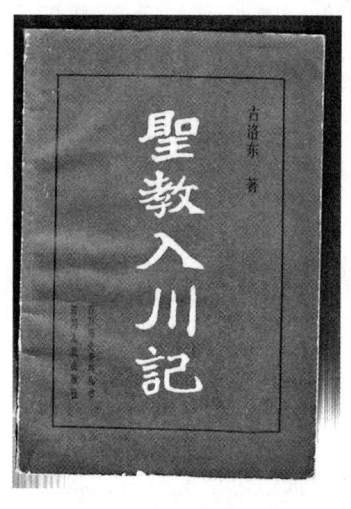

四川人民出版社《圣教入川记［附五马先生纪年］》，古洛东著。明末清初四川早期教会史料

为"异物"的宗教，在尚未成为"异端"之前，人们总是报以稀奇、观望的态度。利类思随即在绵竹天官府讲经布道，受洗者达30余人，这应该是四川第一批正式受洗者。随后，利类思再到繁华的成都播撒上帝之爱。崇祯十四年（1641年），他在成都的达官显贵中挑选了30位天主教徒，成为四川一地的第二批教徒，其中就有蜀献王后裔伯多禄（音译）等人，率领家眷受洗礼。1642年耶稣会士葡萄牙人安文思从杭州来成都协助传教，保宁、顺庆等地也相继建立了传教经堂，四川逐渐成了重要的传教区。随着天主教在四川的传播，造型特异的教堂也随之在天府之国相继建立，让居住于山区、觊觎红尘动向的道观中人，大为不快。

《圣教入川记》屡屡提及为难天主教的"道党"，乃是道教教徒。当时成都道教盛行，从教者广泛，官绅较多。一见洋天主教吸引听众，他们立即采取了很多攻击措施。四川武官阎督系明蜀王府禁卫军统领，皈依天主之后，奋力保护教众，还在自己家中设立圣母堂，可见当时天主教对于绝望世人的影响之大。

本书里，显示出作者拘于教派之争的狭隘立场，远没有宽厚仁爱的立场："道党种种暴行，攻击圣教。后刑司暨官府查实，分别首从，将为首滋事三八严办；余皆薄责，充留省外多其余附和之辈，亦受应得之罚。因张献忠占据蜀川，虐杀僧道，是其显报也。"（《圣教入川记》，四川人民出版社1981年4月版，13页）最后一句，不应该是真正得道者说得出口的话。

崇祯十七年（1644年）八月初九日，张献忠率领起义军攻破成都城池（《圣教入川记》记录的张献忠进入成都城的时间为九月初五），末代蜀王朱至澍走投无路，带妃妾自沉于蜀王府内的"菊井"，太平王朱至渌也赶紧自杀；四川巡抚龙文光、巡按御史刘之渤、按察副使张继孟等明朝派驻四川的主要官员因拒不投降，均被农民军处死。张献忠分军肆虐，迅速控制四川大部分地区的州、县。崇祯十七年十一月十六日（1644年12月14日），农历冬月十六日，张献忠据蜀王府宣告建立大西国，改元大顺，称帝，以成都为西京。

此时，躲避在绵竹县刘宇亮老家的利类思与安文思，见到了从成都逃出来的教堂执事安当先生，听他讲成都屠杀惨状后，几乎是面无人色。估计绵竹县即将成为瓦砾，他们连夜坠城逃跑，来到几百里之外的雅安天全县。

铸造、天象与《天书》

《圣教入川记》没有交代清楚的是，两位传教士是如何返回成都的？他们之所以要返回成都，主要是风闻张献忠雄才大略，"有勇有为，能任国事"；其次，在于曾经担任成都县令的吴继善，已摇身一变，升任大西国的礼部尚书了。这个吴继善是何许人也？他为什么要推荐两位司铎？出身江苏太仓的吴继善，乃是写《圆圆曲》和《绥寇纪略》的著名诗人和历史学家吴伟业（梅村）的族兄。崇祯十一年（1638年）进士，后在翰林院任庶吉士，认识被崇祯重用的德国传教士汤若望。吴继善奉命到成都做县令，离京前他与汤若望告别，汤请吴给利类思带了一封书信，吴到成都接印视事后即到圣堂拜谒利类思，"畅谈间，殊为相得"，遂成为朋友。

吴继善向皇帝大力推举两位洋人是不可多得的人才。张献忠早已知道意大利传教士利玛窦与万历皇帝的交往，进呈自鸣钟、《圣经》《万国图志》、大西洋琴等贡品，加上崇祯皇帝重用教士汤若望，顺势而导之，奇技淫巧，令人脑洞大开。对此，张献忠也渴望一睹为快。他下令，派遣礼部尚书立即请两位洋人出山觐见。

见到礼部来人，不得有误，他们星夜从天全县赶往成都。当日黄昏，入住成都光禄寺署，受到御宴款待。次日一早，他们来到蜀王府，见到了高高在上的皇帝。

当时，这两个人都还算年轻，毕恭毕敬，他们看上去精神很好，身材高大。两人穿着传教士的黑袍，胸口挂十字架，手里还捧西文版《圣经》。

一名传教士自我介绍道："我是天主教的耶稣会士，中文名叫利类思，是意大利人。"

另一名传教士也自我介绍道："我是葡萄牙人，中文名叫安文思。"

两人的汉语都说得不错，为了传教，他们下过很大的语言功夫。利类思道："我们在澳门学了两年的汉语，风闻皇帝雄才大略，所以我们就来了……"

那天，大西皇帝心情很好，他希望跟洋人留下好印象。再一想，这两人胆子够大，能够进入正在战乱的内陆积极传教，可以说是明末时期最有冒险精神的两名传教士。他们对传教的那份执念，为了传教所能做到的牺牲精神，让久经沙场的张献忠暗暗称奇。

胸怀祖国的人，总是渴望放眼世界。张献忠放低身段："问泰西各国政事，二位司铎应对如流。献忠大悦，待以上宾之礼，请二位司铎住成都，以便顾问。并令遵己命，同享国福。且许将来辅助教会，国家太平之后，由库给赉，建修华丽大堂，崇祀天地大主，使中国人民敬神者有所遵循云云。二司铎唯唯而退。"（《圣教入川记》，四川人民出版社1981年4月版，20页）

张献忠是最求立竿见影的人，不喜欢口惠而实不至。两位洋人前脚回光禄寺署，他已经派人送来了各色点心、数匹绸缎、60两白银，朝袍各两件。两人受宠若惊，翌日上朝拜谢。一见洋人没有穿中国式朝衣朝冠觐见，张献忠有些不悦，洋人解释说早已绝世俗荣华，张献忠对此发表了一通宏论："吾固知尔等是传教司铎，已绝世荣世爵。吾赐袍之意，是出自爱慕之诚，非有任官赐爵之心。然按中国风气，凡入朝见君者，非朝衣朝冠不能入朝，若用小帽素服入朝者，是亵渎至尊，乃有罪之人也。且尔等深通天文地理，又知各国政治，又是西国学士，吾当屡次请见。若衣素服在王前往来，与朝臣不同，令人诧异，非吾尊敬贤人之心，亦非顾问员之所为也二尔等勿得推却。"

这是一番入情入理的话，思维严密，滴水不漏，这也成为革命学者们引为张献忠"智识非凡"的铁证。

两位洋人理屈词穷，只得领受了大西国的重礼——朝服。

张献忠一见，一箭双雕，目的已经达成，不禁龙心大悦，封洋人为"天学国师"。每人每月获得10两银子的俸禄。这就是说，他们已经是大西国的国师了。

张献忠经常在金銮殿求学问道，天文地理，民主选举，表达出了好学上进的君子势头。洋人老实，岂能探之水深。

转眼就到了1644年冬至日，在成都民间，传统意义上的春节是指从腊月初八的腊祭一直到请春酒的正月十七，其中以除夕和正月初一为高潮。费著《岁华纪丽谱》载，南宋的成都冬至，毫无例外的成为一个宴乐的由头，当时成都地方长官，在冬至日要在大慈寺设宴。

陕西也有冬至吃腊八粥的民俗，北方甚至更为隆重。张献忠决定不能一味追求花天酒地，而是要过一个"有意思"的冬至日。他在蜀王府大宴官僚与宾客，"列筵丰美，堪比王家，宾客众多，难以尽计"；宴会设在"宫内正厅，此厅广阔，有七十二柱分两行对立，足壮观瞻"。这表明此时明蜀王府宫殿虽然经过政权易手，依是蔚为大观，宏丽雄伟。

张献忠下令，请两位洋人升坐。张献忠首席，阁老次席，洋人竟然位列第三。张献忠的老丈人列第四，余下才是文武百官。

酒席开始，张献忠嘘长问短，首先问及天主教以及传教事情。他关心的是"西学"，问及算学之事甚多。更有意思的是，张献忠每每听完洋人的答复，转身就与左右辩论，舌灿莲花，出天文进算数，手挥五弦，目送飞鸿，他已经颇有心得。洋人耳濡目染，不得不承认："其智识宏深，决断过人"，他们暗暗称奇,进而忘情山呼万岁:皇帝"天姿英敏,知足多谋,其才足以治国"。这一评语,已是一代明主轰然崛起之兆。奇妙的是,恰在于紧接此句之后的一句话:"然有神经病,残害生灵,不足以为人主。"看起来,反而让我疑心,写作者此时饱受刺激,头脑已不大正常。

张献忠重用传教士的动机,首先在于铸造天象仪、地球仪。这满足了他极大的好奇心。

西汉时,蜀地奇才落下闳就提出了"浑天说",是极富想象力的天文理论,他认为整个天体浑圆如一个巨大的蛋,天如同蛋壳,而地就像蛋黄。天上的日月星辰,每天都绕着南北两极不停地旋转。其可贵处在于承认宇宙是运动变化的,而且这种运动和变化是有规律的。他发明制作了浑天仪,用来证明"浑天说"。那是一架巨大的天文仪器,是当时世界上最精密的天体观测仪,肉眼能看到的星座,都被精确地标刻在他的仪器上,仪器的转动,能演示出它们在天空运行的轨迹。在落下闳提出"浑天说"之后一千六百年间,世界上一直没有其他理论比他的想象说更为正统,地是中心,宇宙围绕着地球转。

对此,以革命为职业的张献忠并非一窍不通。他渴望上知天文,下知地理。

1645年,张献忠给两位天学国师下令:制造天球仪与地球仪。二司铎接旨,立即绘制设计图并指挥数十名工匠费时半年用红铜铸成,另造日晷配合。成都周边彭州以及荥经县、瓦屋山历来产铜,但他们使用的铜应该不是来自铜矿,而是直接用抢劫而来的铜器皿、佛像熔铸而成,这与大西国铸造"大顺通

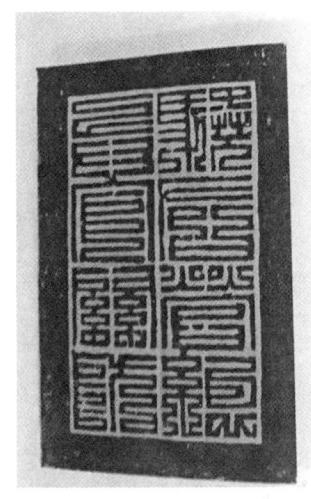

大西政权礼部于大顺二年五月铸造的铜印

宝"和"西王赏功"近似。

经历8个多月的奋战,两个铜质仪器完工。

"按二球之大,须二人围之。天球有各星宿及其部位,七政星官环列其上,配以中国天文家所演各畜类;又分二十八宿,以合中国天文家之天图。而地球分五大部州,国名、省名、城名及名山大川历历可数;经线、纬线、南北两极与黄道、赤道、南北温道无不具备。至于日晷,列有黄道午线及十二星官与各度数,日月轨道如何而明,岁时因何而定,了如指掌。"完成后,"见者莫不称奇,献忠尤为称羡,视若异宝。饬令将天、地球仪排列宫中大殿上,以壮观瞻。又令厚赏司铎。""献忠深赞二司铎之才能,尤加敬重。不独厚爱司铎,即司铎之佣人亦均赏赐。"(《圣教入川记》,四川人民

出版社1981年4月版，23—24页）

张献忠不但睁眼看清了世界，而且还可以伸手抚摸宇宙。他终于发现"老天"的权力构造了。那么，剩下的事情，就是寻找上天入地的路径了。

既然自己拥有了地球与宇宙，已经是"天子"，那么天子的言论，就是"天言"，汇而成书，就是"天书"。他立即下令把自己的语录编为《天书》一册，"谓此书所言无人得知，惟天子独知，因天子奉天之命，独能解释故也。此书多隐语，乃献忠伪作。"《天书》的本质是预言之书，预示大西国未来诸事。任乃强先生指出张献忠"初通文墨"，举他的几首顺口溜为证，其实，他有意回避了《天书》的写作，"张献忠语录"才是其本体论到方法论的集成。

张献忠迷信甚深。在我看来，他热衷"天文"，主要是渴望在"天象"的指掌图里，看到对于大西国运、个人气数的预兆。他经常围绕铜球逡巡，忽然背手狂笑，忽然又陷入忧思。他反复摩搓，红铜越来越红，突然，发出冲天血光。

自从拥有了天象仪与地球仪，张献忠经常站在空旷的坝子里（现在的天府广场）独立向天，这分明是屈原"天问"的函授弟子。

某天，他似有所悟，发出圣旨：自己亲眼在天上看到了弓、看到了箭、看到了刀、看到了矛。"自己奉上天之命，不特为中国之皇，且将为普世之帝。随令百官仰视天空，百官等一无所见。献忠谓今日天不清朗，故尔等未能见之，且其中亦有天意存焉。天显奇异，只令天子独见，以便将来代天行之。"

由此可见，张献忠这番话并非向天虚构，他极可能与晚期的洪秀全一样，陷入了对"天"的极度痴迷与虔信。

天象仪、地球仪存列于皇宫大厅，宛如天外来客，凡人不可靠近。矛与盾一直围绕着它们旋转，跳起了急促的狐步舞。某天，引起了一场"何以天圆地方"的形而上讨论。忧思多日的张献忠向两位国师提出了这个终极问题。

洋人详细阐释地方天圆之理，并引多方证据："地球非方形也。"

久走山路的张献忠心目里的"地理"，就是草灰蛇线，羊肠小道。他非常诡诈地回答："地球浑圆之说，吾亦信之。然据中国天文家之理想，地系方形，中国在中央，四方为外国，故名中国，其坚稳可知。当有八百年之久长。"这段话，表明张献忠并非一无所知，他承认西方的科学知识，但又要维护国粹，问题在于，中国的稳固如何是八百年呢？所以有学者说，大西皇是坚定的爱国主义者，东方文化为世界中心的提倡者，"中学为体，西学为用"的最早实践者。

呵呵，各位看官同意吗？

张献忠决定举行一场辩论大会。他命令宫廷太监与洋人进行学理驳难。真理，越辩越明嘛。

他突然插话："外国有无菩萨？"

太监们揣测旨意，大肆诋毁天主教。但张献忠显然更为宏阔，他不以亵渎天主之言为意，反而颂扬天主真神。放声高祷："天主命我到川剪除道党，以救二位司铎，因司铎所传之教律大而且圣。不幸中华人民固执于恶，未能守之。"张献忠手抚怅然,向司铎云:"我今亦在教,谨守圣律,若将尔等之长须让生我之颔下,必能成一善教友,与尔等无异。"这个话,让洋人大惊。其实是他们没听懂。头发长,见识短;老龙王,胡子长。张献忠的意思是洋人见识多,学问渊博,如果他获得了洋人的智慧,那么就彼此彼此,都是教友。

张献忠重用传教士的动机,其次在于铸造大炮。这极大地满足了他的实用性。

张献忠从两个铜球的制作工艺上,看到了洋人的工匠精神,他又命两司铎造一尊红夷大铜炮。所谓红夷大炮,乃是荷兰人发明,原名叫"荷兰雷",因中国人称荷兰为红毛国,故称为红夷大炮。

利类思说:"这种大炮的优点是炮管长、管壁厚,而且从炮口到炮尾逐渐加粗,符合火药燃烧时膛压由高到低的原理。在炮身的重心处两侧有圆形的炮耳,火炮以此为轴可以调整射角,配合火药量改变射程。设有准星和照门,依照抛物线来计算弹道,精度很高,威力巨大,一发炮弹可伤人无数。西洋人的海军横行海上全靠此炮,我虽多次见过,但未学过制造之法。安文思是葡萄牙人,精习算术物理,或许可以帮助你们制造。"

安文思承认:"本人没有学过制造军火之术。但军火也是根据物理学原理制造出来的,要认真研究的话应该可以找到其方法。承蒙皇帝准许我们传教,为了大西国的国运昌盛,我愿助一臂之力。"

当时成都尚有遗存的明军火炮,两位洋人依葫芦画瓢,摸索出红夷大炮的原理，绘出了图纸。原来那帮协助铸造天象仪地球仪的工人已经熟门熟路，按图施工，先铸炮管，再造炮弹，最后将炮身装载在炮车上。两个月内，红夷大炮铸造成功。

事有巧合。彭县（今彭州）传来急报：彭县民众造反，叛民与南明残军聚结于关口（丹景山）、海窝子一带的山寨，抗税抗粮，抵抗大西军。张献忠决定牛刀小试，让红夷大炮大展神威。炮车轮子大，加上车轴宽，一般道路根本无法通行。张献忠命令沿途的乡镇修运车道，与成都街面同宽，直达彭县。但两位洋人毕竟不是军人，由于没有造好炮架子，发射时要把沉重的大炮抬到地面操作，操作费时费力。他们来到了一处地主山寨之前，那是对抗大西政权的一处山坡上的坚固堡垒。因需要仰射，操作更为困难。最终是连炮带骡子滚落下山沟，这是一次颇为丢脸的科学实验。但张献忠没有重责洋人，他自有他的金算盘。

滔滔血海浮起了天地

在铸造之外，张献忠得陇望蜀，更希望洋人把他平时讲述的"箴言"翻译为西文，寄往西方传播，以扬其聪慧。洋人认为这是"谚语"，而且狂悖荒诞。他们不知道的是，中国自古有"语录"传统，圣者之言，方为"语录"。

张献忠的这一番比热烈拥抱地球仪还要狂悖的念头，是依靠如下言论支撑的——

张献忠说:"天造万物为人,而人受造非为天。"

张献忠又说:"造天之神,即造地之神也。"

张献忠还随口吟诵:"高山有青松,黄花生谷中。一日冰雹下,黄花不如松。"

……

张献忠口述完毕,"请洋人语速寄欧洲,使文人学士先睹为快。"注意,张献忠使用了"请"字。这就是说,笛卡尔死于1650年,弥尔顿尚在奋力写作史诗,如果真的把张献忠的作品翻译为西文,他们就是第一批张献忠"语录"的西方读者。再假设一下,如果当时有诺贝尔文学奖,说不定张献忠依靠"语录"与《天书》两本著作,就将首开华人问鼎之先河。

热衷于天文研究与发表作品的大西皇帝,毕竟不是意气书生。突然之间,张献忠虎目圆睁。

"脸,突然就黄了。"

他怒不可遏,七窍生烟,人神皆不能当。簇新的宫殿开始摇晃。受到战事不利消息影响,皇帝愤怒指出:两个洋人均为奸细。

他们是谁的奸细?李自成的?还是清军的?又或明军的呢?

张皇帝目光如炬:"借传教为名,暗行其私意,侦探中国底蕴,报知外国。"

这就是说,张献忠提出了"国际间谍"的严重问题。这的确体现出张献忠的国际视野,非同寻常。两个洋人双股战战,叩头作揖,毫无效果。最后沉默了,只得听天由命。突然间,皇帝又和颜悦色，一派风和日丽，伸出巨手扶他们起身。

张献忠的岳父是南京的一个老儒生，从洋人处得到一本利玛窦所著的《畸人十篇》后，一读狂喜，再三索书，他们又把《天学实义》给了他，也是利玛窦所著。张献忠岳父一读再读，竟然产生了皈依之心。但张献忠耳听八面，知道洋人竟然还藏匿了自己不知道的"天书"，疑心大起。他以为司铎尚有天文、算学诸书匿而未献出，遂命令将各书悉数交出，以便检阅。张献忠检阅各书，其中见有巨书一册，书之第一篇有两赤身儿童像，童背有二羽翼，如天神模样。"此乃西国风气使然，凡学问之书多用图画，以醒眉目。献忠见之，即询其故。司铎答以此书所言各事均以图画详明，使人易为理会云云。"

张献忠闻之，狂吼云："真正野蛮！"言完，又索要天文书。

"野蛮"一词出自张献忠之口，历史就是如此妙不可言。

他为什么屠杀四川人？张献忠对洋人讲述了一番至理名言，也可以收入《天书》："四川人民未知天命，为天所弃。因天前生孔圣宣传圣道，早知川人弗从，故生孔圣于东省。而东省人民爱圣人、遵圣道，而川人反是。故天厌之，并屡降灾殃以罚之。今遣我为天子，剿灭此民，以惩其违天之罪。又遣尔等司铎航海东来，到此四川传扬圣道，力挽人心，而人民亦弗之听。若辈之罪，擢发难数，故天震怒，遣我天子以罚之。"（《圣教入川记》，四川人民出版社1981年4月版，34页）

这是一番绝对虚构不了的话，恰在于其滔滔雄辩的杀人逻辑。替天行道，吊罪伐恶。反过来看，张献忠坚持认为，自己与孔圣人是"同一个战壕"的。某天,张献忠正在对科考学子大开杀戒之际,成都的文庙突然起火。张献忠疑虑,问左丞相汪兆麟:"孔圣人是不是不愿意咱们杀这些读书人哪?"汪兆麟是一踩九头翘之辈:"不!这是孔圣人告诉我们,四川的文运走到尽头了。"张献忠哦哦几声,抚掌大笑,看来真理在我们一边。

张献忠缴获了一面宝镜,名曰"千里镜"。他仰视天象,俯察四方,常用"千里镜"予以照射。大西国官员对此宝镜的威力深信不疑:"能闻此异事者乃有福之人,而未能闻者乃无福人也。"我估计,张献忠应该也使用"千里镜"独照过洋人,显然,他的X光设备透射出了"赤胆忠心",否则,洋人早早就被拉去喂皇宫里的獒犬了。

张献忠对各类天书具有一种病态的痴迷,尤其是汤若望的著作,皇帝起早贪黑诵读不已。

大顺三年(1646年)七月,为了北上陕西抗击南下的清军,张献忠决定放弃成都,"尽杀其妻妾,一子尚幼,亦扑杀之。"他对孙可望说:"我亦一英雄,不可留幼子为人所擒,汝终为世子矣。明朝三百年正统,未必遽绝,亦天意也。我死,尔急归明,毋为不义。大西军兵分四路,并命令四位将军,各率兵十余万向陕西进发。九月间,张献忠率部离开了化作焦土的成都。由于沉重物件无法带走,他下令把皇宫里的石犀等掀翻下埋。我估计,那两个红铜仪器也一并埋入了地下。

驻扎在南充军营之后,张献忠似乎并没有如史家们所鼓吹的那样全力准备"抗清"。他念念不忘的是大西宫廷中的天象仪等,思念就是最大的心魔。他实在忍不住了,鉴于地球仪、日晷等一并制造费时费力,他必须具备鉴别主次的辩证法。他下令:"劳役两位司铎,令造天球一具,与前日在成都官中所造稍为较小,凡各经星部位须按次排列,赶急造作,不分昼夜,不得有误。"铜材、制造设备、人工,一时间就调度妥当。在我看来,天象仪的重要性之所以超越了一切,是张献忠急于从中窥视自己的劫数与宿命,窥破天机,从而找到破解之道。

两位传教士采取的办法是,一人在帐篷里读经,一人去作坊铸造赶工,轮流工作。好不容易赶制出来,张献忠叫来了一位中土的堪舆先生,他以老江湖的眼光,严厉审视这一作品。堪舆先生必须显示自己的门道与精湛法力,他指出,这个天象仪制作完全不对路,甚至没有显示太阳赤道,这是故意淆乱国家大运所为。天象仪预示着大西朗朗国运,而大西国眼下出现这么多乱子,显然是这两个洋人预以加害昌盛国运呐……张献忠一听,怒不可遏,吼声如雷,但显然已经不能声震屋瓦,至多是声撼帐篷。他终于认定,洋人故意胡乱制作,闹乱国运,犯此滔天大罪,不惟害国,且害己身。判决:将两个洋司铎处以极刑。回到杀人上,他的思维是严密的,考虑的是如下几道身体工艺:时而欲活剐司铎;时而欲鞭死司铎;或以炮烙全身,不使流血出外;或以毒刑致死,以致肉尽骨消……洋人待在巨大的恐惧里,双股战战,闪电雷霆加身,气都不敢出了。

但张献忠大喊:却慢。姑且留下尔等狗命。

这些事情,一直到两位司铎随军到达西充县也未消散。皇帝令两人就住在献忠凤凰山的老营（司令部）附近，说是以便顾问，实是监督。这是因为两位司铎从在成都开始就在上层人物中发展信徒，张献忠的老岳丈及其夫人，劝化了全家老幼32人悉奉圣教，还有些宫女和军官等数十人领洗入教。人在困境里，很容易回忆起鲜衣怒马时候忽略的细节，现在一旦回想起来，张献忠徒生疑心。他的老营附近天天杀人，两位司铎"饱受惊惶，坐卧不安"，决定上书陈情，请求让他们离开部队，返回澳门。"献忠阅书，疑为讽已"，他决定找一个出气筒。他认定这些上书之举，出自仆人之计和老岳丈支持，下令将其岳丈还有川籍仆人6名一起逮捕处死，只留下澳门人安当未杀，但须受鞭刑一百……

《老子》有箴言："天欲其亡，必令其狂。"古希腊历史学家希罗多德说过："神欲使之灭亡，必先使之疯狂。"这个道理，饱读中外典籍的张献忠，应该懂吧。

这一切，距离那一支飞扑皇帝胸口的利箭，仅有几个时辰了。他是活到死、学到死的榜样。

好了。我们就让那一支利箭，多飞一会儿。

张献忠与老神仙

方亨咸其人

为了把某个人物推举至神仙地步，古人的想象力总是在诸如"刀下留人""活死人、肉白骨"的正在进行时态领域徘徊。这还不够，叙述者常常是脚下一滑，他们干脆把那些"半人半神"式人物，直接供上了云端——应了"送佛送到西"的古训。

我曾经拜读四川大学李祖恒先生于1950年编纂的《四川医林人物》，匪夷所思的种种奇术绝技，力透纸背。如果这些记载是真实的话，不仅仅是证明了古人睿智，而且只能说佐证，我们引以为傲的现代医学，大踏步后退了。

读到清代张潮辑录的《虞初新志》，其卷二收录了方亨咸笔录的《记老神仙事》，把神仙嵌入于真实的历史事件当中，目的就是要让事端显得合情合理，又不可方物。至于是否如此，真相毕竟没有嘴巴，对此是无从置喙的。

方家是安徽桐城望族，明清两代，出了很多高官贤达，时人有"江东华胄推第一，方氏簪缨盛无匹"之谓。方亨咸字吉偶，号邵村，桐城人。顺治四年（1674年）进士，官御史。

能文，善书，尤精于小楷。山水仿黄公望，博大沈雄，力追古雅，与程正揆、顾大申时称鼎足。花鸟意态如生，曾绘百尺梧桐卷，雀雏入神品。平生足迹几遍天下，故其所见无非粉本，不规于古人，所以更胜于古人。方亨咸也写有不少笔记，尚有《苗俗纪闻》等传世。也曾有方拱乾、方孝标、方亨咸父子同观竞渡而分赋词的风雅豪举。

王渔洋《记方亨咸》指出："桐城方邵村（亨咸）侍御，坦庵詹事（拱乾）次子，幼而颖慧，父奇爱之，命小名曰'姐哥'，以娇女况之也。坦翁寓广陵，余时为扬州节推，以年家子见。明日语人曰：'王君才美，胜吾姐哥。'邵村亦语予曰：'吾书画、度曲，事事过子，惟作五七字则远不及。'尝为予画两扇，其一，花树上作一雀雏；其一，子母鸡，小者如豆，意态如生。殆入神品。其诗初未入格，后游汴梁，手书近诗作长卷，寄予京师，风调、格律，无一不合。惜未装潢，今亡之矣。"

由此可见，方亨咸的才华与美貌，近似"好女"才子也。他分明是一大奇人，那么奇人写神仙，俨然熟门熟路。

姚雪垠在《李自成》当中，为了烘云托月，挪用了老神仙的故事，让他成为群伦领袖李自成的太医。姚雪垠描绘滇八，"老神仙"本名尚炯，他不仅跟随大顺军从潼关南原大战中胜利突围，还救过中了毒箭的慧梅。并且暗示老神仙尽管深入流动朝廷的官闱，且是高风亮节的清白君子。比如这一段："尽管高夫人对待老神仙如同家人一般，呼他'太医'，呼他'尚神仙'，呼他'尚大哥'，十分随便和亲切，但是尚神仙却对她十分恭敬，始终保持着一部分君臣礼节。"由此可见姚雪垠煞费苦心打造出来的这支钢铁队伍的纯洁性。老神仙不仅医术高妙，而且显然具有孔明一类人物的眼界，正是在老神仙的举荐和游说下，牛金星加入起义军成为李自成的重要谋士；在李自成于九宫山遭遇地主武装遇害，他继续跟随义军一直战斗到最后一刻……

老神仙尚炯并非是姚雪垠的向壁虚构，他不过是把明末出现在张献忠军中的那位老神仙，凿穿时空，直接空投到了李自成麾下，为农民革命鞠躬尽瘁。当然了，姚雪垠无须得到老神仙本人的同意。

"塑匠"的"白水膏"

大西军与老神仙传说，来自方亨咸的文友、蜀人刘文季。

在张献忠入蜀时期，四川的确有刘文季其人，本名待考，（刘茞？）。对于南明永历入滇八缅历史的研究具有不可替代的史料价值《也是录》当中，提到刘文季随南明小朝廷入滇，与大西国后期领袖李定国交情甚笃。

顺治三年（1646年），瞿式耜等人在肇庆拥立桂王朱由榔，年号记历，史称永历帝，是西南各阶层联合抗清的一大征兆。同时，大西军余部则由孙可望、李定国、刘文秀、艾能奇率领，继续转战西南，坚持抗清斗争。顺治四年（1647年），大西军从四川退入贵州、云南，联明抗清。顺治十三年（1656年），李定国迎永历帝入云南进昆明，昆明成为永历政权的首府,时号"滇都"。

刘文季也曾到达缅甸,写有《狩缅纪事》一书,记录了风雨飘摇时节南明政权的珍贵秘闻。有评论者指出,《狩缅纪事》语气慷慨激烈,批评全无顾忌,分析其《狩缅纪事》成书时间,约在康熙初年。西南禅宗祖师破山有《语录》行世,其《前录》有刘文季(刘茝)的序言,当是同一人。

在反映明末吴三桂的云南佚名重要史料《吴三桂考》,作者曾在云南为官,起始就提到了刘文季:吴三桂"方乱起,余与同志刘文季、林牧士逆料必败,所以我三人始终洁身也"。而逃禅出家乃明末清初士大夫之风气,滇黔为南明最后领地,形成滇黔特殊的禅宗佛教文化景观。

四川梁平县人灵隐印文禅师(1625-1667年),晚年住在云南新兴云集寺时,曾与当地名流刘文季居士时相过从,并有诗文唱和。这个刘文季,与上文提到的应是同一人。

破山和尚嗣法弟子、四川三台县人敏树如相(1603-1672年)禅师,曾经有《赠内翰刘文季居士》一诗,注明内翰刘文季居士(别号醉和尚),"内翰"一职,到了清代称内阁中书为内翰,这符合刘文季在南明朝廷的身份,所以我估计所指也应该是同一人:"公今自称醉和尚,斗酒百篇沧海量。或坐蒲团竹石间,或持竿钓烟波上。闲耕自爱筑茆庐,笑傲云山幽景况。不是风狂不是颠,神通游戏光明藏。亦非罗汉亦非真,可与子瞻无两样。佛印当时轻放过,老僧今日无情棒。直下承当更不疑,脱略胸中真坦荡。彻底了无元字脚,方能超出离诸相。"

刘文季是蜀人,与老神仙相识,他把老神仙的种种神异之事告诉了方亨咸,听来就仿佛是《聊斋》的雏形:"昔献贼中有所谓'老神仙'者,事甚怪,能生已死之人,续已断之肢与骨,贼众敬如神明焉。"

老神仙姓名无考,但来历并不奇特,与蜀地广安州人欧阳直有些类似。

他在张献忠所部的一次征战河南邓州(今河南邓县)的破城战中被俘。张献忠毕竟是"求贤若渴"的,希望发动一切为我所用之人,"入吾彀中",壮大实力,蚁民就可以借此活命。当被起义军问道:你是干什么的?老神仙就地取材,抓起一把泥土,三下五除二,捏什么是什么,展现了一手泥塑人像的绝技。起义军一见,面面相觑,立即"刀下留人",还给他取了个职业性绰号,叫"塑匠"。他们认为,"塑匠"说不定这一手艺可以为"老万岁"塑像呢。

有一天,"塑匠"把一栋房子拆了,劈成一堆柴火。然后他烧了一大锅水,加入了神秘的白粉,水沸腾了几次之后,他用木棒搅动,不但没有干锅,反而熬成一锅"白水膏"。起义军不明就里,"争相传"。张献忠久历江湖,精光缕缕,已经遥遥测出,此人乃是妖人也,决定斩妖除魔,不然乱了军心。"塑匠"却不慌不忙说:"王不欲成大事耶?何故杀异士?"还说,这不是什么妖术,而是熬制一种专治外伤的灵药,无论是刀斧砍伤还是拷打受伤,涂上就能痊愈。

黄虎(张献忠)是从刀锋上趟过来的,怎能不知金疮药的好歹?立即让"塑匠"一试。怎么试?黄虎下令"榜一人",敷上"白水膏"后,伤口迅速复原。张献忠大喜,才知道"塑匠"是壳，内在实乃奇才也，自此对他颇为敬重。张献忠治军，不外乎严刑峻法，军纪甚严，一旦违反军纪的，挨鞭子、割耳、切鼻、断手是家常便饭。自从大家知道老神仙身怀奇能之后，每天他的军帐前总是排着长长的一队"血肉糜溃"者，等着他治伤。

显然，"白水膏"不但可以修复现实的伤口，而且还可以愈合心灵的创伤。一个抵得过千军万马的奇人，似乎就要在起义的大熔炉里轰然崛起。

使老神仙真正扬名立万的事件，是他救了孙可望的爱妾一事。

张献忠主要的义子有孙可望、李定国、刘文秀、艾能奇4人。孙可望出生于陕北地区，家里贫困，当张献忠的军队路过陕北时，他慨然加入了革命军。此后凭借勇猛善战，一步一步

成都东华门遗址出土的蜀王宫园林石刻雕花柱头

受到张献忠的提携，后来直接收他为义子，还给他赐姓张。这些经历，形成了孙可望嗜血、阴鸷莫测的性情。

某天，监军孙可望猛喝烧酒，与爱妾发生口角，拔剑而起，剑带风声，爱妾的脖子立即显出一道血槽……孙可望酒疯还没有发够，骑上战马出成都城狂奔30里之后，"醒而悔之"。就在彷徨无计的时刻，突然见到老神仙空降旷野，迎面走来，对他说："孙将军怎么脸色不大好？"孙可望把事情经过一讲，老神仙道："你在这里干坐着有什么用？还不赶紧回去把人找回来。"孙可望说："我那一剑正砍在她的脖子上，脑袋都快断了，找回来也是个死人，还有什么用啊？"

老神仙一听，指着道旁一座帐篷说："毋过伤！吾今适得一美人，愿以奉将军。"

孙可望将信将疑，下马进入那座帐篷，只见爱妾端坐帐中："星眸宛转，厌厌如带雨梨花，帐中之魂已返矣。"从"星眸宛转"到"带雨梨花"，古人的身体政治发展至此，足见老神仙弥合革命家庭矛盾的水平，高！实在是高！

应该说，刘文季不谙医理，因而其口述记录者方亨咸只能在笔下躲躲闪闪，有些语焉不详。清初吴伟业撰《鹿樵纪闻》三卷，是一部纪事本末体的明末史书。所记福、唐、桂三王及张献忠、李自成农民起义史事甚详。对大西军中的名医、老神仙陈士庆还做了专门叙述，而且记载颇详："孙可望杀一爱妾，士庆度其必悔，即持去治之如老脚，衾裹置车中，阅数日见可望曰：'前夜将军何自杀所爱乎？'可望抚膺叹曰：'悔不求君治。'士庆曰：'毋过伤，吾今适得一美人，愿以奉将军。'令人持车至,启衾出之,则前所杀妾也。视其项,红痕环如缕,美丽乃倍于平时。"

可以看出,吴伟业《鹿樵纪闻》的记载更为合理,逻辑上严丝合缝,凸显了老神仙的仁者情怀。

清代王初桐在《奁史》里提到,陈士庆临床治病的一个秘诀是,他持有一面秦地的神镜子,可以照见人的五脏六腑,从而按图索骥。这些记载,俨然怪力乱神。

黄虎的机要秘书"老脚"

可以发现,独裁者一般而言,均以嗜血成性、脾气暴躁、冷酷多疑、行为古怪而名垂史册。我们找不到一个例外。

独裁者在很大程度上,必将合理地演变成自我妄想狂。有些人一旦染指权力就不可救药,有些人不过略略推迟权力病毒的发作——后者俨然已经是"明君"。

我发现,群雄并起的明末,自称叫"虎"的人极多,后来连官军里也是虎名迭出。但唯有张献忠之于黄虎,确实处于相互保管、相互赠予的关系,他具有了黄虎的权势,黄虎的色泽,黄虎的凶猛以及黄虎的机敏,他与金黄的老虎构成了一个超级隐喻。

柄权者之所以可以继续秉权,恰在于他们对威胁和阴谋时刻保持高度警惕,才可能随时有效地清除竞争对手。提高警惕保卫自己的结果,是刀不离身,头下枕剑。鼾声如雷之下,也是目光如炬。

黄虎占据成都蜀王府后，扩建一番作为皇宫，他喜欢独处深宫，类似置身权力的迷宫。他悉心研究根据"天学国师"利类思和安文思合力铸造的天球仪、地球仪，以洞察"天象""地理"。有一天夜里，黄虎正在独处，突然听见身后有脚步声，"疑旁人伺，以所佩刀反手击之"，只听一声惨叫，身后那人被这一刀"堪胸及腹，洞数寸，肝肺、肠胃皆划然委地"。张献忠挑灯一看，倒吸凉气数口，这人竟是他的爱妾"老脚"。

法国传教士古洛东整理的《圣教入川记》里，记录了传教士利类思、安文思目睹的类似的一桩黄虎在成都误杀女人的事件，估计洋人不便于打听这个女人的名字，不一定就是"老脚"，也可能是"老脚"本事的一个民间化讹传。

我们复原一下梦中拔刀的过程——

成都平原偶尔会有大风掠过，类似于一场醉酒的过程。黄虎在成都的大西国龙床上倒卧于醇酒妇人。红烛高烧，烛影摇红，如漫天之血。他突然被一股来自兵器的冷风所惊醒，那些蛰伏于兵器的风总是冰凉而闪动，蛇腰？就像女人的丝绸腰带。他从枕头下抽出了长刀。这把刀来自他掘开的一座皇室坟墓，陨铁的黑，从不发光而叫嚷。刀出鞘必见血，刀指挥着他的手臂向前猛然出击。黄虎成了木偶，黑刀成了他的导师，刀向前，向那嘤咛一声的美梦递过去。一个绿腰之女被击中了。腰肢，做了最后一次柳枝。

黄虎耗尽了最后一丝阳气。他在兀自挣扎。

第二天一早，神终于回到了身上。斑纹在他身上游走而华美。

黄虎才醒悟，昨晚自己被刀戏弄了一回。大怒：周围的太监为何不阻止这一场演出？这一次，他是清醒白醒的，他拔出佩刀。黑刀与刀鞘摩擦，宛如肌肤之亲。刀身没有风暴，黑刀嘤咛一声，就让黄虎痛彻骨髓。他吼声如雷，黑刀奋然勃起，其实还是长刀牵引着黄虎的手臂，突然发出了一道昔日的香气。几个来自蜀王宫的太监，纸片儿一般首身分离。

刀不是如中败革，而是刺中了一床破棉絮。真是扫兴！太监倒地的声音，远没有风暴拔起大树那样壮美。在《圣教入川记》当中，没有老神仙勇救美女、医治皇帝心灵创伤的任何点滴记录，只有吼声如雷，只有继续杀人的暴力循环……

张献忠的这位爱妾，美而艳，皮革一般柔贴，名字确实叫"老脚"，这符合张献忠的语言学修为。张献忠打破武昌府直捣王宫并活捉了楚王，尽取其宫中金银财宝百余万，装载了数百车。当地百姓为之震撼，痛说当初楚王不肯出钱守城，一误再误至此！而成都的蜀王又何尝不是吝啬如此！宫中美女，就是俎上之小鲜肉，张献忠虎啸平原，虎蹈羊群。

银簪绾青丝，绫缎系楚腰。在一片来自天竺的浓郁迷香里，他发现了一个颇为特别的美女。方亨咸笔录的《记老神仙事》记载她"美而慧，善书画，脚不甚纤，因名"，更关键在于，美女还有风月媚术之外的压舱技能："凡贼中移会侦发文字皆所掌，献贼嬖之。"此女就是张献忠的机要秘书，伴随张献忠来到成都，忠心耿耿。这一日，内外兼修的美女见皇上在军帐一角独坐，神驰八极，决定"私往侍之"……请注意，这是多么神妙的四个字！谁知，共赴巫山的桃花意愿，却等来了独赴黄泉!

方亨咸的《记老神仙事》演绎了老神仙妙手回春的神技——

张献忠急得发疯,以至于"悔恨惋痛",赶紧把老神仙召来,请他全力抢救"老脚"。仁者情怀的老神仙,有些厌恶黄虎动辄就杀的天性,希望借此给他一个深刻教训。佯装无能为力,叹气道:"你这一刀开膛破肚,神仙也没法救啊……"张献忠再一次吼声如雷:"老滑头!监军孙可望的女人你救得,老子的女人你不救,想死啊你?!"

老神仙伪装出来的肃然正义立即碎裂,只能施展神术以活命了。他把"老脚"扶起来躺在一张床上,"纳肝肠于腹,以线纫之,敷以药。一日呻吟,二日求饮食,三日起坐,又三日,待献忠侧矣。"从这一描述看来,人道主义的大手术有点儿像是木偶装配。

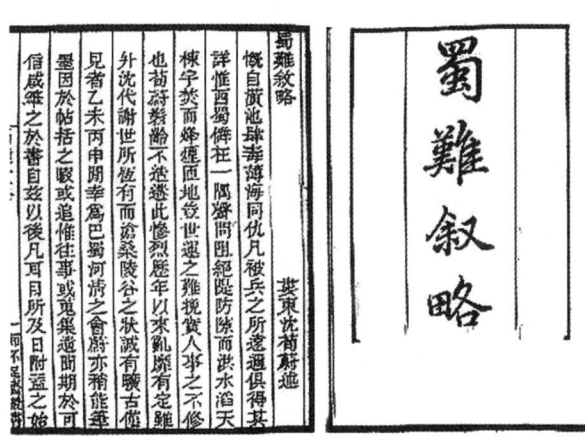

华阳县县令沈荀蔚在《蜀难叙略》中记录下张献忠入川后的暴行

也就是说，一共经过6天生死轮回，美女不但恢复常态，且"美丽乃倍于平时"。后面这句话，方亨咸的《记老神仙事》里没有，反而在吴伟业《鹿樵纪闻》之《老神仙》里出现了，足以见出文人的癖好也。"美丽乃倍于平时"的机要秘书，嘤咛数声，迈开老脚，继续"私往侍之"。

这一切，真是应了徐灿的词《少年游》："何物似前朝？夜来明月，依然相照，还认楚宫腰。"

老神仙即陈士庆

张献忠总是说："我是黄巢后一人。"又说："我比黄巢杀人更多。"

造物主考虑到这样的实情，所以搭配了老神仙。一个嗜杀无度，一个拼命救助。这一饮一啄，岂非前定？但是，无论是嗜杀抑或救助，不过都是血海中的小浪花。

但救一个是一个！这就是老神仙存在的意义。

方亨咸的《记老神仙事》当中，还记载了大西军勇将白文选受伤之事。白文选与左良玉战于玛瑙山下，忽为飞炮击去左腿，"驰归，濒死。"张献忠让老神仙救活爱将，老神仙说了一番自私自利的话："伤甚难治；吾无子，文选能父事我终身，方如命。"张献忠许之，老神仙先用麻药麻醉白文选的痛处，然后"锯胫骨寸许，杀一犬，取足骨合之，敷以药"。仅仅三天之后，明军发现，白文选威风凛凛地骑在马上，"骑入官军，斩发炮者头"！

需要注意的是，文章里还有一句话："文选足以驰骑速，竟跛。"就是说，白文选的腿，由于长期骑快马，以至于成了瘸子。"跛贼"一词，自此成了官军对白文选的称谓。

还有这样的记载："贼将祁三升为官兵削去颊车，折齿；士庆为断一俘之颊车合其龈，一日夜而饮食言笑无异。"

这是一段什么话？就是说，老神仙活活摘除了一个俘虏的下颌，用来安装在祁三升脸颊上。这一毁一生之间，对于医者有意义吗？

根据几个笔记的情况来判断，张献忠要正式集体跪拜老神仙为大神，是在大西军没有抵达成都之前的征战过程中。

张献忠下令，军中每人搬来一张木几，"顷之，得几数万，累以为台，高百丈。"张献忠让老神仙一步步登到最顶上去。老神仙十分愕然："吾身不能腾空，焉能蹑而上？"张献忠一拍桌子：你不登老子就宰了你！然后下令数万将士"持弓矢环之"，并且说：我喊啥，全军就喊啥！

老神仙双股战战，只好往上奋勇攀登。登到一半，往下一看，未免心惊肉跳，刚刚停住脚步，张献忠命令全军引弓待发！老神仙魂飞胆丧，赶紧勇攀高峰，"直登巅顶。"这时，听得张献忠大喊："老神仙！"

全军一起大喊："老神仙！"声音震动山谷。从此，大西军中的"老神仙"如雷贯耳。

从这些惟妙惟肖的描述来看，完全符合张献忠狡黠、乖张、无常的性格。就像他莫名其妙地喜欢武状元张大受，又迅速将其处死一样。

呼延云先生在《明末起义军中的"老神仙"到底有多神》一文里指出，"到底老神仙的大名叫什么，却是一个历史之谜。笔者权且将三篇记述其事迹的古代笔记做一开列，或能窥其端倪：《虞初新志》中有一段老神仙的自述，说自己'陈姓，河南邓州人，名家子'；《池北偶谈》中则介绍老神仙是'本邓州陈氏子'；记述最为详细的是《陈士庆传》：说老神仙名叫陈士庆，是河南邓州人……清初学者李天根《爝火录》里，记述为白文选接骨之人名叫梅阿四，是唐州人士……"

晚清国学大师俞樾的《茶香室续钞》之第五卷第十二条，对陈士庆确有一番记载，尤其是针对陈士庆的学道、出道的过程。俞樾并未对人事做进一步的道德评判，他在文末提出了他之所以收录陈士庆专文的理由："按：老神仙事他书多有纪之者。此有姓名且详其始末，视他书为备，故具录之。"

我们几乎可以认为，老神仙即是陈士庆无疑。

对此任乃强先生考证指出：

《老神仙传》，桐城方亨咸撰，据亲见者言其医术之奇。避文讳拱乾，隐其名。吴梅村《鹿樵纪闻》亦传其人，而文不同。皆当属第二手资料之夸诞者。其人则实有。近年四川地下发掘有大顺二年礼部铸镏金长方大印，篆"南川县医学记"六字。考旧制：理民官印正方，非理民官印信长方。依秩级制其大小。方者称"印"，长者称"关防"。此长方印大而称"记"，疑即颁赐老神仙者。南川县医学，疑为其人官署之称，地点可能是南川金佛山。此次讨论会上获见大顺年铸的"道纲司印"小方印。为献忠崇奉道教之证。县道纲司管道徒故只小方印。县医学衙门亦当有小方印。唯此"南川县医学"为大关防而称曰"记"，故疑其是赐老神仙印信也。（《关于张献忠史料的鉴别》，载《张献忠在四川》，《社会科学研究丛刊》1981年2月第二期，207页）

透过这些拨云见日的历史记载，还可以发现，老神仙在不同语境的转述里逐渐变得多名而复杂，事迹越是细腻，就越发出现"章回化"现象，让一个真实人物逐渐成为一个稗官野史间的传说人物。这，不知是否是口口相传的悲哀？！

老神仙啸傲王侯间

古之所谓"高人"，我想大体有四种：其一，置身红尘之外，斜睨功名利禄，一副志在名山的气度；其二，识见不同凡俗、别具慧眼；其三，经历困厄，劫波度尽，锻炼出了一颗宠辱不惊的平常心；其四，隔岸观火，还有金针度人的侠肝义胆。如此而观，"高人"多如过江之鲫，老神仙属于哪一种？

所谓"即心即道，即道即心"。但处于仰人鼻息之下，真要做到合二为一，近乎不可能。

依靠医术与名头，老神仙在张献忠营垒里游走，与虎谋皮，虎口拔牙，虎口脱险，竟然能够从黄虎的刀刃上滑过，恐怕是唯一的例外。

1647年1月2日一早，张献忠被清肃亲王豪格的前锋刘进忠部射杀，死于西充县凤凰山大营。老神仙跟随大西军余部退至重庆后,再逶迤南下进入云南,稗官野史的说法颇多,彼此相悖。

一种说法是他跟随干儿子白文选一起投诚了大清,白文选后来做到太子少保,必不至于亏待这位救过他一命的农民革命慈父。多年后,他死于腾越州。

还有一种说法,张献忠死后,大西军分裂为几股力量,主力"从蜀奔滇"。老神仙救人无数,兼以医术高明,所以将士们护卫着他退至云南。永历皇帝在云南苟延残喘,大西军与南明合力抗清,朝廷于是将义军头领封王封侯,神仙飘然逸出了这一格局,"老神仙啸傲王侯间"。他掏出大把银子买田置地,"累石成山,凿井为池,旁植花木,畜朱鱼数百头。客至浮白,呼鱼出水以娱,醉则高歌而卧,不顾也。"那个时候,老神仙"年老矣,犹日饮酒数斗,御数女"……这是一个钱财、美人、名声满载而归的大团圆结局,民间义士悠游刀山火海后,安然落地,终于抵达了民间的桃花源。

方亨咸在《记老神仙事》结尾,提出了道德拷问:老神仙"挟此术游当世,卢扁、华佗不得专于前矣。惜其狃于货利,遂安神仙之名,而终以贼死。虽然,人之遇仙与不遇仙,唯视福德之厚薄。老神仙得其书而不能全,其福可知矣。尝见稗官所志侯元者,樵山遇老人,授兵法,卒以作贼戮其身,事颇类此。常怪仙人不得其人,即秘其传可也,何往往传非其人以致戕害,仙亦何忍哉!且终南道者亦未必真仙,闻其膏乃以处子阴户油炼之,火光满室,焰升屋梁,光息而膏成,此岂仙人救人之方乎?《本草》以多用虫鱼,致迟上升十年,况杀人以救人,不独一人,且数百人。是老神仙者,则亦始终一贼而已。"

至于文章里说到老神仙用处女阴户来密炼膏丹之类，我估计是众口铄金的严重妖魔化，因为已是不堪之论了。但张潮的结论还是值得技术流派者重视："仙家有禁方而不以传世，则禁方徒虚设耳。若以杀人、救人为过，何不去此种类，而止有金石草木之药乎？乃计不出此，而往往传非其人以致遗累，是亦授受之未善也。"这涉及技术与道的悖论，传道与解惑，治病与救人。而言行合一的正义论，又恰恰是民间异人最为缺失的。

大西军麾下的战象部队

据文献记述,在长江中游的荆楚地区,出现过大象作战的战例。《吕氏春秋》记载商人有大象组成的军队。《左传·定公四年》说:"针尹固与王同舟,王使执燧象以奔吴师。"这是中国古史上记录的象战实例之一。杜预注指出:"烧火燧系象尾,使赴吴师,惊却之。"是说楚昭王与吴王阖闾对阵失

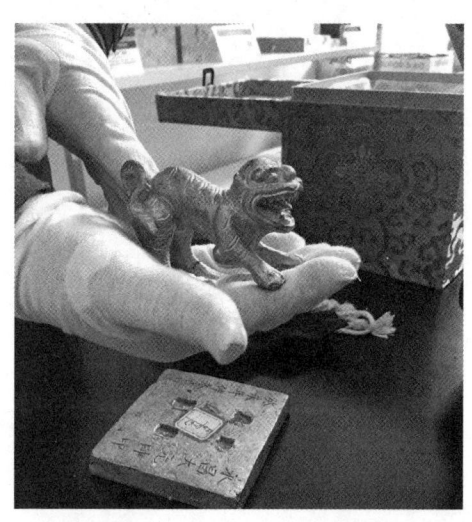

成都彭山县江口发现的张献忠大西政权使用的虎印。杨健鹰提供

利,为着逃避吴军追击,昭王让针尹固用火炬系在象尾,这便是"燧象",受到刺激的大象拔足狂奔,冲进追兵大队,阻止了吴军的追击,昭王因战象而脱险。根据此,学者认为楚国驯养有战象,应当有象军建制。

古蜀王朝一直有野生大象生存,并有蛮族向周王朝进贡大象的记载。推测也应该包括蜀地的奉献。无论怎样诠释,我以为"蜀"字乃巴蜀特有文字,乃是一个人牵象鼻而行,近似汉字的"为"。"蜀"被汉字吸收而去后,徒生繁多歧义。"为"、"豫"等字都是远古记忆的遗存。历史学家徐中舒认为:"想象"的词源正是来自于此。

明末战争里,战象的身影不仅出没在南方的五岭地区,而且也不断北上,在长江一线的四川、湖北、湖南等地出现。这是空前绝后的事件。

张献忠一路西进,直至占领成都,并没有出现使用战象的记载。但在随后的岁月里,战象那列维坦式的灰暗身影已跃然而出。

李定国与战象

李定国生于1621年,陕西延安府人。处于兵荒马乱时节,陕地又遭遇大旱,年仅9岁的李定国就参加了张献忠领导的起义,并被张收为养子。历经军旅生涯的磨砺,成年后李定国具有智战、善战的特性,深得张献忠的欣赏,是张献忠麾下四大猛将之一,人称"小尉迟""万人敌"。

方孔圆钱，正面币文直读"西王赏功"，背素面。此钱币为明末大西农民起义军1643年攻陷武昌，张献忠称西王后建立大西农民政权，改元大顺。除"大顺通宝"之外，还铸造了"西王赏功"钱，分金、银、铜三品。此枚铜币当十大钱，可能是西王赏赐有功人员专用币，存世罕见。杨健鹰提供

江口沉银处出土的银锭，俗称马蹄银。杨健鹰提供

1646年8月，张献忠率大西军准备退出四川，不料在西充县凤凰山营地被清军一箭毙命。李定国与孙可望、刘文秀、艾能奇四位将军收集残部，率领残部，"骑不满千，弓刀脱落，所至杀马而食，马食尽，人尚日驰百余里。"

然而，仅过了4个月，他们由綦江南下贵阳，再入驻昆明后，很快就得到滇黔两省少数民族和上层人士的支撑，人马立即增添到20余万。各处土司，先后归附大西军，丽江土司、宁洲土司、新兴土司、盏达土司、孟连土司等，尽归四将军部。在此之后的5年里，大西军的兵力增至30余万，并在战斗中投入了象战。

转战贵州，随后又占领云南，征调了大量傣族人的大象，训练为战象，演练了

傣族传统的象阵，平定了沙定洲之乱，打开了抗清新局面。1646年11月，桂王朱由榔在肇庆称帝，李定国表示归顺南明政权，支持抗清复明大业。

孟连第十四代土司刀派忠，与其余傣族土司一起，给李定国的部队送去了50只大象和善于象战的军事指挥官，使大西军可能组建起一支威力无比的战象队。

波三的祖先"布闷展"带着十几只大象，来到大西军中，他不仅豢养大象经验丰盛，而且经由他调教出来的战象，威猛善战，善解人意，用他的话讲，比他的儿子还要听话，比他的妻子还要贴心。

李定国将几个傣族军官集中在战象训练基地，向他们求教象战教训，他将各地的经验总结起来，取长补短，制订出一套能与骑兵和步兵相配合的作战计划，并按这套方案训练他的军队。

象战的威力有三：

一是冲锋。利用大象冲散敌阵，踩躏敌骑；

二是冲撞。战象可以凭借硕大的身躯撞碎敌营，甚至身上绑上大树干，以此撞开城门；

三是卷。用大象的长鼻子将敌人兵将卷起，惯死或夹死。

根据记载，象战的阵法也有两种："一是鸟铳当前牌，次之枪，又次之象。象乃凸起，中华人马未经习练者，见象必惊怖辟易，彼得趁其乱也。"这种阵法以步兵在前，战象殿后。战前把战象埋伏起来，等到敌我厮杀之际，战象突然出击，施

江口沉银处出土的金版。杨健鹰提供

展冲锋威力,践踏敌军。此阵法实用于在丘陵或小块平原长进行的阵地战。例如顺治十一年(1654年)六月,李定国围攻广东顺德,清兵来援,战于城外,李定国将精锐骑兵和战象全都潜伏起来,而以步兵迎战。两军相接时,李定国的步兵向左右两侧避开,50头战象突然涌现,在清军阵地排闼而入,所到之处血飞脑溅,地上挣扎着的是被象踩过的兵士,空中抛飞着的是被象鼻卷起的骑兵,惨啼声不绝于耳,将天涯涂抹成血色傍晚。李定国的步兵和骑兵配合大象伺机杀敌,清军死伤遍野,大西军缉获兵器枪械无数。屈大均在《义象行》中这样描述道:"势每每奔跑踩万马,声如喑哑废千人。"

第二种阵法与前一种正好相反,"象居前,次挨牌、长枪,次镋刀,次鸟铳。"这是把战象当成坦克使用,战象在前,掩护手持盾牌、刀枪、鸟铳的步骑兵，充分发挥其撞击的作用，以战象撞开敌营的大门，继而以步骑兵毁灭其有生力气。

顺治九年（1652年）七月，李定国在桂林战役中，将两种阵法灵巧应用，大显神威，使之成为这次战争决胜的要害。起先，清定南王孔有德发兵于桂林，与李定国军争取桂林东北门户严关。严关位于桂林以北，为广西兴安西南的狮子山与凤凰山之间的峡谷，这是通往桂林的锁钥古关隘，两山对峙，中为通道，形势险要，古代由中原进入广西的必经之地，是扼守"湘桂走廊"陆路和灵渠水路之咽喉。严关一说为秦始皇发兵戍五岭时期，另一说是汉武帝平南越国时期，不论哪一说，严关已有二千年以上历史。明末，关垣在明崇祯十一年（1636年）重新以巨石砌成修筑，易守难攻。李定国所部诸军奋进，以战象突阵，恰逢一场大雷雨。一时空中电闪雷鸣，暴风刮得人难立，暴雨如天湖翻倾，清兵眼难睁、气难喘，像缩头乌龟。而来自热带雨林的大象和它们的驾驭者，反倒感到又凉又爽，一往无前，践踏敌军就像踩蚂蚁。清军大败，横尸遍野。

数日后，两军再战于大榕江，李定国将战象列于步骑兵之前。战役开端，50只大象并列而行，大象鼻子扬起的黄沙遮天蔽日，吼声如雷贯耳。结果，清军的马一听到大象的吼声，全都受惊颠蹶，无奈迎战。而紧跟在大象后面的少数民族士兵，个个轻走远跳精干绝伦。步兵能光着脚打仗，手持标枪大刀，面对迎面飞来的箭，连眼睛都不眨；骑兵善用火器，骑在无鞍飞驰的马背上使鸟枪，还能疾射，"取人于百步之外，人马俱洞穿。"清军除孔有德一人得以逃脱外，全军覆没。

越日，得悉孔有德逃进桂林，李定国所率诸军逼至桂林城下，城里才叫闭门，大西军已将四处围个水泄不通，四周同时受攻。被清军称为"蛮兵"的少数民族士兵，动作迅速，神勇难挡，他们有的扒城而入，有的则驱逐战象撞开城门，把扼守城的清兵杀得罄尽。定南王孔有德晓得自己未免一死，于官中纵火将自己和妻子一同葬身火海。

这一年，李定国所率的东路军，以10万人马、战象50，仅7个月，便打下了16个郡，两个州，辟地近三千里，创造了前所未有的光辉战果。可见，当时大西军麾下的少数民族士兵和战象是何等的神勇。

李定国依靠战象的纵横，连续攻克湖南、广西州县的消息传到北京，朝廷震动，他急忙派敬谨亲王尼堪（努尔哈赤的长子褚英的儿子）为定远大将军，统数万八旗精兵南下。当年11月，尼堪率大军日夜兼程抵达衡州，不料却掉进了李定国早已设好的口袋阵。尼堪指挥军队进攻，大破晚明军，向北追击20余里，俘获大象3头、战马800多匹。显然，这一次尼堪使用了大量火器，战象的血肉之躯，在大炮威力之下败下阵来。

大西军失败退至中缅边界，象官和遗生的战象也回到故乡。后来，李定国率部舍生忘死赴缅甸救驾，惋惜天不遂愿。结果永历帝被吴三桂引渡回国，正法在昆明"逼死坡"，李定国闻讯万念俱灰，病死在缅甸景栋。一场大张旗鼓的反清复明奋斗，虽然失败了，但李定国等忠义伟烈之士，永远活在边地各族国民的心中。

当然，清军绝非一味防守，他们也有战象。

明朝天启年间，云南人龙在田决心为国纾难，慷慨奋起。他不仅募集精兵、战象和战马，而且上疏愿意统率滇兵力扫流寇，发誓捐躯报国，如不见成效，甘受刑罚。龙在田上疏曰："臣因流氛震陵，奋激国难，捐赀募精卒九千五百，战象四，战马二千，入楚、豫破贼。贼不敢窥江北陵寝，滇兵有力焉……"可见，当时，战象俨然已经是晚明朝廷的军事配件，与物资一样可以予以调拨。

龙在田一度率领两千滇兵与两头战象与李定国对阵。这两头战象在李定国骁骑的弓箭威胁下，也不敢冲得太靠前，只是随着其他兵马，在战线上来回掠阵。

刘文秀的保宁大战

1652年，眼看清军收复四川大部区域，抚南王刘文秀一路而来，展开了拉锯战，所向披靡。他看到吴三桂等望风逃窜，却没有看到入川清军主力基本完整，仍有相当的战斗力。他团团围住了川北重镇保宁（阆中），力图全歼清军。当时，四川的临时省会保宁只有巡按御史郝浴和总兵严自明部下一百多名士卒。由于郝浴的坚持，李国英、吴三桂、李国翰终于决定回守保宁，在十九日统兵进入保宁。清军在撤退过程中，遭到刘文秀、讨虏将军王复臣的追击，损失颇大。史载："刘文秀之入蜀也，善抚恤军士。蜀人闻大军至，多响应。于是，重庆、叙州诸府县次第皆复。吴三桂迎战辄败，敛军以奔，趋保保宁。"

保宁城三面环水，西、南两个方向面临嘉陵江，东面为东

吴三桂将永历帝及其子押回昆明后，将其绞死于云南金蝉寺，南明的最后一个王朝结束

河，江河对岸是连绵不断的山脉。明军占领了城外各山头，凭借"长技在鸟铳，铳之胜势在高山，延山放铳，据险凭城，不谓不张"。

保宁战役的经过是：十月初八日明军主力齐集保宁城北，刘文秀登上东北山头指挥攻城。吴三桂通过侦察得知攻城明军中张先璧部战斗力最弱，决定集中兵力先打张军。李国英为迷惑明军，命部下绿营兵改打八旗正兵旗。十月十一日黎明，刘文秀麾军攻城，兵马"蔽山而下，炮声震天"，"南自江岸，北至沙沟子，横列十五里，前列战象，次用火炮、鸟铳、挨牌、扁刀、弓箭、长枪，层叠里许，蜂拥攻城。"辰时，吴三桂率部开门出城，直攻张先璧军。张部抵敌不住，纷纷逃窜，败兵把王复臣等部的军队冲得乱成一团。清军趁势鼓勇奋击，明军阵势已乱，立脚不住，这天中午即已全面崩溃。撤退时由于浮桥被砍断，致使大批将士无法过江，被清军追杀或落水而死。

战事结束，虏将军王复臣、总兵姚之贞、张先轸、王继业、杨春普等被清军擒杀，损失士卒大半、战象3只、马骡2300余匹，甚至连刘文秀的"抚南王"金印也被清军缴获。刘文秀骑着剩下的战象渡河而逃跑。

事后，吴三桂于险胜之余，叹息道："生平未尝见如此劲敌，特欠一着耳。"

保宁之战，是战象在四川最后一次现身，自此战象退出了历史舞台。

翼王石达开在纳溪

竹海中的石达开身受重伤

为在四川建立新根据地，翼王石达开曾七次攻入四川，胜少负多，在宜宾县展开的横江大战最为惨烈。

新兵太多，战斗力顿减，石达开不得不向四川西南方向的山区迂回。这展示了他用兵的特点，那就是漂浮不定，神出鬼没，昼夜行军上百里简直是家常便饭，这得力于太平军的体能优势。太平军都有一双比铁板还要耐磨的光脚板，练就的方法是脚板起了血泡、再用刀放血，如此多次以后练出来的士兵，一脚全是硬茧，寻常蒺藜、硬刺根本伤不了他们。可见，"钢铁是怎样炼成的"未必放之四海而皆准，光脚板的确比钢铁更皮实。

1862年6月19日，重庆镇总兵唐友耕、唐迥等部与太平军激战于宜宾长宁县营村口、竹洞水等地。唐友耕被围困在安宁桥，清军增援，与石达开展开拉锯战。7月2日，石达开集中五路兵马，在香炉山、玉皇场、新堡漕、洞底沟一线血战胶着，战事越发不明朗了。

唐鸿学编纂的《唐公年谱》记载了一条所有史家均未留

意的战况：唐友耕率部驻扎在如今属于江安县的梅桥坝，此地原名"梅花镇"，即现在的红桥镇。淯水河从梅花镇经长宁县、江安县汇入长江，河流、山林与漫天竹海构成了本地最大景观。石达开大军从营村口、竹洞水山沟里迂回前进。见翼王兵马太多，但山道狭窄，摆不开战场。对面数十倍于自己的太平军，唐友耕孤注一掷发动袭击。他明白擒贼擒王的道理，突然看到一顶黄色伞盖，在修篁之间分外抢眼。他明白，那是石达开！石达开的卫队有几百名武功高手，但山路狭窄，一般是4人一排，个别地方仅容2人列队前进。这就是说，石达开也必须走在队列里，前后固然人多，但左右防卫就薄弱了。唐友耕看准了这一点，他像埋伏已久的蛇，突然暴起！

民国二十六年，景钟书局印行钱书侯编纂的《石达开全集》一册，印有石达开肖像，像一个江湖郎中，这自然是一幅文人的"想象图"

　　他的长矛比蛇更快，突然刺倒两个翼王警卫，唐友耕竟然冲入卫队！猝不及防的石达开挥刀迎敌。

　　这是两人的第二次见面，也是历史性地第一次迎面交手。

　　冷兵器时代的交手是在电光火石之间分出高下的：刀在铁杆长矛上格出一串火星，翼王晃身再砍。唐友耕右臂以下被翼王愤怒的马刀砍出一条大口，但他的槊矛直走下盘，刺伤了翼王的大腿！这是致命的一击，彼此立即退开，卫士们蜂拥而上。

　　石达开本为一代武术家，这在很多史料里均有记载。民间流传着他挥拳碎碑的美谈："道光中，石达开游衡阳，以拳术教授子弟数百人。其拳术，高曰弓箭装，低曰悬狮装，九面应敌。每决斗，矗立敌前，骈五指，蔽其眼，即反跳百步外，俟敌踵至，疾转踢其腹脐下。如敌劲，则数转环踢之，敌随足飞起，跌出数丈外，甚至跌出数十丈外者，曰连环鸳鸯步。少林寺，武当山两派所无也。教授于右寺中，前憧有丰碑，高二丈，厚三尺。一日将远去，酒后，言：'吾门以陈邦森为最能，应一一较艺。吾身紧贴碑，任汝击三拳；吾还击汝，亦各之。'邦森拳石，石腹软如绵，邦森拳如著碑，拳启而腹平。石还击邦森，邦森知不可敌，侧身避，碑裂为数段。"（徐珂辑《清稗类钞》第六册"技勇类"，中华书局2010年1月版）由此可见石达开武功之高深，显然不属纯外家一脉，他走的是内家的路子。既使如此，仓促之间他与唐友耕只打了一个平手。

　　如今可以考证的是，江安县境内之梅桥镇附近，有一座山形状似钟的金钟山，俗名"金钟扑地"，石达开与唐友耕所率清军激战于金钟山和隔江相望的梅岭堡。而红桥镇位于两山之间，原有一座石桥连接两岸，近年在悬崖峭壁间修建了玉梅公路大桥。靠金钟山一侧是兴文县之玉屏镇，靠梅岭堡一侧为江安县的红桥镇，相持数日，因清军大队援军赶到，石达开不得不下令向兴文、叙永方向撤退，放弃了从江安、叙州府（今宜宾）一带渡江占领全川的计划。

从《唐公年谱》记载来看，这一次他与石达开的交战情况，自然是唐友耕后来向儿子们的夫子自道，我至今无法判断这个"孤证"的可靠性。但唐友耕的确受伤，而且伤势严重，却可以得到佐证。

唐友耕的槊矛，深深激怒了石达开。他发誓，非宰杀此人不可。他下令群攻人数不多的官军。

如今在宜宾国家级风景名胜"蜀南竹海"的万顷翠竹深处，有关两军大战的遗迹甚多。"蜀南竹海"在明朝以降均被当地人称作"万岭箐"，云海茫茫掩映下的天宝寨、白果坪城垒、翼王桥，等等，而观云亭尤其特殊，成为唐友耕命悬一线的遗留。其中有一个小地名叫"轿子石"，位于万岭小桥沿公路往东3公里处。清军在山下官兴场被翼王战败，唐友耕再负重伤，已经无法骑马。他坐轿至此，太平军紧逼不舍，他只好弃轿落荒而逃，丢弃的轿子就变成今天路中央的大石，得名"轿子石"。这样的传闻史料自然不载，但从民国年间即在本地流传，可信度极高。观云亭四周丹壁千仞，临岩而立，浓云相聚，云海翻腾，可以遥想当年的惨烈战事。

我在江安、纳溪、长宁等地走访中，记录了很多与竹子有关的罕见传闻。在竹海阴壑虚崖之下，往往蛰伏着一种小青蛙，前有两足，后肢与尾巴连为一体，尾巴与后肢长于身体，很像三足蟾蜍。小青蛙在竹林间闪展腾挪，发出得意的叫声，快如鬼魅。这种蛙，当地山民称之为"竹飙"。它们在破竹积水中生卵育子，山民利用细密的落网进行捕捉，捣为金疮药，效果是立竿见影的。

应该说此言不虚。晚清文人丁治棠记载："蜀山多竹，凡阴壑虚崖野竹丛生处，产物如小蛙，前二足，后连尾共一足，尾足长倍身，肖三足蟾。跳跟竹间，便捷如飞。食蚊蚋小物，声如卖花鼓，名竹飙。在破竹积水中，生卵育子。捕者蒙以网，如罗雀然。得之，捣为金疮药，最有效。"（丁治棠《仕隐斋涉笔》，四川人民出版社1985年12月1版，119页）

记得在纳溪采访中一位老乡对我说，还有一种竹间的脆蛇，比"竹飙"更为金贵，不但可以痊愈刀枪伤，而且可以续接手脚断骨，但是已经多年不见，想来怕是绝种了。

想来，身受重伤的唐友耕与石达开，大概不会拒绝这神奇的"竹飙"与"脆蛇"吧。

冠山题诗，投鞭饮马

进入四川的太平军除了石达开率领的中军，赖裕新的前锋营与王姑率领的女营也分成多股部队，在宜宾、泸州多地出没，一在于扰乱官军视野，二在于化整为零，便于解决粮食、药品的供给。江安县红桥一战之后，官军与太平军彼此伤亡很大。谁能料到，就在这喘气的时节，退至贵州北部的翼王突然挥师进入到兴文、纳溪境内，寻找横渡天堑长江、直捣成都的理想之地。

其实，一早风闻翼王石达开进入宜宾、泸州之境，地震一般撼动当地。纳溪民众早早就开始了行动。

地处偏荒的上马镇的财主绅粮慌忙组织起来，自我捍卫。

他们扩建了易守难攻的八角仓古寨，加固寨门、城墙，招兵买马，甚至在寨里供奉起武圣关公，渴望予以佑护，神龛上凿刻着"抛刀成佛"四字，左侧书"义气贯乾坤"，右侧书"精忠充日月"。这样的行为在晚清四川诸多城镇均有。

据清朝嘉庆十八年编修的《纳溪县志》记载："清同治元年（1862年）农历四月十二日，太平天国翼王石达开率部数万人，从贵州仁怀经合江九支方向进入纳溪区打古乡境内。四月二十五日，又一支太平军数万人进驻打鼓（古），五月初转战白鹤（合）、叙蓬溪，大洲驿，向江安县进发，沿途大败官兵。"……"富室巨户，均逃避山岩。"

同月，翼王石达开曾率太平军转战路经叙蓬溪（现名护国镇，也叫叙蓬场），在打鼓场留有"古石太平"等摩崖遗迹。

而坐落于风吹岭下、永宁河东岸的大码头古镇乐道，更是陷入惶惶不安的氛围中，密密麻麻的吊脚楼似乎摇晃起来了。这里上通江门、叙永、古宋，下走纳溪、泸州；五尺官道走登山场、文昌宫、大里岩，直达贵州。当地记载，当时并无乐道地名。本地忠厚团豪绅游恒仁倡议，在大里村各岩口险要处修筑寨门，以抵御太平军。按有粮出粮、有力出力原则，确定在大里村各岩口险要处，修筑寨门48道，即太乙门、南极门、清心门、忠孝门、广德门、万全门、上天门、全福门等。武官来后，得到乡人的爱戴，大家都尊称武官为"将军"。在"将军"的主持下，修了三条马道子，一条在今乐道场下街，一条在今观音村，一条在今将军村。"将军"看到永宁河上船只穿梭，商贸频繁，常有船只停泊，船工商人生活不便。"将军"动员"瘟猪拐"的十几间草店子，迁到现在的乐道场上街，同时增添了几间饮食、客栈铺子，方便来往的商贾、行人，逐步形成一个小场，命名为"兴隆场"。寨门尚未全部竣工，忠于职守的"将军"因病身故，葬于金龙庙旁，现将军坟尚存。乡里人为了纪念这位"将军"，根据他在早上和闲暇时，喜欢在马道子快乐的跑马的习惯，遂将"兴隆场"改称为"乐道子"。

从这些记载里，似乎没有看到热烈的"箪食壶浆"的场景。可以发现历史从来就是沿两条叙事言路而分野的：一是正史，一是民间史。正是在它们的绞缠与分野里，我们方可能企近真相。

进入盛夏季节的川南山区，闷热被无垠的林涛与竹海所托举，死亡的衣襟，的确伸手可及。被热风撕裂出的藤萝丝绦，在耳畔兀自书写无人辨识的狂草。恐惧是一派血红色，笔触向上飞动，酷似一个儿童颤巍巍的描红作业。但恐怖是一种尖锐的暗色，具有立地生根的钝性。我发现，粉色酥胸、桃色之腮可以安抚恐惧，使一个极度失措者突然空降到性欲的巅峰，为失色的口唇涂上元阳的猩红……但唯有暴烈之血才可望将恐怖的天幕染红，撕裂后露出骨头的玉色。

对了，恐惧就是骨头的玉色！

而在白天等待太久的血，失望之极，最后以暗色的凝聚，加固了恐惧的基座。恐惧不再是颤抖，而是一张缓慢，等着刃口由远而至，洞穿头骨，直到碎骨的闷声打扰了缓慢，当事人才觉得：这声音怎么一点也不脆性呢？

太平军顺永宁河抵达安富镇后，永宁河汇入滚滚长江。纵观石达开入川的每一次渡江，均选择在支流与主流的交汇之处，他深谙水性，是希望利用支流与主流形成的剪力，一举快速渡江。那里有一座冠山，并不险峻，但偌大的长江尽收眼底。按照四川总督骆秉章的计划，凡是在太平军可能渡江的薄弱之地，均设有重兵布防；同时，他的间谍部队化装成乞丐、难民，每5里一人，一路跟踪太平军，连夜通报成都。骆秉章总能在很短时间内调兵遣将。他被誉为"诸葛转世"，显然是建立在掌握第一手实情之上。

受伤之际，石达开心情自然不佳。登临冠山，瞭望大江对岸，但见敌军壁垒森严，烽火不绝。他深深意识到要想渡过长江，绝非易事。水天茫茫，他动了情感，吟诗一首：

入蜀驰驱蜀道难，阵营横岸锁方山。
沙场烽火传刁斗，敌垒刀光射铁衫。
妖孽未清箕煮豆，神州谁属雪侵鬓。
投鞭饮马江流急，嘱咐前麾卷甲归。

石达开的入川之路，既是一条血路，也是一条诗路。

距离安富镇不远的天仙洞，山高林密，地形险要，历来为兵家必争之地。蜀汉丞相诸葛亮当年曾率5万大军与来自昭通的孟获在此激战。诸葛亮的点将台、中军帐以及孟获的被擒被放处，至今尚存。在孔雀河畔的岩壁上刻有石达开一首散曲："人生七十古来少，前除年少后除老，中间光景不多时，还有炎凉与烦恼。朝里官大做不尽，世上钱多赚不了。官大钱多忧患深，害得自家头白早。请君细点眼前人，一年一度埋荒草。草里高低新旧坟，清明大半无人扫。"书法不算上品，字迹苍劲有力，笔画腾挪之间，透出凄凉。另外，在天仙洞尚有十几处石达开作品的石刻，保存完好。

川南一线，近百年陆续发现有石达开的多处题壁。他先后在昭通、南广河源头腾达镇、合川、宜宾县横江镇、贵州仁怀等地均有题壁之作，或诗词、对联，不严格拘于平仄，但沉雄，豪气干云，一望即知不是凡物。学术界仅仅承认《白龙洞题壁》《五言告示》为其真作，我们不能因为某些学者的否定，就将其余诗作视为赝品。即便是后人伪作，这种骨力蒸腾的诗歌，恰是民间对其人格敬仰的持续反映。可以反衬的案例在于：为什么没有人冒张献忠、冉天元、李永和、蓝大顺的名头去赋诗呢？！

石敢当的气场

陈鑫明《泸州牌坊立体史书》一书载，纳溪打鼓场龙鼓滩位于川黔古盐道上，有清宣统年朝廷旌表准予建造的节孝牌坊。牌坊主人王肖氏，18岁嫁夫王光璋，20岁时夫被石达开部抓走无音讯，从此守寡52年，抱养侄子抚养成人。王肖氏60岁时由方廪生肖安国、庠生杨世钦、监生王世权、职员卢履洁等联名禀详永宁县衙，转报省督，奏请朝廷旌表。经户部、礼部核准，领圣旨准予建坊，以示旌表。

桂花湾《王肖氏墓志》载，大清同治壬戌年，即1862年农历四月十二日，太平天国翼王石达开部从贵州仁怀、四川合江九支进入永宁县宁和里的打鼓场、龙鼓场、洞子场、白鹤场。在古纯东岳庙与地方团练作战。四月十三日又与龙鼓场庞学信、肖本家团练数百人作战，庞学信、肖本家阵亡。十四日石达开部攻占鄢家关、天池，十六日从打鼓场往向林方攻打永宁城。

农历四月二十五日，石达开部数万人又占打鼓场。五月一日攻占白鹤场、龙鼓场、洞子场、兴隆场，王肖氏夫王光璋等被掳去。太平军攻占大洲驿，向江安进发，民众扶老携幼躲入山岩避乱。

农历七月一日，太平军部数千人马从磕石丫攻占打鼓场、龙鼓场、白鹤场，五日撤出。七月九日朝廷官兵数万人收复打鼓场、白鹤场、龙鼓场、洞子场。太平军退入云南，绕道巧家县，踏着结冰的金沙江进入四川会理县（见云南人民出版社《昭通旧志》。这是我唯一见到金沙江结冰的记录），向大渡河方向进发。

太平军石达开部转战打鼓、白鹤、龙鼓、洞子场一带，有云南昭通义军李永和、张四皇帝部的人马配合

悬挂在南京"瞻园"的翼王石达开像。蒋蓝翻拍

呼应，但并未有具体结盟。从1862年4月12日到7月1日，历时78天，太平军在打鼓场、龙鼓场、洞子场、白鹤场留下许多遗址和传闻……这是石达开告别川南的最后时节。这个号称"石敢当"的人，可能已经预感到自己的结局了。石敢当又称泰山石敢当，一般立于街巷之中，特别是丁字路口等路冲处被称为凶位的墙上。石碑上刻有"石敢当"，或"泰山石敢当"的字，在碑额上还有狮首、虎首等。

1863年6月27日，石达开与曾仕和、黄再忠、韦普成着天国衣冠，在成도臬台监狱院坝里，遭到了凌迟。剐割石达开的刽子手叫余宝，骆秉章吩咐他去看看已经是一团烂肉的石达开是否已经死亡。余宝用刀尖挑起了石达开耷拉在脸上的头皮，他看到了一道比刀尖更锐利的眼神。心神一激，拔腿就跑……他发狂不止，两个月后饿死在府南河边。

人子的血，在乌云的俯视下尽情漫溢，这是对乌云的"描红作业"。它与那种阳光为乌云镶出一道金边美景的不同之处是，血的踪迹宛如一个胴体的彻底摊开，贴地而飞的红金箔，在乌暗的大地上，构成了"天狗吞日"的晦昧。那被黑暗染黑的血液，反射着天上的一幕：太阳为蘸满污血的刀，镶出了一道轻浮的蕾丝花边儿。但被骨头撞碎了一块的刀刃漏出金属的底色，那才是一具模糊的血肉所能达到的最高巅！

6月的成都，闷热无风，停在槐树与银杏树上的金刚蝉，用干燥的叫嚷把城市的狂欢彻底打开。行人赤膊上阵，官人举而不坚。那又是一个朝纲解纽、兽性大发的时代。1863年6月27日中午之后的成都，被一股冷气彻底攫住。有人甚至说，城市周围的山野，飘起了雪……

就连云南大关县的正史里，对此也有出神入化的记载："（石）达开诛时忽起云雨，一大龙飞焉。"（民国二十年修订本《大关县志稿·乡宦传》，见《昭通旧志汇编》，云南人民出版社2006年版，1350页）

太平天国史专家史式教授在《石达开未死传说考》一文总结说："石达开未死之传说，兴起于当时，而盛传于后世。传说之来，在清方为畏惧石达开，唯恐其不死；在民间为爱戴石达开，唯愿其不死。不论是为敌人所畏惧，还是为群众所爱戴，都是好事，皆有助于肯定石达开的不朽功勋……"

相传晚清时节，在嘉定大渡河渡口的一条摆渡船上，上来一位身材魁梧、相貌堂堂的男人，像是由大渡河上游过来的。他长途跋涉，一脸风尘，背着一把红油纸伞，上面现出"羽翼王府"四字，伞打开后字就没有了，但在红伞上印有"泸州制"标记。当时船上人发现，觉得"羽翼王府"是"翼王府"三字，疑他就是翼王石达开。警惕性极高的群众上岸后直奔官府举报，衙役急来捕捉，但此人已杳无踪迹了。这一故事迅速传遍长江大河码头，人们反而说泸州红纸伞能保佑好人一生平安、化凶为吉……

记得我写非虚构长篇《一个晚清提督的踪迹史》时，细读过作家鄂华的名作《翼王伞》，再联系到泸州油纸伞，不禁心头万端。一抬头，窗外已是东方既白……

名山奇人何崇政

2011年初春的一天上午,我来到名山县城外,把车停在一个树林空地上,顺着泥泞不已的小路,我艰难往上行走。寒风阵阵,雨雪让我的嗅觉变得格外敏锐——

  持续一周的雨雪,今晨不再摇摆
  透过树梢,隐约可见一个女人
  用尽了所有服饰和风月
  才安然老去

  我在雪景中想起不远的桃花
  想起磨损严重的老电影
  想起了艳阳的凡·高
  用湿淋淋的农鞋踩低天际
  以及老年博尔赫斯
  颤抖的手掌擦亮的汉碑
  就像我注视陡立在鼻梁的雪
  开花,又在一根火柴上凋谢

雪景的黎明

与穿过雪景的月光

同样在马槽留下水迹

这让秘密

看起来

如同草料

当一滴飞雨追上另外一滴飞雨，当一支响箭追上另外一支箭，以"飞行强奸"的突兀方式完成大灌顶仪式。我还是不能相信，那在发霉的殿檐上，怎么会长出一朵小花？！

前不久，我从四川大学图书馆借出晚清名山县知县胡寿昌所撰《蒙寇志略》一书，胡寿昌自署"愚溪山人"，在柳宗元笔下，愚溪的纯洁秀美与自己的高尚情操、文学才华彼此呼应，把愚溪不能有益于世的惋惜和自己抱负不能施展的抑郁融合在一起，字里行间蕴蓄着自己被埋没受屈辱的愤懑、不平和抗议。很显然，胡寿昌以此自命，也是大有心绪之人。此书于光绪十六年（1890年）刊刻于成都，数万字篇幅全部记载的是李蓝起义军攻打雅安、名山、丹棱、洪雅、眉山的战事，围绕小小的名山县一地，胡寿昌忠实地记录了一系列大小血案。

在李蓝大军横扫巴蜀时候的1860年，胡寿昌年仅三十出头，在同行王崇昆眼中，他俨然英姿飒爽，气度不凡。在得知被授命为名山县知县后，感恩戴德。他慷慨自许，认为受命于危难之际，国家寸土决不可弃，与同时被授命为丹棱县知县的王崇昆歃血为盟，结为兄弟。道理十分简单，既然均为战事惨烈、防备形同虚设的小县之长，唇亡齿寒，不能不互为依托。

两个知县到任后，"召集流亡，备器械、练图勇，为守御计。无日不往返函商，有令必回。"（《中国野史集粹》，巴蜀书社2000年9月版，第三册230页），尽管拼死抵挡，奈何起义军如山洪一般汹涌咆哮，因为无力立即肃清境内敌军，被清廷撤职。骆秉章入蜀后，臬司杨重雅认为，这两个人为人处事"异于流俗"，极力向骆秉章推荐这一对"城隍庙的鼓槌"，终于又得到启用。当然，这已经是名山战事之后的事情了。

在李蓝大军占据宜宾吊黄楼一线、刀锋直指犍为、名山时，《蒙寇志略》中特意提到一个本土人士：何崇政。

熟悉一点巴蜀武术历史的人知道，峨眉派亦刚亦柔，一派玉树临风。南宋时期，已经眉毛纯白的德源长老，"白眉道人"，他模仿山猴动作，创编出一套猴拳。一直流传至今。德源长老还把峨眉山僧道的武技资料收集起来，编写《峨眉派拳术术》一书，这是目前找到的有关峨眉武术的最早文字资料，是峨眉派武术发展成熟并自成体系的标志。在这个谱系里，何崇政具有承先启后之功。

在一般历史记载里，何崇政被人称为太平天国翼王石达开的"记室"（相当于随身秘书），说他兵败脱难后，削发为僧法号"湛然"，来往于川西、川东等地，以哥老会的组织形式结交八方豪杰继续反清，曾经在峨眉山主持多年。他撰有《峨眉拳谱》一书（亦称《拳乘》，今留有残本），成为峨眉派武术理论奠基石，开篇有诗"一树开五花，五花八叶扶。皎皎峨眉月，光辉满江湖"的概述。这其中"一树"指峨眉武术，"五花"指巴蜀的五个片区，而"八叶"则指四川武林中的"僧、岳、赵、杜、洪、化、字、会"八个门。"五花八叶扶"意味着五个不同地区的流派和八个拳术门派互相影响，互为依托。

《峨眉拳谱》出自他手不假，在巴蜀武林被尊为经典。但何崇政既非太平军，更非翼王石达开的"记室"，而是地地道道的本土异端。显然，与后来升任四川提督的唐友耕一样，他也是一个正宗的流氓无产者。

《崇庆县志》记载，何崇政蒲江县干溪保人，为落第秀才。我估计还是胡寿昌的记载更为准确。他的《蒙寇志略》言之凿凿，何崇政生于清咸丰年间，名蒲，出生地在与名山县接壤的何家山。少年时代就膂力无穷，精通武艺，加上为人"豪侠好义，急人之急，远近恶少争附之"。咸丰六年（1856年）何崇政参加府试，因针砭时弊，遭到主考官指斥和鞭笞。他一度得到术士李御风的"神授兵书"，于是心存异志。咸丰九年（1859年）李永和、蓝朝鼎揭竿而起，何崇政一方面满怀对制度的愤懑，另一方面知道属于他的时间开始了。

这就像献宝的卞和一样，他得到的回报，是体制的当头棒喝。晚清《名山县志》记载，何崇政一心报国贸然来到官营，上书《平洪杨策》，请咨送江南大营效力。当时川人向荣为主帅，知府蔡步钟以"违制答之"。尽管他慷慨陈词，渴望制度能够理解他保家卫国的赤胆忠心。但这样的陈述均被官人理解为一种利用危局讹诈政府的伎俩。看来蔡步钟也并没有打错，因为按照清制：士子不谈国事。

历史大错被蔡步钟就此铸成，他为此必须偿付巨量的鲜血才能赎清。

被乱棍打出,何崇政报国之心不死,他直奔前线而去。在快到宜宾的路上偶遇提督马天贵。何崇政拦住军队高呼"献策",奉上《擒蓝李策》。马天贵看着这个一身褴褛的强人,口出大言,咋咋呼呼,官威受到冒犯,下令"笞之"。何崇政缺乏卞和那样的耐性,他愤激到了极点,走出门来,何崇政仰天大喊一声:"那就怪不得我了!"

他立马掉头直奔李蓝起义军营垒。义军多为胸无点墨的农民,从天落下一个能文能武的人才,不禁喜出望外。为展示自己远非纸上谈兵之辈,何崇政决定在叙府石梯桥一带,策划安排一场甘蔗林的伏击战。他的计谋很简单,就是将怀里的《擒

名山县县治图,选自民国十九年(1930年)版校注本《名山县新志》

蓝李策》改为"擒天贵策"，连设伏地点也没有变。他守株待兔，等待好收成。

面对极容易隐蔽兵马的甘蔗林，提督马天贵十分轻敌，他遭到了一场伏击战。他往开阔地跑，一步蹈虚陷入另外一侧的水田，动弹不得，被围上来的起义军砍成烂肉。由于一举击毙四川提督马天贵，续战又擒副将张万禄、都司余振海，连歼大员，起义军像吃了炸药一样，挡之者死。要知道，这是李蓝大军入川以来击毙的最高级别官员。

这一下，何崇政火得不行，出任起义军的"军政司"一职，不少人投奔其麾下。何崇政精于枪法和棍法，因此在军中常教士兵习武，深孚众望。新任四川提督蒋玉龙手下能人太少，尽管都是一副化悲痛为力量的样子，但在名山县被起义军打得十分狼狈。

曾经上书《平洪杨策》的何崇政，对当时天下形势自然熟知，他对"蓄谋窥川"的石达开也不会没有耳闻。由此，《名山县志》所载的蓝大顺"通款洪杨"和"拜何崇政为护国军政司"两者之间就显出了内在联系。可以认定，"通款洪杨"也就从此成为李蓝义军的既定方针。何崇政给起义军的建议是，应该联络四川南部一带的啯噜党，使之成为生力军。这样，啯噜、土匪、强盗、商人纷纷加盟到反体制的营垒中，连名山县的文生邓凌霄也加入进来，这让名山县知县甚觉丢人。他未必知道，丢人是小事，跟着丢命的事情随时就将发生。

成都蒲江县大塘镇洪福村三组何李氏墓碑背面，载有起义军于清咸丰十一年（1861年）夏天在蒲江、邛崃一带活动的情况：

"……庚申年蓝贼扰蒲江，至邛州攻城不克，自州到名山。名山人'何蚂蚁子'带数百人投蓝贼。至辛酉年，何贼伙人数千来札蒲江。是年六月初旬，忽来峰顶漕札营。六月十六夜，我父在宋山碥避躲，被贼人掳去。至六月二十七日，贼等撤营去名山。于七月二十一日，分数千人迭回欲攻邛州，闻有大兵到州，不果。是夜，我在场上店内借宿，为贼所获。复札骑龙山。至二十八日，贼回名山大营。……至八月初八晚，贼令次早撤营，各归本营。……是夜，贼令西营打前队，至古城桥，见对山（疑为"围"）众多。至新店子场口，我就此等父，未几，上杀至，我亦同贼走犟坝场，过数里逃出……"（黄尚军、董红明《巴蜀牌坊铭文所见清代农民暴动与起义初探》，《重庆三峡学院学报》2010年1期）

这一来自民间石碑上记载，以鲜活的口语充分证明了"何蚂蚁子"为害"桑梓"的行为，也说明了战事给民间带来的深巨灾难。

雅安知县何鼎勋的两本围城笔记可以佐证《蒙寇志略》的真实性，并弥补了记载的简略。他指出：在攻打名山县城时，"何蚂蚁子"对父老乡亲宣告——"名山系我桑梓地，先人之墓庐在，予不敢扰。有妄取民间之一草一木者，悉叱令送还。名人安之，备渐弛。"（李有明、蒙绍鲁《往事存稿》收录了《雅安围城记》《雅安防河记》全文，四川民族出版社2004年3月版，158页）

这其实是一出烟幕弹，起义军于咸丰九年五月八日突入名山县。这涂炭桑梓的行为，更让当地人发狂。

蓝大顺与蓝朝鼎北上入陕后，何崇政的起义军成为川西一支独立军。1861年春，各州县衙趁蓝大顺率部北上围攻绵州之机，秋后算账，捕杀曾跟随义军的农民及其亲属。为振李蓝军威，何崇政提出"吃大户、杀赃官"口号，蒲江、邛崃、大邑、崇庆一些乡镇的农民群起响应。其时，清廷再次调兵围剿，估计"何蚂蚁子"的读音关系，官府竟喊成了"红蚂蚁子"。何崇政对此一笑置之，来了个将错就错："龟儿子些怕红，我们就是要红！"于是下令打红旗、戴红标，坦然接受"红蚂蚁子"称号。5月，何率义军进入崇州隆兴场，准备伺机攻取州城。州人副将张联陞率官军团勇，在中和场组织防御，被义军打败。越日，义军迂回到西河坝，知州董钧令民众守城，调乡团屯于城外。这时，在嘉定的袭侯杨炘（名将杨遇春之孙）闻讯，率兵赶回崇庆增援，同张联陞联合守城。11月兵分3路攻义军，"名将之后"杨炘阵亡于金龟桥，各军士气大减，义军乘胜攻城。内应谭八在城堞瞭望，中流弹负伤，被官军发现后立即诛杀。内应已失，州城防守严密，起义军只得退兵。这年冬天，清廷调提督胡中和率楚军配合各州县兵勇，对义军分割围剿。何崇政率主力与楚军大战于大邑县城西，终因寡不敌众，就此下落不明。

《蒙寇志略》记载了一桩"不雅"之举。当地士绅冯朝杰、杨廷梁等人献计，何崇政如此难以对付，实乃本邑耻辱，"是其忘亲背祖，大逆灭伦，罪宜根株尽翦。从来讨叛逆者，必先发其祖墓，冀可一鼓成擒。"既然牛啃南瓜找不到地方下口，胡寿昌与提督蒋玉龙就秘密动手了。他们连夜带领500名士兵，黎明时分来到何家山掘开了何崇政的祖坟，雪亮的锄头伴随第一缕阳光倾泻而下。这是何崇政的父母合葬墓地，地下有石埂，宛如土龙盘踞，隐然有王者之气。打破棺椁，满棺白浆流出，飞出无数野蜂。体制中人对此的评价是："地脉天矫，峰峦凶恶，养成戾气，非吉壤也。"

这远不是当地腐儒凭空臆想出来的举措。一是有挖祖坟的历史传统，二是李蓝大军战事期间，官军就曾经为之。

在中国文化中，挖人祖坟是最狠毒的。当年李自成攻入朱元璋的龙兴之地——凤阳，一不做二不休，索性掘了皇帝的祖坟。崇祯皇帝怒不可遏，以牙还牙，派人掘了李自成的祖坟。李自成知道后，开始了疯狂报复……在互掘祖坟的暴力循环中，彻底践踏伦理让暴徒们获得了大快感。即使在近现代，挖人祖坟、断人龙脉的事件也多不胜数。这本是一种严重有违于伦理的行为，但制度显然已经黔驴技穷了。花县知县牟崇龄收到上谕后，即奉命急将洪秀全的祖坟掘毁。但即便如此，太平天国一役，死亡就达几千万人，何曾有半丝作用呢？！

但体制中人怒极攻心，就挖过李永和母亲的坟。

1903年，美国探险家埃德加·盖洛到达云南大关县的大旗山下，就是关河和洒渔河的交汇地岔河。岔河旁的麻柳湾是李永和的祖坟所在地。盖洛从当地人口中得知，异端李短褡褡（李永和）的祖坟被官府侦知，"狂喜之际，官府光顾了这个河岔口，掘坟毁尸。这样一来，龙脉已毁，这个家庭的气数就断绝了！此后不久，反叛势力被除掉，这位大头领被杀

峨眉山山间峡口，法国画师手绘图，选自《1895—1897法国里昂商会中国西南考察纪实》

了。"（《扬子江上的美国人：从上海经华中到缅甸的旅行记录（1903）》，山东画报出版社2008年2月版，161页）

如果说打开所罗门王的锡瓶是放出了魔鬼，那么国粹化的开坟掘墓，则是让阴魂在朗朗乾坤普照下蒸发遁迹，可万一阴魂又附寄在哪一个泥腿杆子身上，迅速在脑后堆积出"反骨"，那又如何是好啊？

就好像与李短褡褡"同甘苦、共命运"一样，官府发掘何家祖坟后，据说何崇政的起义军逐渐式微，打仗多方掣肘不利索了。单是一次战斗失利，就在名山县被擒3800余名起义军，损失战马1385匹！其实，他依靠智谋出任蓝大烟杆的军师，占据名山县两个月，先后转战于青神、蒲江、大邑、雅安、荥经、天全等十余州县，献计擒斩了清军重要将领张万禄、余振海等人。尽管何崇政部的起义军在名山陷入四面楚歌之境，但何崇政还是逃脱了。他混入湘军果左军胡元廷军门营内，改头换面，名字变成了"昆山"。当骆秉章的缉捕批文发到胡元廷手中时，何崇政已远走高飞了。

胡寿昌一直惦记着这个让他寝食不安的恶人何崇政。他承认，何崇政是他的心病。在他在主政三道堰、游子堰等水利设施的清淤工程时，突然得到了何崇政投射在水面上的鸟影。

何崇政伪造记名提督胡中和的行军关防令，跑到宜宾的屏山县调动军队。得到这个信息，胡寿昌认为何崇政是准备与宋士杰余党继续为乱，这反而佐证了何崇政亡命江湖继续谋求反清的真实情况。何崇政会同张子民太守，设法羁縻住何崇政，秘密与叙州太守朱海门张开落网。他在《蒙寇志略》里提到重要的一句话："送郡城讯明正法"，把何崇政的脑袋传遍他犯下罪行得各州县。显然，这里出现了记载问题，要不然是何崇政冒功，就是所杀的那个何崇政是个冒牌货。

除了说何崇政被官府击毙之外，地方志里还有三说：一说"后起义失败，不知所终"；一说"后来降清廷"，这显然是污蔑；一说竟然成了太平天国翼王石达开的"记室"，翼王行踪飘浮，这最不可能。我分析，何崇政芒刺一般回到了民间的山野，身形一抖，就成了一片枯叶。他并在峨眉山落发为僧，法号"湛然"。他常居云遮雾绕的白龙洞，偶尔山风催发酒力，山魈鬼叫，虎豹的吼声震落蝉鸣，他会走几路拳法疏通筋骨，这才有了精研武术、演绎《峨眉拳谱》的后事。也就是说，峨眉武术固然源远流长，但以派别崛立武林，却是从何崇政开始的。

唐友耕率振武军到达名山县的时间，是在石达开的先锋"赖剥皮"赖裕新率军入川的时候，唐友耕主要是在邛崃、蒲江、名山、雅安要隘之处设卡防堵。他听到胡寿昌对何崇政的叙述，颇不以为然。须知，唐友耕精于枪法，他很想会会这个神乎其神的何崇政。可惜的是，历史没有为他安排这个对决机会。

由于战事代价惨重，凡是被起义军入侵的州县，骆秉章逐一提议罢免，这涉及二十几个州县的官员。但他还是清醒的，对那个热血青年、名山县知县胡寿昌记忆犹新，称其"才识兼优，长于吏治，晓畅军事，洁己爱民"，奏请功过相抵，这是唯一的一个得到"恩眷"的地方官。胡寿昌因此被委派为唐友耕部等四路军队提供后勤供给。刚刚经历战火的弹丸之地名山县，为此提供了2万名军人的口粮，可见百姓负担之重。当时的驻守情况是，记名提督胡中和驻扎泸定桥，湘果营将领萧庆高驻扎飞龙关，湘军将领何胜必驻扎飞仙关，唐友耕驻扎汉源富林驿。

富林驿是汉源通达西昌的要津，必然要经清溪峡等地，此道是南方丝绸之路的一段，相传诸葛亮南征平夷时曾路过此地，当地有孟获城遗址，也有"平夷堡"、"镇南桥"等可以钩稽历史的小地名。这是南下的交通要冲，战事频繁而惨烈。石达开先锋赖裕新曾率军用布匹作桥成功渡过大渡河，在纵切幽暗的清溪峡与唐友耕等部激战，在越西深沟被彝兵劈空而下的滚木礌石砸成肉饼……

红灯照的精神动力学

凉水井地望

1999年的年底，我结束了在成都几个地方的租房岁月，终于在东郊十陵镇千弓堰附近的芙蓉社区买了一套住房。我住在新房迎接新世纪，别人觉得距离市区偏远，我庆幸这里清静，只有蝴蝶、蝉、蜜蜂和突然卷地而起的怪风会打扰我。

小区门前有一条凸凹不平、泥土飞荡的小公路，因为附近有天鹅村，美其名曰天鹅路，通往十陵镇。浑身乱响的中巴车和摩托车是最常见的交通工具。二十几家卡拉OK厅在灰尘扑面的路旁艳帜高张，间或插有几家收荒铺、苍蝇馆子和摩托车修理店。姑娘们基本"体健貌端"，大脸红扑扑，睫毛忽闪闪，服装红绿夹杂，多为化纤及塑料制品，松糕鞋一走，仿佛腰肢袅娜，浑身冒气，稀里哗啦地响，但仍然是一副要下地干活的腿力。看到这个场面，烈日之下，我感到凉风习习也。

芙蓉社区出正门向左转一百余米为一家汽修厂，再右转有一条分路，破旧的民房门前可见"千弓村15组355号"门牌，越过一家本地最大的火锅店，百米以外的道路右侧曾有一口古

此地就是著名的凉水井,井口就在破房子之下。蒋蓝摄

井,小地名就叫"凉水井",四周全是高低不一、横竖不齐的民房散落在田野,有数千客家人居住在这一带。不要小看哟,这井名堂很多。据说,井圈和井壁用鹅卵砌成,井圈高出地面二尺,井水高于路面,四季井水都是满的;水质甘美清洌,过路之人常取以解渴,由此成为歇息点。清末,客家东山每三年有一次大旱,堰塘水干涸,唯有凉水井水满溢,可供数里以内居民饮用。每当天旱之年,民众组织淘井,每次淘井必然会下大雨。淘井者见下大雨即很快出来,否则井水涌出便有危险。学者谢桃坊《成都东山的客家人》指出,1964年淘井,由村民卢光前组织,淘得一批子弹,乃1949年胡宗南军撤退时所弃。此井虽在路旁,且时有小孩玩耍,但从来没有淹死人。就在我

搬来此地的几年前，凉水井附近兴建宿舍区和拓展机耕道，井口被封闭。近十余年成都经济迅猛向东猛摊大饼，凉水井属于开发地带，灰白色的十陵小区成为了嵌入凉水井地缘的第一个外来小区，我居住的芙蓉社区则紧随其后。记得一天早上，小区刚刚砌好的围墙就被村民奋力推倒几十丈，是缘于土地赔偿问题，由此可见客家人的火爆脾气。

从地望而言，凉水井位于成都至龙泉驿的第二条要道上，由此东行经千弓堰、狮子桥、吊钟寺、平安场、四口堰、石河堰、易家桥、佛爷庙，可达龙泉山山踝，终点为山门寺。旧时，开采自龙泉山的建筑石料即由此运往"成都省"。抗战期间若东大路的公路受阻，部队行军多由此路进出。明末张献忠军和民国时期胡宗南军皆曾在凉水井经过或驻军。五十余年前凉水井属华阳县西河乡十四保，1950年为华阳县八区千弓村，

位于成都东郊的这条小路，旧时为第二东大路。蒋蓝摄

到1994年改为龙泉区十陵镇双林村。凉水井在双林村五组地界，如今再改属千弓村。清代初年，广东客家人到此地见到水井位于一座烂庙子旁。庙名无考，庙占地十余亩；建庙时凿井于墙内，以供僧人饮用。张献忠于此与官军作战，寺庙因此被毁，但水井却得以幸存。客家人最初称此地为"烂庙子"，相传古代井旁原有一家幺店子，一天一位道长经此路过，搭讪问老板："生意如何？"店老板答："生意不好哇。"道士用手一指井水说："此酒甚美，何不用来卖钱？"

明明是透心凉的水，何来酒味？

老板心知有异，说不定是观音下凡！用碗打水一喝，一吹一吸，哎，真有酒香啊。甘洌，回甜。从此凉水井的酒名开始扬名立万，饮者日众，老板狠狠发了一笔。三年之后，道士再次现身，祝贺老板摆脱了困境。人心不足蛇吞象，老板以为收账的来了，继续哭穷："酒固然好，可惜无酒糟喂猪。"道士随即吟了一个偈语："天高不算高，人心比天高。凉水为酒卖，还说猪无糟。"再用手指一点水井，飘然而去。自此井水不再成酒，而凉水井却更有名了。

这些均是传说，清风过耳。真正让凉水井成了文化地标，是缘于语言学家董同龢先生（1910-1963年）在1946年在对凉水井的客家话做方言调查之后写出的《华阳凉水井客家话记音》。抗战时期，他随中央研究院历史语言研究所迁入四川，参加了该所主持的四川方言调查。此前，他已知道"成都附廓以及邻近好几个县份的乡间有异乎普通四川话的客家方言（俗称'土广东话'）存在"，只是没有机会找到说话者，所

董同龢《华阳凉水井客家话记音》

以"问题就一直摆在心里"。1946年春,该所对四川方言做第二次调查,董同龢在对四川大学的各地学生进行访问录音,有幸遇到家住华阳凉水井的卢光泉。在卢光泉配合下,他花了16个下午进行记音,由此产生了这部传世的经典方言之作。

我既然住在这里,自然经常出没于紧靠凉水井的十陵小区菜市,与满口客家方言的农民讨价还价,一来二去,我才知道我居住的位置,就是客家"东山五场"的区域。东山五场为石板滩仁和场、清泉镇廖家场、洛带镇甑子场、龙潭寺隆兴场和西河场,方言如苞谷酒烧刀子一般凛冽、辛辣、回甘。一天因为事情耽搁了,直到晚上8点才去菜市,还有两个人守着菜摊子。他们说,你一直没来,所以我们等着。进入初冬了,我想买生姜,农民干脆让我自己到地里去挖,价钱很公道。客家人的耿直,可见一斑。一来二去,我渐渐熟悉十陵镇——这个地名源自明太祖朱元璋之皇室家族陵墓群的地方。一条小河将社区隔开,水面的房影被电缆线维系,如同泡涨的风筝。从楼顶遥望,我逐渐知道晚稻与玉米,阳光下那厚薄不一的金黄。有时,也有野鸭从水底蹿出,从油菜花丛突然展翅腾空。

一天黄昏，我在凉水井的茶铺吃茶。几棵造型诡异的洋槐树，桉树上的知了也不再嘶叫，我就像置身于一个孤零零的旧梦。凌乱的小青瓦房、木头门板，凸凹不平的碎石路，就像一条进入历史的甬道。这里拥有蜀汉王族遗迹的宿地，团聚四散的风水，青草沾满露水，蓬蔽了小道。我推想那时王侯的模样，以及王妃曳地的衣裙，估计他们也将埋怨这淫湿的季候，难以频繁踏春。将捂藏了很久的情事，不散热地，在对方的身体上铺开……

外面飘起了牛毛细雨，我慢慢喝着一杯涩口微苦的"三花"，在淡淡的霉味与浓香里看那些一边吃油炸胡豆、一边打纸牌的人。他们对桌子外的世界毫不关心，无论是呼啸的中巴，还是女人甩牌时，荡过来的香气。穿过石板路的脚印，总是一层又一层地覆盖。各有各的心事，或者出走，或者买醉归来，但雨水改变着泥土的塑性。我走到凉水井以东的夜幕里。自东而来的水渠，送来的却是雪山的冷意，可以看见逆风的柳树，将那银子似的头发高高抛直。细雨之后，夜空被洗亮了。龙泉山的高空，有干净的星座，我听见有人在嘤嘤哭泣，也听见鱼蹦跃的破水声……

江湖绳技与历史的钢丝

就是在这样的语境里，我听客家人给我讲起了很多龙门阵。"说"，他们发音为"广"，我也可以跟他们"广几句":东校场上打李子。雅不头(夜晚的意思)四圣祠血案。红灯照(罩)。号称"川西三杰"的廖观音、曾阿义、唐顺之,他们读作"鸟~观~音"和"真~阿~女"。他们的四川话里,偶尔可以听到一些客家方言的尾音,但传奇的鸟观音非常诱人……我特意记录了一首一位老人背诵的情歌:

> 郎带铁尺妹带刀,
> 咁多人马同佢敲。
> 头颅杀了还有颈,
> 颈筋斩了还有腰。

"佢敲"是客家话,即和"他们较量"。他们是谁?老人回答:官军呐。

老人讲到,义和团在打仗之前,都要喝一碗"神水",接受精神领袖廖观音的祝福。他们在冲锋时齐声高呼:"我是灵官","我是孙悟空","我是关公","砍不进,打不进"。这些历代崇拜的"大神"和"英雄"是鼓舞众人英勇作战、忘掉生死的空前力量。这凉水井,曾经是取"神水"所在。哦,原来如此!

在这之后,我常常在西河镇、洛带镇、黄土场、义和乡、万兴乡、石板滩一带转悠。尽管乡镇的大规模翻修与转身,频率越来越高,乡镇越来越现代化景观化,历史的场域越来越遥远和古旧,宛如一个没来得及拆除的孑遗。在我看来,一个场域的阴面与阳面,似乎仅仅被一层石板官道隔开。

廖观音，什么的干活？！

而自称是世界上第一部有关中国民间秘密宗教的专科辞典《中国民间秘密宗教辞典》（濮文起主编，四川教育出版社1996年版），竟然没有收录成都红灯照相关的一字一句，让我百思不得其解。

明末清初的白莲教多次起义，成为清朝初期最大的心腹之患。暴动在"扶乩飞鸾"的指引下，俨然已经成为四川19世纪后半叶的主动词。白莲教19岁的义军元帅冉天元的各种逸闻充斥坊间；翼王石达开还活着的传奇在盖碗茶腾起的缕缕水汽之间蔓延；光绪二十一年端午节（1895年5月28日）震动中外的"成都教案"，以四川总督刘秉璋被撤职、官府赔偿洋人巨

传说中的廖观音画像

额白银、加剧成都百姓负担而收场。来自华阳县石板滩的红灯教聚义，像飓风发作之前硫黄色的诡谲之云。义和团由早期的"反清"而改为后期的"扶清灭洋"，但是石板滩的团民却一味强调"反清灭洋"，断绝了一切招安、媾和的退路。当年，成都诗人盛世英（1859-?，字篁樗）的一首诗，反映了石板滩的情景和众教徒对"反清灭洋"的意志："撤防队伍散归田，五夜妖星照蜀川。狐火窗明争倡首，龙潭静夜饱挥拳。辍耕陇畔村农舞，说法台前妖女颠。似醉如痴浑不识，连头受戮志弥坚。"（《三水关纪事诗盛世英和诗》）

造反就像是一场酣畅淋漓的大醉。光绪二十八年（1902年）四川发生"壬寅大旱"，旱魃肆虐，川西坝子一片饥馑之色。百姓以芭蕉根、树皮、榆树叶、昆虫甚至观音土等充饥，开始发生"割米袋"、"吃大户"的事件。据说连著名的凉水井也快干涸了，有老人见江里浑水，叹息说，旱魃真的来了。大旱的炽热，点燃了一个火药桶。金堂县合兴乡糍粑店的农家少女廖九妹才15岁，在同乡曾阿义大哥处多次聆听热烈的义和团布道，她勤奋习武，立地成佛，瞬间觉悟了。东山洪安乡红灯教主曾阿义，其实就出生在本地糍粑店，即义和场回龙村。洛带中学教师雷啸友告诉我，曾阿义是后来教徒给他取的名字，之前人们都叫他曾老二，"老二"客家话发音为"阿义"。他是铁匠出身，先在龙泉驿街头齐家铁匠铺"兴隆号"学艺，铁匠铺大门两旁有吊牌："江浙龙泉老号""精制天下名剑"，以后成为成都义和团制造戈矛剑戟刀枪等兵器供应点。曾阿义在此当学徒时就参加了红灯会，初学打铁只能打劳

廖观音故居。位于金堂县糍粑店，今为青白江区合兴乡园林村四组

动强度很大的"二火锤"，练就了两膀臂力，为了强身，又学会一手铁链流星，义和团中人称他是"神弹子"（《成都市文史资料选集》第六辑，1984年6月印制，55页）。出师之后，曾阿义后来在石板滩桥头独自开了一家铁匠铺。两年前他上京津勤王，乃是一名勇将，人称"曾罗汉"，连他师父也称他"人品刚直，武功了得"。

金堂县廖氏为大姓，人口众多。廖观音是广东入蜀的客家移民后代。其祖先世居广东兴宁，川祖廖明达（体用）于清雍正五年（1727年）落业川西，廖明达子孙在川西繁衍甚众，其字排是："明谷君琼道，为仁士品芳……"廖观音父廖为新（是廖氏入蜀的第六代"为"字辈），母亲薛氏共生育二子一女，廖观音居老二，在同族大排行是九位。（孙晓芬编著《四川的客家人与客家文化》，四川大学出版社2000年5月版，327页）

廖九妹是天足，她竭力反对缠足，甚至称呼小脚女人为"小脚妖"。她念了一首顺口溜：

爹娘生我一双脚，
用来走路与做活。
为啥缠得那般小？
痛了骨头又痛肉。
纵死我不再缠足，
踏遍天涯与海角。

据说几十年以前石板滩、龙潭寺的姑娘都非常爱唱，直至1980年，有些高龄太婆还能琅琅上口，那毕竟是廖观音玉口说出来的。到后来，成了一首反封建反缠脚的民歌。她迅速青出于蓝而胜于蓝。在老百姓口头，廖九妹自幼习武，身材高大，天足脚板，体健貌端，有一张花好月圆的团团脸，符合一百年前客家美女的标准。最重要的一点，在于她的功法了得，而且口才好。铁匠出身的曾阿义明白，需要一个引人好感的人在台前张罗，自己退居幕后即可，打铁还需自身硬。如此，廖九妹被推举为华阳县红灯教首领。他们贴在石板滩川主庙门框上的对联一语双关："打铁打钢打江山都是铁罗汉，救苦救难救黎民争效观世音。"懂吗？曾阿义的铁锤高举，廖九妹手里的绳索，也可以变成蘸着甘露的柳枝。

除了活跃在客家话当中的舌灿莲花与寸铁杀人之技，如何服众？在四川值得仿效的榜样众多。榜样的力量是无穷的。从东汉张道陵的五斗米道纵横川西坝子，再到白莲教意识形态的"攻心之术"：白莲教从北宋就开始造反——宋时反宋，金时反金，元代时反元，明代时反明，清朝时反清，到民国时还存在……一言以蔽之，谁当权，白莲教就造谁的反。白衣侠女王聪儿数度入川作战，曾深入到罗江镇。成都本地的啯噜、袍哥的气场无孔不入、洗筋伐髓，无论是侠骨或者柔肠，均在文化场域的泡菜坛子腌制下变得铁口钢牙。

唐代笔记里将"空中踩绳索"者称作绳妓，也作绳伎，作为江湖杂技，称作绳技，来源于波斯、天竺一带。其实早在汉武帝时，西域传来的绳技已有很成熟的市场，不少内地平民家庭的姑娘专心学习，从事江湖卖艺。绳技大体分两类，一类为

红灯教廖观音、曾阿义练拳之处：石板滩的文昌宫。建于道光三年（1823年）六月十八日，建成初期为廖家祠堂。蒋蓝摄

凌空横走，显然是体操平衡木的先驱；另一类升天入地，就是"登天索"，是否是仿照了平步青云的仕途，不得而知。

后者最著名的节目乃是"天宫偷桃"。在中土有著名的绳技故事，出于唐人皇甫氏所作《源化记》中的"嘉兴绳技"。《聊斋志异》对此戏法曾有记载，乃是"江湖四大套"之一。日本人在17世纪便曾记录了这套魔术，称之为"支那绳技"，但却未说出个中秘密。其实，南斯拉夫小说家丹尼洛·契斯在小说《西门·马古》中，就已经精细描述了圣者升天的绳技含金量：西门·马古依靠这一奇迹，在空中布道。崇拜者说："他的眼睛像星星一样闪亮！"敌对者说"他的声音像疯子，眼睛则流露出色眯眯的神情。"西门·马古针对耶稣把水变成酒的逸事进行了讽刺，他是露天演说家和诗人，不但赢得了妓女索菲亚死心塌地的爱情，也领导了广大群众——当然，他也从云端的绳索上掉下来，当场毙命。这就演砸了。临终之际，索菲亚回到妓院前，用自己的围巾给断气的西门·马古围上："底下会很冷，就像在井底一样冷。"

进一步分析可以发现，穿行于风尘的绳伎，她们利用超强的平衡能力，在历史的跌宕中扮演了扭转乾坤的角色。绳伎往往久历江湖，红道黑道侠道商道无一不精。她们面目姣好，体格风骚，穿着打扮属于冷兵器时代的时尚先锋，一旦伤及尊严，楚楚动人的仪态下很难掩藏她们咬碎贝齿、拔剑相向的英气。她们荡出的长绳可能是柔情主义的裙带，更多的时候会昂然暴起，成为绞命索和霸王鞭。清代严允肇的《观绳妓作》诗："燕钗堕地悄无声，背立当窗鬓云绿。"足可见冬烘之辈对绳伎的过度想象。红娘子是明末农民起义将领李信（岩）的妻子，河南人，被后人称为巾帼英雄，史书更称她是"绳技红娘子"。关于这段传奇，《明史·李自成传》中有记载："……绳妓红娘子反，掳信，强委身焉"，说的是江湖卖艺的杂技演员红娘子造反后，看中了杞县举人李信（岩），一定要嫁给他；白莲教的王聪儿也是杂技演员，尤长于绳技；大名鼎鼎的洪宣娇也是绳伎出身……她们与廖观音一样，"体健貌端"，飒爽英姿，利用走绳的绝技，从山野、江湖、春楼起步，一步一步走到了猎猎大纛的顶巅，由此赢得群众拥护，成为起义军的首领！

清朝云、贵、川的乡民迷信气氛较浓厚，观音信仰成为民间秘密宗教起事时招引群众的精神旗帜，虽迄清末，其风未息。"光绪己卯年（1879年），大关县仁里乡有一妇女传邪教，称观音教，乡人多从之学习焉。文武官闻之恐作乱，游府马步云率兵擒之，其众散，只获其酋犯妇一人而已。同知周敬轩审之，令其演教人操，或审实非作乱，乃教人习武艺以保身家也。暂置狱中，继报惠请文官，释之归。"（《昭通旧志汇编》，云南人民出版社2006年5月版，1347页）这个女头领竟然平安归家，已经算得上是奇迹。东山客家人对观世音菩萨崇拜甚深。早年义和乡就有老、新两座观音庙；地名观音堂也就是现在的文安场，也有观音庙；还有雍正年间陈姓人家独资修建的观音庙，后来成为地名。万安乡清水一带还有雕塑有观音像的观音岩；洛带镇也有香火鼎盛的观音庙……再没有比附会这一深入人心的宗教形象更好的神话了。

看起来，合理的情况应该是：利用一个夜黑风静的时辰，廖九妹身缠保险绳，在合兴乡的田野上演了凌空走绳之技。曾阿义指挥民众出门烧香遥拜。哇哇，只见纯黑的空中，手持红灯笼的飞仙从星宿之间冉冉降临人间。且慢，九妹拿正身姿，再予以凌空布道，宣传天道真理，天花缤纷，甘露挥洒，众人叩头如捣蒜……在很短的时间内廖九妹变成了廖观音。从此廖九妹身着月白短衫，头披青巾，一袭"观音"装束，在"红色七星团"的旗帜下，她吸引大批本地妇女加入红灯教，揭起反洋教、抗官府的大旗，与清军、团练发生剧烈对抗。万兴、义和、黄土、洛带、金堂等一带均为主要战斗区域。值得一提的，义和团独有一种专收妇女的拳会就叫红灯照或红灯罩，入会妇女统统穿了红衣、红裤，右手提红灯，左手持红折扇，年长的头梳高髻，年轻的绾成双丫髻。四川本地的红灯教尽管也延续北派义和团的妇女建制，但更多的是继承了川地白莲教的遗风。廖观音被称作"黄连圣母"，功法、心法深得堂奥。入了红灯照的妇女，跟着廖观音在静室习拳与咒语，极短时间就能得道术。一旦术成，放下锄头的大

石板滩上仅存的老黄葛树。蒋蓝摄

手,持了红折扇徐徐扇动,自身就能升高登天,在空中自由飞翔……除去怪力乱神,这就等于说,客家人的高空绳技,在廖观音那里已演练到登峰造极的程度。

北方义和团比较排斥妇女,认为"不洁",至多只能做一些义和团的征粮、衣物管理、张贴传单等辅助工作。太平天国的"女营"已经大大进步了,甚至可以参加一些小规模战斗;客家人翼王石达开入川,其麾下的"女营"均为客家女,被道德家们称为"大脚蛮婆",这一称呼反而彰显了客家女性的天足与强健,足以担当大任。这就可以看出,成都地缘的客家人比较务实,没有拘泥以往俗套,妇女不但要顶半边天,而且还要指点江山。一厢情愿的女权主义论者渴望从中发现"男女平等"等西方人权符码,但朴实的农民一概不论,再乱说,拿命来!廖观音不但是妇女组织红灯照的负责人,更一跃成为川西义和团的领导者。

一个十五六岁的乡下丫头摇身一变为蛊惑人心的"妖女",这个自命"廖观音"的女人依曾阿义的起义葫芦画聚义之瓢,按照啯噜子的建制,将红灯教设"棚"为单位,由师父曾阿义传教:分每11个教徒为1小棚,由棚首级引导徒弟吃斋、画符、念咒、练法水(据说喝一口神水后刀砍不入、枪打不进),统称为"练神拳"。首先必须统一思想,义和团宣传"受术于神,传之〔于〕人,刀剑不入,枪子不中,掣云御风,进退自在。"又说:"教练神拳,精之能枪炮不入,借以歼灭西人,共伸大义。"(陈振江、程歗编著《义和团文献辑注与研究》,天津人民出版社1983年3月版,第48、58页)义和团施法，能使敌人"枪炮不燃"、"可咒其火药自焚"，能"居一室斩首百里外，不以兵"；红灯照能"驾一片彩云，直上天际"，"只须红巾一拂，可使百尺楼顶发火，立时灰烬"，用扇一扇，便能使洋人"轮船在海中自烧，或一扇而城楼坚固石室俱焚"，甚至说红灯照已把俄国、日本的京都烧毁；"外洋十八国已灭去十六国"等的无稽之说，在当时确实是"一唱百和"，不胫而走（分别见中国近代史资料专刊《义和团》第一册，上海书店2000年版，第13、346、470页；《义和团》第二册，第9、141页；《义和团》第三册，第374、486页；近代史资料专刊《义和团史料》上，知识产权出版社2013年版，第251页；《义和团运动史料丛编》第一辑，中华书局1964年版，第126页）。

领导者将本地每11个小棚设立1大棚，借以组织团众。这种行之有效的基层组织方式在四川早期的啯噜党当中就被普遍采用，它的远祖无疑是连坐制度和保甲制度，这样的居民委员会武装到牙齿，邻居拧成一股绳，一旦迟疑就被举报。农民们念念有词，伸手即为利器，而红灯教中低级领导也化名为罗汉、仙人等，依靠附体的佛法来号令大众，跟着组织走。廖观音把家门前的院坝、干枯池塘等变成练武操场，并现身说法，大练神拳，她甚至可以超然高举，抗迹烟霞。为什么她的父母不予制止？传说她的父辈里，在广东参加过三元里抗击英军的战斗，老革命家里流淌着革命的基因。她的这一系列表演，倒是让我进一步联想起唐朝时果城南充的"飞天神女"谢自然的种种奇迹。为此，高惟寅辑录的《三水关纪事诗·王蜀琼和

金堂县火盆山火盆寺。1902年,廖观音、唐顺之率领起义军在此血战。历史图片

金堂县苏家湾天主堂。历史图片

诗》，记载了两句最负盛名的诗："蜀江水碧蜀山青，一点红灯万点迎。"

红灯普照的东山乡野

石板滩是廖观音经常"现身说法"的地方，聚集了一大批忠实的信徒，太吉生药铺的李光庭（他一直活到1949年新中国成立之后才死亡），为人耿直，积极学习拳术，后来成为廖观音手下一员大将。陕西人周俊辅是一名出身贫寒的知识分子，也投靠廖观音，为起义军书写揭帖，创作唱词，宣传反清灭洋的主张。（《小川北、川西义和团调查资料》，藏四川省社会科学院。转引自《四川近代史》，四川省社会科学院出版社1985年11月版，255页）

这是一出上演在成都府几十里之外的"红灯记"。红光之下，本已杯弓蛇影，再加上众口铄金、积毁销骨，在体制中人看来，红灯普照的东山乡野已经处于严重无政府状态。这些拳民与义和团拳匪是什么关系？据说神拳附体后，枪弹也无可奈何。例如民国时期汪海如的《啸海成都笔记》就说："有谓其（廖观音）能避枪弹者，有谓其能履行水面者，有谓其能跌坐树梢，若伽肉身降世者。"对此，华阳县县令龚子蔓甚感不安，急派团丁搜捕。红灯军立即奋起抗击，战胜了一帮烂眼儿团丁，又乘胜将华阳县衙的公堂设施捣毁，并摧毁教堂一座。

我们可以发现一个有趣的现象：一旦遇到突发的暴乱，县令总是乌龟，他们总是被暴乱的兔子赶着，飞跑在时代的前面。

华阳县县令赴成都督署请兵。从此，拉开了以廖观音为首、曾阿义为副的川西义和团与清军的武装对峙。

四川总督奎俊并不知兵，急派已故四川提督唐友耕的儿子、候补知县唐致远率正规军百人往剿。这个候补知县，不是唐友耕生前花银子捐来的，而是唐友耕病逝后，朝廷"赐恤祭银两并荫一子给予六品顶戴"。就是说，他既非科班出身，也非"技术官僚"，更缺乏父亲那种脚踏实地的血战经验。1902年6月13日，唐致远赶到龙潭寺一个叫二台子的地方弹压"暴民"，他太不知道水深了。战斗场面的类似记载是：义和团"皆前者既倒，后者踵进，舞刀念咒，若痴若迷，毫不畏死。中以童子为多。"（《新世界学报》壬寅年（1902年）第4期，"川中两愚童传"。转引自《四川近代史》，四川省社会科学院出版社1985年11月版，259页）为何如此勇敢？斗争的理想信念吗？想来恰是咒语、神水、佛法加身的气功作用。这在四川，一直到20世纪80年代的"大气功师"纷纷出山展示带功施法，都可窥见他们的秘密。

红灯照的红光一阵乱射，廖观音坐在轿子（更多是时候是乘坐滑竿）里，手挥红旗，抬轿子的人快如疾风，不惜用绳子把轿子拉向空中，造成廖观音可以冉冉升天的奇迹。这个抛抬动作，应该来自"众人打夯"的节奏。在美女的指挥下，教民勇敢回击。据说廖观音又空降到地面，举刀把手无缚鸡之力的唐致远的刀轻易格开，唐致远立即摔下马来……红灯军乘势毁华阳县耶稣堂一所，惩办了"作恶"的教士。清廷为多灾多难的四川局面深感震惊，急调马维骐为四川提督，"酌带勇营，配齐军火，敏捷赴任。"

这是一场及其糟糕的父子权力与道统的接力赛。晚清四川一代名将唐友耕递过来的槊矛，当儿子的不但拿不起，而且双股战战，槊矛哐当一声从历史的地表反弹而起，发出了瓦器破裂的笑声，槊矛跌落下来时，还刚巧扎中了唐致远的脚背……

可见，唐致远不但没有唐友耕的半点武功，他连基本的阵势都不会筹划调度，这丢脸的一幕足可以让乃父从建昌板子的棺材里跳起来。无论怎样，由于唐致远的勉力加盟，使得唐家父子的一生，用深切的刀口贯穿了自李永和、蓝朝鼎、石达开、红灯照廖观音的身体，其辉煌的《年谱》不过是血坟上的纸钱。

这是唐致远唯一在本地史料里的战事记载，这唯一的记载，却是这般可人。

四川督军署旧照。廖观音的部队一度攻入大门

当时，像唐致远这样的混事儿的官员众多，但还有更多的人渴望能够跻身于官场，赶一趟浑水。

就在四川总督岑春煊凌厉整顿四川官场的4年前，法国里昂商会悄然莅临成都。洋人显然注意到了成都街头的一个不同寻常的现象，那就是"跑官"者焦急的面容与狼奔豕突的身影，由此可见四川官场的混乱程度。法国人指出："在成都从早到晚都可见一队队的轿子里坐着来跑官求职的人。他们衣着光鲜，穿梭于达官贵人官邸接待处。只有给官府里的下等差役使过银子，送过礼物方能进屋求见。这些下人时常让跑官求职的人充满希望，深信他们拥有路子办妥一切。然而保证的事却迟迟不能兑现。最后当跑官求职的人山穷水尽，被迫抵押财产，甚至变卖华服来偿清步步紧逼的债务时，才恍然大悟自己已被这些充斥衙门的寄生虫把玩、愚弄良久，钱财也被搜刮、吞噬一空。"（《西南一隅——法国里昂商会中国西南考察纪实（1895-1897）》，云南美术出版社2008年8月1版，84页）

连跑马观花的洋人都能看出来的弊端，身为封疆大吏的岑春煊又岂能不知？岑春煊（1861-1933年），原名春泽，字云阶，广西西林县人。壮族，云贵总督岑毓英之子。1900年八国联军进犯京津地区，岑春煊率兵勤王有功，成

四川总督岑春煊

为清末重臣，有"屠夫""铁血提督"之称，与袁世凯势力相垺，史称"南岑北袁"。

前任四川督臣奎俊因性情宽厚温和，在任川督的6年中，对属官疏于管束，使得蜀中吏治废弛。1902年9月25日，精通民情与官场的岑春煊到达成都，出任四川总督。按照清例，督抚到任期满3个月之后，应对全省在职以及候补各大小官员的品行政绩进行全面考核，并奏请朝廷予以黜陟，此谓"到任甄别"。岑春煊赴任后对考察官吏一事尤为精细严格。这个敢于顶撞慈禧的硬手，的确没有把区区四川一地的"关系"放在眼里。他在广东就罢免了一千四百余人的官，怨毒之深，他也是一往无前。他把考核情况用一套特殊的符号记录在秘本上：凡是名字下画5个圆圈者，都是立即予以参劾者；画有3个圆圈者，为留待参劾者；画有2个圆圈者，为不弹劾也不起用者；画1个圆圈者，为尚待考察者。名字下面画有5个叉叉者，是立即予以保荐重用者；画有3个叉叉者，是日后定要任用者；画有2个叉叉者，表明此官吏可以任用；画有1个叉叉者，表明此官吏可以派事试用。这个官场密码本成了岑春煊上奏的田野笔记，起初准备一举弹劾三百余名官员以整饬吏治，后经其幕僚力劝不宜打击面过广而作罢，但最终奏请弹劾的官员仍达40余名之众。

从官场作风而言，岑春煊较为谨严，他发现川省贪赃枉法十分严重，进行弹劾和惩治的官员数量如此之多，幕僚劝阻他：不宜树敌过多，岑春煊再三权衡，最后弹劾了40多人。他的严厉比寸铁杀人还要锋锐，一次在罗江县巡视时，当地游击赖某被他训斥，双股战战，脸如死灰，两天后脱阳，惊惧而亡。

对于民间，岑春煊积极推行严格的围剿管理措施，一人参加义和团，阖族、比邻"一并连坐"；团练捕治不力，地方发生事端，"即将其首领入责革，有功名者褫其衣顶，如敢仍蹈前辙，暗济'匪'徒军火钱米者，即按照通贼正法，并籍其家产入官"；并以"赏银""功牌""实官"激励团保屠杀客家民众。更有意思的是，岑春煊也有"反宣传"的一手。他撰写《戒民仇教习拳歌》《解散义和团告示》等文章，遍境张贴，并饬令地方官会同学官，挑选口齿伶俐的生童，深入基层，逐日宣讲。成都各基层县上培养有国家政策、皇恩的职业宣讲者，叫"宣圣谕"，他们走乡串户、深入基层，惊堂木一响，口水可以活死人、肉白骨，力图做到"俾众咸知"："抗拒官兵，即是乱民。"对于得罪不起的洋人，他多次刊布保教告示，为宗教侵略进行辩护，说"天主、耶稣两教皆以劝人行善"等言，并威胁：打教就是"忤旨"，攻城杀官就是"贼匪"。这些政策宣传、法律告之，起到了相当作用。就是说，宣传如硫酸，可抵挡千军万马。

一方面重金悬赏捉拿、举报匪首，另外一方面，不时有"廖观音"被活捉、被斩首的消息传到岑春煊耳中。他久历官场，非常清楚均是冒功者的贪污行为。3年前我在北京鲁迅博物馆，曾任金堂县委宣传部副部长的钟智勇，向我讲起他的高祖婆婆在金堂家里举行婚礼，大喜之日被人指认为"廖观音"，当即被拘押到成都。岑春煊一审，驴唇不对马嘴，亲自派官员护送她回家，官员代表总督主持了他高祖的婚礼。

面对红灯照蔓延的战火,他调整战略,急速灭火,斩杀起义军无数。1902年年底,官军获得"大捷":廖观音在去简阳和义和团首领商议南北两路围攻成都时,被叛徒出卖,在简阳县镇子场(今成都市龙泉驿区洛带镇)连同弟弟被抓获。后被押解至成都,关禁在臬司衙门监狱。这个地点,民间称之为"臬台"监狱,为四川省最重要的监狱,40年前,曾经关押过太平天国翼王石达开一行。

1903年1月15日(另一说为1月5日)岑春煊下达宰杀"妖女"廖观音的手谕。

关于行刑的地方,有的说是在督院东南侧之下莲池。但据关心乡土文献的著名作家李劼人(1891-1962年)的描述,是在督院辕门之内。也就是说,曾经凌迟处死了客家人翼王石达开的地方,如今成了后来者廖观音的终极地。

李劼人于1906年由江西回到成都。原因是他父亲任职江西临川县期间突然病逝,乃扶柩归乡里。他居住在磨子街杨家大院。李劼人时年16岁,上距廖观音被杀害仅仅3年,想来从曾祖母、祖母那里听到过这件大事,或从茶坊酒肆中了解过其中详情。他的作品,被郭沫若赞誉为"小说的近代《华阳国志》",应该是真实可信的。

李劼人的《暴风雨前》第六章里,描述了这一刀刀见血的刻画。但李劼人没有描述行刑路上廖观音神色自如、昂首高呼口号:"慈禧是洋人的大奴才,岑老四(岑春煊)是小奴才,红灯教是灭清剿洋的天兵天将!"如果有的话,我猜应该是用客家话喊出来的。李劼人先生写道:

辕门内，在两只双斗桅杆与两座大石狮的空地上，全站四川总督部堂的亲兵。红羽毛号褂，青绒云头宽边，两腿侧垂着两片战裙，也是红羽毛而当中是用青绒挖的一个大古老钱；一色青裤子，青布长勒战靴；头上是青纱缠的大包头，手上拿着长枪，腰间悬着长刀。看守在辕门侧的，是四五个不拿武器只拿一根皮鞭的武官。呜都都的过山号一直吹了出来，吹到石狮子两边，就站住了。

接着便是一伙戈什哈同几个穿短衣戴大帽的刽子手拥了一个女人出来。

那女人果然赤着上身，露出半段粉白的肉，胖胖的，两只大奶子挺在胸前。两手反剪着，两膀上的绳子一直勒在肉里。头发一齐拢在脑顶上，绾了一个大髻。

老成都下莲池旁的南城门。美国地质学家张柏林拍摄于1907年

那女人刚一露面,辕门外的观众更其大喊起来。

郝又三以为将要推上毛驴去了,虽然辕门里并不见有毛驴——却见戈什哈与亲兵们拉了一个大圈子,从人的腿缝中,瞥见廖观音跪了下来。

看的人又都大喊道:"啊!原来就杀在这里了!……还是砍脑壳啦!……不错!戴领爷在那里!……你看!……刀……"

石达开的血,浸透了臬台监狱这片土地;如今,廖观音的血喷薄而出。她遍地乱流的血,还能与翼王相认么?

岑春煊唯一比骆秉章"文明"之处在于,岑春煊选择的是让廖观音裸体游街,再予以砍头"正法",而非像前任骆秉章那样,在臬台监狱内脔割翼王石达开等4人。在廖观音之前,体制对待叛党通常采用凌迟,男女不论。如布依族反清女首领王囊仙和她部下女将、白莲教首领王聪儿、昭通绥江县青莲教女首领张仙姑、小刀会女将周秀英、明末抗清女将章金氏、回族女帅杜凤扬、天地会女将许月桂姐妹、反清女将邱二娘、台湾三合会女将黄玉娘等人。凌迟后还要将首级割下,悬挂四门示众。名气特别大的,如石达开、王聪儿,甚至传首三省,即将首级在三省内巡回悬挂示众。这是时代的进步么?同月,传奇铁匠曾阿义也被俘殉难。怎么死的?他死于金堂火盆山的最后一战。

尽管不见于一切关于成都义和团起义的文字"正面论",龙泉驿民间依然传闻:廖观音与曾阿义是情人关系。比翼齐飞,齐心合力。如果缺乏爱的神力,只靠"反清灭洋"和一碗

又一碗的神水,即便淘干凉水井也熄灭不了狂怒复狂喜的干柴烈火。真是他太苦了他们。我喜欢客家人的一首山歌:

> 两人相好出了名,
> 天大事情唔使惊。
> 吊颈就爱共条树,
> 生埋也爱共条坑。

热道十足,火力强劲,足以打穿一切纸上的主义。

比较一下结果。"成都教案"共有王睡亭、杨仲牵等7人被判死刑,郭炳辉等17人枷杖充军,政府赔偿了一百余万两白银,清廷在巨大压力下将四川总督刘秉璋以下十几名官员革职,永不叙用,由此开创了因教会事件而惩治封疆大吏的先河……几年之后的四川义和团运动,西方列强诈索清廷赔款696366两,相当于四川一年田赋的总和。当时,一两白银的购买力相当于一个五口之家一月的生活开销。而这些赔款,朝廷的银库早已经极度匮乏,自然又转嫁到百姓头上,层层摊派,层层贪污,恶性循环一如滚雪球……

四块瓦与金钟罩铁布衫

我青年时代迷恋武术,拜过两任老师。

第一个师父姓王,声若洪钟,说一口椒盐普通话。他蓄八字胡,头发中分,油光贼亮,眼睛有杀气,一看就是江湖中人。我跟着他学硬气功,半年之后我逐渐可以开砖、断碑、银枪锁喉。有一次他遭到仇人袭击,一个人抵挡二三十人的扁担、钢筋、匕首,受了重伤,但击倒了十几个。我赶到医院去看他,师傅目露凶光,责怪我来晚了。

待他逐渐平息了,他颇有些得意地叙述这一场轰动宜宾火车站的"大规模格斗":"我告诉你,瓜娃子们的扁担打在我背上,一碰就断成两截。我为了震慑他们,脱掉衣服,双臂血红,有一个'气包'在手臂上徐徐滚动……"我问及他为什么没有受体内伤,他只是笑笑,不再说一个字。

这个王老师后来很快就被逮捕了,我再也没有见过他。

我后来也结识了一个老头,也姓王(鉴于四川王、李姓者极众,江湖中人使用的一般而言是假名字)。他成年穿一套黑呢中山服,头发花白,纹丝不乱,一见人就微笑,握手。奇怪的是,即使在三伏天,他的手掌没有一丝汗渍。软而绵,像一块安静的莨绸。

渐渐熟了,某天我问到这个遭受暴打而不受内伤的问题,老王老师用手梳了梳头发,转脸斜视,精光缕缕,干笑几声:"这是挨打者事前吃了一种药,叫作四块瓦,四川民间也叫它'翘根儿'。这种药有毒,因为生物碱很重,人吞服之后,浑身血液沸腾而暴涨,就像有蚂蚁在啃咬骨头,奇痒难耐。这种时候,只要不折断骨头,服药者反而渴望被外力暴打,才能缓解身体之痛……以前义和团、红灯教的教民,就是服用了四块瓦之后开始冲上战场;就像道家人'画符水',水是一碗清水,秘密就在那张黄表纸里,纸里藏有四块瓦、川乌、草乌等药粉。病人一吃，可以立即缓解疼痛，并且精神一振。但药性一过，渐渐又不行了……这没有啥子玄妙的硬气功，这叫越打越舒服。"

他尤其讲到一个谜底："练成金钟罩铁布衫，固然需要艰苦持续的锻炼，但没有服用四块瓦，是要大打折扣的。而义和团、红灯教的教民练几天就可以'速成'，吹嘘刀枪不入，又怎么可能呢？这恐怕只有一个原因，是药里的生物碱发生兴奋作用，产生了幻觉。"

这些往事，我偶尔回忆起来，颇为惶恐。某天，我在阅读时查阅到了四块瓦的来历。

四块瓦名字极多，四大天王、四儿风、四匹瓦、大四块瓦、四片瓦、红四块瓦、四叶黄，等等，均是它，为报春花科植物落地梅的全草，是多年生草本。根茎粗短或成块状。根簇生，根茎横走，生有多数细长的根须，有一股特殊香味；茎直立，不分枝，下部带紫色，无毛。节明显膨大，每节上生2枚鳞片状小叶。由于顶生叶四片，形大密接排成轮状，故名四块瓦。湖北、湖南、四川、贵州等山地均有生长，成为江湖人士、武术家、职业扒手的常备药。

职业扒手失手被擒是常事，他们有一种挨打的功夫，但必须吞服四块瓦，除非伤筋断骨，否则第二天就能好转。

从植物史上看，四块瓦也以"落地梅"之名最早载于清代吴其濬编写的《植物名实图考》，该书指出："落地梅，生湖南宝庆山阜，丛生，青茎红节，节叶对生，梢叶攒聚，叶中发绿苞成簇，细丝如针，开碎白花，花落苞黄，经时不脱，搓之,有细黑子,俚医用之。"细考其图,与四块瓦很相似。但落地梅花冠为黄色,所述"开碎白花"又与落地梅略有不符,估计是原书记载有误。在成都周边乡镇的药市上,至今仍然有"千伤万伤,离不开的毛金钢"、"千打万打,少不了的四块瓦"、"半死半活,必须用的矮陀陀"等俗语,成为乡民的一种相生相克的智慧。

老王老师经常念一些顺口溜,《增广贤文》、江湖切口之类,他的人生认识论几乎就停留在这些顺口溜之中。我还记录有几句:

叶上花,吃了骨头硬夸夸,风湿骨痛也用它。
九龙藤,功能高,健脾健胃最有效。
茵陈土黄莲,清热解毒治肝炎。
要说论跌打,离不开四块瓦。
常备葫芦茶,齿摇腹泻不愁它……

这半江月,谁家之物?

岑春煊对四川民情有很冷静的认识,他具摺时指出:"川省本年匪乱,实无枭雄大憨出其间,徒以川民笃信鬼神,平日土匪、咽匪、会匪及游惰之民最众,是以今日拥一柔弱女子为观音,便可聚众数千,明日拥以呆稚童子为孔明,又可聚数百,皆由于失教失养者多,民惰复夙称浮动,故易于倡乱若此也。"这一点,恰是四川民情历来的病灶。

整个川西的起义风潮被岑春煊彻底扑灭了,"红灯""义和"成了本地的避讳之词。东山义和乡早在清代雍正年间即用此名，因为义和团起义的关系，朝廷讳名改为鸿安乡。当时川府规定乡镇命名须冠"平"字和"安"字，河东冠平字，河西冠安字。因此地有鸿家寺，故名。（见《四川省成都市地名录》第三分册龙泉驿区，成都市龙泉驿区地名领导小组编印，1985年9月内部印制，50页）。距离曾阿义、廖观音率领起义军两次围攻成都的高潮才几个月，即1902年11月30日，在冷风料峭的成都，官员赵藩在武侯祠撰写了"攻心"联，悬于成都武侯祠孔明殿门前：

能攻心则反侧自消，从古知兵非好战；
不审势即宽严皆误，后来治蜀要深思。

上款为"光绪二十八年冬十一月上旬之吉"，下款为"权四川盐茶使者剑川赵藩敬撰"。赵藩（1851-1927年），云南大理府剑川人，24岁中举，著述甚丰。赵藩对岑春煊的治理四川方略有些看法，曾建议岑春煊实施"新政"，并利用各种机会劝谏岑。据说他撰写此联，有劝谏学生、也是他的上司岑春煊不必过于热衷"严刑峻法"，这引起了岑春煊的不满。他提出的"攻心"与"审势"两大关键词，就像是他掏出来高悬着的两枚苦胆，在历史的长廊里迎风散发清凉。1958年3月，毛泽东站在这副"攻心联"之下若有所思，长久地沉默……到"文革"时期，盛传1972年刘兴元调任四川省委书记时，毛泽东嘱咐他，一定要到成都武侯祠观读"攻心联"。2009年2

月28日（农历二月初四），一千余人在成都市新都区石板滩新河堰（解放大队）廖氏实蕃宗祠举行祭祖活动，也悬挂了这副对联。

赵藩总结了岑春煊大功毕其一役的意义，那几乎就是一个历史定律：岑春煊改变前任总督奎俊的"以剿为抚"而为"剿抚兼施"，恩威并重，软硬兼施，执政必须上下其手、阴二手、阳一手，左右、左右左。鲁迅先生在《小杂感》一文里的总结是："革命，反革命，不革命。革命的被杀于反革命的。反革命的被杀于革命的。不革命的或当作革命的而被杀于反革命的，或者当作反革命的而被杀于革命的，或并不当作什么而被杀于革命的或反革命的。革命，革革命，革革革命，革革革革命，革革革革革……"但是，鲁迅称自己为非革命的革革命者。听起来，有点绕口令的意思。这充满锈刀出鞘的摩擦声，是有关中华民国革命史的本体论。其实，这又何尝不是四川革命与反革命的循环之论！

有意思的是，赵藩的女儿，后来就嫁给了唐少波的儿子唐建伯，就是说，赵藩与唐友耕是亲家。看来久经历史兴衰的赵藩，并不反感杀人如麻的唐友耕。也许历史就是在矫枉过正的反弹里，更倾向于苛刻与严厉。这，就是"审势"者的宿命吗？

唐友耕之子唐致远当时为候补知县，名声不佳。岑春煊甫到川上任，他即前来巴结，岑春煊拒而不见。晚清周询的《蜀海丛谈》记载了一个细节：唐致远连同20来个"有问题"的官员候在总督衙门，希望拜谒主公。当巡捕手持唐致远的手版特来告之时，岑春煊一把夺过，把唐致远的手版狠狠攥到地上："还有脸来见我！"巡捕大惊失色，由于他与唐致远是哥们儿，只好出来如实相告："君之消息殊不妙矣！"

唐致远空了。立即萎顿倒地。尽管唐致远唯一的一次临战成绩极其糟糕，但他具有乃父的官场敏感，忙向私交甚厚的枢府领袖庆亲王奕劻求助。当时奕劻父子权倾天下，直隶总督陈夔龙不惜以美色老婆贿赂奕劻，四川大儒赵熙就以"儿自弄璋瓮弄瓦，寄生草对寄生花"相讥嘲，可见奕劻一言九鼎的威势。奕劻贪婪而庸恶，世人皆知，其卖官卖爵之多，不可胜数，家里门庭若市，人们戏称为"老庆记公司"。一次奕劻举办生日庆典，唐家父子送去一根四川邛州的方竹杖，说是可以扶老，以为纪念。竹杖中空，藏有银票3万两。奕劻喟然："此诚可儿也！"

得到唐致远的求助信，奕劻投桃报李，给岑春煊发电，保举唐致远，认为他有才可用，"望加青睐"。岑春煊只好在"密码本"里删去了唐致远的名字，吩咐文案抄录弹劾名单。他一直在徘徊，为这个事纠结不已。走着走着，岑春煊一拳打在"密码本"上，吓得文书直钻桌子。他恨恨地说："这个人手段狡诈，足见其钻营功夫。我怎么能畏势而宽恕这等蠢材！"他命令立即把唐致远的名字填入弹劾名单。

但是，他必须回复奕劻。他说，弹劾名单已经上报朝廷，无法再撤下来了。

一个钉子一个眼。岑春煊的强硬，在此淋漓尽致。岑春煊虽然在四川总督任内只有9个月，但弹劾了一大批贪官污吏，而且还把川省长期积累下来的官场弊端给予了革除。但"政由贿生"的体制枝繁叶茂,至多稍微收敛一点而已。几年之后,大清的江山就在另外一个金堂的客家人——彭家珍引爆的炸弹中分崩离析了。这巴山蜀水,也不是依靠铁血总督骆秉章、肝胆总督岑春煊、43岁就归天的"唐帽顶"鞠躬尽瘁就可以维持的。偶尔听到的吱呀声,大儒们会惊喜莫名,以为那就是声声"蜀籁"瑞兆,其实,那不过是危楼坍塌前的阵阵撕裂声……

1894年,钟云舫在成都写出212字的《题锦城江楼联》,他肝胆俱碎地呼喊:"从绝顶高呼,问问问,这半江月,谁家之物?……向危梯俯首,看看看,那一块云,是我的天!"我想,置身下莲池水潭边的廖观音,一定也发出过这般天问。毕竟,她的青春年华才刚刚开始,鬼头刀精准飞向她的颈椎骨缝之际,号称刀枪不入的她,还不满17岁……雷啸友告诉我,他30多年前曾经到廖观音的老家采访,见过廖家的一位90多岁的奶妈,说事发之后,廖观音唯一的哥哥逃到成都周边乡间生活下来,隐姓埋名,就此失去了踪迹;廖观音的父母也从此下落不明……

但是,红灯教并没有彻底消失。

"民国三十四年(1945年),红灯教匪余孽窜入盐津之仁里乡,煽惑愚民,不畏枪刀,组织大刀队聚众作乱。旋被剿办,首领击毙,徒众解散,死伤数十名。而乡民因此而家破人亡者,不可胜计。"(《昭通旧志汇编·盐津县志》,云南人民出版社2006年5月版,1794页)这是我看到的红灯教在历史尘烟里最后的背影。

2015年的元宵节下午,我再次来到十陵镇凉水井,阔别此地已经8年了。一个本地人对我说:唔要"操天"("说谎"的意思)。唔要"威蜗杀狡"("大呼小叫"的意思)。我站在已经封闭的凉水井井口,"底下会很冷,就像在井底一样冷。"干枯的洋槐树还没有抽芽,但一望无际的油菜花在风中招展,预示春天已经降临。一个孤零零的水塔是本地的地标,那条通往龙泉山的道路,仍然是蜿蜒土路,泥污泥途,像一根长绳将油菜花荡开,弧线浑圆,曲径通幽。村道上看不见体健貌端的女人。我看到几个儿童,把艳丽的风筝放到高空,轻盈、妙曼,刀片似的,像一个回到云端的背影。

本文在持续近一年的写作、考察中,先后得到雷孝友、魏平、李龙炳、肖平等人帮助,特致谢意。

唐友耕家族与出版业

唐友耕（1839-1882年），本名唐大明，字泽波（蒋蓝按：古籍里也写作泽坡、宅坡），因为当过大关县袍哥舵把子，别号"唐帽顶"，他一直以此为荣。1839年出生于云南省大关县翠华镇，尚在少年时就充任大关游击营的余丁，余丁即是未成年之兵。当时担任游击的某官看中了唐友耕"趋捷而有膂力"，提拔起来做自己的跟班。唐友耕因"轻死易发"，为父报仇犯下人命，16岁投入蓝大顺之农民军。但因为一次奇怪的变故，在叙府叛投清军。因善用"农民军那套"来对付农民军，竟是战果累累，屡战屡胜，从把总（类似排长）升至总兵（相当于师长）。同治二年（1863年）率兵围剿太平天国翼王石达开，于大渡河畔擒石达开，解往成都凌迟，清政府授其云南提督，并赏黄马褂，成为一生辉煌的顶点。同治八年（1869年）率部镇压昭通回民起义。光绪六年（1880年）署理四川提督。因多次受伤，光绪八年（1882年）病死于成都提督衙署，享年四十三岁。

唐友耕为人耿直而血性，交友广阔，不但与四川总督骆秉章、丁宝桢过从甚密，而且与一代大儒王闿运有着一番不同寻常的交往经历。他死后葬于现在浆洗街与肥猪市街交汇处，数千字的碑名、铭文均由王闿运一手操办，由此可见一斑。

唐家致力于出版的名山事业

清代图书业在乾隆以前，无论是正统著作还是稗官野史一般而言皆有成书，记述未必得法但总可备参考，到乾隆以后内忧外患，一如梦魇，政府既无从容编述的人力，更无庞大编修费用，太平天国、捻军、李蓝起义军与清军多年的拉锯战对财政消耗太大了。在这一背景下，曾国藩、黄彭年、李庆云等先后设立书局，纂集案牍，以保存国故；王闿运入主成都尊经书院后，蜀学开始复兴，传播新式学术理念的书局也逐步在成都涌现。唐友耕涉足图书业，显然是受到了这两股风气的左右。

而黄彭年的经验之谈恐怕才是问题的关键，因为他曾经说过类似"翻底牌"的一句箴言："刻书最易传名。"

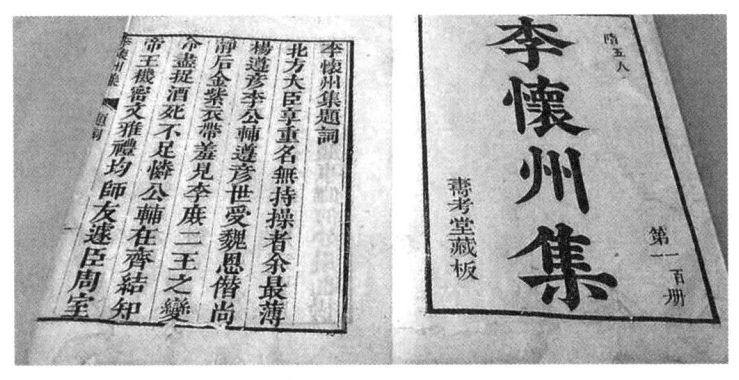

《李怀州集》。清光绪三年（1877年）滇南寿考堂刻印

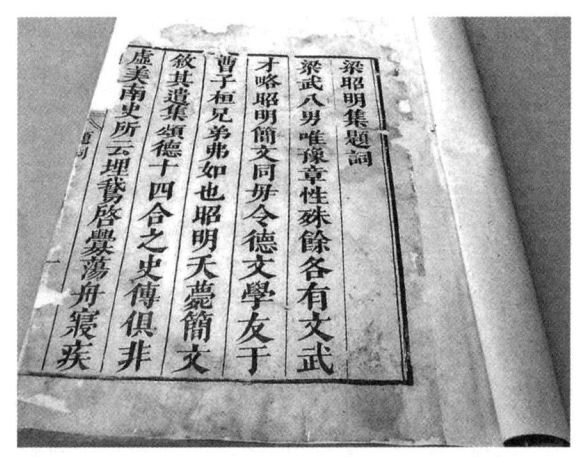

《梁昭明太子集》。清光绪大关唐氏寿考堂刻印

唐友耕居住成都时,已经着手图书的整理与编印。

我能够见到的证据,是围绕清代著名学者赵翼笔记《陔余丛考》的版本。此书43卷全16册,先有乾隆五十五年(1790年)庚戌阳湖赵氏湛贻堂刻本,后有光绪年间"大关唐氏寿考堂藏版"。馥笙张选青校正、心舫唐友忠参阅。唐友忠就是唐友耕的弟弟。

来历是:乾嘉之际阳湖赵氏湛贻堂所刻《瓯北全集》板片,在光绪年间归滇南大关唐氏寿考堂后,继续印刷。《陔余丛考》卷末署名"心舫唐友忠参阅",这是一种风雅的"附骥"之举。唐友耕在成都期间,曾重刻《汉魏百三名家集》,内封署"寿考堂藏板"。这似乎可以认定,唐友耕光宗耀祖的具体工作,是由弟弟唐友忠率先开始推行的。

接力棒传过来,光大这一名山事业的是唐友耕的六子唐鸿学和九子唐少波。

著名历史学家任乃强在《华阳国志校补图注》长篇前言的第八部分《道咸以来之翻刻与校勘》里，提到：

"唐百川本名鸿学，后以字行。云南大关厅人，四川提督唐友耕第六子，捐班道员。曾任四川官印刷局局长。其父在时，营粹英堂书肆于成都，刻有《汉魏六朝百三名家集》。百川继之，刻有《怡兰丛书》。又为布政使许涵度刻《三朝北盟会编》。颇治目录、版本、校雠诸艺。卒于一九四四年前后。晚年闲居，以校勘《华阳国志》自娱。用二酉山房刻本为底本，每得一条，书签贴于文上，或朱或墨，凡约三百条左右。大抵采辑《初学记》《太平御览》引文及《函海》与《汉魏丛书》本异字。随得随贴，未及竟业而死。其底本八册用木匣精装，现归四川省图书馆。原贴似用口津，今全脱落，颇有零乱。人以其贡献不大，未甚注意。本书校注每亦采之，凡称'唐笺'者是也。"（上海古籍出版社1987年10月1版，57页）

这个记载，可以从民国傅崇矩编纂的《成都通览》中的《候补各官姓氏·候补道》一栏里得到佐证，"唐鸿学百川"的名字位列其中。可见，"唐帽顶"在与官场文人互利互惠的濡染中，一心要在文化码头上岸。不过我查阅了成都众多史料，依然未找到有关"粹英堂"的进一步资料，倒是发现了数十种以"滇南唐友耕"之名刊布的古籍，范围遍及经史子集。至今我在古籍拍卖的网站上，尚能见到"滇南唐氏"民国精印本的频频亮相。

这里仅举一个近年我看到的例证。

我在2002年6月19日《中国文物报》一版上见到一则报道，北京中贸圣佳拍卖公司由日本有邻博物馆征集到米芾《研山铭》，此事在国内外书画界、拍卖界引起强烈关注。启功先生在鉴定《研山铭》后感慨良深，说此铭还有一件"姊妹篇"，现藏重庆博物馆。"姊妹篇"即罗聘等合作的《研山图》卷。

该卷的内容颇多，是诸多内容的合装卷。主要有翁方纲小字隶书《宝晋斋研山考》、罗聘之子罗允缵绘《宝晋斋研山图》、研山拓本、罗聘等绘《合作研山图》。其中最重要的是研山拓本和翁方纲考证。《研山图》卷钤有"怡兰堂书画印"藏印，显然这一国宝为云南大关人唐鸿昌、唐鸿学所得。上面还有"冶园所藏"与"王缵绪印"，可知民国间为四川西充人、军阀王缵绪所得。王瓒绪自称为王安石后人，齐白石特为王缵绪治印"半山后人"。1949年，王缵绪在四川率部起义，将此卷捐献与当时设在重庆的西南军政委员会文教部。1951年在重庆筹建西南博物院，该卷遂为博物院所得。1954年，西南博物院改为重庆市博物馆，该馆珍藏至今。

该卷的珍贵在于：因米芾研山亡佚，赖此卷研山拓本得其概貌，可与米芾《研山铭》、苏氏易去之研山"图"相辉映、佐证而成"完璧"，是研究米芾研山的珍贵资料；翁氏考证详尽，且其小字隶书颇为难得；罗聘等合作研山图，艺苑佳话；齐白石刻印，亦添佳色也。

公允地说,唐百川的治学水准远在乃父之上。他精于版本校雠,其批注的《世说新语》本等广为大学图书馆庋藏。我考证过四川官印刷局情况,于1890年开办,地点就在成都东玉龙街。唐百川出任四川官印刷局局长,利用条件印制了多部《怡兰丛书》,也是以"滇南唐氏寿考堂"名义陆续点校古籍刊布于世。

唐友耕另外一个儿子唐鸿昌(字少坡,也作少波,一字少公)在家族排行第九,后常以"唐九"为名号,他在大邑等县有父亲赠予的良田两千余亩。他却不治生计,独喜搜集古籍字画金石古碑,甚至不惜倾其家产。他晚年寓居成都,以鉴定字画为生。他曾言自己鉴定眼光的一番来历:"我这双眼睛,是二千多亩田地换来的!"这是一句概括力极高的话,远非如今碌碌的鉴定家们能望其项背。我考察其介入过的不少作品,诚言不虚。

唐百川与弟鸿昌锐意搜罗典籍书画与金石文物,为近世蜀中收藏界巨擘,也是近世蜀中屈指可数的版本目录学家、出版家、书画鉴定家。

兄弟两人与民国初年四川文人雅士、官员寓公广泛交往。2012年5月,唐家后人对我回忆说,因为唐老九手里有一部宋版《淮南子》,军阀杨森决定用黄瓦街上的一座公馆予以交换,但被唐老九婉拒。在他们的交往史中,不乏如曾佑生(姓曾名敏,字佑生,一作佑生,四川广汉人,民国时期四川地区碑帖拓片收藏大家,兼擅椎拓,民国时蜀中汉砖拓片多出其手。生前和易均室先生均居玉泉街)、李鸿裔(1831-

1885年，字眉生，号香严，又号苏邻，四川中江人。官至江苏按察使加布政使衔。罢官后，家苏州。精书法，著《苏邻诗集》）、林思进（1873—1953年，字山腴，号清寂、清寂翁，室名清寂堂、三十六松馆等。四川华阳人。30岁中举，后即东渡日本，回国后授内阁中书，著名的古文学家，诗与赵熙齐名，并称"林赵"）、芮善（字敬予，民国四川画坛领袖）以及徐无闻先生及其父亲徐鸿冥、黄宾虹、张大千等名士，在一定程度上也存留了文物古迹。

我在四川文物总店的金石书画钱币鉴定家袁愈高先生处，见到过唐百川唐鸿昌兄弟收录、秘藏古本上的部分题跋，这早引起吴虞、徐无闻等先生的注意。徐无闻是20世纪四川书法的殿军，是一位在众多领域都取得很高成就的学者、诗人、书法家、篆刻家。尤其是《白石道人歌曲》六卷，别集一卷，宋代姜夔撰，此本经清大藏书家鲍廷博以墨、朱、黄三色笔全本批校，满纸灿然，其文献、版本价值毋庸赘言。此本原为大藏书家大关唐百川兄弟的"怡兰堂"所藏，复经唐氏读校；后归徐无闻先生舅舅"太平崔氏谦益堂"堂主崔之雄所有；1987年由徐无闻先生谋划、影刊行世。在四川人民出版社出版的《鲍廷博手校张奕枢本〈白石道人歌曲〉》影印本之前，刊有徐无闻撰写的长篇跋语，指出：经过专家"按谱试弹"后，认为与一般传本之旁谱比较而言，"音节最谐"，应该最为接近白石原谱。

秘本《荒书》的刊印过程

要刊刻古籍，必要掌握可靠的秘本。这里谈谈明末清初四川思想家费密《荒书》的问世记。

费密（1623-1699年）字此度，号燕峰，四川新繁人。出身于书香世家，祖父嘉诰为四川大竹县训导，父经虞为云南昆明知县。他6岁从师读书，好学穷理，深得长辈的赞赏。20岁时，张献忠率领的农民起义军进入成都平原。费密参加了当地地主李国祥组织的武装，在高景关与张献忠军队对峙，后被打得大败。他只身去昆明投靠父亲，途中又被山寇掳劫，幸被父亲赎回。几经挫折，终于得到镇守嘉定的明将杨展任用。杨展为抗击大西军队的名将，被投降张献忠的军士所杀，费密也被俘。1652年费密辗转回到故乡新繁，见祖传房屋已成灰烬，遂北行到陕西沔县定居。在沔县，他谢绝了当地总兵官的重金聘用，而专心研究医学。1657年，他又携家到江苏扬州。当时海内名流钱谦益、屈大均、万斯同、朱彝尊、孔尚任等都与他交往密切。为了不断增长学识，他于1673年徒步数千里专程到河南卫辉苏门山问学于儒学名士孔逢奇，得其真传。次年春他又到浙江与思想家吕留良切磋学问。费密一生学而不厌，诲人不倦，死后葬于泰州野田村。

费密的身世，记录在如今新都龙藏寺所收藏的一块涉及其家族的"歌碑"上。费密一生坎坷，由于身后萧条，著作一直没有流布，以致他在学术上的贡献和地位无法广为当时学术界所识。民国初年,费密的主要著作《弘道书》终于刊刻流通于世,自此费密的学术思想才渐为人所了解。

刘智鹏《费密著述考》(《四川师范大学学报(社会科学版)》2004年6期)指出:

编年史记《荒书》,起自明崇祯三年(1630年),止于康熙三年(1664年),记录张献忠祸乱全蜀过程。费密很重视《荒书》,希望以此书参与《明史》的编撰。后来,由于坊间已有传闻,《荒书》逐渐成为读书人渴望一睹的秘本。然而,这时心情怪异的费密却谆谆嘱咐两个儿子"但藏吾书,勿以示人"。费密死后,《荒书》遂一直被秘藏起来。费密两子也曾为《荒书》做过一些校补,但不知什么原因,一直没有刊行。到了雍正五年(1727年),《荒书》传到费密的孙子费藻手上。费藻鉴于原书"久贮敝笥,多朽蠹",于是重新缮写成帙。抄写完了,依然放着。

流逝的时间,已经让应景之作变成恒河沙数。时间佐证了《荒书》无可替代的价值。

光绪三十四年(1908年),唐鸿学于新繁严渭春处得到此书的钞本一卷,并刻成书版。严渭春,名树森(1814—1876年)新繁人,初名澍森,字渭春,道光举人,咸丰间由知县累迁至河南巡抚,于河南省边界剿镇太平军,1861年调湖北巡抚,剿灭捻军,1875年任广西按察使,后任贵州布政使、广西巡抚。严渭春家大业大,出高价收购《荒书》,那是不可能不成功的。

以唐鸿学的眼光,他很快怀疑本子有脱误,而没有贸然印行。

他心里一直惦记着这个事。唐鸿学终于在宣统三年（1911年）得到另一秘本信息，遂以重金购得新繁杨氏的《荒书》——卷本"旧钞"，但因政局不稳而无法校印。到民国九年（1920年），唐氏以光绪三十四年所刻为底本，将"旧钞"可资补正的部分录成校记，附于书后。《荒书》遂与《弘道书》《燕峰诗钞》合刊为《费氏遗书三种》，收入唐氏《怡兰堂丛书》中。此本刊刻极精，乃清季宋体字刻本中最典雅之作。开本阔大，乃皮纸极初印本，即红印向墨印过渡的实例，俗称"紫印本"。眉间有前人辑录各种相关文献资料，对于研史颇有助益。这三部著作，梁启超先生在《中国近三百年学术史》里予以了极高评价。稍后，中央研究院傅斯年图书馆立即予以馆藏。

费密《荒书》

《荒书》刊行后，木刻版片辗转落入严渭春后人之手。民国十六年（1927年），严氏后人略作校补后全书重印收入渭南严氏《孝义家塾丛书》，版面与《怡兰堂丛书》本旧貌一致。值得一提的是，收有近三百首诗歌的费密诗集《燕峰诗钞》，也是唐鸿学以"怡兰堂"名义出版。

叙述这一过程的大学者，是大名鼎鼎的吴虞。《费氏遗书三种》出版后，吴虞像日本著名的"支那学"大家青木正儿写信推荐，希望他在其主编的《支那学》上刊载。他于1921年12

月12日致青木正儿的明信片上，专谈此事——

　　同邑费此度先生（密），清初之学者也。其著述以《宏道书》为最精彩。而其书久绝于世。敝国云南大关唐君百川，宦游蜀中，藏籍充栋，尤嗜校刻。囊者搜得先生《宏道书》旧抄本，亟精刊之，今年完工出书。适其世兄敝门生唐术伯负笈京华，就学北大，携其书来京，觅虞代呈一部，奉赠贵社，并乞在贵报为广播。唐氏父子，皆雅而好学者也，故乐介之足下。外有胡适之《费密学说》，刊载《晨报》，亦附呈一份。书到请照收为荷。

　　有暇望常赐教益。

　　匆此，即颂

　　道安

弟吴虞拜启
民国十年十二月十二号

　　此书分为3册，是渭南严氏镐乐堂丁卯（1927年）根据大关唐氏怡兰堂庚申（1920年）刻本刊布。书前有赵熙题签及序文。后来，介绍文章刊登在1922年3月出版的《支那学》二卷六号，题为《费密遗书》，作者为小岛佑马。我感兴趣的是吴虞提及的唐氏几个人，以他的眼光，能有如此好评，足见他对唐百川等人的好感。而且唐术伯为他的弟子，这是我唯一能见到的记载。

　　世兄一词，明清时期用以称座师、房师的儿子，后亦为有世交的平辈间的互称。唐术伯极可能是唐友耕兄弟唐友忠的

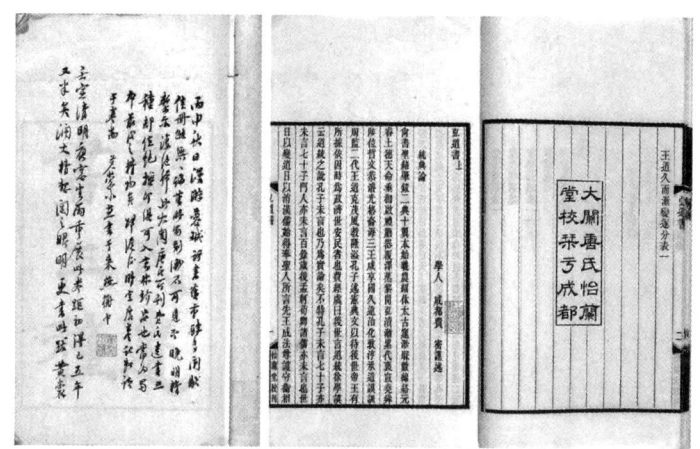

费密遗书三种。民国庚申大关唐氏成都刊本 线装三册 纸本
说明：包括费氏《弘道书》《荒书》《燕峰诗钞》三种著作

儿子。在日本国立国会图书馆里，有很多"中国语资料"，不少为当时中国文人的捐赠，在土屋纪义整理的日本国立国会图书馆的"寄赠资料"目录中，就记载有"《皇清谱授建威将军云南提督四川提督唐公年谱·附录》，唐门三二一册，光绪年三十四刊，唐术伯寄赠，大正十年十二月十七日"一条，看来，这个唐术伯无疑通过吴虞的关系，又向日本方面寄赠了一些资料。

这一段曲折历史，不但可见唐鸿学致力于珍本的校勘，也可以发现唐家与渭南严氏的关系，也显示了后来唐家家道中落后，藏书转入贲园，似乎水到渠成。

民国《新繁县志》记载了唐鸿学以重金从新繁杨氏家中购得《荒书》的经过（见侯俊德等撰述《新繁县志》，民国三十五年成都启文印刷局）。

在我看来，一个人前半生致力于杀人，后半生致力于嘉惠学林，子女知书识礼，之乎者也，骈七骊四，银子多多，醇酒美人，躲进小楼成一统。放眼大清一朝，几个从血海里安然登陆的堂堂提督有此能耐？

我感慨于造化，却又不能不为唐友耕的陡然转向，产生佩服之情。

唐氏藏书与学术地标"贲园"的渊源

成都市锦江区岳府街55号萧邦大厦之后，旧时为骆公祠街16号的"严府"，系知名藏书家严雁峰、严谷声父子所建"贲园书库"所在地。

从历史上看，此地颇有渊源。三国时赵云曾在此建宅，所以在街西有水池，民间称赵云洗马池，又名"子龙塘"，直到20世纪70年代才被填平。为纪念"德政既不胜书、武节亦非所短"的川督骆秉章，清廷在子龙塘边为骆秉章修建了骆公祠，此街即改名为骆公祠街。1954年改为和平街。历史就在这条一百多米的街道上重叠，当然最为驰名的还是贲园。

贲园旧址为岳钟祺将军宅第"景勋楼"。之后大员衮衮而来，主政四川的官员吴连生、骆秉章、祥文澜、恒容齐等都曾入住景勋楼。清末，大盐商、藏书家严雁峰、严谷声父子买下景勋楼，据皇家档案馆的样式于1914年至1924年历时十载，将其改建为"贲园书库"。小院门楣上雕刻着两个篆字"怡乐",小楼上嵌着书库的隶书横匾,门是"满月门",基座上雕刻着青狮白象、卷草、白云,为南方园林建筑的典型风格;窗户小巧而精致,左右对称,中间有阳台,又是西式建筑的特点;而房檐却又是中国北方建筑的风格。小楼墙体厚达50多厘米,所有窗户都装有隔水板子,屋檐下修有腰檐,小窗之上设有通气窗,连最细致处的防潮防晒都考虑周全。

贲园自印签

贲园书库被学者誉为"成都地区目前唯一见到的专门的民间藏书建筑",内容比四川江安傅增湘的"双鉴楼"更为丰富,号称"成都天一阁"。贲园不仅以藏书知名,又以刻书精善而著称,纸质、字迹、印刷皆称上品,英国大英博物馆、牛津大学图书馆、苏联列宁图书馆均有其印本陈列,美国国会图书馆还专辟有"渭南严氏精刻善本书籍室"。

贲园主人严雁峰(1855-1918年),号贲园居士,陕西渭南人。青年时闻成都尊经书院的大名,特意来成都报考。王闿运为尊经书院山长,主要为振兴蜀学,所以不收外省籍学生。但金石为开,严雁峰却成为例外。由于喜书,平时搜书甚勤,那时他的藏书就已达5万卷了,王闿运嘉其志向,遂收入门下。严雁峰与宋育仁、廖季平、吴之英、张孝楷等同门朝夕研读,成了清朝末年蜀中的著名学者和诗人。他后来弃仕从商，在成都经营盐业，迅速成为巨富。这一"曲线就学"之路，历史证明他的人生踪迹非常精妙，大有深意。由于蜀地战事频仍，好的古籍早为官家富豪垄断，严雁峰在光绪二十年（1894年）入京，以巨资购进大批古书，装运四川。途经西安时，遇张氏藏书大量出售，又重金全部收进。建书楼3楹，正式名为"贲园书库"。

程宗文说："余与严子交最久，知最深，其生平觅善本，几成癖，阅异书，心辄醉。穷年屹屹，手不释卷，当世罕有。知者而严子亦不求人知，意在征实不在猎名。亦后来之振奇人哉。"（《贲园书库落成征文事略》，成都聚昌公司1924年版）由于理想日益明确，耗其两代人毕生心血而藏书、求书，书成了藏书家活着的唯一目的。严雁峰后动用经营多年盐业的巨款矢志访书。成都、西安、北京、南京、天津甚至日本商如有善本、珍本都要联系。

当他听说清军提督唐友耕之孙，因为家道中落欲售藏书时，便亲自去唐家登门求购，高价购得不少珍本书籍。收藏四部之书凡"14145种115232卷45982册"。（赵怀忠《文献学家渭南严氏父子》，《图书情报工作》2010年第17期，145—148页）

对这个情况，"唐老九"的后人唐劳绮老师对我回忆说，她听父亲唐孟桓转述过爷爷唐建伯出让藏书的情况：民国初叶，家大业大的唐家逐渐入不敷出，开始出卖多所公馆、田地，最后注意力集中在存放于琉璃厂书库的藏书上。与严雁峰商榷后，最后以10万两白银成交。

其实，这个价格对近6万册藏书而言，价可谓不高，唐家的庋藏对贲园的藏书具有举足轻重的影响。唐孟桓曾经对子女讲，那时贲园没有恒温系统，他常去找严家父子谈书，看见书库雇了8个工人，每天的工作就是以竹签翻动书页，以此来通风透气，永无休止。

在唐家转卖的这批藏书里，可以随便举个例：《梦溪笔谈》二十六卷附《补笔谈》三卷《续笔谈》一卷《补校》一卷。

此书宋代沈括撰，清代林思进补校，民国戊辰年（1928年）渭南严氏刻本，计有6册。单鱼尾，半叶10行，行21字，上下黑口，左右双边，牌记题："芜湖沈氏镌版，后归大关唐氏，今归渭南严氏。戊辰十月复假华阳林山腴舍人用宋本补校

泽坡尊兄大人正捥。丁宝桢　　严谷声为父亲精心刻印的《贲园诗钞》

者附刊印行。"按照这一记录，本书确切地说应为芜湖沈氏刻本，严氏戊辰年重印时又加印了华阳林思进的补校。因《书目答问补正》上范氏记大关唐氏刻本在光绪年间，故牌记所题戊辰年应是民国十七年。卷二十六后又有严氏跋文一篇述其版之由来。此本刻印俱佳，保存完好。难怪藏书家们视之为上品。

当时，贲园的座上客，无论军政商学，都是近代声名显赫的人物，如于右任、张大千、关麟征、孙科、邵力子、章士

这是成都金石书画鉴定、收藏家袁愈高先生提供给我的。在其早年购买的一批印谱原件中，除《沈贤修印谱》之外，尚有署名《何氏藏珍》的印谱，其中有唐友耕儿子唐鸿昌（少波）的题款，这是我们唯一得以见到的唐家"真迹"

钊、吴虞、沈尹默、林山腴、向楚、蒙文通、宋育仁、吴之英、廖平、谢无量、庞石帚、陶亮生以及唐百川、唐少波兄弟等一时闻人。成都骆公祠街的贲园，无疑是蜀中的学术地标。

蜀地多雨，某天我骑车路过贲园，就在门口打探一番。浓荫中的枝条入水，一寸寸融化，开出一树的雾花。水雾中的藏书楼被鱼尾改变了立场。水草收匿了太多的闪电而绿腰荡漾，写字的落叶被遗忘了，夕光啃食叶脉。整个黄昏由于蚕丝的出神，而无法归去。天穹拳缩如瓷，爬满裂纹。

长子唐绍闻点滴

民国初年，沃邱仲子（费行简）谈到曾经在唐友耕长子唐绍闻家里，见过石达开赠送给唐友耕的撰联。我认为，这个记载也是真实的。固然有人利用石达开的名望来抬高自己，但唐家拥有石达开的翼王印、笔砚、兵器等遗物，早已名声在外，几乎成了成都的龙门阵。刻意去伪造翼王的手迹来炫耀门庭是不是有点多此一举呢？

《大关县志》中确有对唐友耕长子唐绍闻和六子唐鸿学的记载，称唐友耕长子"唐鸿龄，字寿山，提督友耕长子……"，但是没有提"唐绍闻"的名字，不过记载中说此人曾"委署盐源县"。

后来，我在《攀枝花日报》上看到一则报道，梳理本地志书的历史形成过程，特意提到《盐源县志》的编纂经过："光绪《盐源县志》刊本，六册，十二卷。先是光绪十七年（1891

年),时任盐源知县的辜培源组织邑人周冕等人编纂成初稿。光绪十九年(1893年),由新任知县欧阳衡组织人修订初稿后刊印。光绪二十二年(1896年),又经在职知县唐绍闻再次组织人补修刊印而成今本。"看起来,这个唐绍闻就是《大关县志》中提到的唐鸿龄了。

而《清实录·光绪朝实录》载:"以违例苛罚。革署四川盐源县知县唐绍闻职。"宛如羚羊挂角、无迹可求。他的踪迹,就此在历史中消失了。

老九唐少波的后裔情况

唐劳绮的外公是四川著名书画家江梵众(1894-1971年),号少舟、喜舍庵主人。祖籍广东,生于成都。为民国丹青妙手,毕业于四川法政学校,曾任校长,系西南艺专教授。

唐劳绮的爷爷、父亲也并非无名之辈。

爷爷唐建伯(1890-1938年)系老九唐少波的儿子,为云南讲武堂出身,在蔡锷出任校长期间,他出任总务长,后出任靖国军参谋长。民国成立后,出任过嘉定府第一任硫磺局局长。因是富家出身,他交游广阔,民国

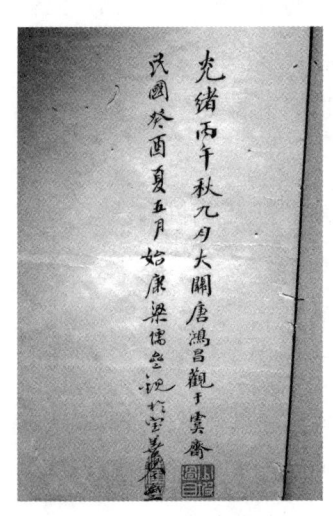

唐鸿昌(老九)题款

初年在成都的官场、军界、商界、文艺界均有人脉。

父亲唐孟桓（1911-1977年）就读于北京大学中文系，结识众多演艺界名人。在周芷颖、高思伯合著的《成都早期的话剧运动》一文里，讲到1930年成都"摩登剧社"活动，在1931年又以"现代剧社"名义恢复话剧演出时，特意提到了唐劳绮的父亲唐孟桓："现代剧社中人，新人有盛建群、杨琳、唐孟桓、唐娜等。演出剧目，除原摩登剧社所排演者外，增添了如《伪君子》《名优之死》《风雪夜归人》《松花江上》《雷雨》等名剧……"（《四川文史资料选集》总36辑，1989年1月版，57页）

民国时期唐孟桓一直活跃在四川文艺界，他有一个笔名叫"皿木"，写过一些文艺小品，与谢添、车辐、陈白尘等人友善。他曾经提供成都东丁字街的房子和资金积极支持地下党负责人车耀先创办《大声周刊》。还参与过话剧《放下你的鞭子》以及著名电影《风雪太行山》的演出，出演的是配角——体格剽悍的矿工。

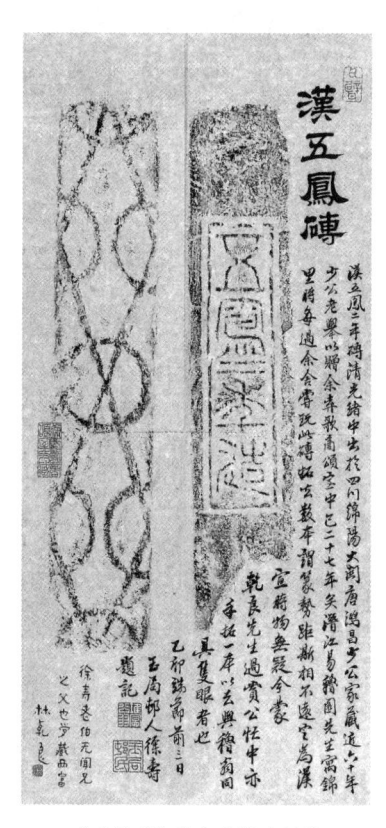

"五凤砖"为大关唐氏旧藏

位于成都和平街的贲园书库外景。蒋蓝摄

由于唐家的殷实,他还出资支持话剧《雷雨》在重庆等地的演出。1949年以后,唐孟桓在成都建国中学(15中学)任教,担任语文教师直至退休。

谢添晚年,曾经对唐家后人谈到过对唐孟桓的突出印象:"那是一个爱情至上者!"这句话,大可以窥见唐孟桓的性情。当年他与蓝苹(江青)、徐曼等人过从甚密,大有情义,至今有他与这些女星的合影为证。由于家境的特殊性,置身一个波诡云谲的时代,无论是唐建伯还是唐孟桓,均未留下任何回忆性文字。

铁血斑斓彭家珍

彭家珍炸死了清禁卫军的头领良弼,即断绝了大清的命脉。从此,中国几千年的封建社会寿终正寝,亚洲第一个共和国随即诞生!

使用的武器:炸弹。

最著名的言行:1. 共和成,虽死亦荣;共和不成,虽生亦辱,不如死得荣。

2. 我一人行之,必达目的。

"我死,清廷也随之亡也"

1912年1月26日傍晚,农历腊月二十八,正是北平冬季中最冷的时节。冬季天黑得早,呼呼的北风咆哮着,北京西四的一个牌楼龟缩在胡同中的朔风里显得阴森森的,它的大门缝被风吹出一阵阵呜呜怪叫,大门不时被飞扬而起的废纸和垃圾死死贴住,给人一种诡异之感。身为清廷禁卫军第一协("协"相当于现在的旅)统领兼镶白旗都统、"宗社党"首领的爱新觉罗·良弼,乘坐的马车穿过牌楼,驶至西四罗红厂的府邸,车刚停稳,门帘卷起,良弼从车上迈下一只脚,他斜眼看见一个身着清军官服、佩刀的小个子青年挡在大门的两个石马之间,乍一看,有些像奉天陆军讲武堂的监督崇恭,仆人尚未递上来人的名刺,但良弼看到来人神色有异,觉得崇恭不应该这么晚贸然而至,他竭力在记忆里搜索,可是他既回忆不起崇恭找他有什么事,而且确认自己不认识眼前这个目露精光的小伙子,显然,是有人冒名顶替!良弼算是机警的,他平静地说:"有什么要公,夤夜到此?明日叙谈罢。"

良弼正要抬步进门,看见那青年右手从外套口袋里掏出了一个黑乎乎的东西,猛地掷向自己。黑乎乎的东西弹落在脚旁,突然爆炸,把左足轰得一片焦黑。良弼呼痛未终,已是天旋地转。卫士回过神来,手忙脚乱地抢护,紧接着又是哗啦一声爆响,原来炸弹被台阶反击,转向后炸,火光乱迸,立即炸倒卫士数名。后来清点发现,"同时殒命者有良弼卫兵8人,马弁1人"。那个投掷炸弹的青年也不及逃避,被一块弹片击中了头部,霎时殒命。

另据彭家珍的战友、助手陈宪民《先烈彭大将军家珍奔走京津谋炸良弼详志》一文记载,烈士所租用的金台旅馆的马车也被炸裂,马

彭家珍烈士像

夫大张、马匹受重伤，十几天后马夫大张死去。"除良弼外，共伤两马两夫死两仆。"（《义烈千秋》，成都出版社1991年9月1版，35页）在爆炸事件的1个小时后，惊魂初定的良宅仆人战战抖抖地打开大门，看到了那位早已僵卧在大门台阶上的尸体，经过搜查，在尸体衣袋里找到了一张名刺，上书"彭家珍"。

良弼像

良弼左腿当即被炸断。后在抢救、截肢过程中，良弼拒绝麻醉，为此消耗了最后的元气（李华英《我所闻彭家珍刺良弼经过》，《义烈千秋》，成都出版社1991年9月1版，44页）。两天以后，良弼死去，时年35岁。良弼临死前，见到彭家珍身上搜出的名片后，伸出了大拇指："原来是廿头（当时称革命党为廿头，取义于革字的上半截）彭某，真英雄也。""我死，清廷也随之亡也。"这些话，充分印证了彭家珍判断的准确性："此人（良弼）不除，共和必难成立。"但同时也反映出良弼非等闲之辈，他对刺客的欣赏和赞美，远——如同庆忌之于要离；后——如同汪精卫之于南京晨光通讯社的侠客记者孙凤鸣，上演了一幕幕供后人评说的戏剧。

从炸弹掷出到爆炸，这短短两三秒钟，却使历史定格了！这就是载入史册的"红罗厂事件"。炸弹投掷者为时年年仅23岁的彭家珍！就是这个貌不惊人的青年，以一腔热血改写了中国历史：红罗厂一声巨响，封建时代终结了，中国迈向了共和之路。后人评价道：彭家珍炸死了清禁卫军的头领良弼，断绝了大清的命脉。从此，中国几千年的封建社会格局得以被改变，亚洲第一个共和国在爆炸声中随即诞生！对这个非凡的历史时刻，彭家珍"我以我血荐轩辕"而慷慨取义的大无畏精神，深深震撼了人们的心灵！

"我老彭收功弹丸"

良弼字赉臣，是红带子的宗室，隶属镶黄旗（八旗中上三旗之一，旗主即是皇帝），大学士伊里布的孙子。他幼年时父亲就病故了，家里穷苦，是母亲将他拉扯大的，所以良弼对母亲孝顺，读书也十分刻苦，曾经留学日本陆军学校，毕业回来之后，就进入了练兵处，后来又担任陆军部军学司监督副使、司长。平日良弼就以懂得军事而闻名，庚子年之后，朝廷改革军制，编练新军，设立军事学校，都是良弼主持谋划的。他尤其留意人才，自将帅以至军士，没有不延纳的。恰逢朝廷新建禁卫军，良弼就担任了第一协统领兼镶白旗都统。在清廷风雨飘摇之际，良弼思维敏捷，沉着干练，加之受过西式教育，成为末日王朝依靠的中坚力量。

1912年1月12日，武昌首义后，清皇室贵族分子良弼、毓朗、溥伟、载涛、载泽、铁良等召开秘密会议。19日即以"君主立宪维持会"的名义发布宣言，被称为"宗社党"。成员胸前刺有二龙图案，满文姓名为标志，在京、津等地积极活动，想夺回袁世凯的内阁总理职权，以毓朗、载泽出面组阁，铁良出任清军总司令，然后与南方革命军决一死战。并强烈要求隆裕太后坚持君主政权。良弼作为"宗社党"党魁，被革命党人视为共和路上最大的绊脚石。

彭家珍1888年出生于四川金堂赵镇同合村（原金堂县姚渡乡石笼三堰）的小官员家庭。其父彭士勋为家珍取字席儒，用"士者国之宝，儒为席上珍"之意。然而，渐渐长大的彭家珍完全没有成为谦谦儒者的意思，而是投笔从戎了。这个有"娃娃脸"长相的青年，有一双秀丽的丹凤眼，加上身材不高，彭的身高估计不足1.60米（资料见《义烈千秋》一书。后来，彭家珍大将军专祠管理委员会主任彭家祥特意对我指出，彭的身高约为1.65-1.70米），我们很难从照片上看出文静的外表下那一腔激烈的报国之情。

其父彭世勋为清末秀才，以塾师为业，醉心于维新，主张实业救国。彭家珍8岁后，其父即授以西方近代科学，对他有重要启蒙作用。由于其父结识了宋育仁、吴之英、廖平等新派人物，1902年彭世勋被推荐到著名的成都尊经书院任教。（四川大学的校史陈列馆刊布的说明却说，彭家珍于"1898-1902年就读尊经书院"。时年彭家珍年14岁，随往读书。

在省城，彭家珍视野日益扩大，直接感受到国家的衰败、官府的贪枉、人民的痛苦。同时，彭家珍深受文天祥、黄宗羲等人的思想影响，具有强烈的民族主义观念。

1903年，彭家珍考入位于北较场的成都陆军武备学堂，有两件事情很能说明他的机警和聪明。据张有仪、张祥麟先生回忆文章披露，成都陆军武备学堂的日本教官出了一个考试题：放置一个水缸，再蒙上学生的眼睛，左转，再右转，走上百十步后，命令学生蒙眼走回来用木棍打击水缸。难度相当大。但彭家珍竟然出色地完成了这个训练，让很多人感到不可思议。

有一次，教官突然发问，教学楼的楼梯一共多少级？这是谁也没有留心的"小事情"。但彭家珍立即就回答了，可见他是一个十分善于观察并处处留意的人。在成都陆军武备学堂，彭家珍的枪法已经练得十分精准，可以随手击落飞鸟。

1906年春，彭家珍以优异的成绩毕业后被选派赴日本考察军事，同年在日本秘密加入中国同盟会。在留学日本期间，他开始有机会接触并结识大批革命党人。1907年回国后，彭家珍被任命为四川新军哨长、队官。1909年，任云南新军第十九镇随营学堂管带兼教练官。1910年，任奉天讲武堂教习。1911年秋，彭家珍任天津兵站司令部副官。在天津兵站任职期间，他又受江西都督程德全之命，担任"北方招讨使"。为响应武昌起义，彭家珍与滦州起义将官王金铭、施从云、冯玉祥等人共谋大事。清廷为了镇压武昌起义，从欧洲订购了大批武器，经西伯利亚入关内。当时清王朝的东三省总督派彭家珍押运。彭家珍利用这个机会电请新军，在滦州将这批武器扣留。他以"为天津兵站购军械"的名义，携军饷到南方，与革命党联系，将巨款交给了革命军。同时，彭家珍还亲自从上海运送炸药、手枪等武器到天津，积极组织开展暗杀清廷官员的活动。

汪精卫、黄复生出狱后，联络北方革命同志于1911年12月1日在天津成立"京津同盟会"，租赁天津俄国租界洋房为机关，成为当时中国革命的枢纽。彭家珍参与其事，并担任军事部部长。当时四川的旅沪党人希望他回四川主持军事，他认为："北京为清虏根据地，四川枝叶也，拔其根本，之夜自萎，吾愿任其难。四川之行，非吾意也。"这样的形势判断是非常正确的。

对于刺杀良弼行动，被理想和激情燃烧的彭家珍是抱着必死决心的。不久，革命党人再推举他作为"京津同盟会暗杀部长"，彭家珍几次谋炸袁世凯和资政院均未得手，他改变了"一网打尽"的方案，决定采取"分头出击"办法，"择其阻碍最力者先去之"，他自告奋勇要求亲自前往刺杀良弼。事前，行动得到了京津同盟会的批准。

1月25日，即刺杀行动付诸实施的前一天，彭家珍在给诸同志兄弟姐妹们的《绝命书》（被某同志在烈士的遗物皮包中偶然发现）中写道："自入同盟会以来，不敢不稍尽责任。惜才力薄弱，未见大效，抱愧奚如。""今除良弼之心已决，计划已备，只待事机发动。""共和成，虽死亦荣；共和不成，虽生亦辱，不如死得荣。"

彭家珍的刺杀计划完全是独自一人完成的，而且非常周密。

据北京史地民俗学会副会长兼秘书长常华在《记参与彭家珍炸良弼案的同盟会员王崇义》一文里指出：当年，王崇义与李石曾、汪精卫等人同是同盟会暗杀团的成员。在刺杀袁世凯失败后，他与李石曾、彭家珍等几次开会研究，总结经验教训。彭家珍提出要改变街头狙击的办法，因为那样投弹准确性差,极易造成敌人逃脱和反击。所以,要采取堵上门直接将敌人暗杀在室内的方法。(见《海淀文史·北部访古》,中国人民政治协商会议北京市海淀区委员会2005年1月内部出版)

某天,彭家珍到西河沿金台旅馆去办事,一进入客厅,就发现桌子上放有一张名片,有"奉天讲武堂监督崇恭"字样,他心念一动,便把它揣入口袋。又装着拜会崇恭的样子去找茶坊打听:"崇恭大人在吗?"

茶坊见他穿着不俗,很恭敬地说:"已经来此住了好几天,已去保定公干,过两天就回来。"

彭家珍点点头,匆匆离开了。对于崇恭,他是熟悉的。彭家珍担任奉天讲武堂教练时,崇恭就为监督。家珍知道崇恭和良弼关系好,这不正好是一个接近目标的绝好机会吗?这个想法如同一道光,点燃了心中的全盘计划。

他身上一直带有性能优良的手枪,早年在成都陆军武备学堂,他就练得一手好枪法,可以击落飞鸟。那么,为何不用枪而要使用炸弹?这是一个没有答案的历史之谜,我以为,就在于彭家珍已经抱定了牺牲的决心。

彭家珍以崇恭代表的名义由天津赴京,农历十二月初六,他和同志陈宪民一起遍访良弼住宅位置,终于弄清楚了具体所在。为确保万无一失,彭家珍身上带有两颗炸弹,他穿好从永增军装局取回的军官制服,自称是清军标统,到前门附近的金台旅馆订下了房间。次日先到前门军咨府,这是贵胄们聚会的地方,但未见到良弼。又驱车直奔西四红罗厂良弼的官邸,递上崇恭的名片,良弼适至摄政王府未归。彭等候良久,未见良弼回来，不愿再等。彭家珍刚刚离开良宅的时候，恰逢良弼回家，便立即折回。良弼到了自家家门前，仆人尚来不及送上崇恭名刺，良弼见那个挡在石马间的青年，心知有异，但一切为时已晚！彭家珍扔出了二号炸弹！良弼之死，使得嚣张一时的"宗社党"销声匿迹。南方的革命军肃清了各地清廷余孽，袁世凯的北洋军也兵临清京城下，迫使清廷隆裕太后颁布了退位诏书。

后来，人们从彭家珍的遗体里发现，他死时，左手尚插在另一个外套口袋里，紧握另一颗用白绸手巾包裹的炸弹，此为一号炸弹。可见，其决心之坚，心思之细。

刺杀首脑人物本来并不是政治斗争的正常手段，但在当时特殊情势下，同盟会这一系列非常刺杀伟绩，确实使局面顿然改观，迫使历史拐弯。孙中山评之"我老彭收功弹丸"。也就是促进革命、缔造民国一大功，不亚于一次重大战役的胜利。

南京临时政府成立以后，临时大总统孙中山即追认彭家珍为"陆军大将军"，还亲自参加其迁葬、追悼仪式并批准为他修建专祠，择址为当时金堂县府所在地城厢（今青白江区城厢镇）。彭家珍的父亲被北洋政府聘为总统府顾问。1953年，彭家珍被中央人民政府追赠为"革命牺牲军人"。

据北京档案馆记载：1912年2月，南京临时政府为彭家珍及同样为革命牺牲的杨禹昌、黄芝萌、张先培三人等四位烈士在俗称万牲园（即今北京动物园）的西郊农事试验场营建墓地，并举行了隆重的安葬仪式。杨、黄、张三烈士原葬北京北面荒郊，墓地建成后迁入。整个墓地用艾叶青石建成，底呈正八角形，距地面约1米，正中立约8米的纪念碑，碑上刻"彭、杨、黄、张四烈士墓"。底座的东南、东北、西南、西北各有七级台阶通向纪念碑。四烈士就安葬于正南、正北、正东、正西四面的石冢下，每座墓前均有碑文，记录烈士事迹。与孙中山先生同一时期的另一位资产阶级民主革命领袖人物黄兴，也曾于1912年9月，两次出席共和党和社会党、参议院议员在农事试验场举行的欢迎会。黄兴也曾到万牲园公祭彭家珍等四烈士。次年3月，黄兴还为四烈士碑文题词。可惜四烈士墓碑在"文化大革命"期间被砸毁，被夷为平地，烈士墓均已无存。1990年8月应四烈士后代的要求，在原址处（大熊猫馆后）建四烈士墓凭吊碑。纪念碑现藏北京石刻艺术博物馆。在《鲁迅全集》第一卷中，《即小见大》记有："三贝子花园里面，有谋刺良弼和袁世凯而死的四烈士坟，其中有三块墓碑，何以直到民国十一年还没有人去刻一个字？"

"重门岂能飞渡？"

美国史学大师魏斐德在《间谍王——戴笠与中国特工》里认为，关于革命志士行刺的概念既来自于国际革命新世界，也是对古代富于忠义和自我牺牲精神、并发誓为其主人报仇雪恨的游侠传统的沿袭。从1907年徐锡麟刺杀安徽巡抚恩铭，1911年在广东发生的暗杀孚绮和凤山事件，到1912年1月彭家珍刺杀良弼，尽管每一事件的起因有所不同，但这些案子多少都继承了上述两个传统，而辛亥革命前夕发生的汪精卫谋刺清朝摄

位于城厢镇的彭家珍塑像。蒋蓝摄

政王载沣（醇亲王）的著名事件，使这种潮流达到高潮。

清朝被推翻后，政治暗杀并未终止，但就像臭名昭著的袁世凯暗杀宋教仁一案那样，它已不再打着革命的幌子。而且，在这个政治分裂和重组的时期，个人野心无限膨胀，具有"好汉"传统的冒险者们毫不犹豫地在武装人员中挑起头来，他们或给一些人当雇佣军，或者紧跟另一些人，心甘情愿地充当争权夺势者的爪牙。这就使我们发现，发端于春秋时代的侠客精神，到了军阀混战时期，的确气数已尽，成为毫无正义感的嗜杀主义大本营了。

毫无疑问，古代侠义精神一直咆哮在彭家珍的血脉里。后来收入邹鲁编著的《中国国民党史稿·彭义烈传略》（中华书局1960年版，108页）中的《彭家珍遗同志赵铁桥、黄以镛书》，就充分展示了烈士的激烈情怀：

……设不幸而荆卿剑击廷柱，子房锥中副车，则伍孚刎颈，景清剥肤，宰割凌迟之惨所不免矣。即或鲸鲵鬻戮，蛇豕就诛，卫士必将攫入，重门岂能飞渡？聂政抉眼，锡麟煎心，呼吸危亡，祸至无日。况炸丸猛烈，玉石俱焚，杀我杀人，同归死路。综此三端，弟宁有生还望乎？呜呼！已矣！易水风寒，二兄不必为白衣冠之送矣！山河破碎，大陆将沉，祖逖闻鸡，刘琨击楫，楼船风利，正当努力中原。寄来相片二，异日神州光复，鳌整天衢，二兄触目兴怀，当思我辈痛饮黄龙，亦犹有同心合志之故人含笑于九京乎！

这封信，写于与《绝命书》同时，字字泣血，字字见铁，弥漫着高挺于天地间的凛冽正气。志，气之帅也；气，体之充也。以敢死之气，征求革命之初志，这才是真正的侠之大者！

1938年，按照孙中山先生生前指令，当地政府在青白江区城厢镇修建了"彭大将军专祠"和"彭大将军家珍烈士纪念碑"。纪念碑坐落在一正方形的碑基之上，通高9.8米；碑身为四棱柱体。碑基为台式，刻有蟾蜍花草等纹饰。汪兆铭所撰《先烈彭大将军传》，即刻于碑基。碑身分别刻有国民党政府主席林森、考试院院长戴传贤题写的"先烈彭大将军家珍殉国纪念碑"、"彭大将军家珍烈士纪念碑"。

坐落在纪念碑东面的砖木结构的老式平房为彭大将军专

祠，与纪念碑同时落成。如今已扩建为家珍公园，花木浓荫下，倒是一字排开着不少茶桌和麻将，烈士那铁一般的精魂，怕是后人再难领略到了。

彭家珍身后事

1912年1月26日，成都金堂人彭家珍刺杀良弼壮烈许国，其铁血斑斓之志犹如彗星袭月，突爆的火焰加速了皇权之厦的倾覆。缅怀烈士的追悼会一共开过6场。1912年2月22日，在南京临时政府的川籍党人发起追悼四川烈士的大会，以巴蜀烈士邹容、彭家珍、喻培伦等为主要祭拜者，孙中山及各部负责人都亲临会场。1912年3月初，孙中山主持追悼全国革命死义烈士会，他屡屡提及"彭大将军"，在场人无不热泪长流。同月13日，参与北伐的蜀军从沪返川抵达湖北宜昌，因彭家珍原是该军的筹备者，又曾被选为副总司令，就在宜昌召开了一次以彭家珍为主要缅怀人物的追悼大会。后来重庆也举行了四川死义烈士的追悼大会，彭家珍的三叔、四叔参加了大会。四川军政府正副都督尹昌衡、张培爵专门为彭家珍在成都忠烈祠开了一次隆重的追悼会。彭家后人的回忆资料指出，"彭家珍的未婚妻王清贞坚持要过门守贞，亦于此次会上举行仪式。"（见《彭家珍玉碎清崩》，刊发于"金堂县公共信息网"）

关于烈士遗孀王清贞，举行"一个人婚礼"的情况非同寻常。

在彭家珍就读北较场成都武备学堂期间，学校军事教官张蓬山已经知道彭家珍乃"栋梁之材",就想把自己的外甥女王清贞许配给彭家珍。王清贞父母早逝,一直跟随舅舅张蓬山生活,在彭家珍18岁那年,张蓬山向彭家珍的父母提亲。

据说,仅仅在彭家珍将要东渡日本之前,张蓬山把彭家珍请到自己家,在没向彭家珍讲穿的情况下,王清贞隔着门帘看了心上人一眼。

岂料,这就是人生的最后一面。

我偶然在成都的民俗史料里查阅到一条珍贵记录,终于得以一窥"红白婚事"的究竟:

彭家珍牺牲后,其未婚妻王清贞女士立志以婚嫁形式过门守节。婚礼择于成都灯笼街122号(彭家珍之父彭世勋租赁的宅院)举办。是时,门外张灯结彩,设鼓乐以迎宾客;门内全以缟素布置,庄严肃穆。王女士过门时乘四人抬大轿,上扎黄白色绫彩,轿前一人擎白布长纛,上书"义烈士彭公大将军夫人过门守节"。轿后随送亲队列,大汉四川军政府都督尹昌衡、副都督张培爵并辔护送。军乐齐鸣,车马络绎,观者如堵,无不为之赞叹流涕。上海名报人包天笑在其《秋心阁纪事诗》中有赞咏:"素车白马缟衣裳,道是谁家新嫁娘。赢得路人齐雪涕,小姑今日嫁彭郎。"

苏东坡题《李思训画〈长江绝岛图〉》诗中结句云:"舟中贾客莫漫狂,小姑前年嫁彭郎。""小姑"即小孤山,此山在江西彭泽县北的长江中,山形似发髻;"彭郎"即澎浪矶,在小孤山对岸。民间传说用其谐音,以"小孤"为"小姑"、"澎浪"

为"彭郎",喻为夫妻。苏东坡、包天笑诗均引此传说,前者诙谐旷放,后者哀忱沉痛,真挚地表达了对王女士的敬意。(李兴辉《蕉竹楼诗文集》,作家出版社2009年3月版,370-371页)

时年23岁的王清贞发誓:"我愿意为家珍守节,抱养个儿子,将来延续烈士这一房。"

1961年,王清贞患老年性偏瘫,儿子彭传直接她到山西太原居住,直至1963年12月去世,享年76岁。"把骨灰带回去和你爹爹葬在一起"是她最后的愿望,也是她毕生的渴盼。多年以后,王清贞的骨灰葬于成都城厢镇彭家珍衣冠冢旁……

下编
蜀地心史

"自古诗人皆入蜀。"自唐五代以来文人入蜀已成定势。晚清以降国运飘摇,西风东渐,入蜀的文人更多,在巴山蜀水间留下了可供缅怀的踪迹与心史。

王闿运与四川

大儒王闿运入主成都尊经书院、开启蜀学新风，这已是学界耳熟能详之事。他睥睨世人，蜀地学人自然进不了他的法眼。在成都期间，他与李蓝农民起义军的"来归者"、后任四川提督的唐友耕（晚清时节，四川边地的袍哥老大被尊称为"帽顶"。唐帽顶为云南大关人，练武起家，曾与李永和、蓝大顺起义军血战，俘虏翼王石达开至成都凌迟）频繁往来，深情款款，这是历来未被史家注意过的一个交往之谜。我们从王闿运的蜀地交往史里，可以窥见晚清成都的诸多实情——

唐帽顶当了一回月下老人

官场人士总是渴望利用亲上加亲来拧成一股绳。张之洞督四川时，王闿运托人将女儿许与张之洞曾经过继出去的儿子；丁宝桢任四川总督期间，他又将自己的第七女王莪（莫六云所生），许与丁宝桢的第八子丁体晋。何人做媒？乃是王闿运请唐帽顶撮合成功！这在《湘绮楼日记》光绪五年（1879年）十一月一日的日记里有明确记载。到女儿出嫁当日，唐友耕为王家送来的，不过是一盆祝愿吉利的"万年青"，令人有点不解。

　　大儒与一省总督就此成为亲家，并由此保持了与四川大员的深刻关系。大儒总是目光如炬，审时度势，献言献策，张之洞每年白白奉送六百金与他，丁宝桢、刘岘庄都有同样的举动，因此他在成都与湘潭之间奔波，也是生活得有滋有味。他的日记充斥了饮宴、打牌、玩乐的闲适生活记录。

　　我反复查阅《湘绮楼日记》（以下简称《日记》），王闿运与唐帽顶订交的时间是：他们首次见面于光绪五年四月初十（1879年5月30日）。这种往来一直持续到光绪八年六月初一（1882年7月15日）。三年多时间里，是不是武人送礼宴请太多了，礼贤"上"士，因而大儒觉得拿人手短？我觉得问题不是这般简单。因为随着交往的深入，王闿运开始发现这个武人的过人之处了。

四川尊经书院大门

王闿运到达成都后,在光绪五年四月十日《日记》里记载:"唐友耕总兵来,字宅坡,号帽顶,照通(蒋蓝按:应是昭通)山盗投诚者。言语有小说气,余误问其所以至蜀,遂言之不讳,似胜杨玉科。"

这是一段珍贵的描绘,等于把唐友耕的耿直气质活脱脱展示出来。在阅人无数的大

王闿运像

儒心中,一个人有"小说气"乃是具有生龙活虎的市井气。而谈及出身,唐友耕不以为忤,他具有极强的控制能力,干脆把自己的底牌翻出来。这在十分讲究"正朔"的时代,体现了唐友耕的豁达。王闿运提到的杨玉科,是云南近代史上有重大影响的人物,其前半生镇压回民起义"战功卓著",由最下层的把总擢升至一品大员的提督,获赏"正一品封典",承袭"轻车都尉世职",晋"二等男爵"。起义军的鲜血染红了他的帽顶,是除岑毓英外的第二号刽子手。初初一见,王闿运已经认为唐友耕在杨玉科之上,真是闻名不如见面,他对唐友耕的率直产生了好感。

第二天即四月十一日,王闿运即"出拜帽顶",由此拉开了"浓得化不开"的交往史。

对于一如市井水准的蜀地官场和文人,王闿运怎会放在心

上？这等人一方面是脆弱而狡黠，另一方面又是头脑冬烘，无法交谈。王闿运在当年十一月二日的《日记》说："自院外生者，人品以帽顶为最优，议论以帽顶为可听，殊为可慨。"

为什么要"殊为可慨"？显然，读书人早已言语无味，而武人以生活的本味直指人心。他在尊经书院之外的交往中，唐帽顶是最佳人选。唐友耕的人品能得到大儒如此好评，确属难能可贵。

反过来看，唐友耕绘声绘色演绎出来的与石达开的战事，也丰富了王闿运《湘军志》的内容。

王闿运同样描绘了那个时代四川官场的娱乐生活。1879年10月6日的日记记载："与绥廷及岳生同步穿少城，至武担山看石镜，便至芮园小酌，看墨池书院。主人芮少海招余及督府诸客夜饮，会者十一人。……督府诸客艳言'瑞华班'之难得，因议召至唐宅演之。"这一帮官员里，唐帽顶是主角。众官邀请川戏"瑞华班"演戏，也是由唐帽顶出面筹措，演出地点就在文庙后街的唐府。王闿运也带莫六云赴约，大饱眼福。回忆到此，唐振常先生不禁感慨，自己家的后花园虽然经过父亲唐仲威的改造，已经半中半西了，但是大戏台巍然存立，因为想到大儒王闿运竟然在自己家里看过戏，真是"与有荣焉"（《读〈湘绮楼日记〉一得》，见《唐振常散文》，浙江文艺出版社2000年10月版，203-204页）。通过这些交往，唐友耕的戾气多少得到了洗淘，表面上看他更是"正朔"之辈，而他的书法造诣突飞猛进。

唐友耕大宴宾客，王闿运眼福、口福俱至，大快朵颐了，

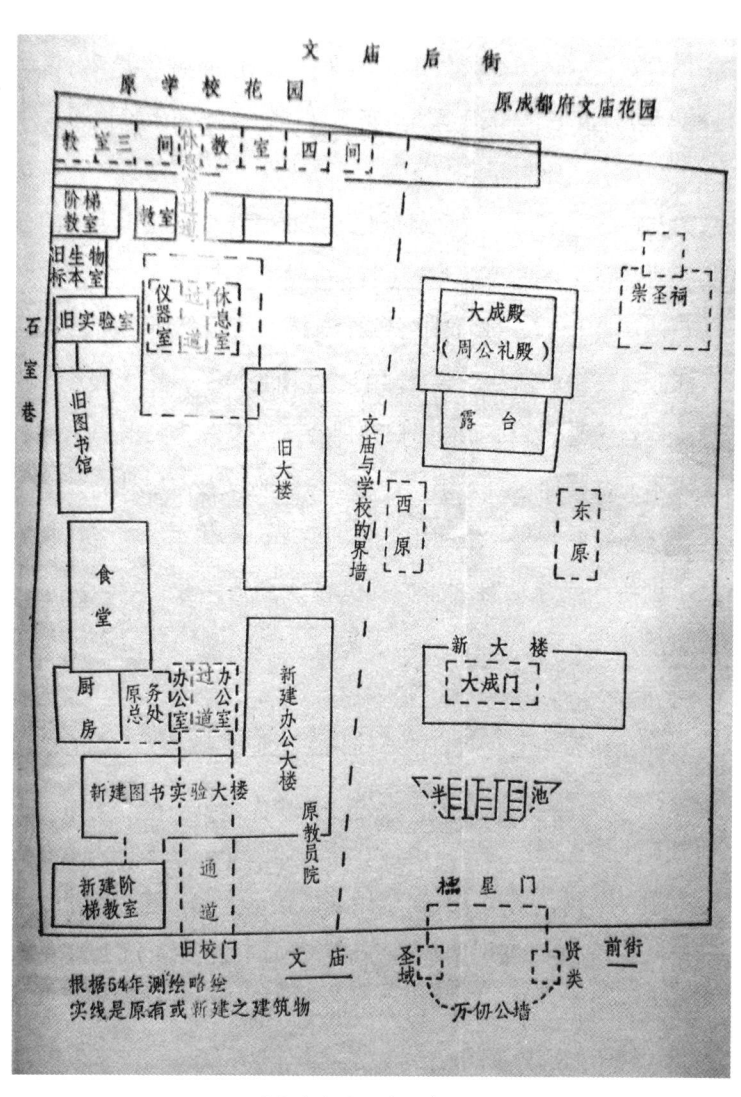

成都市文庙后街分布详图

却在当天日记里写了一句"浪费非豪举也"。想来唐友耕铺张太过，让人招架不住。

看戏，宴请，交游，几乎填满了王闿运的业余生活。再如1883年7月26日的日记："申正至江南馆，顾家山设饮，朱小舟、幼耕、凤弗堂同集，甚热，亥散。"这个"幼耕"，自然是"友耕"之笔误。可见那个时候成都官场的饮酒、听戏的公共活动空间，会馆已经峭拔其上，构成了"出尘"的高台。

清中叶以后，成都的会馆逐渐林立。紧邻浙江馆之外，有江西、安徽、江苏三省合建的"江南会馆"，位于大慈寺西侧，戏台多达7座，随时都在办神会——演戏。名谓"乐神"实为乐人，因而冠盖云集，在成都堪称人文荟萃之地。光绪年间，江苏盱眙人吴棠任四川总督，后署成都将军，特意从江苏昆山训练一批昆曲科生来成都供官场宴乐，号"舒颐班"。戏班后来留在了成都，与川剧融合，对川剧的发展起到积极作用。

在光绪五年七月八日的《日记》里记述："莫总兵送烧猪鹅鸭，无所用之，以与唐帽顶。"从这个细节可以看出，莫祖绅总兵央请王闿运为其"募修北路"而写序，在大热天竟然送这等粗糙食物，王闿运还可以用来做顺水人情，这固然是王闿运第一次给唐友耕送礼，而稍后唐友耕回赠的礼物不过是甘寒的昭通梨子，这暗示，晚清时节的成都，官场生活水平似乎不是我们想象的那样奢侈。

成都宴游以及纵横家的心机

王闿运毕竟是诗人，教学、写作之余，已经被各地官府、文人的宴请弄得有点焦头烂额，但他也乐在其中。既是诗人，风景木头一般不动，乃是纸糊的风景，但是路上佳丽闪动，直入梦境。人一旦动起来，眼前就是内心流动的山水了。

王闿运不但游历了乐山、峨眉、五通、夹江、眉州、宜宾等地，西蜀坝子周边的青城山、都江堰、华阳县、天彭阕，彭县丹景山牡丹、新都的桂湖、宝光寺、金堂沱江风光均一一涉猎，留下了不少名篇佳作。至于成都范围内的名胜古迹，诸如洗马池、欢喜院、少城、浣花溪、锦官驿，等等，自然不会错过。

唐友耕有权有势，自然不会放过这些陪同名人"走一遭"的绝好机会。

王闿运《日记》记述：

"出城赴稚公草堂之约，城外泥淖，秋色无可观，唯溪水洹洹颇有凉意，无端感触，咏'出门望佳人，佳人岂在兹'之句，正不必情事副风景也。至少陵祠，幕客至者九人，武有帽顶，文则馆师，为二客也，稚公二子均从，唯见其小者。中饭微雨，菊瘦而高，殊不及湘中。"（马积高主编《湘绮楼诗文集》第五集"湘绮楼说诗卷二"，岳麓书社2008年11月1版，153页）

从这深文周纳的行文可知，唐帽顶并不在王闿运邀集的人当中，而是强行加盟的"客人"。我估计唐友耕之所以执意前来，是利用这个机会来请王闿运吃饭，以便得到教益。在王闿运心目中，能够与他交谈的人甚少，"唯稚公、季怀可谈"，可惜知己并非能时时见面，他显得兴味萧索。再出成都南门，至宝云庵，访百花潭，终于在二仙庵遇到了尊经书院学生16人，院生之于老师十分尊重，他心情好转，当场赋诗："澄潭积寒碧，修竹悦秋阴。良时多欣遇，嘉会眷云林。"不知道在这儒者云集的场合，唐友耕有什么表现。我估计应该是颇为有趣的，一方面要道貌岸然；另外一方面又须体现虚心问道的表情。这个戏，真不好演。

唐友耕常久施善，自有报答。在《湘绮楼日记》中，我发现自此以后，他们之间的往来逐渐增多，后来几乎达到隔一两天必有一晤的程度。王闿运办事路过唐府，也要进去稍坐片刻，歇息一番，喝几盏茶再走，已是十分写意的地步了。稍后，唐友耕升为四川提督，应唐友耕之请，王闿运无论如何也要为帽顶写点东西了。

他在赠诗前的"题记"里写道："四川提督久阙实任，牙门荒芜。唐泽坡新建旗竿，因题为贺，作绝句二首云——"

其一：

锦城烟景静濛濛，
二月寒深花市东。

惟有戟门堪驻马，
旗竿吹雨识春风。

其二：

三边无事鼓声和，
五丈高牙树驳騋。
不待晴光薰翠羽，
柳旗阴处飑春多。

朝廷对唐友耕的提督任命是在光绪七年（1881年）初春下达的，唐友耕立即在提督府门前立起了壮硕的旗杆，可以想见他是何等"春风得意马蹄疾"。而在《湘绮楼诗集》里，这两首诗有了标题，叫《旗竿二首》。当年二月廿日的《日记》里王闿运补记："昨见提督立旗竿，挽架甚盛，作绝句二首。"诗里均以马为喻，暗示唐友耕脚下所指示的方向有多个，也就是将面临多个岔道。这分明是一种警策，只是不知道唐友耕能否在春风得意之际，明白脚下蛰伏的危机。

王闿运离开成都尊经书院返回湘潭，时在1882年。新春之际，他给四川官员写了很多感谢信，他自然不能忘怀唐友耕。他的慰问信写得情深意长：

泽坡仁兄军门节下：

三年款聚，厚爱先隆，携取如家，求施不厌。别时既承早钱,又拜多珍,琼玖投难,但歌永好耳。新春受福,四境同康。节度从容,仍开高会。坐少一客,时复相思。

闿运顺水还湘,将春入室,家庭纷冗,酬接疲劳。亡子葬地尚无期,讲舍已将起馆。命中少暇,世上多缘,遥羡清尘,堪推整暇。西云可望,良讯时传。专肃申谢,叩颂双安,并贺年喜。(马积高主编《湘绮楼诗文集》第五集"笺启卷第五"《致唐帽顶》,岳麓书社2008年11月1版,194页)

从内容可知,三年来唐友耕对王闿运礼数备至、尽力结交。王闿运临行,唐友耕一早为他及家人准备了丰盛宴席。推想起来,应该必有锦江码头送别一幕。

王闿运在光绪五年来蓉于年底返回湘潭时,唐友耕也来码头送别。当时王闿运向唐友耕借款"五百金",用于支付尊经书院的公车费。其后日记里,记载了还款事项,但后来又向唐友耕借400两银子,自此王闿运飘然东还湘潭,未见还款。可见,唐友耕为尊经书院做了点儿贡献。

挥手作别。春水明媚凝脂,烟光梦田含翠。置身锦江码头,思接千载,知锦江之高义;逝者如斯,念崇丽之无尽。自此之后,他们再未谋面。

从宋育仁在陕西街失窃案看王闿运断案

老师的生活态度,不能不反映在他对弟子的看法上。尊经书院的学生众多,最突出的是廖平、宋育仁(芸子)和杨锐等人,才俊中有"院中八景"之称(见丁治棠《仕隐斋涉笔·卷七》)。但是,有其师未必有其一成不变的弟子。

王闿运认为"富顺才子"宋育仁的文章最好,日后必有大作为。与对廖平的态度相左,他更喜欢这个纯朴而恭谨的学生,他甚至爱屋及乌地把对宋育仁的看法讲给唐友耕听,暗示宋育仁经济情况不佳,何况遭受了一次意外变故。

宋育仁遭到了什么"意外变故"?《湘绮楼日记》没有详细记载,但从王闿运的书信中就可以得知真实情况,并把四川提督唐友耕扯了进来。

宋育仁(1858-1931年),字芸子,号芸岩,晚号复庵、道复,四川自贡市仙市镇人(原属富顺县)。新学巨子,维新思想家、一代杰出报人。宋育仁初读尊经书院时,尚住在陕西街旅社里。某天突然被窃贼光顾,盗走了他本就菲薄的行囊衣物,这让他大受刺激。王闿运得知后,在宴请中把此事告诉了唐友耕,这就引出了唐友耕蓦然对宋育仁嘘寒问暖送上大把银子和衣物的后话。

从王闿运致宋育仁的回信来看,显然宋育仁写了一封给老师的致谢信,连同唐友耕送来的物品,根本不屑

宋育仁像

于开启,一并交到了王闿运家。从礼数上,王闿运对学生的处境深表同情,但对他某些天真的想法不以为然,加之他"语多悔愤",更鉴于"儒者处世未能坦怀而多有物累",于是写了这封长信予以开导。开头就讨论了由小及大之"贼",王闿运宛如老吏断案,采用了顶真回环之笔法,烘云托月:

今世政废久矣,尝以数大臣共守江南名都而忽然被盗,又尝以七卿四相诸司数千百人共守一京师而忽然被盗。天下之有四川,四川之有省城,省城之有陕西街,陕西街之有客店,客店之有宋孝廉,宋孝廉之有衣箱,衣箱之有衣,诚不可云太仓之一米矣。一旦被盗,而曰有司之责,何其重视有司乃至于此耶?然既告之闿运,闿运固非有司之比也。遣一能缉捕者侦之,而唐提督乃与闻其事焉,非其无因而横相干也。唐提督侦之而惧我之穷其事,则谢曰是不可治,牵涉多矣。吾适有衣可偿,则未知盗者之即为唐提督所遣耶?抑别有有力者主之而不可诘耶?(马积高主编《湘绮楼诗文集》第二集"笺启卷第一",岳麓书社2008年11月1版,83—84页)

王闿运明知道这区区盗窃案与唐友耕无关,但他用了一个"大胆的假设",直问宋育仁:如果这一盗窃案是唐友耕或者另外的大人物主使,你又该怎么办呢?

接下来,王闿运自问自答,等于告诉了学生一种处世哲学:唐友耕看在我王闿运面子上,为你送来了衣物,"受其衣,答其意;不独答其意,我之所求在此也。"那么"偿于盗与偿于官、偿于友、偿于路人，有以异乎？"既然没有什么不同之处，那么唐友耕赠送的衣物，不但是可以接受的，而且是必须接受的。王闿运干脆挑明了实质：他不是重视你宋孝廉，而是重视我对他的看法。这也体现了湘人在礼仪上的深湛觉悟。

因为唐友耕固然渴望结交儒者名士，你明白了这个目的，也应该投桃报李，而不应该一味谢绝，这就等于得罪了对方的一片好意。

但王闿运对宋育仁退回唐友耕赠送的数千银两却大加赞许。"辞其银，示之义；不独示之义，且以杜其后日无穷之求与一时自得之一意，以为凡武人、官人而有财者，必意揣天下之儒生、文人皆好利而忘义。故凡与世人交，不可受其铢两之赠，非矫激也，受之则彼轻我而交不终，亦全交之道也……"

王闿运语气一变，总体分析了学生的举动："两俱受之，两俱还之，如吾弟今日之所为，亦绰绰有余。而至谓其无重士之道，与悔其往见之辱，这大谬于情，而亦不安于义。"

通篇数千字里，这是一段分量极重的训诫！

该如何安顿"情"与"义"？

因为宋育仁认为，唐友耕送礼之举是有违"重士之道"，而且他竟然认为，自己必然应该去武夫的官邸答谢，就等于让儒者受辱。王闿运毕竟清醒而豁达，又予以谆谆教诲。他认为，唐友耕的"重士之道"还是真实的，不要妄加比附，那些表面上比唐友耕看起来更为敦厚的君子，哪天发迹了，"一阔脸就变"了，说不定他们还不如唐友耕呢！

末了，王闿运提醒学生："海内甚大，斗室甚宽，一日甚长，百年甚促，不求孔、颜之乐，而作窘迫之囚，盖其犹循俗情，未闻通论。"渴望学生将纸上学问与知人论世"打通"的希望，想来对宋育仁是振聋发聩的。

孟轲《孟子·万章上》就称："一介不以与人，一介不以取诸人。"一介不取，取伤廉，这个意思很好理解；一介不与，与则伤惠。什么意思呢？"一介古来难取与，先生伤惠我伤廉"，但大人先生未必因为馈赠就伤及其庞大的储备啊，那正是他们的"义"之所在。宋朝诗人虞俦在《和郁簿述怀古风》里说："平生一介重取与，邈祝不义如云浮。"显然也跟宋育仁一样，均是书生之论。

从这些情况来看，贸然送礼的唐友耕还蒙在鼓里，尚不知由此引起了师生之间的一番议论。看来，他的送礼结交文士之举，也起到了意料不及的效果。由此，书生宋育仁才开始明白何谓世事洞明皆学问了。

宋育仁与老师的友谊一直保持到王闿运逝世前夕。在王闿运保留下来的书信里，他与宋育仁的通信有十封左右，是尊经书院所有学生中最多的。

王闿运对钱的看法无疑是深得儒者中元的："残年催迫，门无债主而囊有余金，此足傲曹国夫人，不独夸示画界钦宪也。"

可惜的是，弟子的狷介，并未扭转王闿运的交友眼界。见过大世面的他，长袖善舞，与唐帽顶依然打得火热。以至于他在日记里又感叹应酬之多，使自己不胜其累。那时王闿运的女儿们就像要跟他作对一般，妻妾们生产的多为女儿，这让他的经济处境十分不妙，他有四子十女，因而有"多女累于多男也"的感叹，这个子女情况，与唐友耕很是一致。但王闿运坚持了儒者的最后底线，不接受官人的银子馈赠。他不时受邀到唐府，酒酣耳热之际纵横捭阖，纵议天下。他心雄万夫，在致宋育仁的信里曾经自谓："青油幕看人面，未若鸦片灯前读我书。"让唐帽顶恍如刘姥姥进了大观园，渐知学术妙境。唐友耕后来做出决断，十几个子女不要习武一律猛攻诗书，少闻窗外事，为此还聘请家庭教师辅导子女。唐友耕为每个子女准备了2000余亩的巨额田产，解除了子女治学无力治业之虞。

饱受战乱的四川在西学东渐大势波及下，学者们开始注重书籍的刊布，当时校对、刊印古籍之风在成都蔚然成风。受此影响，唐帽顶亦步亦趋涉足出版业，后来"大关寿考堂"点校出版的书籍享誉出版界。

王闿运的追忆

当时王闿运一直在成都与湖南之间穿梭。当他首次去唐府致悼后，再次从湖南回到蓉城，不久收到张中丞送来的一桌"燕席"。张中丞乃张兆栋（1821-1887年），字友山，山东潍县人，时任四川按察史。光绪十年（1884年）一月十一日的《湘绮楼日记》记载："张中丞送燕席一桌，不知何人所送，而以诒我，不可辞谢，勉强受之。方与吟梅谈宦游物候之诗，高吟欲咏，而人事相扰，有类催租也。此席拟以奠唐泽坡，盖去岁欲祭未果者，家眷既不至，故宜了此一段。梅兰香发，胧月不寒，极佳光景也。"（马积高主编《湘绮楼日记》"光绪十年"，岳麓书社1997年1月1版，1298页）

这暗示了官场"击鼓传花"游戏。一桌宴席送来送去，终于在王闿运处无法再流传了，只好再做人情，但他也消受了其中一部分菜肴，这让他心情大好。在古语中"燕席"通"宴席"，未必是专指燕窝席，但此处的燕席却是燕窝席，因为晚清四川官场一直有赠送燕窝席的奢华传统。

王闿运毕竟是甚重礼仪之人，"此席拟以奠唐泽坡"，于是第二天"辰起至唐家上香"。由此可见，个中情义远非"秀才人情纸半张"可以终结的。可惜的是祭奠场面让王闿运感到有点不妙：他是去专门祭拜唐友耕，发现闻讯而来参与祭拜者不过一二个。他于是被唐家请到别室吃饭，等候诸位前来祭拜者。来的人主要是来追随看望大儒的。既来之则安之，对那些人，大儒是一副可见可不见的神情。

唐帽顶死时，远远赶不上骆秉章死时四川"人民千余，入署一哭"的宏大阵势，但文人周询在《蜀海丛谈》里称，对唐提督之死，成都也是"人争惜之"。

唐友耕死后逾年，由于丁宝桢的奏章，"朝廷追念前勋，命附祀占威烈公专祠。旋又命图像紫光阁……公殁甫廿年，宅即易主矣。"（《芙蓉话旧录》，四川人民出版社1986年第1版，194页）就是说，唐友耕挤在前任提督占泰的专祠里分享香火。《清实录》记载："以保障全川有滟卑大局。予故云南提督唐友耕于四川省城建立专祠。事迹宣付史馆立传。从护理四川总督赵尔丰请也。"这显然是辛亥革命前夕之事，最后到底把唐友耕的专祠建在哪里，无考，我分析是在肥猪市的唐家花园。

王闿运应唐家之邀，撰写了悼念文章。一是《唐帽顶碑》："帽顶，哥会头目之称也。唐立功名，官极品，蜀人但知唐帽顶。奸宄不敢发坟，从俗以旌之。"

帽顶之称，不但得到了唐家首肯，也迎合了官场、市井对唐友耕的默许。这让我感到，英国作家威廉·赫兹利特所言"绰号是魔鬼能够投向一个人的最重的石块"论断，对于唐友耕来说，他显然把这石块变成了垫脚石。

唐家后人对我回忆，大墓碑正面，刊刻的是王闿运的一篇具有超级马拉松标题的道德文章：《皇授建威将军提督云南全省军务节制各镇奏署四川提督额莫克伊巴图鲁唐君碑铭》，是干净利落的制式文字，就像王闿运写过的上百篇针对贵人的"墓志铭"一样，还尽力歌颂了唐帽顶的勇毅与果敢。他罗列出的传主事迹，与《唐公年谱》颇有出入，显然王闿运除了从唐友耕处得知经历，他还利用自己在川广阔人脉补入了新材料，显得较真实：

君讳友耕，字泽坡，昭通大关人也，故名大明。年十二，以幼丁入营。父讳仁义，道光初年功拔外委把总。

咸丰兵寇，滇回叛援。家有名马，厅首诞焉。侍其迎妇府城，夜往劫。赠公出御，猝婴凶刃。旦归报官，官惧不捕。遂独身寻仇，斩头告墓。亡命金沙，反破其家。侍间复还，携妻负母，奔进两年，豪杰知名。

蜀寇起时，年二十三。妻黄谓曰："丈夫当自奋功名。老母有托，毋以妾为累。"径自经死，以壮其志。于是匿母枝剑倚江东行，壮士从者十八人。途出叙州，为寇裏胁。酋首蓝、李凤闻雄武，引为同党，骤相杖任。值官军败绩，俘获守备典史，得以输诚，纵归为验。他日合战，率十八人自拔驰还，即日攻寇，克其八垒，督左营明游击拔为先锋。再战解叙州围，追寇犍为。五战先登，补蓝翎千总。迎母赎弟，安居宜宾，从川北镇占公剿寇富顺，檄署通江守备，领军五百。战马踏井，大营被围，六千人败绩。单马还救，壁闭不开。夜还斫阵，斩馘数人，寇不敢追。乃曰："贼易与耳。请内外合击，以旗为号。"裂衣裹马蹄，溃围径出。收合散卒，立旗前山。平旦冲围，内外荡决，群寇大崩，追奔百里。蜀军敢战，自此始也。即补守备，赏换花翎。援名山、邛、雅、峨眉，八战并捷。矛伤颈髁，刀断腕筋。天全之役，卧积尸中以免。擢都司，赏额呼莫克伊勇号，署川北游击。四战肃清省北，解潼川围，补会、盐游击。六战绵州，免补参将，以副将用。将军崇实檄援绵州、眉州、青神，十三战，矛伤右肋，遂复青神。复原官，领九营，立振武军，加总兵衔。

土寇平定。而金陵逸寇石达开率众数十万，走湘、鄂，犯蜀，围攻涪州。急檄赴援，城围已合。诸军屯守，莫敢接战。登陴望阵，逾堞遮下，部卒拥矛推锋直前。围寇骇愕，炮不及发，应时崩摧，平其五垒，获黄蠢以徇，追奔四十里。养伤涪城。升援綦江，奔命叙南，力战江津，诏授重庆镇总兵官，军中受印。防遏屏山、雷波，扼战横江二十垒。寇所至，贪连大众，湘中名将莫敢撄锋。既识唐旗，曾不得逞。往来黔、蜀边，遂入蛮疆，兵食乏绝，乃为书约降。同治二年三月，兵渡大渡河，进紫打地。蕃、汉合势，生俘达开，槛送成都，群帅惊喜。论首功，记名提督，其年补云南提督，军中受印，年二十七。昭通游击长德赉印行营，即君十二岁时所事本统将也。士民闻见者莫不激昂。

明年，统蜀军援黔，合湘军克阶州，赴急巡防，靡有定所。母留成都，被病，将军总督亲王问疾，遣成都知府日视医药。四年冬，于江津行营闻丧，总督奏夺情领军，给假治丧，泣血固辞，乃得解任服阕。诏募新军，驻防川北。又诏援滇，进师昭通，转战恩安、威宁、鲁甸，攻碉岩洞，肃清迤西，特赏黄马褂。过家上冢，凯还筠连。滇回、黔苗钩合猓夷，复陷威宁。围郎岱，据毕节，分屯金沙、赤水，列栅四十三，战平之，兵事乃竣。

散竣闲居，六年无事。颇礼接文士，校刻异书。哀伤元妻，七年始娶。至是有子女十人，治家严整。蜀督丁公励精经武，嘉君有名将之风，特奏署四川提督。君久居蜀都，犹谙俗弊。豪猾连结，俱知踪迹。会党延蔓，未发已惊。终任三年，内无草窃，及其薨逝，奸宄矫虔。丁公诛斩数百人，然后稍静，故知威声所摄，折冲樽俎。又严核驿马，剔除馈折，至今便之。

光绪八年四月朔旦，薨于署任，年四十有六。诏依立功例从优议，恤赐祭葬，荫一子。越四年，录大渡功，图像紫光阁。越二十四年，总督奏陈功绩，诏于成都建祠，国史立传。明年，赵公督蜀，以为长行省皆视石寇为安危，君之功在天下，于是伐石树碑，表著殊勋。

乃为铭曰：于桓将军，壮勇自超。奋起一剑，羁旅奔逃。

当蜀军兴，将倨兵骄。湘营善妒，不可战友。将军谦柔，贬居和调。在丑不争，明王请囚。克成大功，绶带儒衣，逡巡退休。有诏起家，江沫安流。卧虎其耽，志在法俄。胡不耆艾，俾终壮猷？峨峨天彭，阙表树楸。如闻喑鸣，灵爽孔昭。（《湘绮楼诗文集》，岳麓书社2008年11月1版，"文卷第九"，316-318页）

在"遇上官作奴、候过客则妓"的官场，唐帽顶见上官如鸡啄米，见异端则是雷霆出击。大儒没有忘记把唐友耕的茶毒生涯拔高到爱国的高度，虚拟其准备抗击外侮，"志在法俄"。写作这篇颂德光荣榜，获得的润笔想来不菲。可惜的是，这个耸立在成都肥猪市一带的墓碑与大坟在1950年拆除时，无人想到拓下王闿运的手泽予以保存，真是可惜。

王闿运尊经书院弟子中以廖平成就最大，但廖平远非倜傥的老师所喜欢类型。廖平口讷，曾漏夜抄写宋人之作，而王闿运是不屑于此道的。某马屁精给王闿运送来一个仕女，王闿运在《日记》里就有"况氏送来一婢，神似井研廖生。年十五矣，高仅三尺，即挥之去"的记载，可见廖平的外形多么损害王闿运的审美。有人推荐廖平管理尊经书局，王闿运也不同意。廖平晚年曾经这样评价王老师："湘潭长于文学，而头脑极旧，贪财好色，常识缺乏，而自持甚高，唇吻抑扬，行藏狡狯，善钓虚誉。故其学说去国家社会最远。远则遨游公廨，不为所忌，依隐玩世，以无用自全。"（见《吴之英评传》，四川人民出版社2011年10月版，103-104页）学生对老师有这番评价，足以看出师生都在误读对方。

沃丘仲子考

籍贯之谜

费行简（1871，一作1872-1954年），字敬仲，笔名沃丘仲子，或作沃邱仲子。江苏武进人（一说为浙江湖州人），少时居于四川成都，为晚清文豪王闿运的弟子，曾任上海仓圣明智大学教务长；民国初年黎元洪主政时期，他曾被四川省推为省代表；1925年任北京临时参政院参政；新中国成立后曾被聘为上海文史馆馆员。1954年9月6日病逝于上海。著有《慈禧传信录》《近代名人小传》《民国十年官僚腐败史》《观堂先生别传》《当代名人小传》《清代贵州名贤像传》《清宫秘史》《段祺瑞》等多种历史著作。

费行简像。来自上海市文史研究馆官网

这是一般近现代资料上能够看到的关于费行简先生的介

绍。但奇怪的是，我手头有六七种四川出版的四川近现代史、人物史料工具书，竟无一字涉及费行简先生。

查上海市文史研究馆官网，上面有简略、明确的记载："费行简，别名敬仲，四川阆中人。1925年曾任北京临时参政院参政。曾任上海仓圣大学教务长。出版有《慈禧传信录》《徐世昌》《段祺瑞》《当代名人小传》等。"

这是费行简先生在工作单位——上海市文史研究馆的如实申报，提到自己为"四川阆中人"，并未说明祖籍。我征询过阆中市政协文史委员会，他们也毫不知情。我一度估计是费行简父亲在阆中一地为官期间，费行简出生，以自己的出生地为籍，也是一种惯例。

费行简其父为四川总督骆秉章的幕僚。他后来根据其父的口述回忆，在晚年曾写过《石达开在川陷敌及其被害的事实》

民国七年《徐世昌》32开
沃丘仲子著

《近现代名人小传》，北京图书馆出版社2003年版

一文，对于厘清一些翼王兵败大渡河的迷雾以及呈现他在成都遭受凌迟细节，功不可没。他15岁在成都受学于尊经书院山长王闿运（但似乎未入尊经书院肄业），后来兴趣集中于史学。民国初年黎元洪主政时期，他曾被四川省推为省代表，参与商讨组阁等事宜。1925年7月，在组阁的临时参政院里，费行简当选"参政"（徐友春主编《民国人物大辞典》，河北人民出版社1991年版）。《申报》上有关于他为四川总司令驻沪代表、西康屯垦使的报道。中年以后，长居上海。

历史学家、治印大家邓之诚（1887-1960年）的情况与费行简有些类似。其父名拭，字小竹，为清末举人出身，历官四川、云南。邓之诚于清光绪十三年十月十五日（1887年11月29日）出生于成都，童年在成都度过。从1917年至1928年十余年间，邓之诚往来南北，得交章太炎（炳麟）、杨沧白（庶堪）、李仲公（以字行）、龚镇洲（振鹏）、叶誉虎（恭绰）、陈公穆（庆新）、张孟劬（尔田）、费润生（行简）、尹石公（炎武）诸先生，诗文往还，传为文坛佳话。其中提到的"费润生"，为费行简的另外一个字号，有的地方也写作"闰生"。邓之诚特意刻有"费行简印"、"敬仲"等印，并在日记里多次提及彼此交往。

除了创作大量的历史人物、掌故笔记之外，费行简也是当时通俗言情小说的干将之一。其侠义短篇小说《通江二侠传》载《小说季报》第二集；胡仪祁、刘铁冷选辑《说丛——四十名家小说合刻》（民国十三年再版，精装本，上海崇文书局出版），头条即是沃邱仲子的小说《乾老人》；《名家小说合刊说丛》4卷，1922年9月1日小说丛报社（上海）初版铅印本，精装一册。选收近代40位作者的76篇作品，沃丘仲子即入选4篇言情小说。

南社作家刘铁冷（1881-1961年）曾写有《民初之文坛》一文，于民国三十六年（1947年）发表于上海《永安月刊》总第93期（本年2月号）杂志。主要内容是回忆近20年前清末民初时节，所经历的文坛风云和他脱离文坛后昔日老友的一些情况。尤其涉及以徐枕亚为鼻祖的"鸳鸯蝴蝶派"，这一流派并非代表辛亥革命时期的文学主流，但以丰富多彩的情爱视角，创造了流布甚广的通俗读物，也是通俗文学史值得铭记的一页。文章涉及大名鼎鼎的费行简身世：

沃丘仲子，为余社著《慈禧传信录》，及《近代名人小传》《当代名人小传》，骈散文谈等书，读者无不叹赏。因被骂而认错，因被奖而歌颂者，函件日数十起，更有寄其著作多种，求其指正者，不惟他人不知彼为何如人，即余等亦不知其真姓氏，初，君自谓贵州遵义人，姓孙名寿昌，字仲约，二十后始专心读书，能过目不忘。人见之，彼如知汝为何地人氏，彼即举汝之家乡，谁为官僚，谁为学术专家，地方有何古籍，如数家珍，无不通晓。君自谓为湖南王湘绮门生，复任仓圣明智大学教务长，见者无不以教务长称之，今仍居慈惠南里守穷，君在沪曾为四川刘成勋作代表。一时与汪氏精卫李氏仲公杨氏庶堪过从甚密，而汪氏附敌后，君竟卖古玩卖书画度日，不愿依附权贵，诚有节之士也。尔时费君有客，来谓余曰，沃丘仲子与余同姓，汝知之乎？

余不敢信，后侦之，果然。君名行简字闰生，余亲闻杨庶堪为其两姓绍介曰，'此为吾川历史专家'，余始恍然。一日又曾见其检阅《后汉书》，余又以为君盖精读两《汉书》者，空疏如余，妄事猜测，老友毋亦笑我妄乎？余不再赘述矣。

这段文字非常重要，在于刘铁冷与费行简较为熟悉。文章首次提到了费行简为贵州遵义人，姓孙名寿昌，这是迄今为止的孤证，未见诸任何别的文章。文中提到杨庶堪，乃巴蜀辛亥闻人。

文中提到了杨庶堪先生。杨庶堪（1881-1942年），字沧白，晚号邠斋，四川巴县人，近代民主革命家、辛亥革命元勋、孙中山先生的忠实追随者，孙中山革命事业最重要的助手之一。1906年春，中国同盟会重庆支部（中国同盟会全国设五大支部，重庆占一席）创立，杨庶堪为负责人。此后杨庶堪成为四川的革命派领导人之一，投身革命思想宣传及组织武装起义。辛亥革命爆发后，杨庶堪、张培爵、朱之洪一起领导了重庆辛亥起义。此后参加了护国、护法斗争，先后任四川省省长、中国国民党本部财政部部长、中华民国军政府海陆军大元帅大本营秘书长、广东省省长、北京政府司法总长等要职。

文章称赞费行简不附逆汪精卫，靠卖古玩字画度日，为"有节之士"。这一结论，我从邓之诚先生的晚年日记里找到了一些蛛丝马迹。

《五石斋文史札记》为邓之诚遗作，由哲嗣邓瑞整理发布，1952年二月初七日-1952年八月十二日这一组日记里，有这样的记录："五月十三日。六月五日，星期四，晴。阅震钧《天咫偶闻》，无甚考证，体例复杂，讹误不少，非佳书也。缪子受来，言费闰生在上海文物局挂名，月得八十单位，约四十万元，有饭吃矣！"（《邓之诚文史札记》【下卷】，凤凰出版社2016年9月1版，653页）缪子受是刻印名师缪荃孙之子，子承父业，早已闻名于印坛。这字里行间，暗示了费行简长期困顿的生活，似乎迎来了一丝转机。见此，邓之诚不能不为老友由衷高兴。

再往下看，情况逐渐变得微妙起来："七月初五日，星期日。八月二十四日。阴雨。下午晴，晚凉，夜需棉被。为孙铮点定七律四首，又以《八声甘州》一阕呈阅，居然成章，可喜也。缪子受来取《艺风遗文》（六月二十八日缪先生拿来者——邓瑞注）去，告以错落太多，如发刻，尚须润饰。子受言：尹石公在上海文物保管委员会，颇揽事。予则知其素性招摇而已。费闰生月得四五十万，或即其招摇之力。"（《邓之诚文史札记》【下卷】，凤凰出版社2016年9月1版，665页）

最后一句，是对六月五日记载的重复。因为缪子受的一番话，提到别人的"素性招摇"，邓之诚立即联想到费行简的获利，"或"，也是缘自"招摇之力"。

再往下看，逐渐有了揭短的意味，似乎越来越浓了。这一条记录尤其重要："七月初十日，星期五。八月二十九日。阴。下午晴。孙铮来，言十余年前，夏闰枝所藏《杜子良请脉记》，尚在其子纬明处，可以借阅，为之喜甚，因嘱其再踪迹闰枝所钞曹禾《未庵初集》四卷，得陇望蜀，斯之谓矣！缪子受来，言：

费（闇生）君与陈毅认保宁（今四川阆中）同乡，陈（毅）馈之百万。此君善能作此狡狯。"（《邓之诚文史札记》【下卷】，凤凰出版社2016年9月1版，665-666页）

看起来，费行简突兀、孤悬的阆中籍贯问题，终于得到了解答。设立于成都一心桥的大田坎小学就在我的住宅附近，在清末即已办学，原名"聚星学堂"，民国时改名"华阳县得胜乡高等小学堂"，陈毅于1913年就读于此；1916年陈毅考入成都甲种工业学校。陈毅的原籍乐至县，与阆中也并不接壤。

也许，真是到了一文钱难倒英雄汉地步，为了饭碗问题，费行简不能不"暂把他乡认故乡"，这是一种"变通"之能，不值得厚非。

其实，费行简早年申明过自己的籍贯，就是江苏归安县。归安县，982年（北宋太宗太平兴国七年），为庆祝钱氏吴越国的归顺，将湖州府乌程县东南15乡分出，新置归安县。归安费姓家族本为大族，绵延至今。

上海仓圣明智大学校长姬觉弥（1887-1964年，又名姬佛陀，江苏省徐州市睢宁县高作镇南潘庄人，本名潘小弇），于1937年50大寿时作玄珠笔陈自序长卷，多位社会名流纷纷题款，予以庆贺。姬觉弥早年为犹太

富豪欧司爱·哈同听差，后提充为哈同洋行大班，被哈同之妇罗迦陵招进哈同花园后，又成为大总管、哈同洋行经理，仓圣明智大学校长等，并填补了罗迦陵的床榻。身为仓圣明智大学教务长的费行简对校长的书法长卷大肆赞美。题："归安费行简。"并钤印："臣费行简。"这一钤印之"臣"，倒是引人联想。

民国上海大班姬觉弥大师《玄珠笔陈》

姬觉弥《玄珠笔陈》印制精美，极致奢华。此书函套、书骨、书签、用纸、刷印、装订无一不讲究，内收姬觉弥大师用手、腕、肘、以笔、枝、叶等120幅书法照片集，为各种异书之大成。费行简先生题写书名，并为每部书手工钤盖自己的印章，书口记"爱俪园文海阁藏本"、"广仓学窘印行"。

沃丘仲子与冒名者

1918年，费行简与王国维同在仓圣明智大学任教，闲暇时皆相聚论学。费行简曾撰海宁先生别传，叙述自己1918年在上海与王国维共同在英人哈同所立仓圣明智大学教学，经常质证艺文，剧谈为乐。费行简少治"三礼"与《公羊春秋》，时常与王氏交流彼此观点。"君谓'公羊推衍义例，盖一家之业，故汉儒称其墨守，岢则精，旁通则支，嘉道诸儒务通其说于群经，诚后贤之蔽，不为传损益。若厥微言大义，刘宋以降阐发无遗，更衍则支说旁出矣'。予服其言，故所商榷多在乎礼，论礼又多在乎祭。"

从王国维论说中，费行简的一些疑虑逐渐得以申畅。"而君议论明墉不几超于戴凭井丹欤？若其不取辞费，则阮宣子之言寡而旨畅也。且不徒精于礼制，凡声音训诂名物象数，莫不研几穷微，尤善论证金石文字。"这一段学术交往，费行简引以为傲。

最早为郑孝胥做传的沃丘仲子，在《当代名人小传》中将郑孝胥归为"清室遗臣"，对于郑孝胥在辛亥以前的相关活动给予肯定,并陈述了其交往活动,由于该书最早出版于1922年,伪满洲国还未建立,因而作者称赞郑"晚节高尚",对于研究早期的郑孝胥具有一定史料价值。由于费行简笔涉政坛,横议名流秘闻甚多,虽也有失误,但得罪一些人是主要的。费氏在自序里阐明了写作"小传"的特殊性:"是皆无书史考证,徒恃臆记。地名与岁月盖不免小误,大端庶或不谬尔。"这些所言,是颇有分寸的。

2016年,我征询四川大学学者李晓宇关于费行简的情况,他回信指出:"费行简著述多为道听途说、行文草率,前人早有诟病,不可引为信史,只可当作一般的参考资料。例如,《近代名人小传》'胡从简'条说:'张之洞督学时,试《周礼社制考》,拔第一,选为尊经书院上舍生。'完全是子虚乌有之言,张之洞的继任谭宗浚所编《蜀秀集》中,根本没有胡从简的名字,所谓《周礼社制考》即《社祭时制考》(见《尊经书院初集》卷三),是王闿运掌教时的一篇课艺,当时胡从简仅是一名附生。如果张之洞督学时已拔第一,选为上舍生,而《蜀秀集》不载其名,十年后王闿运编《尊经初集》,他尚为附生,焉有此理?"《近现代名人小传》涉及890人,错讹在所难免,我们不应过于苛求古人。

费行简在《近代名家小传》对骆秉章一生贬词甚多,说他"当官不饬吏治,军谋更非所长,而任将甚专,且果杀戮"。但也承认,骆秉章"生平廉素,及殁,布帐一,银百两,破箧二而已,家无田屋以处子孙"。应该说,还是持平之论,一碗水端平。

《郑孝胥日记》中,亦谓沃丘仲子之书不免有道听途说之处。1919年7月，日记中亦提到："审言云，见新出《当代名人小传》，文颇可观，乃孙姓所作。叶蒲孙言，其人尝为知县；考哈同所征文社，蒲孙阅卷，取为第一。"

"作《名人小传》者，叶蒲孙识之，为贵州孙仲约，乃王壬秋门人，今在哈同所开学堂中为教习。叶云，孙自言尝在锡清帅幕中见余。"

叶蒲孙名玉麟，与郑孝胥为姻亲。这位自称曾在锡良幕府中见过郑孝胥、又自称是沃丘仲子的孙君，因之得以介见郑氏而一登海藏楼，郑氏亦颇假以辞色。

如果这一结论可靠，那么问题就来了：谁是孙仲约？济平先生就据此认为，1918年由崇文书局出版的《近代名人小传》和《当代名人小传》的作者沃丘仲子，认为作者的真实姓名是费行简是错误的，而应该是贵州遵义人孙寿昌（仲约）。

经过反复分析，我无法同意这一结论。至今贵州遵义的文史资料里，尚无一字涉及此人此事。费氏作品近十几年中华书局、北京图书馆出版社重版较多，均没有出现沃丘仲子与费行简的张冠李戴。

对于这一同名、冒名者，文史大家谷林在《两种名人小传》里认为："《三闲集》里有一篇《在上海的鲁迅启事》，文中说：'要声明的是：我之外，今年至少另外有一个叫"鲁迅"的在，但那个"鲁迅"的言动，和我也曾印过一本《彷徨》而没有销到八万本的鲁迅无干。'两事颇为相类，是很可令人发笑的闹剧，却又同是一出社会的悲剧。"（《读书》1990年第5期）

反过来看，掌故大家郑逸梅《艺林散叶续编》里，也记有这样一则："沃丘仲子费行简辑《近代名人小传》，南社人士列入者有黄克强、宋教仁、陈英士。又辑《当代名人小传》，南社人士列入者有于右任、李根源、白逾桓、刘成禺、冯自由、汪季新。"可以看出，沃丘仲子乃是费行简笔名，没有任何疑问。

值得一提的是，淞沪会战之后，沃邱仲子编著的《淞沪御侮记》，分为十九路军全体军官表、战事日记、杂记类、论著类，详细记录了十九路军浴血战斗的经过，成了研究上海抗战史弥足珍贵的史料。

时间开始了！新社会轰然崛立。跟得上时代的人物迈开大步跳跃而去；跟不上趟的，就只好噤若寒蝉，夹紧尾巴，学一回鸵鸟。

1950年2月，邓之诚从朋友那里得知，"费闿生兄去年病瘫痪，为之系念不已……"这也等于部分解答了费行简晚年几乎没有写作的原因。

1953年1月13日，邓之诚写了一首诗《寄费闿生上海》，对于瘫痪在床的费先生而言，诗歌的确不能来带妙手回春之力，但诗歌总可以让人发现生活那一段美妙的腰身：

> 朔风吹积雪，寒夜寄相思。
> 总角论交始，先衰见道迟。
> 苏纯真诤友，伏胜是经师。
> 远忆春申水，沧浪信有之。

救助诗人李端棻

李端棻（1833-1907年），贵筑县（今贵阳市区）人，同治进士，先后充任山西、广东、四川、山东等省乡试主考官；出任云南学政，并充任壬辰（1892年）科会试副总裁。后迁升刑部侍郎、工部侍郎、仓场总督。"百日维新"期间，出任礼部尚书，大力支持维新变法。维新变法失败，被流放新疆3年。他为官清廉刚正，关注海防、武备，更注意文教、政体的革新问题。遥想当年，梁启超出众才华，16岁赴乡试，一举成功，榜列第八，可谓春风得意马蹄疾。后来，梁启超前来拜见这位识才的主考官，李端棻目光如炬，将堂妹李蕙仙许配给这位翩翩少年。

百日维新之后，李端棻被流放时已65岁了，年老体弱，步履蹒跚。他并未再往西行，而是在甘肃甘州养病。这时他遇到一位好"县官"，给了他体贴和照顾。这位"县官"任职一年便离去，临行，端棻在纸扇上诗一首相赠，还题了小序："己亥（1899年）秋，负弩西来，道经陇，得假居试院养疴。明年春，序康移宰斯邑。适馆授餐，久而弥笃。方幸尘语常亲，忽焉骊歌遽唱，别绪黯然，不能自已。爰成一律，用达感激之私，兼识一时鸿爪。"诗云："识别虽晚得因亲，慰我飘蓬泛梗身。两次天恩容病假，一年地主倍情真。凤钦友夏诗归定，今见箫成政绩新。不独士民歌众母，春风嘘到谪居人。"

学者黄江玲考证："这面题诗团扇，辗转流落到贵阳，

1908年，何麟书在街头购得，方知是其表兄手迹，得知这段奇缘。但不知县令姓名，只知字序康。"看起来，"序康"这一字，是以往不知道的。

这位"县令"，其实就是沃丘仲子费行简。原来他们彼此熟悉，早年在成都晤面，印象良好。《近代名人小传》有《李端棻》一文，名下注云："在戍日，予馈以资。复书字画，整润胜于平昔。但言法苏轼，务养生、起居皆有节制，是诚能处艰困者。宜其后荫桓死矣。"

《李端棻》小传中，费行简记述："予初见之丁文诚（宝桢）座上，一恂谨书生耳。及甲午，谒于京师，颇论时事，娓娓道东西洋制度。退而谘其所亲，盖曩典试广东，得才士梁启超，近以女弟妻之。所论皆纳梁议。启超，南海圣人子弟，拟之为颜回者也。戊戌，果频上封事，请汰冗官，删则例，立学堂。帝皆嘉纳，擢礼部尚书。政变，并张荫桓戍新疆。光绪末释回。家居数年乃卒。"（《近现代名人小传》【上卷】，北京图书馆出版社2003年4月版，125页）

沃丘仲子曾在四川总督丁宝桢的座上见过李端棻。"大约是光绪四年（1878年），端棻丁母忧期满返京，特去成都总督署拜访丁宝桢，费行简恰巧也在座。甲午费行简在京师谒见李端棻，论时事，谈东西方制度。可见交谊不浅。这位'沃丘仲子'，本名费行简，蜀人。他甘冒风险救助病困中的李端棻，胆识品格均有过人之处。"（黄江玲《"诗界革命"的宿将——李端棻之〈苾园诗存〉》，《贵州文史丛刊》2010年第2期）

这一事件，可以看出费行简的正义根性。也反证出，他不可能是贵州遵义人。

费行简一生涉猎广泛，优游于官场、商海、洋场、学界、新闻领域、书画藏庋，堪称传奇。他的绝大部分著作均在倥偬间歇写成，寓目广阔，阅人无数，笔力雄健，既涉笔成趣，也不乏直指要害、针砭时弊的议论。一竿烟水钓游身，对于一个笔耕为生者而言，已属难能可贵。

人生得一知己足矣。邓之诚无疑是费行简的知己。他在1943年6月的日记里有这样一段评价："……于谈中寻出费闰生昔年所作《寂园先生传》，奇肆非予所及也。因思文字固关学力，亦由人分，予只能为纤徐有致之文，不能雄奇，实由天分限之。如闰生者，今时实罕其匹耳。"

晚清吴恭亨（1857-1937年）著有《对联话》一书，为文学批评史上一部具有理论价值的联话力著。卷九"哀挽"提到沃丘仲子的联语，非同一般：

> 清末，聂伯毅（景儒）《联语》又称：吾友沃丘仲子亦工为挽词，陇人张少斋率师征瞻对番，或诬其受喇嘛磁货，沦戍新疆，以鹿传霖请命释回，未行遽殁，故挽联云："是马伏波一流人，论定盖棺，薏苡明珠空有谤；望玉门关万里外，酒残闻笛，春风杨柳共招魂。"又，挽聂洞秋云："天下唯使君不悉英雄，方喜戎马论交，竟成昆弟；此间无灵药可起沉疴，独将茱萸和酒，来吊先生。"聂病军中，求药不可得，下联用香山语，又其营奠日则重九也。又，挽陈小屏云："世无英雄，使竖子成名，

空令步兵悲广武；地当徐泗，叹斯人长往，独留开府老江关。"

又，挽徐蒙如云："曾上吴山，看万顷胥涛，与我相将吊江水；重来沪渎，剩一抔徐墓，思君况是念家山。"

吴恭亨对此的按语是："数作皆工力悉敌，语无泛设。"

1909年,谢阁兰的黑水峡谷历险记

民国时期出版的汉语文献里,法国学者、诗人维克多·萨加伦(Victor Segalen,1878年1月14日-1919年5月21日),一般译为色伽蓝,现在流行译作维克多·谢阁兰。出于西方对"远东的想象",在大量西方植物学家、地理学家、传教士、探险家已经发表不少对远东中国的发现记、考察记之后,谢阁兰可谓是后来

维克多·谢阁兰

者。他身材瘦削,目光犀利,蓄着浓黑的八字胡,披着皮毛斗篷,如果举起佩剑,他就是一个佐罗。他具有发现者的一切禀赋,目光在碑刻、石雕、摩崖造像、崖墓里一叹三咏,获得了一种神启。一个西方旅人,处在天朝帝国残境中,在尚未被西方人涉足的穷乡僻壤,一个纯粹的"他者",迅速找到了东方的慧根,成了一个在东方的石头、森林与绮丽山川里汲取灵感

的大诗人,由此也成为穿越"异域感知"而抵达纯美域界的思想者。

作为一名法国海军的医生,谢阁兰在中国度过了整个生命的六分之一,他的第一部诗集《碑》1912年在北京出版时,印数只有81册。新结识的朋友奥古斯都·吉尔贝·德·瓦赞(Augusto Gilbert de Voisins)对谢阁兰首次中国之旅起到了决定性作用,瓦赞资助了生活并不宽裕的谢阁兰。抵达北京后,谢阁兰还担任过袁世凯之子袁克定的私人医生。

谢阁兰在中国进行过三次考古探险。1909年8月,他以驻华见习译员的身份,与友人奥古斯都·吉尔贝·德·瓦赞一同出行:那是一次由北京到陕西、甘肃、四川的私人考察旅行,后来沿长江返程。1914年,仍然是和瓦赞一起结队,谢阁兰携同伴让·拉蒂格(Jean Lartigue)完成了一次官方委派的关于中国古代石刻、造像的考古任务,成果异常丰厚,谢阁兰的《中国西部考古记》《中国考古调查团调查图录》一锤定音,成为西方研究中国石刻艺术的独具灵性的峭拔之作;瓦赞在"探险方面走的是布雷塔特和史蒂文森的路"(谢阁兰语),1913年出版了他的文学意味浓郁的考察记《中国记》。由于法国一战期间在华广征劳工,1917年他得以旅居南京附近地区,完成了最后一次考察。新近再版的《中国——伟大的雕塑艺术》一书便是这一考古阅历的文学成果。但人们看到,中国的雕塑艺术实际贯穿了谢阁兰的全部作品与思想,尤其是杰作《碑》。

谢阁兰在北京、江浙一带的行踪多有人记述,但涉及四川藏区的行走踪迹，迄今没有人勾勒，本文专注于他从甘肃文县碧口镇出发，艰难穿越黑水峡谷，途经岷县、武都县、青川县、平武县，再顺夺朴河、涪江漂流至绵阳江油的过程。

谢阁兰语境里的"黑水峡谷"，所指的是一个庞大的地理区域。白水江发源于甘肃、四川两省交界的岷山山脉南段的弓杆岭，由西源白河与北源黑河汇流而成。著名的九寨沟是白河的一条支流。黑白二水于黑水塘汇合后东南流，经九寨沟县（南坪县）、甘肃文县，于文县玉垒关注入白龙江。因此，这一区域包括了四川境内的"白水流域"（南坪、平武一带）和"黑水流域"（黑河以及腊曲河）。

谢阁兰的习惯是手不停挥。每到一处，或写作，或读书，或写信。他写给妻子玛沃娜的大量书信，记录了他的情感世界与中国壮丽的山河风貌。

1909年8月9日，他和挚友瓦赞结伴而行，从北京出发，经五台山、太原府、西安府直上兰州，至成都府，沿岷江、乐山、峨眉山，直抵重庆，在长江流域旅行、考察，再经汉口、南京、上海，次年2月与妻小在香港重聚，这便是谢阁兰《中国书简》所记录的首次访华的旅程，历时10个月。

11月20日，谢阁兰一行穿行在陇东山脉里到达了甘肃的节州，开始往碧口镇开拔。之前的西安让谢阁兰感到失望，但是"碑林"却给他留下了深刻印象。因为那里收藏的中国碑石最为古老，入藏碑石数量也最多。谢阁兰将碑文拓印了下来。现在，他们经过兰州和岷县，翻越了海拔超过3000米、暴风雪肆虐的山口，陡峭的栈道和浅滩也没能阻止他们，决心穿过原始而迷人的黑水峡谷。

碧口镇也名碧峪口、碧霞口,位于陇南市文县以东,是白龙江下游,它与通渭县马营镇、永登县红城镇、华亭安口镇并称为"甘肃四大名镇",又因1949年以前,碧口是甘川两省的水旱码头,商贾林立,而列于甘肃四大名镇之首。碧口镇距文县县城85公里,它南邻四川青川县,白龙江从这里向东拐入四川。碧口海拔624米,与平均海拔在1300多米的甘肃省相比,这里真的算是甘肃的平原区。与它的地理位置一样,碧口是陕

1914年1月摄于北京天坛。自左至右:谢阁兰儿子伊冯、谢阁兰妻子伊芳、谢阁兰、让·拉尔蒂格、奥古斯都·吉尔贝·德·瓦赞

甘文化与巴蜀文化的过渡地带，这里的语言、风俗习惯大多与一江之隔的四川相似，因而自古就有"碧口不像甘"的说法。

脚夫、骡子、毛驴组成的驮队，似乎并没有减轻洋人的负重。他们一天只能行走60里，尽管缓慢，但南下的念头不曾改变。这一带秋天层林尽染，景色美妙绝伦，带给谢阁兰无尽的回忆："像布雷斯特九月的天气，蔚蓝的天空，没有风也没有尘土，色彩不停变化，不停地让人诧异。"谢阁兰查阅地图后，知道路径："我们一直往下走，直到碧口，就是黑水河谷，黑水河更宽水更黄，色彩对比更强烈。我们追踪成群的鹭和鹤。但有什么用？它们长着一身又灰又丑的羽毛。我们的厨师想说服我们，鹤在中国叫天鹅，属于食用鹅；他给我们做了一个鹅腿，就像难吃的野猪腿，或是煮得很差的乌龟。我们回报了很多绿脖子的野鸭，它们很美味，就像斑鸠。只是野兔几天来挺少见。"（《谢阁兰中国书简》，上海书店出版社2006年9月1版，203页）

这说明，他们几乎是依靠沿途打猎来充饥的，让远离尘嚣的康藏动物们，来激发"异域情调论"，这看上去的确有点儿古怪，但也合情合理。但对他们而言，危险根本不是饥饿，而是道路上不可预知的失足蹈空。11月21日，谢阁兰写道："一直附在山谷垂直的山坡上。看上去就不牢靠的石灰渣通道塌陷了。有一次，我听到身后崩塌的声音，及时回头去看'刷子'，它落到一个几乎垂直的山沟里，摔下去了十来米；它的蹄子踏到那儿，四肢开始颤抖。至于它的骑士，大马夫，半途中抓住了荆棘，没有受伤。周围的群山无比壮丽，可惜山路不允许我们去看一看这山。首先要看的是马落脚之处。到达的时候,这不断让人头晕目眩的路把我们弄得筋疲力尽。"(同上书,204页)

"刷子"是谢阁兰对一头骡子的命名。包括谢阁兰的坐骑"很细",在几乎无法插足的危岩与锋利乱石之间左右盘旋,哀鸣不已,这些耐力超强的骡、马已经不堪重负,走起路来梦游一般地飘,随时有倒毙的可能。让人感觉到,山峰是山下激流托举起来的,摇摇晃晃,给人以巨大的晕眩。在危机四伏的空间穿行,诗意何在?!

11月22日,谢阁兰承认"这是更累更危险的一天;也更迷人"。古栈道早已破烂不堪,木板朽裂,马匹根本无法行走,只能依靠脚夫搬运行李,必须为牲畜蒙上眼罩,再牵着牲畜绕道而行,甚至不得不按住牲畜的每一条蹄子,一点一点挪过险区。花岗岩之上,随处可以见到牲畜蹄子磨砺出来的深坑,牲畜只能踩进去,稍不注意就会扭断脚。这费时费力,大大耽误行程。通过一座破烂不堪的铁索桥之后,谢阁兰竟然信心不减,索性写了一篇篇幅并不短的散文:《山道难》。他把冲出山口,看作是通向希望的所在,面对不断切割视线的锋利岩石,他认定,冲出山口后,精神将在那里重新获得自由的翱翔。

他的预言似乎实现了。

11月24日,他们终于抵达碧口镇,这是白龙江与岷江的汇合之处。谢阁兰描述了当地景象:"河水变成铅灰色(中文叫黑水),卷起银沙沉积在河岸。之后,沿着极其难行的弯曲山路向上攀登一座山,通到一条非常清澈透明的大河上的桥。这在大比例的英文地图上找不到，我给它取名华水（华是瓦赞的中国姓）。华水既表示华先生的河，又表示鲜花盛开的河流。我们过了河继续走。白水和黑水的汇合处，河边宛如镶了一条明显的滚边。山仍然那么壮丽。最后到达了碧口，白水河的源头。失望！华水就是白水，在英文地图上位置画错了：我们并没发现什么，而瓦赞也失去了用他的名字装饰的河！"

谢阁兰为什么会对白水河的源头失望呢？是不是缺乏流水潺潺的沼泽湿地？我去过甘肃武都县，现在武都成了陇南市的一个区，而陇南市政府就设在武都区。城市就建在山坳平坝，白龙江沿山坳穿城而过，一直流到甘肃最南端的碧口镇，才与白水江汇合，进入四川后汇入嘉陵江。212国道始终伴随白龙江和白水江。水是武都的精灵，大大小小的十几条河流，构成了武都的精怪文化，因而，武都是白龙江臂弯里的娇娃。

谢阁兰一行必须休息了。也许极度的疲惫，反而激发出空前的潜能，人在高海拔的稀薄空气里变得十分亢奋而敏锐。谢阁兰兴致很高，坐下来就开始抄写大量"关于神秘的笔记"。可惜，他没有提及这些笔记的来源。当日，谢阁兰还抽时间写了一篇随笔《杂感》，他意味深长地写道："孩子身上的异域情调感觉，对孩子来说，异域情调的产生与外部世界的出现是同步的。发展的过程：起初，胳膊够不到的地方都是异域。异域情调在此阶段与'神秘'并无区别……"（见《异域情调论》，上海书店出版社2010年6月版，263页）显然，谢阁兰所抄写的神秘日记，与这一篇《杂感》异曲同工，从来就宣称自己的神秘主义者的他，惺惺相惜，如同钻进了一个与自己严丝合缝的模具,被某种地缘的神秘气场牢牢锁定了。显然,这一意象来自他对周边的细腻观察,说不定就是门口一个晒太阳的孩子,给了他一种大力。

谢阁兰一再强调,他的"异域情调论"所要表现的,"是环境对旅人开口,是异域对异乡人开口。后者闯入前者,惊扰它,唤醒它,令它不安。"(《异域情调论》,上海书店出版社2010年6月版,233页)异域情调,就仿佛谢阁兰所崇拜的法国诗人克洛代尔的诗句:"鸳漂在液体的天上",这一句可以重击读者头骨的句子,棉花裹黑铁,敌得上贴着高原山肋滚动的空气大坡。

按理说,白龙江在碧口镇至昭化一段,水势平坦,流速较小,十分有利于船只通行。但谢阁兰显然不想顺流而下,他们选择是西南方向的山路,直抵黑水河谷。也就是说,他们跨越的不仅仅是不同水系,而且也完成了从文县黑水流域的黑水羌到白水县(在四川青川县一带)的白水羌的横越。

接下来,横亘在他们面前的,是荒无人烟的米仓山高耸的宽大山脊。26日一早,他们出发了。

"翻过最后一道隔离我们和四川的高耸的山脉,大刀岭。艰难费劲地向上攀登了10到15公里。在这岩石上凿出来的栈道,我们的马匹像人一样前进。深山野岭。最后瞥一眼壮丽的甘肃,它的南方是那么美妙……之后,一道有护墙的门挡住了山口:这是四川看得到的边界。在山谷不可思议的色彩中漫长地往下行。"(《谢阁兰中国书简》,上海书店出版社2006年9月1版,206页)

谢阁兰大体没有说错，他暗示了他们走的是一条经过修凿出来的危险栈道。我们可以描述一下他们的行走路线。

碧口镇以南30公里处，是甘肃南大门的天然屏障，关外是碧口镇李子坝村，毗邻四川省青川县地界。还有悬马关，悬崖绝壁，道径崎岖，是甘肃省通往四川的重要驮帮古道和军事关口！骡帮马队走山王庙、大刀岭，行九道拐栈道，皆为峭壁深渊，马队悬崖单行，因此而名。行人背夫多走山王庙，扶崖往来，涉过七道河，过窑场坪于骡马古道交汇洞洞河，走甘入川。

位于悬马关附近的大刀岭巍峨壮丽。1935年4月初，红四方面军第三十军九十师到达文县李子坝附近的悬马关。红军便衣侦察队越过悬马关，深入文县境内二十余里，进至山王庙、窑场坪一带侦察。胡宗南急忙带主力部队从天水赶赴碧口督战，于是双方在九道拐、大刀岭一带展开了激烈战斗……

李子坝是文县碧口镇的村落，素有"世外桃源"之称。从碧口镇去李子坝有两条道路可走。谢阁兰一行走的应该是捷径，从碧口镇附近的碧峰沟进入，爬越深山峡谷，穿行丛林小道，走大约50公里的崎岖山路，最快也得两天时间，途中必须在山顶住宿一夜。走这条路要攀越大刀岭，翻过九道拐，爬上鹰嘴山，十分艰险。

第二天，谢阁兰的驮队在接近目的地时人困马乏，耗尽了最后的力气，几匹牲畜直接摔下悬崖，直接损坏了不少旅途设备。谢阁兰没有怨天尤人的心态，他心头涌动的唯一念头是：路越来越难走……越来越美。当晚，他们在两个好心婆婆家里住宿，卫生条件还不错。

谢阁兰没有写清楚所抵达的地方，但他提到：这一带出现了"小小的平原，四周高山环绕。村庄更多。热带植物开始了：南洋杉、香蕉树"。据此判断，这不应该是在青川县境内，因为青川县高寒，不可能出现这些热带植物，多半是在现在的九寨沟某个村落，只有在沟底，湿热而温暖，才有可能出现热带植物。

他们选择的路，应该是青川通往白马关外涪江的道路。这就回避了经南坪县（九寨沟）铁楼寨科桥经倒兑沟直接翻越风雪肆虐的黄土梁到达平武县的老路。但即将抵达夺朴河流域之前，他们再次遇险。驮队的11头骡子耗尽最后的一点体力，不断坠崖，前赴后继，断肢裂肚，死伤惨重。但谢阁兰没有抛弃这些可怜的动物，死马当成活马医。医治了一番，磕磕绊绊上路。

历史上，甘肃文县通往外界的途径主要有六条。而从阴平古道入蜀，必须经过文县碧口镇，从碧口入蜀有3条路线：一条由碧口沿白龙江河谷东南行，至青川白水街到达四川昭化，此为阴平大道；第二条是到白水街后转向西到乔庄，然后经青溪、南坝到达江油，这是从陇入蜀的主要驿道；第三条是由碧口南进，从碧峰沟经白果、茶园翻摩天岭到青溪，再经白马关南坝到江油，这条路最为险峻，一直到民国时期还有商旅行走，是甘南进入四川的捷径，也是陇西走廊进入藏彝走廊的第一站。

根据谢阁兰日记以及另外材料，他们应该走的后者。只不过，他们找到了船，完成了从夺朴河汇入涪江的最后行程。

11月30日，谢阁兰终于看到了一条并不宽阔的河流，水冷，刺骨。

这就是夺朴河，也称夺博河，河流的名字是白马语"夺补"音译而来，意思是"白马头人居住之地"。在信仰上，白马人不像藏族信奉佛教，而是信奉自然神，其中最崇信的是称为"叶西纳蒙"（意即"白马老爷"）的一座神山。夺朴河发源于岷山主峰雪宝顶北坡，在流经平武县王朗自然保护区和木皮、木座、白马三个自治乡后，于铁笼堡与水晶河交汇就被称为涪江。河流发源于高山峡谷，沿岸多是高耸入云的褶皱岩层。若沿河谷漫游，在绝壁危岩、奇峰怪石外，还有瀑布飞溅、清泉涌流，水雾弥漫，有一种与神相遇之感。

在20世纪70年代之前，夺朴河在王坝楚之下进入涪江段一直是通航的，后来用于王坝楚伐木厂放木排，砍伐深山巨木获利，就是"木头财政"。这一段河道里还有神奇的羌活鱼。谢阁兰提到的地名，翻译者按照读音写成"平芜"，显然指的是平武县。而且，谢阁兰的描述完全符合夺朴河民国时期的航运情况："路又一次沿着涪江的陡壁。翠绿美丽的水和之前浑厚的激流形成鲜明对比。渡轮在江上自如地通行。路又开始往上升，景色仍然是闻所未闻的优雅和壮阔。这就是兰州和成都之间这些天来山路的特点，我们永远不会知道哪一天是最难、最美丽的。涌出大量风光秀丽的大村庄。我们找船明天沿江而下。没有。只有木筏。"（同上书，208页）

2017年5月的一天，我在平武县白马乡采访，在夺朴河畔的一幢客栈走廊上,见到了一张微微卷缩的黑熊皮,一头不知进退的藏香猪在不断推拱熊皮……我想起了谢阁兰那些精怪的叙事。

谢阁兰一行归心似箭。错过了九寨沟、黄龙、王朗,也错过了平武县城里的报恩寺,如果他后来得知这些地点的绝色之美,想来他会抱憾终身。他在书信里提到,他们是一直朝着江油中坝方向行走的。中坝镇原名双流场,涪江、昌明河从东西两侧流过,又因其形如船,两面临水,是为名。但无论如何,也必须经过横亘高原与在冲积平原之间的平武县地界。

看看谢阁兰金勾铁画的漂流描绘吧:

12月1日。美好的一天。出发5公里,杨找到了一条小帆船。讨价还价。船老板担心,如果不提前付钱就不愿走。我们决定了,于是马上开始了一种疯狂的新形式的游戏:在涨潮的大江当中顺急流而下,三四十公里,将近五十公里。亲爱的玛沃娜,你知道,所谓急流,就是那个地方河床底比江的平均水道倾斜得更厉害。水流速度因此就是通常的两倍甚至三倍快,江水翻腾,震荡,旋转;再加上江流有突然的转弯,布满石块、浅滩、突出耸立的岩石,你就会对这地方有个概念了,但你肯定对如何渡过它没有印象。这些平底帆船,前后由两个巨桨控制,可以让船侧身滑行。一开始听到瀑布的声音,看见泡沫和水雾,这预示着急流只有一百米了。到了。就在急流之中。我们看着水面倾泻下去,自己也随它倾泻,船头一下栽下去,船受到一个巨大的推动力,陡峭的河岸迅速往后退去,我们就已处在大河中心了。雪白的泡沫痉挛般地抽搐着，透过泡沫，我们看见河底、江石向后消失十到十二里。漩涡，逆流。巨桨桨柄点了一下，让船重新扭转过来。有时，急流往往是S形的。于是，船斜着冲下去，以便第二个转弯的碰可以让船及时扭转过来……风凉凉的，迎面而来，船就像在跳跃障碍，船尾经常触底，不知怎么地就渡过了，又突然出现在重新平静、收敛、清澈、平坦的水中。一个急流的声音才刚在身后消失，另一个又在前面展开，于是一切又开始了。从岸上看去，这种冒险尝试就像要发疯了。中国船夫每天都这样，很少丢掉船。但他们重新从急流中往上行要费很大劲：六小时的行程要三天才能赶回来。有时，江岸没有收紧，江水展开在平坦、散布大砾石的河床上，就像在一个巨大的滑冰场上淌，浅浅的水面让人以为就要在鹅卵石上滚动……但他们还是可以通过。（同上书，209页）

我首先感触到的是，那些细心揣摩传统山水的人，那些苦苦研读经典的人，皓首穷经也未必能深入堂奥。像谢阁兰这样，把生与死都托付给了名山大川与激流危河，他的晕眩，他的病痛，他灵感的迸发，均在他抵达世界尽头的大城之后，他会变一出惊人的戏法：从自己的胸腔里，拉出一个承载流动景致的中国长轴，那是他一砖一石修造的关于这个帝国的纸上建筑。

谢阁兰一些文章的结论，总是让我感到隐隐不安，暗示了某种不祥的举措："既然到了我路途尽头，我就得返回了。我的脸转换了方向，当我又一次见到非我的脸时。现在我掉头向着回归。"

是的，就人生而言，"我们永远不会知道哪一天是最难、最美丽的。"

纪伯伦在《沙与沫》里写道："奇怪的是，没有脊椎的生物都有最坚硬的壳。"而一个有着艰难经历的人，由于无法与这段岁月达成和解，他必然是铁石心肠！也就是说，他们把生物的硬壳来了一个反穿法；又鉴于毫无脊梁，都是兄弟啊……谢阁兰化解了这些，他抛弃了硬壳，似乎也一并抛弃了那更为坚硬的东西。他软软地倒伏于诗的温床。现在，开始变冷。

谢阁兰墓碑，摄于谢阁兰去世的埃尔瓜特镇树林

1919年5月21日,谢阁兰在法国布列塔尼的密林中离奇死去。他手里捧着莎士比亚的《哈姆雷特》,被一根尖利的树枝刺穿脚踝,鲜血汩汩,宛如中国高原上融解的雪水,吞没了他最后的呼吸。他根本不屑于挣扎和呼救。

这年,谢格兰才41岁,从中国回到法国没多久。

"海归"作家张紫薇逸闻

2013年4月10日下午,我在成都双顺路"蔚蓝小区"采访著名的郁达夫专家、中医郭文友先生。他偶然谈到他认识国画大师陈子庄,我心头略略一惊。

"文革"期间,陈子庄的弟子通过关系,找到当时在成都中医界小有名气的郭文友,希望郭为子庄先生治病。郭文友对我回忆:

陈子庄先生高而瘦削,他患的是心脏病,具体说是心室狭窄,血流量时大时小,很不规律,这造成了他成天心悸、气喘不已。那时我住在九眼桥头培根路临河的旧平房,一来二去,我们成了朋友。子庄先生每周要来两次,我请他喝8分钱一杯的烧酒(一两酒),他看完病就在我这里作画。他前后送了我几十幅作品,记得其中有一套36幅的山水册页。直到他出了大名后,我却怎么也找不到这价值连城的东西了,估计是被哪个习画者借去,从此一去不归。如今我手头仅存一幅"斗方",因为我是乐山人,他画的嘉州山水,一只打鱼船和鱼老鸹独立寒江……

那时,我一直在苦苦收集、研究郁达夫的作品,逢人就说郁达夫，简直肆无忌惮。子庄先生某天听到我谈及一个从南洋回到大陆的作家，笔名叫"了娜"，因为他写有一篇长文《郁达夫流亡外纪》，发表在1947年8月出版的《文潮月刊》三卷四期上，这是一篇十分重要的文章，却从来没有弄清楚这个与南洋时代的郁达夫关系十分密切的见证人，到底是谁。他一听立即打断了我的话："却慢，这个人我认识，他是四川省文史馆馆员，因为我听他讲过，他抽的烟杆上，镶有郁达夫亲手刻制的一个玉石烟嘴。这个人叫张、张、张……"我闻之大喜，名字冲口而出："是不是叫张紫薇？"

"对头，就是他！"陈子庄大喊。

张紫薇原名张朝佐，现代作家、教育家，成都郫县合作镇回龙村人，1900年生于贫苦农家。1920年，他从成都一中毕业后，考入成都华侨公学，因此结识了一些沿海人士，毕业之后即去上海打工。后来，只身漂泊南洋，在马来西亚、星洲（新加坡）、印度尼西亚等地教书达26年之久。在此期间，创作了大量诗歌、小说、散文，成为享有盛名的华侨作家，并与著名作家、诗人郁达夫、郭沫若、曾圣提等关系密切，交为挚友。

其实郁达夫并非由于麻痹而不幸遇难，他早已抱定誓死不辱完成大节的决心，这有士大夫之气。张紫薇在《郁达夫被害前

张紫薇

后》(载《郁达夫卷》——台北远景丛刊)一文中说:有一次巴东盛传姓赵的打了姓洪的耳光。事后他问郁达夫本人,他得意地告诉他确有此事。那个告密的败类洪根培从武吉丁宜去别处,路过巴爷公务,正巧郁达夫看见他的汽车停在路旁,竟然开了车门把他抓下来打了两记耳光,还说:"你再去告我的密!"那人连连告饶。文弱书生的郁达夫动手打了汉奸的耳光,可见郁达夫的性情。

郁达夫在被日本宪兵逮捕前,准备送给张紫薇一个象牙烟嘴。烟嘴尚未送出,郁达夫已被捕入狱。1945年8月29日当晚,郁达夫被人骗出家门终于遭日本宪兵杀害,就此无声地消失了。直至郁达夫被害坐实之后,张紫薇登门,一是探望,二是索要烟嘴,烟嘴由郁达夫夫人何丽有转交给张紫薇。张紫薇视之为亡友遗泽,一直藏在身边几十年。每当他回忆起与郁达夫相处的情景,便取出这支烟嘴把玩一番,烟嘴上镌刻有"紫薇先生留为纪念,郁达夫赠予苏岛巴东"字样,他心潮起伏,禁不住老泪纵横。

张紫薇早期写新诗和散文,连续发表十几首诗和一个剧本后,即崭露头角。以后转向小说创作,陆续写出短篇小说《桥》《阿Y》《二姐》《木头先生》《夜哭》《弟弟的情妇》等30余篇。初期署名"紫薇",后来改用"了娜"。

20世纪60年代张紫薇已经从母校成都一中语文教学岗位退休了,住在郫县合作乡回龙村,他略略扩建了农舍,名之为"紫薇草堂"。平时他到成都参加政协会议,均住在女儿在成都的宿舍。陈子庄先生曾经去过张紫薇女儿的家,张紫薇请他去喝过茶。这样，陈子庄立即带郭文友去盐道街边的东府街临街一间小平房寻找，可惜张的女儿已经到天回镇参加劳动去了。他们又赶到天回镇、驷马桥一带四处打听，最后无功而返。陈子庄到处打听，他终于得到了一点信息，又带郭文友到一环路跳伞塔的机械工业信息研究院情报研究所，这次终于见到了张紫薇的女儿，由此郭文友后来见到了张紫薇本人。郭文友后来写了一篇文章，首次在文坛确认了那个南洋巴东小学校长"了娜"，就是张紫薇。郭文友偶然在《新文学史料》1979年第5期上，见到了署名"了娜"予以重刊的《郁达夫流亡外纪》之后，建议张紫薇去信，确认自己就是原作者"了娜"。张紫薇去信后，引起中国作协重视，还得到了一笔稿费……这是拜陈子庄先生之赐，了却一桩现代文学史上的悬案。

张紫薇于1986年4月1日在郫县逝世。郭文友老师借给我一册仅印几百本的《张紫薇诗文选集》（为1987年4月1日家属编印本），内收有张紫薇中年时节的一些照片，很是珍贵。这是张紫薇在河北的女儿、女婿出资印制的，薄薄一册，收录的是短文、残稿、人物回忆、古体诗词，编者说是"部分遗作"，其实应该囊括了他归国后创作的全部文学作品，但其创作数量出乎意料的少。由此不难推测，这样的"归国华侨"于风云时代的寒蝉之噤。

"塞外风萧索，归心似箭流。夜深人不寐，遥望锦江头。"这首题名《怀乡》的诗，是张紫薇先生在南洋漂泊数十个春秋后，急切还乡时的真情之作。如今读来，真是别有一番滋味。

朱自清与成都

江苏北部小城东海,古时称海州。小城历史悠久,城址几经变迁,辛亥革命后海州改为东海县,属徐海道。始建于光绪年间的陇海铁路终点就建于此。清光绪二十四年戊戌十月初九日(1898年11月22日),东海县承审官朱则余的宅邸里,红烛高照,一个生命呱呱坠地。这个小孩之前原有两个哥哥,叫大贵和小贵,相继夭亡,他的出生给朱家带来了无比欢愉,倍受宠爱。

朱自清油画,李宗津绘制。
悬挂于扬州朱自清纪念馆

祖父朱则余,号菊坡,原籍浙江绍兴,本姓余,因承继朱氏,遂姓朱。祖母吴氏。父亲名鸿钧,字小坡,娶妻周氏。他对儿子有很大的期望,苏东坡有诗云"腹有诗书气自华"。他乃为儿子取名"自华",由于算命先生说孩子五行缺火,因给他起号曰"实秋",这一面因"秋"字有半边"火",一面是取"春华秋实"之意,希望儿子长大后能诗书传家，学有所成。家里人迷信，怕他不易长大，还特地替他耳朵穿孔，戴上钟形耳饰。根据朱家后人的回忆，朱自清幼年有一个小名，叫"囡囡"，文静如女也。朱自华没有辜负父亲的期望，自幼稳重安静，聪明是毫无疑问的，但他的举止已近似于一个"小大人"。

1901年，父亲朱鸿钧从东海到高邮的邵伯镇做小官，把他和母亲接到任所，住在万寿宫里。他先从父亲启蒙识字，后到一家私塾里读书……

朱自清之名是朱自华1917年报考北京大学时改用之名，典出《楚辞·卜居》"宁廉洁正直以自清乎"，意思是廉洁正直使自己保持清白。朱自清选"自清"作为自己的名字，其意是勉励自己在困境中不丧志，不同流合污，保持清白。他同时还取字"佩弦"。出自《韩非子·观行》"董安于之性缓，故佩弦以自急"，意为弓弦常紧张，性缓者佩弦以自警。

朱自清用51年的孜孜以求，实践了自己对生命的全部承诺。朱自清是新文学诗歌和散文大家，著名学者，他的《背影》《荷塘月色》《春》等作品是新文学中具有里程碑意义的作品。1940年夏季至1946年夏季，朱自清断断续续在成都度过了近两年清贫而忙碌的时光。

陈竹隐是成都新女性

朱自清先生的第一任妻子武钟谦，出身于扬州著名中医世家。1929年，32岁的武钟谦因肺病病逝于扬州朱家，给朱自清留下3子3女。

肺病是民国百姓的梦魇，不可收拾，简直是时代病。国人对待肺病的处方，当时仅是增加营养、清新的空气和神秘的偏方，但肺病长驱直入就夺走了无数人生命。朱自清陷入了绝望的深水，性格本就内向的他，在打击下进一步缄默了。武钟谦逝世3年后，朱自清作散文《给亡妇》，字里行间盘踞回翔着他对妻子的绵绵爱意与思念。有着这样一位爱妻在前，朱自清发誓不娶，但一年的时间，要独自抚养6个子女，他觉得力不从心，思想摇摆了一段时间，决定接受其他女子。这才有了他生命中的第二个女人，也是一直陪伴他到生命最后的女人——陈竹隐。

陈竹隐1903年7月14日出身于成都平民家庭，父亲陈正清有子女12人，陈竹隐最小，全家依靠父亲教私塾以及在估衣铺的工作为生，比较清苦。

她是当时成都导引风潮的新女性。成都新女性，首先要"从头做起"：成都出现了最早剪短发的三女子——陈竹隐、李倩云和秦德君。

女子剪发，引起了轩然大波。秦德君回忆说："我们女同学也积极参加活动。但是人们每天天蒙蒙亮就要起床，点起油灯梳长辫子，又做早操，又上自习，再吃早饭，那太匆忙了。为了节省时间，我索性就把长辫子剪掉了。同班同寝室的杜芝裳，看见我剪掉长发以后清爽利落，十分羡慕，叫我帮她也剪掉了。没想到她的妈妈跑来又哭又闹，找我拼命。她撒泼打滚地要我一根一根把她女儿的头发接好。后来又把杜芝裳抓回去锁在屋里不许出门。"

抵制剪发的势力很大，借口什么"身体发肤受之父母，不敢毁伤"，家长们吵的闹的，纷纷把女儿关起来，斗争很是激烈。可是剪长辫子的女学生仍然是一天多似一天，形成了女子剪发运动。

有一回，秦德君到学校附近理发店把头发理得整齐些，被认为"有伤风化"，市政当局居然把理发店封闭了，把为秦德君理发的工友抓进了监牢。

女子剪发，成为新鲜活泼细胞，在陈腐朽败的社会里是要付出代价的。

不久，秦德君给北大校长蔡元培写信，请求进入初开女禁的北大。蔡元培回信说："女子实业学校学生，恐怕未必合格。"这封信被成都四川省立女子实业学校当局扣留，学校借机开除了秦德君。

在无望之际，成都学生联合会介绍秦德君到重庆去找搞联省自治和妇女运动的著名人物吴玉章。

1921年春天，桃花开了，成都四川省立女子实业学校的秦德君、李倩云和益州女校的陈竹隐三位"直觉社"的女社员，女扮男装在成都东门外锦江码头，坐木船东下重庆。

四川《国民公报》登载了《三女士化装东下》的消息，描述她们蓄短发、梳"拿破仑"发式、着男装的情形，引起社会各界关注。

重庆果然比成都更开明一些。当时吴玉章领导成立了"全川自治联合会"，四川100多个县都有代表参加。有1000多个座位的重庆总商会大礼堂，是"全川自治联合会"的活动基地。

每场演讲都是挤得满满的，门窗外也拥挤着伫立听讲的人。

吴玉章热忱欢迎这三位来自成都的女学生，安排她们三位上台演讲，宣传妇女解放。秦德君、陈竹隐、李倩云在大会上做了关于女子剪发、妇女解放的演讲。她们的慷慨陈词引起了极大的反响。

重庆女子第二师范和巴县女中的许多女学生会后纷纷仿效剪发。重庆女子第二师范学生自治会还组织排演了《剪发辫难》的新剧。重庆女二师七位女生剪发后，还专门到照相馆合影留念。

看女生们所剪的两种样式，即偏分式和中分式，就是前面四川警备厅在《严禁妇女再剪发》告示中提到的"拿破仑"和"华盛顿"发式，这正是当年流行的男子发式。为什么女学生也清一色地剪成这两种发式呢？有没有符合女性特征审美的样式呢？

据秦德君和钟复光回忆，初剪发时，都不知该梳什么发式好，连理发店的师傅也感很为难，因从来没有设计过妇女的短发，故只好按当时最流行的男发样式来剪理了。

陈竹隐回忆说："有一个警察厅的巡官叫汪顷波的，他在街上发现有剪短了头发的妇女行走，便诚惶诚恐地给成都警察厅上了一个呈文，大意是'女子剪发，形类优尼'，并且说有碍'风化'甚大。建议：'已剪者令其复蓄'，'未蓄长前不得在街上行走'，没有剪发的女子，叫父兄严加管束，若不遵守命令，则'罪及父兄'云云。"

不久，陈竹隐被她父亲骗回了成都。李倩云也返回了成都。秦德君在吴玉章的100元大洋资助下，跟着前去北京办理少年中国会务的陈育生，奋然出川……

不过这一场女子剪发的风波不久就平息了。显然，官方的道德告示并没有生效，成都新女性纷纷蓄起了短发，仍然在街上昂然行走。

1921年以后，剪发的女子不仅在成都、重庆日益增多，泸州、内江、自贡、宜宾、达县等地也能看到不少剪发的新女性了。

1920年，即陈竹隐16岁那年，她的父母相继病亡，沉重的打击使得陈竹隐明白，今后只能靠一己之力去打拼。她考入四川省第一女子师范学校，开始了独立生活。从女子师范毕业后，她考入了青岛电话局，做女接线生。工作了一年多，又到北平，考入了北平艺术学院，师从齐白石、萧子泉、寿石公等先生，专攻工笔画；同时还兼学昆曲，显示出她的多方面才能，但也显示出她尚未找准人生目标的心态。1929年，陈竹隐毕业后，到北平第二救济院工作，因不满院长克扣孤儿口粮，辞职做家庭教师，继续在红豆馆主（浦熙园）门下学昆曲。

当时，朱自清的心情颇为晦暗，尽管他写诗感谢给他做媒的顾颉刚。他还写了一首诗，表达了心情："此生应寂寞，随分弄丹铅。双梁惹人嫌，美文在心间。"也就是说，这辈子拉倒了吧，就不再作家室之思了，随便写点文章教教书吧，应该是一种很灰暗的心情。

浦熙园颇为关心陈竹隐的终身大事，一次和清华外文系教授叶公超闲谈时提起陈竹隐，叶提起了当时孤身一人带着6个孩子的朱自清,两人一拍即合。1931年4月的一天,朱自清与陈竹隐见面了。

而根据姜健、吴为公先生合著的《朱自清年谱》记载,这一流行的见面时间明显有误。包括陈竹隐自己的回忆,也有失误。

根据清华大学教授、朱自清好友浦江清回忆:"佩弦认识她乃溥熙园先生介绍,第一次(今年秋,寄1930年秋季)溥熙园先生在西单大陆春请客,我亦被邀。后来本校教职员工娱乐会,她被请来唱昆曲。两次的印象都很好,佩弦和她交情日深。不过她对佩弦追求太热,这是我们不以为然的。"(浦江清《清华园日记西行日记》【增补本】,三联书店1999年11月版,39页)

1931年1月25日中午,朱自清、陈竹隐应邹树椿邀请赴宴,在座有浦江清等人。浦江清回忆说:"佩弦与陈女士已达到互爱程度。陈能画,善昆曲,亦不俗,但追求佩弦过于热烈,佩弦亦颇不以为然。"(浦江清《清华园日记西行日记》【增补本】,三联书店1999年11月版,56页)

看起来,目睹别人的恋爱,旁观者倒是念念不忘。

陈竹隐在《朱自清:情如潭水》一文中,记录了见面当天的情形:"我与佩弦的相识是在1931年。这一年4月的一天,浦熙园老师带我们几个女同学到一个馆子去吃饭,安排了我与佩弦的见面。那天佩弦穿一件米黄色绸大褂,他身材不高,白白的脸上戴着一副眼镜,显得文雅正气,但脚上却穿着一双老式的双梁鞋,显得有些土气。回到宿舍,我的同学廖书筠笑着说:'哎呀,穿一双梁鞋,土气得很,要是我才不要呢!'我并不以为然。他写的文章我读过一些,我很喜欢,很敬佩他,以后他给我来信我也回信,于是我们便交往了……"

自此以后,34岁的朱自清陷入了恋爱波涛之中。他写诗《竹隐以红叶见寄,赋此奉达》三首等大量诗作,表达了对心上人的衷心感谢和情深意厚。青鸟传书,更有上百封书信,这就是后来结集由江苏教育出版社于2001年2月出版的《朱自清爱情书信手迹》。试看两则:

1931年6月12日,朱自清的情书中写道:"隐:一见你的眼睛,我便清醒起来,我更喜欢看你那晕红的双腮,黄昏时的霞彩似的,谢谢你给我力量。"

1931年8月8日,朱自清已对陈竹隐换了亲昵的称呼:"亲爱的宝妹,我生平没有尝到这种滋味,很害怕真会整个儿变成你的俘虏呢!"

两人见面,一道参会、赴宴、郊游、看电影是常事,爱情的轨道并不曲折,似乎一路顺畅。

1931年5月16日,陈竹隐与朱自清正式订婚。朱自清说:"十六那晚上是很可纪念的,我们决定了一件大事,谢谢你!想送你一个戒指,下星期六可以一同去看。"

订婚后,朱自清便去英国访学,忙于办理护照,打点行装。1931年8月22日,朱自清按照清华大学条例休学一年(当时清华大学规定,教授每工作五年可以享受出国访学一年的待遇，出国期间除可开一半薪水外，还可以获得往返路费520美元以及每月研究费100美元的津贴），乘火车赴英国访学。陈竹隐与胡秋原、林庚等人在前门火车站送行。

1932年朱自清访学回国，带给陈竹隐的礼物是一台留声机和几张胶木唱片。1932年8月1日，朱自清乘船抵达上海码头。4日，他与陈竹隐在上海杏花楼酒家举行了简朴的婚礼，在一家广东餐馆备了酒席，邀请有茅盾、叶圣陶、丰子恺等文艺界名流作见证。当日，朱自清酒醉狂吐不止……9月，他即被聘请为清华大学文学系主任。

1933年早春，在陈竹隐怀上第一个孩子时，也是他俩结婚6个月。为此，朱自清写下了散文名作《春》："盼望着，盼望着，东风来了，春天的脚步近了……"言语之中，喜不自胜。

1932年8月4日，朱自清与陈竹隐在上海结婚，这是结婚照

清贫而忙碌的成都时光

1937年"七七事变"之后,北大、清华和南开、同济大学等渐次南迁,朱自清先后在长沙临时大学和昆明西南联大任教。1938年7月至9月,朱自清在清华大学的月薪水为360元,实领267元。1940年3月25日,他不得不向吴宓借款300元以解燃眉之急,5月31日赶紧归还。朱自清日记里,不断出现大量借款的记载。1940年的昆明、蒙自物价飞涨,校方给教师的工资也只能打折,教授们不得不签署稿酬律令,以米直接折算稿酬。朱家人口众多,陈竹隐这时又怀孕了,扬州一地还有父亲和几个孩子要赡养,生活陷入极度困境之中。大后方成都的物

扬州故居里,朱自清与陈竹隐居住过的卧室。蒋蓝摄

价比昆明便宜，夫妻俩商量后决定举家赴成都。当时，为凑足家人到成都的路费，朱自清把他从英国带给陈竹隐的礼物——留声机和2张唱片，以300元的价格卖给旧货铺，全家才得以回到蓉城。

宋公桥和报恩寺原是成都的古迹，临近沉默的锦江，与望江楼隔江对峙。清代末期此处街道形成，逐渐成为宋公桥街（南起古佛寺街，北止化城寺街南口），具体位置在今天四五二空军医院大门右侧的"江东民居"一带。明朝初年，被朱元璋称为"开国文臣之首"的大学者宋濂，因长孙宋慎牵涉胡惟庸案而获罪，全家被朱元璋贬四川茂州（今四川茂县），途中宋濂病故于夔州（今重庆奉节）。朱元璋第十一子蜀王朱椿因感宋濂系开国功臣，乃将宋墓迁到华阳县。成化年间，蜀惠王又将其迁葬于成都净居寺侧，净居寺又名报恩寺，祀以宋濂，故有报恩寺街。

宋墓之南有一座桥，后人亦因之称之为宋公桥。顺治三年（1646年），"大西皇帝"张献忠退出成都，报恩寺毁于兵燹。成都荒废18年后，重新建城，到清乾隆年间，在寺址建有以宋濂之号为名的潜溪书院。民国时期，著名学者、诗人、书法家谢无量凭吊报恩寺遗址时曾有诗云："报恩元古寺，小隐作茅堂。竹外无墙壁，花间得卧床。江声终日在，云意坐时凉。何必寻丘壑，郊原乐事长。"可见旧时的报恩寺一带是江郊野趣盎然、景色宜人的去处。加上临近锦江码头，那里本就是成都最大的生活市场，购买生活物资十分便利，价格低廉。

1940年5月，陈竹隐携朱乔森、朱思俞从昆明回到成都，在朋友金拾遗推荐张罗下，安顿在东门外宋公桥报恩寺。报恩寺当时已成为一座尼姑庵，坐南向北。居民院面向出东门的大路，门内有一口古井，井旁有一棵大柳树，里面是传统的两进庭院，前院住满了贫苦百姓和逃亡的人家。朱家住的是寺边新搭建的3间茅草屋，与著名实业家金襄七为邻。

根据多人回忆，以及我走访老人的口述，复原朱家的布局如下：

朱家住房共三间一厨，右卧室，左饭厅，厅之左边为书房。住房皆为泥壁草顶，阴暗潮湿，地面也是泥地。室内家具全借于朋友，无任何摆设装饰。书房里倒是悬有条幅，上书朱自清游衡岳时寄竹隐女士的一首诗："勒住群山一径分，乍行幽谷忽于云。刚肠也学青峰样，百折千回只忆君。"1941年秋天，朱先生返回昆明后，生活倍加困难，陈竹隐不得不就职于四川大学图书馆。

挚友叶圣陶记录说："佩弦所赁屋简陋殊甚，系寺中草草修建以租于避难者也。"

朱自清一家在成都宋公桥居住的民宅，于2008年拆除。图片据成都市建委信息中心馆藏资料

另一则史料有更详细的描绘："居民院内面向出东门的大路，门内有一口古井，井旁有棵大柳树，里面是传统的两进庭院，前院住满了贫苦的百姓和逃亡的人家，穿过前院可见几丛竹林和几棵橘树。朱家住的是林边新搭建的三间茅草屋，泥土地，竹篱笆墙，茅草顶，阴暗潮湿，冬冷夏热。这里条件艰苦，特别是下雨天，屋里屋外全是稀泥，屋顶还是常漏雨。"

1940年6月27日，清华大学第八次评议会通过了朱自清、浦薛凤等6位教授1940年度"休假国内研究案"。朱自清在致友人吴组缃的信件里阐明了自己当时的心情："今年请求休假，一半为的摆脱系务，一半为的补读基本书籍。一向事忙，许多早该读的书都还没有细心读过；我是四十多了，再迟怕真来不及了。"

朱自清有此紧迫的想法非常自然。他有些像一只钻入风箱的小动物，在现实的飓风与梦境的雷鸣电闪夹击之下，他倍感丝毫不得喘气。可问题是，成都并没有为他安放一张安静的书桌。他等于从繁杂的公务中，又移身于另外一场油盐柴米的忧烦。

1940年8月4日，朱自清乘汽车由重庆抵达成都，首次开启了他的蓉城之旅。从铺就碎石路面的东大路一进城，他对成都的印象并不坏，但绚丽的西南城市风光仍然无法抵消他的经济苦境。在10日致校长梅贻琦的信里他写道："蓉市风光繁盛，地域恢宏，确有似北平处。近时物价上涨甚速，日来且有购米不得之苦。但日常生活仍较昆明舒适甚多。唯自昆明来，旅费所需殊不赀耳……"

朱自清在另一首五言诗《近怀示圣陶》中，如实叙写了一己的悲酸：

……
累迁来锦城，萧然始环堵，
索米米如珠，敝衣余几缕，
老父沦陷中，残烛风前舞，
儿女七八辈，东西不相睹，
众口争嗷嗷，娇婴犹在乳，
百物价如狂，诳躟孰能主？
不忧食无肉，亦有菜园肚，
不扰出无车，每日健步武。
只恐无米炊，万念日旁午。
况复三间屋，麛如口鼻聚。
有声岂能聋，有影岂能瞽，
妇雏逐鸡狗，攫人如网罟。
况复地有毛，卑湿丛病蛊，
终岁闻呻吟，心裂脑为鹽。
……

长诗以纪实的语态描写了困顿艰涩的成都生活，行食住行逐一写到了：衣是敝衣，且余几缕；米是珠米，因其难觅；阴暗潮湿的茅屋致使他疾病频发，终岁皆闻痛苦的呻吟。没有车也就罢了吧，权当安步当车，没有肉也可以对付，权作素食的

"菜园肚"了……可见,朱自清的哀叹与无奈,置身困顿与忧烦之间,一转身就与忧伤撞了一个满怀。

他渴望一吐为快。

毕竟朱自清是洁身自好的谦谦君子,在成都期间,他从不愿向外人吐露一己的窘况。夜晚,为节约电费开支,他就在20瓦的白炽灯下看书写作。那时成都工业落后,电力不足,灯光昏暗可想而知。他在1941年4月28日日记里描述自己眼力出现问题:"出现复视,怕是老年的信号,但此症状可治。曾在油灯下工作几夜,光线摇曳不定,复视可能由此引起。"

成都米价开始疯涨,还发生"吃大户"事件。朱自清在日记中道:"闻西门外亦有吃大户者,皆甚激烈。"这一印象挥之不去,7年后他在《论吃饭》中追述:"三十年夏天笔者在成都住家,知道了所谓'吃大户'的情形。那正是青黄不接的时候,天又干,米粮大涨价,并且不容易买到手。于是乎一群一群的贫民一面抢米仓,一面'吃大户'。他们开进大户人家,让他们煮出饭来吃了就走。这叫作'吃大户'。"

他同情饥民,激愤说道:"没饭吃会饿死,严刑峻法大不了也只是个死,这是一群人,群就是力量。谁怕谁!"

"谁怕谁"是豪气的方言,朱自清写写,就罢了。文人的干天豪

朱自清父亲朱小坡先生

气,被生存的石磨一推一转,就碎裂了。

他在1941年3月的一天日记写道:"本月支出五百七十元,数目惊人。"到了4月,他用埋怨的口吻写道:"米价高达四百元,甚可畏,生活越来越困难了。"5月25日,接父亲信,说已负债700元矣。两天后,他说:"我尝到经济拮据而产生的自卑感。"因为他在成都金城银行领取的离校休假月薪为四百一十八元四角六分……

在这样清苦、忧烦的环境,朱自清拼命写作、参加会议、举行讲座,不敢有稍微停歇……

由于成都家中几乎没有什么藏书,朱自清凭记忆开始写作《古诗十九首释》。他针对中国古代的诗文评释,要么是做音韵训诂、征引典故的考论;或者是做兴象玲珑、辞采华茂的体验,他决心将二者结合起来,以现代人的学术眼光和审美情趣来重新阐释。其中既有对诗歌曲事的注解考证,又有着对诗歌意蕴的鉴赏批评,形成了朱自清特有的诗歌阐释观,亦成为古诗研究的典范之作。

四川大学教授徐中舒在《忆佩弦》中叙述:"我初认识佩弦时我对于旧诗曾做了一点小考证,如古诗十九首之类,很能引起他的注意。以后见面的时候,他总喜欢谈这个问题。后来抗战当中,他随学校迁到昆明,战前的刊物在这些地方很不易找。他从昆明休假来成都以后,就写信到峨眉,要我的《古诗十九首考》,他在轰炸中怕我仅存的单行本遗失,他抄了一份之后,仍将原本寄还了我。"朱自清的严谨自律,由此可见。

成都经常受到日本飞机的空袭,困境中的他和家人经常得到亲朋好友的接济，这让朱自清夫妇大为感动，他在日记中写道："张志和夫妇送上一百元食品，我们受不起如此厚重礼物；金拾遗夫妇赠送铺地砖八百块，还打发工人来安装，工钱也支付了，实在令人感激；余中英夫妇赠米一担……"

张志和（1894-1975年），原名清平，字志和，以字行。邛崃县人，幼学陆军，辛亥参与革命，升任师长，驻江津，颇得民望。张志和父亲张敬亭曾经在家乡东郊创办敬亭小学，后来张志和捐资改为敬亭中学，以纪念其尊人。卸军职后，游历各国，悉心文化，对朱自清十分仰慕。1950年以后，张志和担任政务院（国务院）参事、民盟中央委员、全国政协第三届委员、川盟主委。

1943年，张志和生日，朱自清特写《寿张志和四十九岁生日》二首贺诗，其中一首云："少年已尽孙吴妙，一剑纵横与鼎新。腹有诗书悬史镜，民登任席乐阳春。文翁教化能成俗，梓里菁莪为显亲。舰国远游大瀛海，插胸得失自嶙峋。"盛赞张志和参加辛亥革命、体恤民情、兴学育人等方面的作为。

川军将领、革命志士张志和先生

闲暇之时，浓浓的友情不时冲淡着他的忧烦。朱自清还常与朋友们一起聚会饮酒、游览品茗，望江楼、草桥寺、文殊院、少城公园、百花潭、青羊宫、都江堰、青城山、新都桂湖都是他和友人们驻足之地，留下大量行吟诗词。他对成都的印象很好，认为成都气候温润，物产丰富，最宜居家。其实，这些认识只是相对于物价而言的。而对于一个学者而言，难道仅仅是渴望填饱肚皮吗？

他应邻居金世遗、金襄七之邀请去参加家庭舞会。朱自清对舞会并不陌生，早在欧洲游学期间就参加过不少。他散文中的女性意象有数十处，有"正如跳舞着的仙女的臂膊"等充满感性的妙句。可是，他的舞姿并不高明，多次因舞步生疏而感到尴尬；有时，遇到沉闷之夜，他也参加张家举办的舞会，好奇心驱使，学习新式的舞步，可惜步伐错误颇多……

1933年俞平伯与朱自清夫妇等在燕京大学郑振铎宅前合影，左起俞平伯、郭绍虞、浦江清、顾颉刚、赵万里、朱自清、陈竹隐、高君箴、殷履安、郑振铎

朱自清1941年秋季离开成都后，致金家的书信。金拾遗晚辈亲属李兴辉先生提供

朱自清跳舞经历里记忆最深的一次，是一个周六去参加张君夫妇举办的舞会。这是一个大场面，12对舞伴同时翩翩起舞；他后来又去过张宅参加舞会，朋友金拾遗对他的跳舞姿势委婉提出了意见：身子不直，腹部凸出，步伐单调……面对有点发木的朱自清，金世遗热心传授跳舞的秘籍。

初夏，他到学道街书铺看《唐诗三百首》原版，可惜没有。但买到叶圣陶嘱托买的《史记菁华录》，价值11元。开始

写《唐诗三百指导大概》……继续写介绍《唐诗三百首》的文章，进展缓慢……日子就这样一直过到初冬十一月最末的星期天。他在日记里写道："郭太太邀午餐，客有陈梦家夫妇。话题为谈清华女生，甚有趣。钱太太喋喋不休，致不注意别人谈话。三时左右回城，路甚滑，跌倒一次。"

如此精妙的细节记录，只有朱自清方能如此传神。

偶有闲暇，他就带夫人与孩子在锦江一线漫步，最爱的去处自然是对岸竹林掩映的望江楼。锦江的流水携带着岷山的寒意与野味，伴随薄雾漫溢而起，行舟点点，宛如动画。这往往催动朱自清的诗情。1941年5月30日，他和陈竹隐特意去望江楼观看一年一度的端午龙舟竞赛。屈原已随流水去，是否还待后来人？朱自清的目光穿过水面的喧嚣，斜刺入水，他的眼睛湿润了……

他至少有两次从九眼桥锦江码头入岷江而行至云南，曾在一封致成都金拾遗夫妇等人的信件中，这样描述顺锦江而下的感观："江口以上，两岸平原，鲜绿宜人。沿河多桤木林子，稀疏瘦秀，很像山水画。"可见，沿江的风致多少冲淡了他淤积在胸的不快。

值得一说的是，锦江下游两岸的桤木林，历来是蜀中悠久树木。王安石在《偿薛肇明秀才桤木》中写道"濯锦江边木有桤"。苏东坡也屡次在诗中提到桤木："二顷良田不难买，三年桤木行可櫾。"（櫾，念yǒu，成柴可烧之意）桤木能肥田甚于粪壤，一旦得风，树叶摩擦，发声如白杨。北宋严有翼在《艺苑雌黄》中也说：此树"止可充薪而已。惟蜀地最宜种。

蜀人以桤为薪三年可烧"。正因桤木具有以上特点，当年杜甫在修建草堂的时候，才会在《凭何十一少府邕觅桤木栽》里感叹"饱闻桤木三年大，与致溪边十亩阴"，表明杜甫在草堂种植的桤树，应该不在少数。

《朱自清年谱》里，没有一字涉及1942年朱自清突然返回成都的情况。

1942年，朱自清的大女儿朱采芷，已是四川大学教育系学生，一天路遇悍匪，身受重伤。朱自清听说，在昆明焦急异常。

朱乔森撰写的《一点零星的回忆》指出：当时大姐朱采芷在四川大学读书。川大在成都城外望江楼旁，那时学校四周有些地方还相当荒凉。大姐与同学走到学校附近时，遇土匪拦劫，因为没钱给他们，被土匪在大腿上捅了一刀，伤势较重。

为了解决回成都的路费，朱自清把他珍藏的清代名书法家包世臣所写的条幅，向银行作抵押贷款。银行以条幅不是不动产为由头，拒绝接受。这事为西南联大读书的学生迟镜海所知，他立刻筹措3万多元法币给朱自清。朱自清感动莫名，执意要把包世臣条幅拿给迟镜海，迟镜海坚辞，这样一来二去送了数次。

朱自清最后表示：学生不要他的画，他决不要学生送来的钱。迟镜海这才勉强把那画接受了下来。这事已过去了几十年，大约在1992年，已在巴西定居的迟镜海才把此事的经过说了出来，并把原画赠给母校，由清华档案馆保存。（孙哲《迟镜海学长和朱自清师的一段感人故事》，来源：清华校友总会）

朱自清与成都普益图书馆

朱自清日记里,唯一一次提及了著名的"金街"春熙路,不是去逛街买百货,而是去那里的书店帮友人购买资料。寻访图书与友人,成了他步出书房的主要原因。

姜健、吴为公著《朱自清年谱》里,记录1940年12月朱自清行踪:"同年,作《普益图书馆记》。稿已佚。"(光明日报出版社2010年11月版,199页)

但此稿并未失传。

普益图书馆是民国成都的一家私立图书馆,主人是冯月樵先生。冯月樵(1900-1971年),原籍四川南充,幼年丧父,随教育名家黄树滋先生受学。黄家学渊源,藏书甚富,冯月樵如入宝山手不释卷,学问根基渐渐扎实,大有精进。成人之后,他先后在成都、汉口、上海的聚兴银行、隆泰钱庄工作。20世纪20年代初,他受"五四"新文化传播的熏陶,思考以图书启迪民智,促成国家富强。

20世纪20年代,他同几位好友集资,在成都祠堂街少城公园对面的牌坊巷口处,办了一家普益阅报室,免费为读者提供省内外十几种报刊。1926年,冯月樵与毕业于四川国立高等师范(四川大学前身)英语部的李畹青结婚,夫妻俩同心协力,改普益阅报室为"普益协社",发展为销售四川省内外各地书刊的大书店,经销左翼作家、进步作家的作品,近似于"五四"前陈岳安在成都地区所办的"华阳书报流通社"。普益后成为上海开明书店在成都的特约经销处，冯月樵也顺理成章成为开明书店股东之一。由于新书畅销，祠堂街新书店渐次跟进，最终形成了著名的新文化一条街。

1935年，冯月樵离开金融界，回到成都，一心一意打理书店、出版。全面抗战之前，他想把私家藏书公诸同好，在少城公园内租有一间房屋，取名为普益图书馆，兼营书刊出版与发行。

早在上海聚兴银行工作时，冯月樵就认识刚从欧洲游学归来的朱自清。当时，陈竹隐赶到上海去迎接朱自清，恰与冯月樵相会。老乡见老乡，分外亲切。

抗日战争全面爆发后，冯月樵愤于日寇入侵，国家民族危亡，在成都与黄启明（中共地下党员）合办《救亡日报》，宣传抗战，唤起民众救亡图存。为了普及读物，他们用铅字排版，选用夹江土纸印刷"活页文选"，成本低廉，传播广泛，"活页文选"风靡全川。当时，他与在上海开明书店编辑部结识的叶圣陶、胡墨林夫妇在成都重逢。自此，冯月樵与之过从较密，曾请圣陶夫妇编写语文教材，印成国文活页文选，供学校师生之用。这

冯月樵于1942年在成都出版的《国文杂志》第二期

一价廉物美、开启民智之举后来才被开明书店、中华书局等普遍采用。

1940年8月，朱自清由昆明到成都探视家眷，长住一年时间，其间偶然得知冯月樵在少城公园内举办小型图书馆阅读活动消息，主动前往，自此二人交往频频。朱自清对冯月樵历经世变却锲而不舍的学人本色十分钦佩，尤其对他"普益"民众、"不孳孳为利，而惟启迪民智促进学术是务"的善举非常激赏。因为，他刚刚经历了一场图书的浩劫，已经让他悲痛欲绝。

南迁途中，朱自清由湖南经巴蜀至昆明时，曾为清华大学运送一批图书，好不容易运来四川，抵达重庆了，恰值日机轰炸，大部分图书毁于一旦。先生痛失图书，加上痛失良友，至昆明清点余物时，图书已剩无几。他回到报恩寺，当夜动笔写出《普益图书馆记》。

普益图书馆记二十九年十二月朱自清记

古今藏书者众矣，或集精椠，或收秘籍。大抵有所得则什袭而纳诸箧笥，不轻以示人。间有共雅量者，亦只辑印书目，传列善本。所以为人者，如是而已。若范氏天一阁略具图书馆规模者，盖绝无仅有。

图书馆之盛，肇自近代。所以纲罗群籍，供应群览。其启迪民智促进学术之功，远在藏书家上。然必群策群力，始克观成，公家为之，其势顺而易，一二人为之，其势逆而难。其有以一二人之力集事者，则必位尊而多金者也。而冯君月樵则不然。君，今之有心人也，其办开明书店垂二十年。沪上新书日出，君毕力致之，以飨学子。其经营也，不孳孳为利，而惟启迪民智促进学术是务。故人争趋之。

君有意于图书馆久矣。身为布衣，又非素封之家，虑无以成其志。则就得书择其尤精者，各储副本，日往月来，所积遂多。此普益图书馆之始基也。设馆之义，甫定于抗战前年。历经世变，荏苒至今。君念兹在兹，锲而不舍，卒底于成。自经始以迄于乐成，皆君一人也。其发愿之宏，立意之坚，盖所谓能而贵者。岂彼沾沾自喜之藏书家所可同日而语哉！

成都固有图书馆而所藏者多旧籍。往求新书者入宝山，空手而返，君今设此馆，足以弥此缺憾。所谓独具只眼者非耶？普益之称，诚哉名副其实矣。国中乏有心之士，有闻冯君之风而兴起者乎？余日望之矣。

朱自清随即抄了一份寄给时在乐山的叶圣陶。1940年12月24日，叶圣陶日记记载："晨得佩弦书，抄示所作《普益图书馆记》及和萧公权诗三首。"在诗中朱自清流露了沉郁的心境："堂堂岁月暗消磨，已分无闻井不波。八口累人前事拙，一时脱颖后生多。东西衣食驴推磨，朝夜丹铅鼠饮河。剩简零编亦何补？且看茅屋学牵萝。"

此前的12月1日，叶圣陶应冯月樵先生约请，写过了一篇《普益图书馆序》，可惜此稿已佚。1941年6月30日，此文发表在《中华图书馆协会会报》第15卷6期"论著"栏目内，署名朱佩弦。我在此引述的全文，系成都诗词大家黄稚荃女士保存，得以流传。她写有《抗战期中冯月樵对成都文化事业的贡献》，刊载于1985年《成都文史资料选集》总第九辑。但黄稚荃抄录的《普益图书馆序》与《中华图书馆协会会报》刊发的文章颇有出入，我估计，应该是朱自清后来润色一过才提供给杂志发表，才造成了这一差异。

冯月樵没有辜负朱自清的希望。

黄稚荃先生回忆："1950年，冯月樵响应政府号召，走联营的道路，与北新书店等五家联合成立新川图书公司，由新闻出版处领导。1965年合营为成都书店，最后合并入成都市新华书店。"（1985年《成都文史资料选集》总第九辑）

值得一说的是，成都普益图书馆从20世纪20年代一直开办到1952年。其间还出版了《子恺近作散文集》（1941年）等大量优秀读物。如今四川大学、四川师范大学图书馆里，至少有数百种珍贵书刊来自冯月樵的购置。"普益图书馆"的贴标至今还保留在这些书刊上，睹物思人，岂不让人感念……

2011年4月24日上午9时50分，成都最长寿的女老师——104岁的李畹青，到另一个世界与已故40年的丈夫冯月樵团聚了。

病情与"中年心情"

1930年，33岁的朱自清写作了一首诗《盛年》，收入稿本《敝帚集》，表达了人到中年的复杂况味——

>盛年今已尽蹉跎，游骑无归可奈何？
>转眼行看四十至，无闻还畏后生多。
>前尘项背遥难望，当世权衡苦太苛。
>剩欲向人贾余勇，漫将顽石自磋磨。

稍后的1931年，也就是朱自清与陈竹隐热恋之际，朱自清在致恋人的书信里就透露出一种"未老先衰"之况："我这个人有两样不小的毛病，一是思虑太多，二是因循；精神不好时更是如此。这也许正是中年人的表征吧？所思虑的无非是时代及自己的将来等这在别人或者用不着怎样想，但我是从最近的启蒙时代过来的人，便禁不住不想了。想来想去，所得的只是彷徨。"这种复杂心情与现实处境相加，再叠压上肠胃病的多年折磨，他，似乎提前进入了人生的秋季。

遗憾的是在成都一年的"休假式研究"，并没有减轻朱自清的十二指肠溃疡胃病。他相当自责地在日记中道："因咖啡过多，神经颇紧张；遇王云五，饮酒过多，一定要喝到最后一滴酒方罢休，这不仅不必要而且很不好；参加冯家的生日宴会，一口气喝了十杯，醉。回家甚至步履不稳。应该避免喝酒过急；夜饮茶，未能安睡……"

为此他写下了《胃疾自儆》，权当座右铭：

>孤影狰狞镜里看，摩霄意气凛冰寒。
>肥甘腊毒频贪味，肠胃生疡信素餐。
>尚赖仔肩承老幼，剩凭瘦骨柱悲欢。

异时亦自堂堂地，饕餮何容蚀五官。

文学批评家李长之到成都，特意去报恩寺看他，一见面就感到十分惊讶：他虽然才四十出头，但"头发像多了一层霜，简直是个老人了"。但令他感动的是，朱先生却仍是勤恳如故，桌上摆着《十三经注疏》。

朱自清自己解释缘故："警讯频传，日懔冰渊之戒；生资不易，时惟冻馁之侵。白发益滋，烦忧徒甚。"

他在1941年5月18日日记里，写了一段长长忧烦："……米价飞涨至六百元左右一担，这一情况及我休假行将期满，都使我很忧虑，我的研究工作远未完成，我们可能指望政府的补助，但补助将与当地米价一致。我们的补助无疑是根据昆明物价，而昆明物价比这里低得多，我的家庭必须住在这里，因此补贴比起没有搬家到这里时大大不够。举家迁此，实在铸成大错，现在无法弥补，甚至以我生命为代价。等着瞧吧！"

这段穷愁的文字，正好否定了一年多前他以为成都物价比昆明低的想法。同时，也清楚预感到自己终将要被飞涨的物价撂倒。哎，他的家庭负担实在太重了。

在成都诸友中，叶圣陶与朱自清情义最为深厚，交往最为频繁。叶圣陶住在城西，朱自清在城东，少城公园刚好在两者中间，这里的茶社成为他们碰面之地。暮春时，他到少城公园鹤鸣茶社等候叶圣陶，一次突遇空袭警报大作，就按事先说定的，约会取消。

1941年晚秋，休假结束，即将回昆明上课。朱自清考虑再三，还是将家眷留在了成都，只身返滇。叶圣陶闻讯赶来相送。在九眼桥码头，遥看望江楼，两人相视，默然无语。从此天各一方，不知何时再得相晤？看着滔滔江水，彼此心生无限惆怅。

叶圣陶临别有赠诗《送佩弦之昆明》：

平生俦侣寡，感子性情真。
南北萍踪聚，东西锦水滨。
追寻逾密约，相对拟芳醇。
不谓秋风起，又来别恨新。

此日一为别，成都顿寂寥。
独寻洪度井，怅望宋公桥。
诗兴凭谁发？茗园复孰招？
共期抱贞粹，双鬓漫萧条。

在成都一地，朱自清与叶圣陶关系最为亲密，也许是两人性情相投的缘故。他们的唱和、合作、聚会极多。

直到1946年8月28日，朱自清与张志和一道，去城西罗家碾王家岗的叶圣陶居所辞行，此，为两人人生最后诀别。

……

根据《朱自清年谱》记载，1941年8月初-8月28日的记录恰恰缺失。西南民族大学图书馆学者李兴辉《朱自清锦江往事》一文指出，朱自清是乘船离开成都的，且有一封珍贵书信为证据。

他考证指出这封信是朱自清最后一次离开成都而写，时间是1946年8月20日。我细考《朱自清年谱》等材料，他最后一次离开成都是举家乘汽车走的，不是独行，且不是走的岷江水路。

显然，这封朱自清的书信原件所反映的情况，是1941年8月下旬他顺江而下抵达重庆的所见所闻：

七嫂世遗哥春九妹七妹满妹大鉴：

在成都一年，多承照应。临行又承厚赠，并打扰，上船时又承送别，感谢不尽！清十一日上船。李先生临时派人来通知，等着开船。匆忙出门，就像赶汽车似的。竹隐向来慢，不知如何居然赶到河边送我，乔、俞也来了。岷江多曲折，船随时转向，随时有新景可看。江口以上，两岸平原，鲜绿宜人。沿河多桤木林子，稀疏瘦秀，很像山水画。我们坐的是装机器的船，机器隔断前后仓，每天拿洗脸水拿饭，以及上岸下船，都得费很大的力。我们在后仓，所以如此。我睡在两张沙发椅上，相当舒服，也相当的不舒服，因为空子太短，伸直脚杆又伸不直腰，伸直腰又伸不直脚杆。但我行李太少，这样也就算舒服了。船上饭很香，菜是李先生家里烧，吃得很好，有时候太饱。只有末一日，换了一个烧火的，烧的是"三代饭"：有焦的，有生的，有软的。船上没法换衣服，幸而没有生虱子。

到嘉定走了四天半，因为江口耽搁了一天。我倒不着急。着急也没用。况且着急也不必坐木船了。嘉定以下很快，只三天就到了纳溪。嘉定去逛了乌尤寺、大佛寺，也吃了江豚。只乌尤寺的悬岩还雄壮，大佛大得很，可是也傻得很。蛮洞倒很别致。

叙府街好，简直有春熙路的光景。公园极小，但钟楼一座非常伟大坚固，可算四川第一，石基入地二三丈，地上一丈多，上用砖砌，非抬头看不到顶。这是一家大商店因走私被罚款修的。

沿路滩险不少，因水不大不小，平安渡过。只有十八日早过乾碓窝很吓人，我们船已漏水。若是船夫不用力，一碰在石头上就完了，我们看见水涡里冒出死人的肚腹。叙府上面有匪，我们也幸而未遇着。我昨天由纳溪"赶黄鱼"到叙永，大约后天上昆明去。

再见，祝好！

锡鹏　锡□

大、二、三、四、五妹都好

弟　朱自清
二十日

这封信没有刊载过，也没有收入《朱自清全集》。

朱自清的一路考察细腻而生动。宜宾的钟楼，由民国时期宜宾规模最大的民族企业宝元通公司捐资修建，于民国二十七年（1938年）建成。信里提到的"乾碓窝"，在嘉定，盛产蜀地荔枝。所谓"赶黄鱼"，为四川土语。由于当时汽车少，车票难以买到，只好出高价和司机商量搭乘。司机私下把搭乘的乘客叫作"黄鱼"，搭那种车的就称"赶黄鱼"。不料天下大雨，傍晚时车还没到叙永站，却因油尽而抛锚，他只得摸黑走路。走10多里泥泞的石子路才到达叙永县城……

当时西南联大在叙永县城设有西南联大叙永分校,朱自清就住进了成都好友李铁夫的叙永家中。第二天,他见到了在分校任教的作家李广田。李广田后来回忆说:"……相隔十年,朱先生完全变了,穿短服,显得有些消瘦,大约已患胃病,特别引起我注意的是他的灰白头发和长眉毛,我很少见过别人有这么长眉毛的,当时还以为这是一种长寿的征象。为了等车,他在叙永住了不少日子,我们见过几次,都谈的很愉快,主要的是谈到抗战文艺,尤其是抗战诗,这引起他写《新诗杂话》的兴致。"(李广田《记朱佩弦先生》,刊《中建》第三卷第七期【北平航空版第四期】,1948年9月5日)

看来,即使拥有修长的寿眉,也不能改变一个人的现实处境,尤其是被物质匮乏所摧折的情感,就注定不会复原。

朱家与刘云波医师的缘分

刘云波1905年出生于四川遂宁,父亲刘万和是闻名远近的绸缎大亨。巴金小说《家》《春》《秋》里,多处描述成都商业场的繁华,尤其提及刘万和绸布庄失火之事。刘云波留学日本3年,留学德国耶拿大学医学院,1937年获德国医科大学医学博士学位。回国后,先后在成都私立宏慈助产学校、宏慈医院、宏济医院,历任成都市立医院妇产科主任、四川省立医事职业学校校长兼附属医院院长。新中国成立后,历任四川省卫生干部进修学院副院长,四川省第四届政协副主席和第五、六届人大常委会副主任,农工党中央常委、咨监委员会常委,农工党四川省委主任委员、名誉主委。1979年获全国"三八红旗手"称号。第三、五、六、七届全国人大代表。2000年6月22日在成都逝世。她不但是成都医学界泰斗级人物,而且也是四川医学妇科的开创者。

刘云波与陈竹隐为中学同窗,也是成都金世遗先生第一夫人的二姐,她与金世遗和哥哥金襄七一道,用爱心构筑了一道保护朱自清家人的成都防线。

当年刘云波常去朱自清家出诊,陈竹隐很喜欢刘医师身边的小护士,有一篇散文还提到过漂亮的护士小姐,朱自清的一个孩子是刘云波接的生。

朱家人看病抓药,刘云波不收一分钱,且给予最好的治疗、用最好的药。在她的殷殷照拂之下,突发猩红热的2岁小女儿眼看命垂一线,最终又活蹦乱跳了;患肺病的两个男孩子也终于痊愈,均使用了当时稀罕而昂贵的盘尼西林(民国时期,成都盘尼西林价格堪比黄金,一支针剂换一条"黄鱼",而到抗战时期简直买不到)。这在民国时节的成都,非常不易。

1944年8月19日,朱自清在扬州的二女儿朱逖,患上了斑疹伤寒,21岁的大姑娘不到两日竟撒手人寰。几日之后朱自清才得到噩耗。两相对比,这让他如何不感激?!

亲情是藏于血脉的,也许恰是得到了冥冥之中的某种强烈暗示,19日当晚,他睡不着,燥热,想到了很多,思前顾后,辗转反侧。刘医生无疑是朱家遇到的贵人,无限话语也倾诉不了涌荡于心的感恩之情。第二天一早,他撰写了一副对联,请工于书法的叶圣陶书写好赠予刘云波。

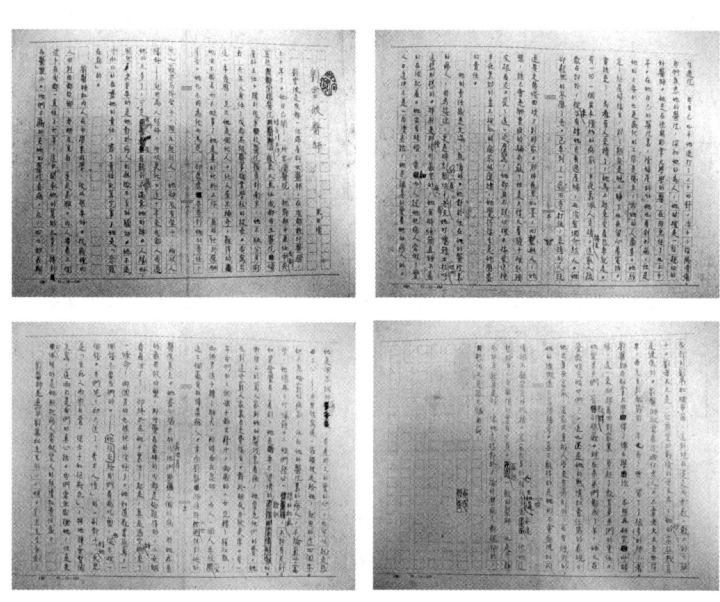

这是朱自清一家赠送给刘云波的手书《刘云波医师》,现藏四川大学图书馆。四川大学雷文景先生提供

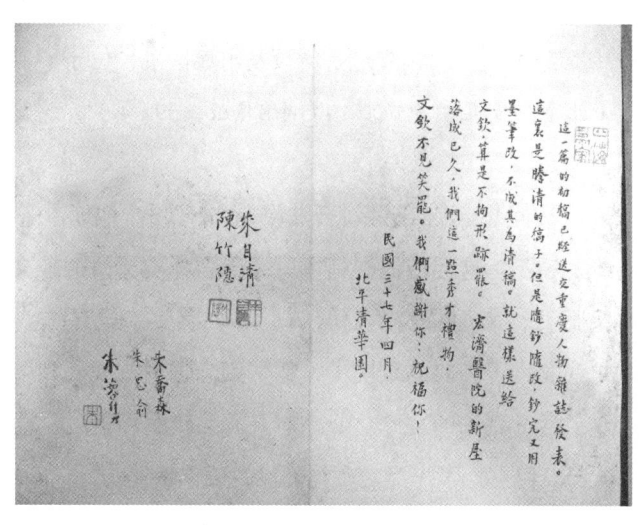

朱自清、陈竹隐的题赠说明。四川大学雷文景先生提供

其联云:"生死人而肉白骨,保赤子如拯斯民。"

几天之后,才接到二女儿朱逖病逝扬州的消息,他如遭雷击。朱自清有一种"中谶"之感。

1946年6月,西南联大正式结束阶段性使命,奉命解散。北大、清华、南开三校分别恢复。朱自清准备回北平了,突然接到成都来信,陈竹隐生病住进了医院,遂于14日匆匆赶到机场,等了3个钟头才坐上飞机到重庆,再乘汽车到成都,沿途又逢大雨,距内江10公里处轮胎又破裂,彻底停摆。只好宿于旅馆,不料胃病又复发了,竟夜呕吐不止,困顿非常……

18日好不容易到家,才得知陈竹隐住在刘云波医院,朱自清立刻赶往探视。经询问,始知系心脏病,经刘云波治疗已有好转,才放下心来。

刘云波设立有私立宏慈高级助产职业学校及附属的宏济医院,位置在成都龙王庙街。另据《中国妇女大百科全书》记载,1938年,刘云波建立这所学校及附属医院,位于"龙黄庙街"(北方妇女儿童出版社1995年8月版,592页),这显然写错了。

朱自清回想起曾经为刘云波撰写的对联。他明显感觉到"人情太轻"。这促使他提笔撰写了一篇朴实真挚的散文《刘云波医师》,表面是赞美刘云波,其实字字饱灌了文人的血泪。文章发表于当时的重庆《人物》杂志。当抗战胜利一家人返回北平后,1948年4月,听说刘云波的新医院落成,他又特意将这篇旧稿重抄了一篇,寄给刘医生以作贺礼。

一联一文,照朱自清自己的话说,这是他的"秀才人情"。他在给刘医生的信中说:"这一篇的初稿已经交给重庆《人物》杂志发表。这里是誊清的稿子。但是随抄随改,不成其为清稿。这样送给文钦,算是不拘形迹罢。宏济医院的新屋落成已久,我们这一点秀才礼物,文钦不见笑罢。我们感谢你!祝福你!"

这封信代表了朱自清全家的感恩之情,他们的三个孩子朱乔森、朱思俞,以及在成都出生的朱蓉隽也用稚嫩的笔墨签上了自己的名字,并一一加盖私人印章。这位清贫的教授、散文家,用平实的记叙透着浓烈的情感,柔软的内心在字里行间融化了,后人不但读出了刘云波的大爱,也读出了朱自清的悲哀,也品出了那种直贯天地的真情善意。

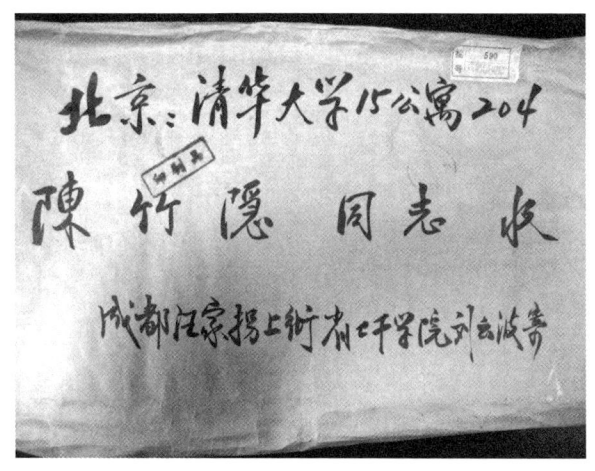

朱自清逝世后,刘云波将原信件寄给陈竹隐,后来陈竹隐再寄赠给自己工作过的四川大学图书馆收藏。四川大学雷文景先生提供

富有深意的是，刘云波从未对自己救助朱家写过一个字。她把大爱融入天地之间，是仁者所为。

1960年，刘云波把这一礼物，寄回给了清华大学的陈竹隐。后来陈竹隐又将这一包含了多重情感的信件、信封，转赠与曾经工作过的四川大学图书馆。

在成都祭悼闻一多

1945年，昆明直飞成都的航班终于开通，朱自清感到了特别的便利。6月29日他顺利飞抵成都。7月4日去书院正街餐厅出席为陈竹隐生日而举行的庆祝会。他在成都这几年，连续应邀出席作家、教授在成都著名的北方味餐厅宴宾楼、总府路的明湖春酒楼、荣禾园酒家、不醉无归家酒家、吴抄手的招饮，并应邀参加过四川省主席张群在励志社的宴请以及军界要人邓锡侯的生日宴会。

他毕竟囊中太过羞涩，中学老同学丰子恺来成都举办画展，他竟然连请一顿酒也做不到，最后只好写了4首诗送去祝贺。次日，心中不安的他委托朋友去画展现场代购了丰子恺两幅画。我估计，这个朋友，多半是金家人吧。

……

1946年7月16日，针对有读者对《荷塘月色》里晚上蝉鸣现象的质疑，朱自清昆明以及在锦江边就很容易找到答案，闷热夏日的上半夜，蝉的确是要鸣叫的。朱自清多次陈述过这样的写作观，应"于一言一动之微，一沙一石之细，都不轻易放过"，"每事每物，必要拆开来看，拆穿来看；无论锱铢之别，淄渑之辨，总要看出后而已，正如显微镜一样。这样可以辨出许多新异的滋味。"（《朱自清全集（第1卷）》，江苏教育出版社1988年版，215页）

朱自清很快写出《关于"月夜蝉声"》一文，算是回答。第二天他起床略迟，翻翻当日的报纸，一看，他就呆住了：闻一多先生于前天在昆明遇害！他霍然，拍案而起。

朱自清和闻一多曾被誉为清华中文系的双子星座，情深义重，且是前后任的关系。

在报恩寺的居室里，他无心茶饭，陷入了无限悲痛。好友的鲜血，让他无法入眠。他在《日记》中写下了如此看法："此诚惨绝人寰之事。自李公朴被刺后，余即时时为一多之安全担心，但绝未想到发生如此之突然与手段如此之卑鄙！此成何世界！"表达了他对黑暗制度的极度痛恨。闻一多事件对于朱自清而言是一个性格的分水岭，他彻底变了。他不再是温文尔雅的循循儒者，他要呐喊，他要燃烧……

他顾不上别的了。奔走呼号，参加了在成都举行的一系列悼念活动。

1946年8月16日，写新诗《悼一多》。这是朱自清新诗搁笔20年来的第一首力作，该诗最后一节写道：

你是一团火，
照见了魔鬼；
烧毁你自己，

遗烬里爆出新中国!

8月3日,民盟四川支部在慈惠堂召开会议,决定继重庆之后在成都举行李、闻的追悼会。成都慈惠堂创建于清雍正年间,是成都最大的民办官助的慈善机构,其下属有孤儿院、学校、工厂等。1943年张澜接任慈惠堂理事长,这里成为张澜在成都从事民主活动的中心,慈惠堂被称为成都的"民主之家"。

8月18日召开追悼会这天,凄风阵阵,参加追悼会的群众络绎不绝地涌向会场。朱自清、张志和等都发表了十分悲愤的讲话。朱自清是抱病赶往会场的,有人提醒他要注意暗杀,他愤怒不已:"谁怕谁!"他在会上悲极而泣,演讲完毕中途退场。最后由75岁高龄的民盟主席张澜讲话。张澜站在台前,悲愤不已,银白的长髯颤动着,很久说不出话来。情绪稍定后,张澜激动地说:"李、闻先生之死,是政治暗杀,李、闻两同志之死,系民主运动的最大损失。"最后张澜说:"本人决步两同志之后尘,为中国的民主和平,鞠躬尽瘁,死而后已。"

会后,张澜即遭到暴徒袭击,头部血流如注……

第二天一早,朱自清带家属从牛市口东门汽车站乘车,奔赴重庆。

这一天,也是朱自清与成都的诀别之日。

到达重庆后,他仍然到处讲演闻一多功绩,宣扬他"不怕烧毁"的抗争精神。

如果说,真诚是朱自清散文的最高圭臬,那么,反帝爱国精神和决不与黑暗势力同流合污的清洁精神,勇于反思和扬弃的人格，构成了朱自清的文化向度。这，恰恰是如今的文化人最应该缅怀、反思、汲取的骨中之钙。

《外东消夏录》是朱自清回报成都的力作

在我看来，这篇文章与他后来所写的《我是扬州人》一样，具有划时代意义。

这个题目是仿高士奇的《江村消夏录》。文章写毕于1944年8月31日的昆明。费时5日。原文计6节，初次发表于《新民报》时，竟被编辑大笔一挥删去一节。当时流行"只有大编辑和小作家"的编辑观，由此也窥见民国时期报刊编辑的刚健之气。文章分"引子""夜大学""人和书""诗境的成都"和"蛇尾"五节，叙述了他对成都的印象。朱自清毕竟文笔老辣，"持中"叙述中，对成都做了细腻入微的描述。亲历的苦难总会反刍为一种泪水浸泡的温情。他认为成都是与北京很相似的古城，且气候温润，物产丰富，最宜家居。在其中一节《成都诗》中，他写道："据说成都是中国第四大城。城太大了，要指出它的特色倒不容易。"我就没能找出这个"据说"的另外出典，这分明是历史上第一次提出成都为"中国第四城"之说。

现在，我们承认朱自清是"中国第四城成都"的命名者，毫不过誉。

一个城市的特点往往与古迹具有藕断丝连的关系。由于张献忠之乱，成都城内的古迹几乎被荡涤一空。即便不容易找，朱自清还是找到了成都的一大特色，那就是回荡在大街小巷里的"闲味"。这种"闲"，似乎潜移默化地浸入了他内心深处。他体味出成都的"闲"，既为一种银杏落叶飘在地面、被微风带动兀自而舞的"闲"；又为一种"早睡早起身体好"的农耕时代的"闲"。而对于朱自清来说，这种"闲"是一种很难细诉的状态，犹如蜀地无处不在的薄雾，是一种只能意会不可言说的群体地缘氛围。尽管他已竭力以老道的文笔表达了这种漂浮在空气里的气氛，但还引用了被誉为"现代游记写作第一人"的易君左先生的《成都》一诗，来进一步佐证这种感觉："细雨成都路，微尘护落花。据门撑古木，绕屋噪栖鸦。入暮旋收市，凌晨即品茶。承平风味足，楚客独兴嗟。"朱自清对市井里这种闲到乏味的生活，是有看法的。他特意对这首诗进行了一番阐释，仍然采用的是借他人酒杯浇自己块垒之法：

"易君左'兴嗟'于成都的'承平风味'。但诗中写出的'承平风味'，其实无伤于抗战；我们该嗟叹的恐怕是另有所在的。我倒是在想，这种'承平风味'战后还能'承'下去不能呢？在工业化的新中国里，成都这座大城该不能老是这么闲着罢。"

他仍觉得，只有"住过成都的人该能够领略这首诗的妙处。它抓住了成都的闲味。北平也闲得可以的，但成都的闲是成都的闲，像而不像，非细辨不知"。北平的闲，似乎还掺杂有皇城根儿的隐然傲意；成都的闲，是平民们开源节流、想方设法舒适自己的气场。成都人从河边捡回几块大石头，在院子里随意一摆，再种上几棵泡桐树，就可以美其名曰"园林梦"了。这在江南人或北平人看来，注定惊诧莫名。个中深意，如鱼饮水，冷暖自知。

文章结尾，朱自清的笔再次回到了树：

成都旧宅于门前常栽得有一株泡桐树或黄桷（葛）树，粗而且大，往往叫人只见树，不见屋，更不见门洞儿。说是"撑"，一点儿不冤枉，这些树戆粗偃蹇，老气横秋，北平是见不着的。可是这些树都上了年纪，也只闲闲的"据"着"撑"着而已。

看起来，他固然实现了"消夏"，但如何才能实现"消愁"呢？朱自清并没有找到答案。

朱自清的梦

朱自清写有大量日记，生前并没有公开发表的打算。翻阅这些日记，更能近距离地了解先生真诚、朴实、单纯的内心世界。1931年到1936年的日记里，有3则都是写他夜里做梦的情况。奇怪的是，这些日记所记的3个梦，竟然指向同一个沮丧的内容：

1931年12月5日："……梦里，我被清华大学解聘，并取消了教授资格，因为我的学识不足……"

1932年1月11日："梦见我因研究精神不够而被解聘……"

1936年3月19日："昨夜得梦,大学内起骚动。我们躲进一座大钟寺的寺庙,在厕所偶一露面,即为冲入的学生发现。他们缚住我的手,谴责我从不读书,并且研究毫无系统。我承认这两点并愿一旦获释即提出辞职。"

这3则日记分别写于不同年份,前两则是在英国游学时所写,后一则写于清华大学,这期间,他也由中文系代理主任正式担任系主任之职。不同的时间,不同的地点,不同的境遇,而竟做着同一个内容的梦。足以发现,他内心承受着巨大的压力。朱自清做事做人本就极其认真严谨,从日记中可看出他永远觉得自己资质一般,不够聪敏,也不够勤奋努力。他不时地自我反省,自我审视。到清华大学后,心理压力就更大了……巨大的压力,清贫的生活,繁重的工作,使得他的健康状况越来越差。

朱自清孙子朱小涛认为,祖父之所以有如此巨大的压力,应该有如下三个原因:

第一,教非所学。朱自清是学哲学的,但教的却是国学。第二,他只是本科生,而清华大学却是名流荟萃、大师云集之地。第三,清华大学严格的用人机制和学术竞争环境。再加上他自己由中学教师升格为教授,由教授又任系主任,他自觉"盛名之下,其实难副",因而压力越来越大。他担心自己在学术研究上落伍,曾几次提出辞职,想专心治学。他不断地自我要求,自我完善,大量阅读各种书籍,每隔一段时间就制订一个读书计划。他虚心向语言学家王力、诗词专家黄节、俞平伯等人请教，借来他们的著作阅读学习。自己的日记，他也用中、英、日三种文字甚至汉语拼音书写，以此来巩固和提高自己的外语水平。

当然，朱自清记梦里，并非一律暗无天日的愁绪，他也有怡然之梦。

1941年11月19日，他住在叙永县李铁夫家里，吃得太好，他一夜尽在梦境中度过。第二天起床，朱自清写成《好梦·再

朱小涛身高1.88米，他的父亲朱闰生，是朱自清的次子。我于2016年6月在扬州采访他，时任扬州朱自清故居纪念馆馆长。阿来摄

叠何字韵》诗:"山阴道上一宵过,菜圃羊蹄乱睡魔。弱岁情怀偕日丽,承平风物殢人多。鱼龙曼衍欢无极,觉梦悬殊带有科。但恨此宵难再得,劳生敢计醒如何?"梦境与现实的判然疏离,反而更让人觉得,不如不做这样的梦。

让人伤感的是,这般"娱目畅怀",他只有在梦里可以窥见了。而且,好像仅有这么一次。

1947年除夕,清华大学国文系举办了一场师生同乐晚会,当时朱自清的胃病已经颇为严重,他是带一脸病容参加。学生们给他化了妆,穿上一件红红绿绿的衣服,头上戴了一朵大红花,他还和同学一起跳舞。余冠英、李广田教授也来了,大家高唱《青春进行曲》:"我们的青春像烈火一样鲜红,燃烧在战斗的原野。我们的青春像海燕一样的勇敢,飞跃在暴风雨的天空……"

1948年夏天,在胃病折磨下,朱自清的体重越来越轻,最轻时才38.8公斤。也就是这个时候,他在拒绝领取美援面粉的声明上签下了自己的名字,以区区不足80斤的身躯托举起国家和民族的尊严。但他由于胃病原因,仍然渴望吃东西,甚至暴饮暴食……这进一步加剧了病情。也就是说,朱自清不是被饿死的。

翻开1948年的日记,我们没有看到他为食物短缺而苦的记载,相反,多的倒是下面一些文字:"饮藕粉少许,立即呕吐";"饮牛乳,但甚痛苦";"晚食过多";"食欲佳,终因病患而克制";"吃得太饱"……

就在他逝世前14天的1948年7月29日,也就是他在拒领美国"救济粮"宣言上签名后的第11天，他还在日记里提醒自己："仍贪食，需当心！"

1948年8月12日，朱自清辞世。

朱自清去世后，夫人陈竹隐在整理他的遗物时，看到他的钱包里，整齐地放着6万元法币，可惜，这点钱连一块小烧饼都买不到……清华大学第一次降半旗致哀；追悼会上，校长梅贻琦致辞时哽咽得说不出话来；数月之内，社会各界纪念诗文多达160余篇，形成了轰动一时的文化事件。

……

我在九眼桥顺江路已经居住了10年。

每日傍晚沿江散步，银杏树、小叶榕一路排开，树叶哗哗，比流水声更亮。二江珥其市，九桥带其流，府河与南河宛如人体任督二脉，吐故纳新，使"江环城中"的城市格局一直得到承袭。走到宋公桥街，残剩的半条小街早被压在摩天大楼的阴影里。大树、古井、庙宇……全被荡涤一空。

数千年以降，成都码头镌刻着深纵的城市记忆。三国之时，诸葛亮送费祎出使东吴，因有"万里之行，始于此桥"的感叹，万里桥就此成为锦江文化的地标。进入民国，成都尚有12座码头，其中6座分布于锦江沿岸。无论是人头攒动的水东门货运码头，还是运送盐糖、布匹为主的合江亭码头，抑或因木柴而兴的九眼桥码头，浪涌人聚，千帆竞流，逐渐形成上起新南门、下达望江楼的庞大码头聚落。成都人名之：锦江码头。

马可·波罗、威廉·盖洛、大卫·妮尔、山川早水等旅行家进出成都均在锦江码头。1879年，一带大儒王闿运入主成都尊经书院，凡十几次进出锦江。20世纪初叶，青年巴金正是从这里出发，远渡重洋，负笈法国；郭沫若的"东渡"、艾芜的"南行"也是以此为起点……

朱自清在成都期间，学界、文学界、报界、官场的应酬不少，他应该也见过四川军界要人王瓒绪（1886-1960年，抗战时期为四川省主席），当时王的秘书兼保镖，乃是日后彪炳画坛的一代宗师陈子庄。20世纪60年代晚期，陈子庄经济陷入了极度困苦之中，夫人精神病发作，小儿子溺水身亡，另外几个子女渐渐长大，吃饭看涨，且均无分文收入，他就像陷入了一个泥潭；而泥潭之下，似乎还有陷阱。他常常在锦江望江楼畔散步、散心……白发三千丈，缘愁似个长。就是在这样的情景下，他写有一首自况诗《题山水》：

百年难得诗千首，
画里青山便是家。
莫愁明日无米煮，
河东分我一杯霞。

有骨，有力，有情，悲痛浸纸，以至于漫漶了所有的仁义道德、高头讲章。我说，这是20世纪60年代最好的汉诗。因为骨髓里流出的全是悲痛，但一道神奇的亮银越悲痛之峰而起，在高空，缓慢打开了它的垂天之云……

宋公桥街斜对岸，就是望江楼，水边有一对挖自江心的巨大古石牛。朱自清那清癯之影，就像望江楼倒影里的横斜老竹，更像绷直的弓弦，在江风里，微微摇曳。水波一击，弦断，遂成千古绝响。突然，有一条鱼"啪"的一声，跃出了水面，洒下万千碎银……

"但恨此宵难再得，劳生敢计醒如何？"

海明威的巴蜀之行

抗战时期,到四川的外国记者、作家相当多。据郑光路先生统计,到达成都等地参观采访的计有8批36人。如美国《时代周刊》《财富》杂志总编辑卢斯,他1941年5月8日至21日访问重庆、成都,参观并出席五所大学的欢迎宴会,外交部长王世杰宴请了他。自由法国作家层里1942年3月到成都、重庆,采访宋美龄等人,收到四川省政府主席张群宴请。著名的汉学家费正清夫妇也曾在成都待过。文学家斯坦贝克、汉学家贾德林等名人也先后来到成都。而作家欧内斯特·海明威夫妇的成都之行,则充满了激烈之声。

我是来鼓舞士气的

1940年11月21日,海明威在与他的第2任妻子波琳离婚后,与相恋5年的玛莎·盖尔霍恩在怀俄明州首府夏延举行了婚礼。婚后,海明威夫妇准备去远东"缅甸之路"度蜜月。由于玛莎与第一夫人艾琳娜·罗斯福关系密切,因此海明威还肩负着特殊使命:为美国政府收集情报。因此,他作为美国政府的一位特使来远东考察抗战情况，自然备受关注。1941年1月下旬，海明威夫妇乘飞机到洛杉矶，2月初飞旧金山，然后乘船到夏威夷，2月下旬经关岛飞抵中国香港，开始了他们两个多月的中国之行。

他们对沿途的一些抗战练兵场、训练营分别做了考察和采访，了解其编制、训练、武器装备和作战行动等。前线的士兵、村民和小学生们列队伫立在雨中，挥动着手中的三角旗、高唱歌曲欢迎海明威夫妇。这种对美国特使的友好情景，使海明威夫妇感动不已。这是他们一生中受到的最隆重欢迎。海明威面对着承受着苦难、英勇抗击日寇的中国军民，在"热烈欢迎美国新闻记者！""贵宾们来我国访问有助于增进中美之间更加紧密的关系！""打倒日本鬼子，世界将更加光

1941年，海明威夫妇与宋美龄在重庆

明！""永远感谢国际友人的援助和慰问！"等标语的环绕中，发表了一系列慷慨激昂、鼓舞士气的演说。海明威夫妇在支持中国军民抗日的同时，也对中国军民的艰难处境表示了深切的同情。

1941年4月6日，海明威夫妇从广东到桂林后，搭乘一架运钞机到达国民政府的陪都重庆。4月8日海明威对记者发表如下谈话："对于中国，要说的话太多了。无论是韶关、桂林或是伟大的重庆，在残暴的日本人不顾人道轰炸之下，中国人民仍能各就着各人岗位，努力工作。尤其是在重庆……这种精神，使我们非常钦佩。我们回国以后，一定要写一本有关中国的小说，尤其要特别描写中国抵抗日本侵略的英勇行为，把中国这种精神介绍给我们美国人！"

海明威在重庆分别会见了蒋介石、周恩来等国共领袖。在重庆考察访问8天后，夫妇在国民政府行政院秘书夏晋熊教授陪同下前往成都。美国驻中国大使、中国问题专家奈尔逊·约翰森心平气和地告诉他："中国能够做自己愿意做的事。"海明威对此深为不满，认为是夸夸其谈。

美国作家贝克所著的《海明威传》指出，他去北较场参观"中央军校"时，他才感到约翰森讲的有一定道理，因为他在军人俱乐部里见到设备十分现代化，办事有效力，特别是那里充满着一种紧张、严格、有条不紊的军事气氛。

抗战时期，中央军校曾内迁至成都，以培养抗日将士为目的，并在全国设立了多家分校，即洛阳分校、武汉分校、南京分校、昆明分校。北较场正面是东起通往文殊院和西迄宁夏街、江汉路的白下路。建成成都分校时改名为黄浦路。在黄浦路一侧，有一条笔直的宽阔柏油马路直通大校门，两旁密植法国梧桐。有意思的是，大门两侧镌刻有蓝底白字的一副对联："升官发财请走别路；贪生怕死莫入此门"，字体刚正，让人肃生凛然之气。大门进去之后才是二校门，上书"中央陆军军官学校"横额。两侧同样有一副对联："研究崭新兵学；斯为吾国干城"，金体楷书，力道十足。

海明威一行行走在这些简陋而狭窄的街区，他惊讶地看到成都这个古老的有高大的围墙护卫着的城市街道上，人们仍可以看见几个世纪以来一直存在的骆驼商队。他们从沙漠中远道而来。那些骆驼慢悠悠地走着，迈着沉着、坚定的步伐，使人们想到这种现象的存在可以用千年为单位作计算……

但另外一幕让他又产生了几丝怀疑。海明威参观的机场，应该是成都新津机场，那是二战期间亚洲最大的轰炸机机场。当他们一行看到大约有8000名工人主要用手工建筑一个能容纳装有四个引擎的大型运输机的飞机场时，更加深了他原先认为中国人落后、办事效率低的印象。海明威的这种感觉就同他对埃及的印象所得出来的感觉一样。在埃及法老王统治时期，如果你随便在哪一天的早晨从南部的沙漠骑马出发，沿路上你就可以看到工人住的大帐篷，看到人们正在营造金字塔的场景。所不同的是中国工人用手拖着一个10吨重的石滚子在辗压飞机场跑道，而埃及的奴隶所建造的是金字塔。他听到这些中国工人一边劳动一边低声地哼着，仿佛海浪轻轻地拍打着礁石发出低沉的声音一样。

但这种怀疑迅速被激昂的抗战情绪改变了。

其后，他应邀到华西坝五所大学演讲。那时的华西坝，除了五所基督教会合办的华西协和大学外，还有内迁的金陵大学、金陵女子大学、燕京大学、中央大学医学院和齐鲁大学。海明威讲演的地方，是一排大树掩映的华西体育馆里。体育馆被热情的师生堵得水泄不通，连窗台上都坐满了人。体育馆是名人演讲的主要场所，李约瑟等人来蓉，均在此举行演讲。

他的演讲由全程陪同的夏晋熊教授承担口译。郑光路先生在一篇文章里提及，据听过海明威老人演讲的老人回忆，这位美国作家完全不像中国文人那般斯文，他身体壮实，吼叫一般。讲演时长满汗毛的手臂不断挥舞，倒像个杀猪的黑汉，不时获得暴风雨般的掌声……

当时的《大公报》就报道：如果海明威能"上前线，则吾国士兵英勇，抗战的伟大，当可扬名海外，长垂不朽"。事实证明，海明威返美后所写访华见闻在海外引起极大反响。后来在"一寸山河一寸血，十万青年十万军"的感召下，成都许多大学生报名从军，开赴前线杀敌报国，与海明威的演讲是有一定关系的。

苏光文在《抗战文学与世界文学的交往》一文中这样说："海明威和斯坦贝克的作品在1943-1944年间的中国读者界'是最出风头的'。"（《中国现代文学研究丛刊》，1995年第3期，40页），这显然与他们的中国、四川之行密不可分。

"励志社"与"援华招待所"

董衡巽先生在《海明威评传》里指出，海明威在成都时认为，中国的训练是德国式的，教官都是德国培养的中国人。他们一行从成都飞回了重庆。1941年4月16日的《大公报》以《海明威昨飞腊戌转飞新加坡》为标题，结束了对海氏中国之行的跟踪报道。腊戌是缅甸北部重镇，说明海氏是从云南出境的。5月1日，该报刊登一则电讯，说海明威于4月29日抵达香港后，"拒绝发表此行的印象；惟对中国军队深致钦慕，据称：华军训练精湛，士气雄壮，感予最深云。"

曾经获得经济学博士的夏晋熊教授，从美国毕业返国后，到当时国民政府的行政院工作，曾任孔祥熙的秘书。因海明威来访，他翻译和负责关照夫妇两人的生活。在陪同过程中，海明威怕他冻坏了，便把自己身上的羊毛背心脱下来，给夏晋熊穿上。历经几十年，这件背心已经有几个小洞了，但夏晋熊还细心地保存着，这不仅仅是友谊，更是一份抗战的特殊记忆。这件羊毛背心，可以说是海明威来华保存至今的唯一物证了。

夏晋熊特意提及一件小事，在重庆时的一天早晨，海明威说要他去宾馆叫醒他。夏晋熊敲门时，通报了自己的名字，他便大声喊"请进"。夏晋熊进门一看，大作家和玛莎还没起床，两人拥抱在一起……"他是把我当为自己人，所以根本不回避，所以在我面前表示他俩亲密无间的感情。"

由于玛莎·盖尔霍恩十分怕脏，对住宿地点十分挑剔，加上她是一个"比标榜着硬汉的海明威更硬的女人",因而安排他们的住宿颇费周折。夏晋熊没有进一步提及他陪同海明威访问成都的进一步情况,但肯定了他们下榻于成都的"励志社"。

民国时期的成都商业街为四川省商业专科学校所在地,后来学校旧址上改建"励志社",成为当时成都最高级别的民国四川省政府招待所。抗战时期此处又改为"美国援华人员招待所",国民党在成都训练地勤人员的空军机械学校和通讯学校

海明威夫妇在夏晋熊陪同下在四川访问

1941年，海明威与夫人在中国战区考察

均驻设于此。至1947年春，派到成都空军单位的美军顾问团已达10余人。顾问团团部设在"励志社"，负责人是美军中校白礼门。海明威夫妇来成都，没有下榻于东胜街的沙利文饭店而是居住于此，可见礼遇也是较高的。

最早的"励志社"于1929年1月成立于南京，该社是以黄埔军人为对象，以振奋"革命精神"，培养"笃信三民主义最忠实之党员，勇敢之信徒"、"模范军人"为目的的军事组织。抗战期间，"励志社"在全国各地都有分布，是为国民政府首脑及官员提供后勤、日常生活及娱乐服务的场馆，设有多功能的礼堂、剧院、宾馆式客房以及大小高级餐厅等。

位于四川成都市商业街四川省委大院内的著名的抗战遗迹、文物保护单位——"励志社"大楼。马平摄

成都"励志社"大楼始建于民国二十六年（1937年），为著名建筑学家杨廷宝在成都设计的三大建筑中唯一的宾馆建筑。那时，杨廷宝在基泰公司成都办事处工作。他早年毕业于清华大学，后留学美国。成都"励志社"是按照北派宫廷的范式修建，相比屋面轻巧的南方建筑，"励志社"大气而稳重，多处绘有色泽浓郁的彩绘。所用材料既有传统的琉璃瓦，又有现代建筑材料，这反映了近代成都建筑的历史走向。

走进这幢建筑面积达2700平方米的二楼一底的大楼，清水砖墙给人以肃穆之感，辅之以钢筋混凝土梁柱以及木层架、木楼板，屋顶为歇山式，重檐翘角。楼上客房设有楠木墙裙和嵌花地板。卫生间则饰以瓷砖、马赛克，并配备了西式抽水马桶。楼上设有舞厅、宴会厅等，功能可谓齐全而华丽。该楼建成后，一时名流云集，成为成都的"洋场"。

毕业于金陵大学文史系的钱树琼先生，在抗战开始后出任成都"励志社"主任，曾经负责接待苏联航空志愿队。另据相关报道，前美国副总统华莱士曾在大楼内接见飞虎队成员。蒋介石也曾在此接见过美国援华飞行员、召开中外记者招待会等。需要指出的是，当时装备B-29"超级空中堡垒"驻防于成都的是第20轰炸机指挥部，但人们也以"飞虎队"相称。分析起来，这在于当时很多新闻媒体和民众一律以"飞虎队"称呼所有抗战期间驻华的美军空军作战单位。

抗战结束后，成都"励志社"便成了行政院和一些中央机关的办公地。1949年后四川省委成立，成了省委办公楼。盛夏时节，绿云密布的商业街是成都最凉爽的街道。记得一天傍晚，我独自跨着大步走过商业街，看见"励志社"的楼影，在路灯的作用下，一个影子出现在我眼前。那个影子用脚前掌踮起走路，斜斜地晃动着粗犷的身躯，很像一个拳击手……

陈铨与皮影戏

2012年3月，我来到成都竹林村边的"府河竹苑"小区，采访了著名德语文学翻译家杨武能教授。老人很健谈，回忆起自己在1957年初进南京大学时候的生活："当时师生加在一起不过一百人的德语专业，就拥有自己的德文图书馆。藏书装满了西南大楼底层的两间大教室，真个一座敞着大门的知识宝库，我则好似不经意走进了童话里的宝山。更神奇的是，这宝山竟然也有一位充当看守的小矮人！别看此人个子矮小，可却神通广大，不仅对自己掌管的宝藏了如指掌，而且尽职尽责，开放和借阅的时间总是坚守在自己的位置上，还能对师生的提问一一给予解答。从二年级下学期起，我跟这小老头儿几乎每周都要打交道，都要接受他的服务和帮助。起初我对此只是既感叹又庆幸：自己进入的这所大学真

陈铨像

是个藏龙卧虎之地。日后才得知,这位其貌不扬、言行谨慎的老先生,竟然就是我国日耳曼学宗师之一的大学者、大作家陈铨。"这位图书管理员,早在1931年就从德国基尔大学拿到了博士学位,比杨武能的导师冯至先生还早4年。

也许都是四川人,陈铨很关照杨武能,龙门阵摆得欢,偶尔也提到过四川皮影戏。

蜀地皮影亦称"影戏""灯影戏",多具东汉石刻简约纯朴之韵,在清代大盛。皮影分东西两路,东路分布于川东、川北山区,当地人俗称"渭南影子",这是指它从陕西渭南传来之故。影人形制多以直线造型、刻工精细,以牛皮制成,形体高约30厘米。西路分布于川西坝子,影人形制受北方皮影影响,一般高约60厘米。成都人俗称为"成都灯影",细分则有"纸灯影""皮灯影"两类。影人体形硕大,最大的达七八十厘米,其特点为造型大方、组合多变。"成都灯影"服饰华美、面貌俊俏、较为写实。按理说,皮影戏属下里巴人一路,岂料它早引起了一批大学者的注意。

四川著名历史学家任乃强与"渭南影子"就曾结下不解之缘;比他稍早的,却是著名文学家、戏剧家、中德比较文学专家、"战国策派"核心人物陈铨。"战国策派"是20世纪40年代以西南联大及云南一批教授为主形成的一个文化群体。除陈铨外,还有林同济、雷海宗、何永佶、洪思齐、王赣愚等人。

陈铨(1903-1969年),富顺县人。四川省立一中(现成都树德协进中学)毕业,考入清华大学,留学于美国阿比林大学,再留学于德国基尔大学,获博士学位。回国后先后在武汉大学、清华大学、西南联合大学、同济大学任教。1949年后任复旦大学教授、南京大学德文教研室主任。是清华四才子之一（张荫麟、李长之、钱锺书、陈铨），1969年病逝。

《中德文学研究》是陈铨1934年在德国基尔大学撰写的文学博士论文，首次全面系统地梳理研究了中国纯文学对于德国文学影响的历史，具体展示了中国古代小说、戏剧和抒情诗对于德国小说、戏剧和抒情诗的影响。全书共分绪论、小说、戏剧、抒情诗和总论五章。绪论部分界定了纯文学的概念，明确了学术研究的指导理论和目的，厘清了中国纯文学对德国文学影响的历史背景和研究时限。因为胡适与陈铨的老师吴宓有矛盾，恨屋及乌，他在日记中表示了极大地不屑："看陈铨的《中德文学研究》，此书甚劣，吴宓的得意学生竟如此不中用！"并嘲笑陈铨竟然不知《西游记》的作者是吴承恩！这很可以看出所谓自由主义者的胸襟。

这里不多谈《中德文学研究》的普范意义，本书甚至专门列有《德国学者对于中国灯影戏的研究》一节二千余字，论析了卫礼贤、弗尔克、亚克布等学者对中国灯影戏的翻译和介绍，这也是当时中国人著述中涉及汉学家皮影戏研究的开山之作。

德国的浑司楼在《人们的剧场》中指出："谈有声电影的来源，不能不崇拜中国影戏，是个开山鼻祖了。"剪影动画片的发明者，德国的洛特·赖尼格尔在20世纪初，就开始研究中国皮影戏艺术，在其启示下，拍摄了第一部长动画片。皮影戏也为中国剪纸电影的创造发展，提供了有利条件。四川省文史研究馆馆员徐志福在《抗日救亡运动中的陈铨》中指出，1931

年，时年28岁的陈铨在基尔大学读书期间，结识了该大学的亚克布教授。有鉴于皮影戏是认识中国的一个绝妙窗口，亚克布教授很希望能得到来自中国的第一手皮影戏资料。他经常请陈铨来家一聚，询问相关情况。陈铨竭尽所能，弄不清楚的就写信回国询问，并托人在成都购买有关灯影戏的道具以及川剧本子，令亚克布教授如入宝山，欣喜莫名。他提出要与陈铨一起研究灯影戏，由此也开启了陈铨的戏剧生涯，并为日后创作轰动朝野的《野玫瑰》埋下了丰厚伏笔。

1932年11月，陈铨收到四弟陈咏南从成都寄来的一套灯影戏。如何把中国的精粹文化展示给德国人？陈铨决定自己导演皮影戏。寄来的资料有《打金枝》《借伞》两部戏的皮影，陈铨将故事翻译为德语演出，几十位学者观看了这原汁原味的中国皮影后，大呼过瘾。第二天，该城报纸刊载了陈铨的开幕词和剧照。这是陈铨第一次出任导演，也可以算是他的牛刀小试。在《德国学者对于中国灯影戏的研究》当中，陈铨谦虚地将这一成绩归功于基尔大学文学戏剧专门研究院，未一字涉及自己。

1934年初，陈铨乘船回国，随即投入教育界，但他的皮影戏研究并没有停止。1935年7月，他写出短论《亚克布：〈中国灯影戏〉》，发表在《清华学报》上。这样的文章具有划时代意义，至今依然是一个时代的空谷足音。

1941年，他的四幕话剧《野玫瑰》在重庆火爆上演。谁能料到，这几乎就成了时代为他挖掘的一个陷阱，"汉奸文学"的恶谥淹没了哲人之路，由此拐入了万劫不复的历程。1949年后,他的笔名居然改为"陈正心",但丝毫不能减低头上的高帽尺寸。在巨大的精神压力下,这个尼采主义的信徒终在1969年1月31日撒手人寰,时年66岁……

记得是2012年的春节,我在太湖旁寻找陈铨先生的墓地未果。望着烟波浩渺的水面,觉得陈铨能与侠客要离、民族英烈韩世忠梁红玉、圣女林昭接水而居,也许只是出于偶然。人生就像一场皮影戏,我们都是被线拉扯着演完了各自的一生,死后追加的荣誉一如水影,好看,但掬不起一捧。所以啊,研究了一生的戏,必须明白这个浅显之理,如陈铨晚年所言:"弄好舞台必须观察现实人生,人生与舞台是分不开的。"

大师卢前与龙泉驿

"巴汉溯沿楳,岷峨千万岑。""岷峨"乃是岷山与峨眉山之并称,有时特指一峰突起的峨眉,以其在岷山之南故称。峨眉山有四山谱系,二峨山乃是龙泉山脉最高峰。绵延二百多公里的龙泉山脉狭窄而绵长,是岷江与沱江两大水系的分水岭,也是成都平原与盆中丘陵的天然分界线。龙泉山在唐代称"分栋山"(《北周文王碑》称"分东岭",《简州志》称"分栋山"),宋代随灵泉县改称"灵泉山",明代改为"龙泉山",至迟在明代,已成为成都的主要踏春胜地和林木、花果之乡。明朝尚书金献民是绵州人,其《题东山》云:"日映山城水绕村,晚烟生处树缤纷。伤春况值东山老,风卷桃花正断魂。"由此足见当时龙泉山一线的花木之盛。1936年,就读于华西大学的龙泉才子晋希天,引种水蜜桃种植龙泉山。特别是1958年3月,正在成都参加中央会议的邓小平视察龙泉山,强调"要把龙泉山变成花果山"。由此逐渐形成"龙泉山中桃花源"的磅礴诗意格局。

卢前(1905-1951年),原名正绅,字冀野,自号饮虹、小疏,江苏南京人。戏曲史研究专家、散曲作家、剧作家、

卢前像

诗人,词曲大师吴梅的高足。曾经担任南京通志馆馆长。卢前是天生的活动家,朋友遍及政界、文化界、教育界、曲艺界和文学界。

天纵奇才,卢前的一生,几乎就是多所大学连缀而成的,可谓一路流芳。学者朱禧详细地统计过卢前曾工作过的学校:南京钟英中学(1926-1927年)、金陵暑期学校(1927年)、南京金陵大学(1927-1928年)、广州中山大学(1928年)、上海光华大学(1929-1930年)、四川成都大学和成都师范大学(1930-1931年)、开封河南大学(1931-1933年)、上海暨南大学(1932-1937年)、南京中学(1936年)、上海中国公学(1936年)等(《卢冀野评传》,江苏古籍出版社1994年版)。可以看出,卢前为了维持家计而四处舌耕。

当年,年仅25岁的卢前便被成都大学聘为教授,何等意气风发。他在巴山蜀水间游历、考察,写有众多反映当时四川百态的诗歌、文章、散曲。其具有划时代意义的著作《散曲史》,完成后即交成都大学排印,1930年出版。

我在《饮虹乐府笺注:小令》(广陵书社2009年10月版)里,读到他描述龙泉山的一首散曲《中吕醉高歌·龙泉驿东望》:

> 到龙泉已近成都，
>
> 有万水千山间阻。
>
> 关心尽在东边路，
>
> 独想望朝朝暮暮。

《中吕醉高歌》的曲牌，多以此抒其胸中激动之情，壮怀激烈，有戛金断玉之功。卢前乘渡船渡沱江到达简阳县（阳安），开始登上龙泉山。推测起来，应该是他置身山泉铺一线东望。经历千辛万苦之后，眼看就要到达目的地成都了，卢前按捺不住内心的喜悦，"万水千山"，并不夸张，凸现出他心情的急切。句末叠音词"朝朝暮暮"的妙用，似以与情人相会的比喻，颇为贴切传神。

奇怪的是，卢前的侄女卢偓教授，在笺注《饮虹乐府笺注》之际，对这首小令涉及的地望，严重失之把握。她不但没有来过成都，估计也没有"百度一下"龙泉驿和龙泉山。她在"题解"里说："龙泉，又称龙渊，位于成都西部的西平县西南45公里处。春秋时，楚王邀越欧冶子来楚铸剑，用龙泉水淬火，剑特利，能陆断牛马，水击鹄雁，当敌即斩。此曲写作背景同上。"

龙泉驿一地，在历史上从未被称作"龙渊"；成都西部也没有西平县，三台县倒是有西平镇，但距离成都不止区区45公里。卢前这首小令的内容，不过是旅途终点在望，与欧冶子铸剑之类，真是没有一毛钱关系啊。"东边路"反而倒是值得一说，这分明指的是连接成都、重庆的"东大路"。

路途之上，如果没车，大胖子卢前的苦日子就来了。在四川时候，卢前不敢乘人力车，因为怕起起落落的山路，一个不留神就有翻车之危。而坐滑竿对于卢前也是极大的考验，在乘坐之前他都要选之又选，选那种最粗壮结实的竿子。即使坐上去也是两手紧握滑竿，丝毫不敢松懈，既使如此，也还是免不了竿断人伤之险，坐折的滑竿也算不少了。卢前自己说，有一友人曾戏言："汤若士的《还魂记》是拗折人嗓子，老兄的金躯是压折人轿竿子！"由此可见，他盼望到达目的地成都，是终于可以如释重负了……

富有意味的是，现代著名作家行列里，张恨水、朱自清、叶圣陶等人数次由东大路翻越过龙泉山。朱自清于1944年7月14日、1946年6月17日、同年8月19日三次经过龙泉山；1944年9月28日，由于遭到日寇飞机扰袭，加之汽车不断抛锚熄火，叶圣陶更有徒步登临龙泉山的珍贵记录：

……行至龙泉驿下，司机命男客下车，步行登山，以免危险。此自当遵从，余遂随众人登山。山颇高，上升复上升，余喘不可止，汗出如流。忽而云起雨至，霎时全身淋漓。足穿皮鞋，山路滑不易走，更费气力。行一时许，到山顶，据言有十华里矣。重复登车，缓缓下坡，而雨势亦杀。天气突冷，风来如刺，余知殆将受病矣。抵龙泉驿站，受宪兵之检查，又停车一时许。于是直驶牛市口，到站时已四点半……（叶圣陶《蓉渝往返日记》，《我与四川》，四川人民出版社1984年1月版，289页）

这些历历如绘的描写，既让人身历其境，感受龙泉山的阴晴突变，更让人感受到抗战时期，一代学人安于职守、不畏艰难的赤子本色。

锦江侧畔怀江村

很多文人也未必知道，剧人施超以及话剧演员、诗人江村于1944年病逝成都后，均由成都老报人车辐仗义拿出位于成都外东包江桥李子堰的祖地安葬了他们。近读《车辐叙旧》，该书收有老作家巴波《补记我的朋友车辐》一文作代序，披露了一段史实，安葬在车辐祖地的还不止这两位戏剧家，还有一位中华剧艺社的女职员彭波。三人贫病交加，均死于当时的不治之症肺病。时任《华西晚报》文化记者的车辐见此伸出援手，高义可风，至今让人钦佩。2013年1月22日，99岁的车辐在成都驾鹤西去，这位被吴祖光称为"成都的土地爷"的作家，见证了成都一个世纪的风云。

青年才俊，蜚声艺坛

江村1917年生于江苏海门余东，本名江蕴鏞。1928年祖父去世后，家道中落，父亲为生计开始变卖房产，并去上海某商号充任职员，江村和两个姐姐随母亲迁居南通城西草积巷。1930年考入江苏省立南通中学，勤奋苦读，依靠奖学金读完高中。1936年江村去南京进入国立艺专。毕业之后在大后方参加了由赵丹和白杨主演的《中华儿女》一片的拍摄，还与凤子合演名片《白云故乡》。他先后参演的话剧有：《战斗》《故乡》《国家至上》《太平天国》《夜上海》《雾重庆》《青春不再》《锁住的箱子》《棠棣之花》《虎符》《大雷雨》《北京人》等，还与舒绣文主演过著名诗剧《闺怨》。特别是1941年秋，应中央青年剧社邀请，他与张瑞芳、沈扬、赵韫如等著名演员合演曹禺名剧《北京人》，当年周恩来看完演出后称赞说："江村演的曾文清，文弱书卷气都刻画出来了，真令人信服。"

江村在南通中学读书时，民族危机日益深重，各地救亡活动蓬勃兴起。"一二·九"运动把南通的青年爱国运动推向街

1936年江村在国立南京戏剧学校门前

头,也促使江村立志投身艺术宣传工作,他的舞台表演天赋获得了展示机会。1936年元旦,在南通中学礼堂他演出了田汉的著名独幕话剧《南归》,江村饰剧中诗人黄大傻,还演了《一片爱国心》等剧,引起关注,为当时"小小剧社"、"新民剧社"的赵丹、顾而已所赏识。

1938年,江村与石羽、陈梅俊、凌官如、牧虹等参加了成都的"上海业余剧人协会",这个团体人才荟萃,尚有谢添、陶金、田烈、章曼萍、路西、姚亚影、赵惠琛、刘郁民,导演沈浮、陈鲤庭,编剧陈白尘等,艺术氛围浓厚,尽管生活清苦,但给了江村磨砺提高的绝好机会。江村等参加了《金田村起义》《雷雨》《日出》《群魔乱舞》等剧的演出。由于节奏非常紧迫,常常是白天排戏,晚上演出。同年11月,剧社回到重庆参加赵丹排演的田汉剧本《阿Q正传》。江村被分配到中央电影摄影厂,参加了由赵丹、白杨主演的《中华儿女》,不久江村和石羽参加了中国电影制片厂的"万岁剧团"。

1939年到1943年,可谓是江村艺术生涯中的黄金时节。经过丰富的舞台实践,江村的表演艺术臻于化境,尤其是在表现青年知识分子形象上,他的内在气质和他的神采化作鱼龙曼衍的缤纷诗行,赢得了广泛赞誉。他参加演出了《蜕变》《闺怨》《夜上海》《雾重庆》《青春不再》《锁住的箱子》《棠棣之花》《虎符》《大雷雨》《北京人》等一系列大戏。特别是《北京人》,江村饰演曾文清、张瑞芳饰演愫方、赵韫如饰演曾思懿被称为一时的不二之选。时隔二十多年,张瑞芳回忆道:"1962年,北京电视台话剧团曾内部演出《北京人》,总理和邓大姐观看后，说：'其他角色都好办，再找像江村那样适合演曾文清的演员，就难了。'"由此可见江村塑造的难以磨灭的形象。

作为诗人的江村

江村身材高挑，相貌英俊，俨然就是被诗神刻意打造出来的诗人类型。他中学时期就喜欢新文学，写作了大量诗歌，他一直想成为一名呼与鼓的热力诗人。伴随舞台演技的成熟，他的诗境也获得了提升，并在报、刊上发表诗文。他的《飞》《渺小的卫星》《风雨狂想曲》《艺术永恒的光芒》等诗作发表后，其强烈的爱国主义情怀和清纯的诗风引起诗坛热议。特别是他的个别隽永诗篇，不仅为当时广大青年所喜读，更得到文艺界前辈的称誉。郭沫若对他的诗另眼相看，视为同道。周恩来也很喜欢江村的新诗，曾叫江村当面朗诵诗给他听。江村怀念亲人和故乡的诗《嘉陵江水静静流》，经音乐家张定和于1941年谱成男声独唱歌曲后，普遍传唱于重庆和大后方——

嘉陵江水静静地流，
流不尽我的哀愁，
流不尽我的烦忧。

嘉陵江水静静地流，
我深深地怀恋我美丽的乡土，

在那遥远的东海边，
在那沃美的扬子江头

如今，敌人踏破了我可爱的田园，
折毁了我童年的摇篮。
我独自流浪嘉陵江上，
看不见古城幽静的风光，
看不见离散的姐妹爹娘；
更看不见我曾热恋的女郎。

嘉陵江水啊，你静静地流，
把我的思念，
流到遥远的扬子江头，
告诉我故乡的人民，
我就要回去，
我就要回去，
带回去幸福和自由！

1945年11月25日出版的《成都周刊》第36期《自由谈》上，发表了江村遗诗《山村在默默地呼吸》。该刊第35期上还有附记，介绍了江村历年诗作概况，并提到江村最长的诗作《旷野的悒郁》，可惜这些作品都湮没于历史的尘烟中了，十分可惜。

《闺怨》之情与戏里戏外

在重庆和成都时期，江村是舞台名人，自然大获芳心，但他都没有遇到中意的。情投意合的理想伴侣一直是他不改的初衷，风华正茂的他，爱情俨然只是剧中的一抹绮彩。

1942年初，一个偶然的机会，剧中人物的爱情之力，反把江村推入了现实的情网，并上演了一场轰轰烈烈的爱情悲剧。

贺孟斧导演的五幕话剧《闺怨》，这是一部反抗封建家庭专制和讴歌爱情战胜死亡的著名诗剧，江村和舒绣文担任男女主角是贺孟斧"钦定"的不二人选。

19世纪英国著名女诗人伊丽莎白·巴莱特生于贵族家庭，8岁就学习写诗了。她喜欢骑马，不料在15岁时，一次不慎坠马致残，从此不能行走。随着母亲病故，更增加了她的痛苦。父亲是一个家庭暴君。他见女儿残疾医治无效，便将她禁锢在深闺，只盼她早升天国。巴莱特在多年的病痛、压抑和孤寂中，寄情入诗。1844年她出版了一本诗集，在英国诗坛大放异彩，由此结识了诗人罗伯特·白朗宁。白朗宁给了巴特莱绵绵不绝的爱情，使巴莱特枯萎的生命获得了新生的希望，她竟然可以行走了。白朗宁40岁时带着巴莱特私奔，到意大利定居。

江村与舒绣文在重庆国泰剧院主演的五幕剧《闺怨》，舒绣文饰演的伊丽莎白淋漓尽致，神态逼真，其声情并茂的造型让人难忘。江村饰演翩翩风度的白朗宁，深得诗人三昧，诚挚、深刻，女观众哭成一片。他们的联袂演出给了观众很高

江村1938年在重庆

的艺术享受，轰动山城。多年后，潘子农先生还在《艺谭》上撰文追忆说："遗憾的是这两位成功的合作者均已过早地去世，使这出轰动一时难得的好戏，竟成了'广陵绝响'，不复再见。我以为在中国话剧运动史上，应该为他们写下一笔的。"

演完戏已是半夜了，舒绣文与江村来到了嘉陵江边。白朗宁和巴莱特竟在这狂喜之夜的嘉陵江畔复活了。据说舒绣文萌生过类似巴莱特拒绝白朗宁第一次求婚时的顾虑，她出生于1915年，比江村大2岁，又曾与两个男性交往过；而江村则是清纯而完美的，风华正茂，前途无限。所谓爱情怕是出于诗人的即兴之作。

江村坦然，讲了一番剧中人白朗宁的誓言，他们爱恋开始步入欢乐的快车道。但仅仅一年的欢乐，他们就走到了尽头。想想也不奇怪，艺坛上的婚恋，有几个是可以白头到老的呢？

嫉妒这对璧人的大有人在。现代文学研究专家鸿钦指出，一次在公开场合，曾与舒绣文同居过的《世界日报》的褚记者冲上来，打了江村两个耳光。这让性格内向的江村饱受刺激。对于这场恋爱，有人谴责舒绣文过于绝情，对江村伤害甚深；有的却把分手的原因归之于江村脾气不好，认为舒绣文离开江村有不得已的苦衷。编辑《划破夜空的流星——江村纪念文集》时，编者钦鸿就认为，江舒之恋有两方面是应该肯定的。一方面两人曾经真诚相爱过。江村曾用"琲琲"的爱称为舒绣文写过大量情书，在日常相处中，更是心无旁骛，情动于中。舒绣文也对江村关怀备至，她千方百计为江村求医买药，倾其所有给他增添营养，希望自己的爱能帮助江村战胜病魔。另一方面，两人又有着不可调和的矛盾，这就是江村日益沉重的肺病。没有一个女子不希求心爱者健康无恙，舒绣文也确实为江村的病愈做了许多努力。但江村事业心和自尊心很强，他既不愿舍弃演剧的清苦生活另谋生路，也不愿自己成为爱人的负担，这就必然造成双方的矛盾和冲突。

江村在一封家信中写道，"不幸得很，现实里许多问题，终于未能实现"，"我没有太大的痛苦，我理智地处理着一切"。但朋友们都知道，经受了这场失恋的创伤，他的病情比过去更加严重了。

理智分手后，他们还合作演出过《虎符》和《蓝蝴蝶》两个戏。前者两人分别饰演男女主角信陵君和如姬，后者他们一起抵制坏戏的演出，都是互相唱和，配合默契的。这足以见江村的品行。谁能想到，台上《闺怨》的成功，竟酿成了一桩台下爱情的无尽遗恨！

值得一提的是，舒绣文后来与一个商人结婚后又迅速离婚，仅与剧作家潘子农的几年婚姻算得上略有蜜意。她于1969年3月7日因心脏病孤独离世，时年仅54岁。

葬礼上的枪声

由于无钱医治,江村开始吐血,却不让同事知道,怕增加他们的负担。剧团几次劝江村到医院治疗,他也不肯。他戴着深度眼镜,衣衫褴褛,头发蓬松,胡子也无力再刮,形容憔悴。他在日记里写道:"……我的心活着在战斗,在战线上,即便倒下了,我也面向着敌人!"

1944年5月上旬,他突然昏迷在成都青年会宿舍。经过医院的肺病专家抢救,才止住了大出血。第二天清早剧友们便将江村送到了位于城南的包家巷四川省传染病院(民间俗称肺病疗养院)。由于付不起医药费,眼见是沉疴难起了。他预感行将不起,对友人说:"我早已想过死,我并不怕,但我不能作死的打算。"又对平生知己王东生说:"有一件事要请你照我的意思办:我的二姐蕴稣远在西昌,又有子女,经济情况也不好;如果我出了问题,请你们不要立即通知他们,以免他们伤心和奔波。等你们将我处理之后,再慢慢告诉他们……"这个时候,舒绣文夫妇已在昆明演出,估计想不起那个缠绵病榻的旧人了。

他挣扎着用手抓着胸口。护士问他想要说什么?他说:"我心中好苦啊!"这是他留给滚滚红尘的最后一句话。5月23日凌晨,一代剧人江村静静地去了,时年27岁。当时担任《华西晚报》采访主任的车辐闻讯,赶到四川省传染病院。

江村逝世的当天上午,顾而已就通知了在成都的剧友们和文艺界、新闻界朋友。许多好友都自动捐赠丧仪。顾而已弄来一口薄棺，将江村遗体入殓，并在医院门前设了祭台。

第二天早晨下着雨。冼群、路曦、丁然以及文艺界知名人士剧作家陈白尘和《华西日报》《华西晚报》《重庆新民报》的记者都赶来参加祭奠。他的好朋友也从外地赶来，并揭开棺盖，与江村见了最后一面，场面震撼，大家泣不成声！成都籍的历史学家唐振常那时还是大学生，也加入到送葬仪阵里。

朱华山在《流星人生，诗剧昙花》一文里指出："祭毕之后，便抬着灵柩开始送殡。王东生和一位朋友高举着上书'亲爱的亡友——江村，你永远活在我们的心上！'的灰白横幅，走在队伍的最前面，领队的是顾而已和车辐。在送殡的沿途又有一些同情和闻讯而来的男女大学生参加了行列。当队伍走到东大街时，雨下得更大了。顾而已便请大家回去，只留下了车辐、他和我三人。我们三人继续前进，直到东门外包家桥山上的李家大堰车辐母亲的坟地上。为车辐家守祖坟的老农吃力地挖开一个湿土大坑，然后我们将灵柩下葬了。"

事前，顾而已和陈白尘请郭沫若题写"诗人江村之墓"的碑文，郭沫若说："我写出了《屈原》一个剧本，本来就是出于江村的要求……"，"照我自己的观感，倒很想写成'诗人'。外面冲淡，内面燃烧着的一首诗。暗暗地烧，慢慢地烧，仅仅烧了27年，烧完了。人是成了灰，诗是留着的。"想当年，郭沫若的《棠棣之花》历史剧，导演是石凌鹤，剧中周峰扮演侠客聂政，江村扮演聂政的志同道合者严仲子，舒绣文扮演聂政的孪生姐姐聂䓨，张瑞芳扮演聂政的恋人春姑。

一座湿土新坟垒起来了，大家肃立，热泪与冷雨交落。这时，悲愤不已的顾而已从裤袋里掏出一把手枪，向风雨飘摇的阴沉天空连放了两枪。这追魂的枪声，该是那个年代艺术家叩问时代的声响，可是谁来回答呢？这墓和碑，都毁于"大跃进"时期激越的歌声中了。

舒新城：翩翩学人历险记

舒新城（1893-1960年），著名教育家、出版家、摄影家。湖南溆浦人。他幼年家境贫寒，4岁时在其母坚持下进入私塾，接受传统文化的启蒙教育。由于天资聪颖、刻苦自励，常醉心于经学和史书，打下扎实的国学功底。清末废科举、兴学堂之后，舒新城进入新式学堂接受西学教育，在新旧教育转轨中完成知识结构的嬗变，实现了由传统知识分子向现代知识分子转变。1912年进入常德师训班学习，后考入免费的岳麓高师。毕业后进入教育界。1924年10月，应国立成都高等师范学校校长吴玉章之邀，溯江而上，到成都出任该校教育学教授，开设中学教学法、现代教育方法、教育心理学三门课程。他经常进行公开演讲和教育调查，收集近代中国教育史料。1924年，又发表了大量论述道尔顿制的论文，后成为《道尔顿制研究集》。他随后

舒新城像

进入中华书局，主持续编大型工具书《辞海》，嘉惠学林，造就一个时代的学风。

《蜀游心影》剖心迹

舒新城曾言："一个人的思想，精密讲来，都是反映时代的镜子。"用此对照他的游记《蜀游心影》（上海开明书店1929年版），就发现此言不虚。本书记载舒新城1924年从南京出发，前往成都高师任教途中给妻子的书信。全书共70篇文章，所收照片42幅，尽管有些照片较模糊，依然可供我复原当时巴蜀的一些镜头旁及的景象。书按地点分成三部分：宁渝途中、渝蓉纪程和锦城杂拾。一路感观，风尘仆仆，蜀天愁云，都集中在这薄薄一本的小书之中。

此书的另一大特点，就是舒新城对内心活动的真实记录。目观六路，出入其中，舒新城自有一番感慨，却不想独自消受，而是写成文字与妻子分享。舒新城率直的性格，在《蜀游心影》中自然暴露无遗。在教育家眼里，不但贩夫走卒、达官贵人是需要教育的，就是这个世界也需要大力教化。

入川途中，他在汉口稍作停留。他发现了川江"棒棒军"的狡黠："挑夫来问搬行李，我竟置之不理；他们以为我可欺，接江者、船夫、挑夫越围越多，我要出去，竟连路也没有。"因此一路上，舒新城担心最多的是如何与这些"棒棒军"打交道。这样的书生心理，是不是也在可"教育"之列呢？他没有反思这个问题。

《蜀游心影》特意记载他沿川江一途的讲演经历，这主要是因为舒新城对美国道尔顿实验室计划的研究而渐为人们所知。在重庆第二师范等大中院校，他在别人盛邀之下举行了多场演讲。但舒新城认为，所谓演讲，实在是"于人无益，于己有损"的事。就是说，他只相信有言不由衷的教育。他写道："这几年来，我自然为道尔顿制几个字渲染成了时髦人物，曾冒着寒暑替许多教师念过多少次消灾消难的法咒。可是结果呢，不光灾难不能消，而且魔道日高。所以我每次讲演之后，除了心意中充满了于人无益，于己有损的情调外，什么也没有。然而为着人情的问题，终于不能不违心地去演讲。"这种心态，比照一生至少做过六十多场讲演的鲁迅先生来，可谓云泥之别。因为鲁迅相信，话语是可以深入人心的。

既然如此，为什么又要投身于主要依靠口口相传的教育界呢？到达成都后，舒新城对自己在成都国立高师的教授生涯也如此自嘲："这次为着要达游历的目的，而以教书的名义拿公家的金钱，而且要使数百青年都跟着我这所谓虚假的教育家走，更觉得造孽，然而在事实上，靠着几句东抄西袭的文章，几句不痛不痒的语

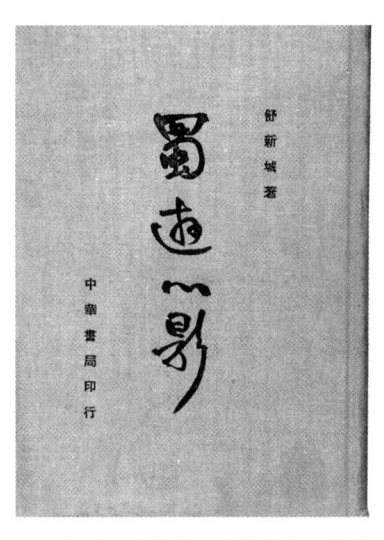

舒新城《蜀游心影》书影。民国二十八年（1939年）版

言居然登坛了,作人师了,而且居然骗得一般青年叫好了!觉得又有什么用处!人生!呜呼罪恶的人生!十一月九日。"这种悲观的语调里,颇有一些当年郁达夫的腔调。

他造访过安岳县的一所小学。小学建立在丘陵坡地,修竹掩映,一片田园生活的静谧温馨,他不禁感叹:"中国本然是小农社会的国家,清末改型工业社会的新教育制度,将中国数千年相传之书院与私塾闲暇自适的力学精神破坏无余,而集一切中等教育的机关于都市之中,致将学生来自乡间的自然生活为都市的浮荡习惯所代替,实在是不幸之至。今日得见此中秀丽的校景,真有徘徊不忍即去之感。"由此可见他对教育现状何以悲观的根源了:"我对于教育的唯一心得,只有'作伪'二字:我以为一切的教育都以教人作伪为目的,中国的教育,除此之外,更教人成仇。什么教育是完成人格,创造生活的话,都是教师持以为解决生活之道的幌子,根本就不是那么一回事。"

慢节奏中的趋时心态

1924年11月3日晚上,舒新城到达国立成都高等师范学校。11月11日,他正式开始执教。他发现该校"在名义上一切都照部章,而十余年来,部章上的高等师范并没有什么变更,所以斋务学监等名目,都和我十年前进过的湖南高师一样"。时代一如川江奔涌而前,纸上的制度却一仍其旧,迈着方步。20世纪20年代的成都给他印象最深刻的是节奏缓慢的生活。街头茶客众多，他们每天在茶馆停留时间之长让他十分惊讶，"无论哪一家，自日出至日落，都是高朋满座，而且常无隙地。"其实很多外国来访者也注意到了这种普遍的休闲文化，王笛《街头文化》一书也指出，地理学家G.哈伯德也发现成都人"无所事事，喜欢在街上闲聊"。这就是20世纪初成都人日常生活的景观，人们似乎看不到近代大城市生活的那种快节奏。

1922年10月至1923年暑假前，舒新城在各地做关于道尔顿制的公开演讲十余次。1923年暑假，国立东南大学暑期学校开设道尔顿制学习班，学员来自全国12个省区，由舒新城主讲。学习班结束后，舒新城又到上海、武进、宜兴、武昌、长沙各处演讲。但他对当时全国教育界一哄而上的道尔顿制实验深表忧虑，他指出："在外国发现的一种新制，都有其特殊的历史，我们决不相信照样搬过来，就可以实行。"职是之故，他明确提出："第一，我希望国内教育者对于道尔顿制抱实验的态度；第二，我希望国内教育者本此制的精神创造出适合国情的新制度。"这一通达而理性的态度正是如今我们学习外来理论应该保持的清醒态度。但谁又能遏制这样的风潮呢？

舒新城对道尔顿制在中国的命运感到担忧，他不得不自造了一个名词："避冒"，呼吁教育界乃至社会注意"避假冒道尔顿制的名义以自欺欺人者之所为"。

生活节奏缓慢，人们的心思却变得异乎寻常的活络。而追求时髦更成为本地的社会风尚。舒新城受邀到成都一家公学去演讲就出现了颇为尴尬的一幕。校方在布告中称："本日下午三时，请国立东南大学教育学士舒新城先生讲演，诸生务须一体按时出席。"舒新城乃岳麓高师毕业,舒新城不得不现场声明,本人并非硕士学士,乃一假借他人中学文凭而考入高师的毕业生。舒在写给妻子的信中,对这种唯硕士博士为尊的风气狠狠嘲讽了一番,可见当时追捧文凭的盛行。由于他工资比一般教师高,加上对教育制度做法多有责备,这得罪了本地教育界的当权人士,为他被逐出成都埋下了祸根。

在一个学期结束之时,舒新城曾给即将毕业的学生写过几篇指导未来方向的文章。其中提到留洋,舒新城便写下了一句刻骨之言:"若是你不曾漂过海,别人总不信你是神仙。"这样的观点,我们在他离开成都后编著的中国留学问题开山之作《近代中国留学史》一书里固然看不到了,但他对留学的感慨却弥散至今,依然没有过时。

被逐出成都内幕

由于人地生疏,舒新城在蓉熟人很少,除去校内的旧识王克仁、黄淑班夫妇以及孙卓章,校外过从最密者要算陈岳安。通过陈的介绍,舒新城认识了同是少年中国学会会员、《川报》的主笔李劼人。关于他们的初次见面,舒新城在其散文集《蜀游心影》中有详细的叙述:"劼人长不满五尺,但两目灼灼有光,讲起话来,声音高亢而嘹亮,气势从容不迫,俨然向人演说的一样。他平常做事的责任心如何,我因为系初见面而不能断定,但他说话一字一句不肯轻放过,两手抱着水烟袋也在那里一口一口地狂吸,走起路来就在房间里也是大踏步向前的态度,很可以想到他平时治事的精神。"两人一见如故,结为生死之交。

由于舒新城爱好摄影,经常随身带相机,这在当年成都很是吸引眼球,也吸引了一个叫刘舫的预科女生,由于刘舫在王克仁家补习英语,而舒新城也时常到王家走动,他们于1924年12月24日第一次相见。刘舫读中师时就读过舒新城的著作,对舒老师很是敬仰,他们开始了频繁交往。刘舫认为自己无论是知识、思想均不够开阔,于是提出向舒先生学语文及阅读方法。

舒新城记载:"一月一日的上午,我们又在王家偶然相值,她们见我带有相机,要我为她们照相,我即为合摄一张……五日又相值,她们因为旧同学刘某岳某新购一照相机,而不会用。请我代为指导,于是第二日她们四人及高师女生王某同至王寓,我当为之指导一切。(舒新城《我和教育——三十五年教育生活史1893-1928》,中华书局1941年版)

刘舫学习优良,关键是面容姣好,众目睽睽,师生的并行身影被道德家们看在眼里。当时有一个官僚之女嫉妒刘舫,偷了刘舫的日记呈报校长,说刘舒有恋爱行迹。另有追求刘舫不遂的男学生,冒舒新城之名给刘舫写恋爱信,信也被送至校方,事情变得不可收拾。

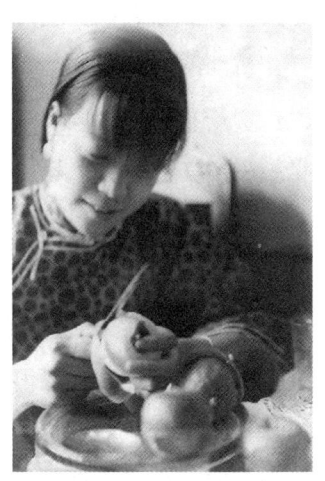

《削苹果的女人》为舒新城的摄影代表作品

这时学校形成"拥舒"、"驱舒"两派,学校骑墙摇晃,少数服从多数,最终赞成"驱舒"。强令刘舫退学未果,一些教师、学生转而把舒新城看成了祸端,罪名是"诱惑女生,师生恋爱",舒新城成了他们缉拿的目标,明令"捕得即行殴毙"。《蜀游心影》的最后是《喜剧》,提到舒新城被逐出成都高师的经过。舒新城眼看风声渐紧,最后不得不化装逃出成都,结束了在成都高师的历险生涯。

怎么逃走的?他立即躲到李劼人家里。舒新城在《我和教育——三十五年教育生活史1893-1928》里回忆,"易装甫毕,即闻门外人声嘈杂,劼人乘酒兴出,与大闹,我乃由岳安乘间引至劼人舅氏后院短墙边,扶我逾墙跳至邻居,邻人初以为盗,大声呼喊,岳安告之,且同逾墙,始获无事。劼人之闹,则为故延时间,使我能安全逃出,经过半小时之争辩,劼人卒令督署宪兵及学生代表入室搜索,不得,乃将劼人捕去。"

伍加伦、王锦厚的《李劼人传略》里特意提及这一事件,说:"一次舒新城同女友在大街上拉着手走,被……杨森看见……扬言要予以枪毙……李劼人……即将舒新城藏在家三天三夜,然后又冒着生命危险化装把舒安全地送出了四川。"当时高师的学生王介平在此期间问过李劼人先生。先生说,关于舒新城事传说颇多,率不足信。对于"拉着手走"一说,李先生微笑着说:"成都还没有这种风气,舒新城也没有这样大胆。"舒新城确曾同成都高师几个女生在街上漫步,被杨森手下知道了,告诉了杨森。其时适杨森有小老婆在高师当旁听生,他们便趁势危言耸听,捏造所谓"拉着手走"、"大伤风

化"等激怒杨森，杨森遂下令抓人。（王介平《〈李劼人传略〉补正》，刊《新文学史料》1984年第3期）

此后舒新城辗转匿居两个礼拜，李劼人亦身陷牢狱十天。5月8日，经成都高师教职员孙卓章等三十余人请愿，李劼人才得放释归家。而李劼人为朋友坐牢的大义，才是梁启超所谓"儒侠"的身体力行，令人感怀。

在《蜀游心影》中，舒新城说出了自己的心里话，"我从前的生活，都是固定在教育的圈子里的：教育家虽然也是人，但因为事事要顾及'为人模范'，对人生的真滋味也就尝的有限。"而这一轰动全国的师生恋爱事件对舒新城思想、生活等都带来了巨大影响。他在1929年回顾这一历险事件时说："我虽不敢说此时以前与此时以后的我，完全是两样，但对于人生与社会的了解因此而进步得许多。也许我现在与未来的生活，有形无形都为那次的事变所影响。"

六年之后，舒新城与学生刘舫在上海成婚，可谓有情人终成眷属。就是说，他抛弃了那些书生气的念头，无须周吴郑王，坐拥书城与直面人生，固然是两种知识分子的归宿。但关注现实更是知识分子的必经之路。

舒新城对李劼人的义举感铭五内。1935年李劼人写信给在中华书局任编辑的舒新城，告之拟写自甲午战争至五四运动的多卷长篇小说，问他"能否接受出版"。舒复曰："可以。"这就是李劼人后来出版的《死水微澜》《暴风雨前》《大波》等长篇小说，为中国文坛留下不朽之作。

陈寅恪：自笑平生畏蜀游

人们称陈寅恪为"义宁先生"，称他的学术为"义宁学说"，称他的人格、品行为"义宁精神"。江西义宁因为陈寅恪，从一个地名演绎成一个具有丰富内涵的文化符号；而他在四川成都的言路与履痕，也深深叩击着读书人的心扉。在华西坝的1年零9个月中，陈寅恪写就了《长恨歌笺证》等12篇论文，还留下约30首诗。这是他在抗战期间的高产期。

艰难的旅程

从1943年底到抗战胜利后的1945年9月13日离成都飞赴英国治眼疾为止，陈寅恪在成都生活1年零9个月。陈寅恪其实对成都早就心向往之。在半年前动身之际，陈先生曾致信时任华西协合大学当教授的友人闻宥，信中说："弟久有游蜀之愿，今幸得遂。"陈寅恪渴望游蜀，一是倾心于历代名家笔下蜀道夔门的险峻雄奇，以及毓秀的巴山蜀水；二是巴蜀俊彦辈出，他视为藏龙卧虎之地。

1940年，陈寅恪第一次入川赴重庆参加中央研究院会议时，就有诗云："自笑平生畏蜀游，无端乘兴到渝州。"对此学界、坊间均作两种解释：一为李白诗中"难于上青天"的蜀道，关山阻隔，旅途艰险，所以"畏蜀游"；二是认为巴蜀之地历来藏龙卧虎，多异士奇人，陈寅恪虚怀若谷，自叹"畏蜀游"。1945年，陈寅恪在成都写了《忆故居》一诗，结尾一联写道："松门松菊何年梦，且认他乡作故乡"（松门指庐山松门别墅，松菊指西山青庐），话说得何其沉痛，但成都委实成了他的现实版故乡！

抗战后期的1943年，陈寅恪受聘为成都燕京大学教授和华西大学中国文化研究所特约研究员，于当年夏天举家从广西踏上赴蓉行程。

他们一家旅途劳顿，好不容易到达重庆，夫妇均双双病倒。此时，陈寅恪的学生听说老师到了重庆，携带在街上仅购得的三罐奶粉去看望老师。见了学生的礼物，陈寅恪凄然地说："我就是缺乏这个，才会病成这样。"

当年12月他们终于抵达成都，陈寅恪开始安家于燕京大学在陕西街的宿舍。所谓宿舍，不过是用篱笆墙隔成的狭窄简陋的"串夹壁"，陈寅恪一家5口挤住3间小屋。至1944年夏，已早成半盲的陈寅恪须在华大文学院讲课，又举家迁至华西坝的广益大学校舍，居"广益学舍45号"，居住条件始有改善。

有鉴于成都"生活之昂，与昆明等"，而父母亲的身体情况更是不好，陈先生的6龄稚女美延，在广益学舍的家里就放养着一头跛足的奶羊，母羊生了两只小羊以后，妻子唐筼学着挤奶，每天早晨先把母羊用绳索拴好，用水洗净母羊乳头，费不少周折才能挤出一碗羊奶,给陈寅恪饮用。

每天陈先生要迈上两层19级台阶,进门左拐,靠尽头的一间教室即是他传道解惑的讲堂了。著名文史大家缪钺先生在《忆华西大学广益学舍》里说,"广益学舍是旧华西协合大学的一部分,在大学本部之北,隔马路相对。广益学舍环境幽静,有一幢教学楼,后面是教师住宅,其中有数栋洋房……当时陈先生即寓居广益学舍后院一栋洋房之中。"那是一个多为一楼一底灰色小洋楼掩映于苍翠之间的大院子。园中多树、多草、多花,

1938年初春,陈寅恪怀抱幼女美延

雅德堂,又名广益大学舍,英国公谊会捐建于1925年,为女子学院所在。现在华西坝光明路宿舍区内,为大学幼儿园

尤其是有梅花——那就是教授楼，许多知名的、不知名的教授在此住过。那个园子，后来人们叫它"广益坝"，在现在的华西医科大学校园内，只是当年的教授楼大多拆迁，一身青衣布鞋的陈先生，其踪迹早已湮没，无处可寻。

访学交往录

陈寅恪到成都之时，其右眼已坏，成半盲衰翁。在成都期间，除上课讲学，平时不轻易出门，交往不多。蜀中学人虽仰慕陈先生人品学问，但碍其病体及淡泊性情，实际的交往并不多，至于他与邵祖平教授同游少城公园，到绿荫阁品茗，算是少有的雅事。罕有的郊游更是值得一记：春节后大年初七的人日（1944年1月31日），寅恪全家与友朋结伴同游向往已久的杜甫草堂，夫妻和美延出城后，坐上了鸡公车，陈寅恪赋诗记游。

陈寅恪在成都期间，曾经四方搜求四川双流人、英年夭逝的天才学者刘咸炘的遗著《推十书》一读，并认为从未谋面的刘咸炘是蜀中最有学问和成就的学者。刘咸炘的确是蜀中学界奇人，《推十书》中展示刘咸炘先生学术成就，有一个突出特点，即他力图用一个哲学核心，贯通天、地、生（即人）的各种事理，旁及古今学理，逐渐形成一个系统化的理论体系。

陈寅恪在成都与硕儒林山腴的拜望相交也是学林佳话。林山腴是当年与大才子赵熙齐名的晚清名士，两人并称"林赵"。早年陈寅恪的父亲——诗人陈三立，以及陈石遗等一批名士在北京结社唱酬时，林山腴就是其中之一。这些往事陈寅恪都听父亲陈三立讲起过，因此他早年就拜读了林山腴先生的诗文，对其道德文章深有契悟。如今客居成都，林山腴就成了刘咸炘《推十书》之外让他真心佩服、欲探访面谒的对象。

那天，陈寅恪前往坐落在爵版街13号的林宅"清寂堂"拜访，他是乘坐友人郭祝崧的私车去的，同行者还有后来做了川师大教授的王仲镛。陈寅恪见到林山腴，即以晚辈身份，行磕头大礼（当时林周围弟子晚辈，均行鞠躬礼），并当众以亲书的一副对联相赠："天下文章莫大乎是，一使贤士皆与之游。"真心表达了自己对林山腴先生的仰慕。不过，对此时陈寅恪在学界的地位与分量，林山腴还是略有所闻。他拒绝以长辈身份接受如此礼遇，连连摇头："这太过誉了，我不敢当。"此后陈寅恪与林山腴亦多有交往，算是其客居成都往来较密的一位父执辈学者。

陈寅恪失明后，心境变得灰暗，他知林山腴精于书法，遂集古人诗句为联："今日不为明日计，他生未卜此生休。"请其书写。洞察秋毫的林山腴自然知道个中隐情，他开导劝慰对方："君有千秋之业，何得言此生休耶？"谢以不能书，且多方温慰之。执拗的陈寅恪于是另请友人书写，曾悬挂家中。后经妻子及亲友多方劝导，陈寅恪始重新振作，他新集苏东坡诗句"闭目此生新活计，安心是药更无方。"请郭有守夫人杨云慧书写，并替换前联。事实证明，在其生命的最后20多年里，此联成了陈寅恪心迹的完整呈现。

几天前，我从位于成都三中背后的爵版街经过，那里不过是一个供周围居民买菜的菜市场。遥想"清寂堂"的优雅和高朋，真是恍若隔世。

前不久翻读巴蜀书社出版的《李思纯文集》，日记部分提及他与陈寅恪的交往。两位学人有共同的留德求学、执教于同一高校的经历，而且两位先哲在藏学、史学、旧体诗唱和上有着共同的爱好，更重要的是两人的文化观念十分相近。

1946年时，李思纯特意记录了在俞大维（俞大维夫人陈新午是陈寅恪胞妹）住宅，面晤陈寅恪之事，陈寅恪告诉他："新得一联语，云'托命非驴非马国，处身不惠不夷间'。"李思纯为之大笑。则此语已成先生指谓改朝换代前夕的代用语，而其在1946年已逆料世局将变，足见识力之深。

抗战胜利的消息传来之际，成都街头鼎沸了。已经目盲的陈寅恪聆听回荡在华西坝的钟声，悲喜交集，赋七律一首："降书夕到醒方知，何幸今生见此时。闻讯杜陵欢至泣，还家贺监病弥衰。国仇已雪南迁耻，家祭难忘北定时。念往忧来无限感，喜心题句又成悲。"

暮年一晤非容易

1944年岁末的一天，正在家中的陈寅恪忽觉眼前一片漆黑，残存的左眼也在华西坝失去了光明。这天他正好有课，他只好叫长女陈流求去通知学校，今日不能上课了。陈寅恪的左眼被诊断为视网膜脱落，经手术，却未能复明。"天其废我是耶非？"他如此哀叹道。

成都存仁医院是20世纪初由一名叫甘来德的美国医生、传教士1894年创办。甘来德，美国密歇根大学医学博士，著名的外科医生。1891年他受美国基督教美以美差会派遣，来到成都陕西街福音堂传教。1894年他在福音堂附近开设药房、医院，初名陕西街美以美诊所。医院建筑毁于1895年"成都教案"之后，他利用清政府的赔款和差会的资助筹划重建。1905年尚在成都四川高等学堂任教的日本教师山川早水对他修建医院的壮举是这样叙述的，"在我旅居期间，他（甘来德）所修建的三层楼大医院就要落成。兴此土木，非一朝一夕的事。从前几年他就开始托来自美国的熟人，一点一点地运来木材、玻璃、镶嵌玻璃的推窗门，以及其他在中国买不到的材料。待材料备齐后才开始动工，这是他亲口对我所言。过去成都没有设立气象台，因而也没有标准时间报时，各自使用简略的日晷。可能是甘来德发现了这个问题。在新建的医院附近设了高两丈左右的时钟台。其钟声，虽然不能完全达到城内的四个角落，但成都的时间，毕竟可以以此钟为标准。总之，可以说是扩大影响的一种捷径。"（山川早水《巴蜀旧影》）建成的存仁医院为三层丁字形楼房，主楼中央有四面形钟楼一座，高于主楼约6米左右，为成都第一座砖木结构西洋高层建筑。医院钟楼不仅成为当时成都的一大景观，而且定时报点的钟声悦耳悠远。

老友吴宓抵成都知道此事，极力劝说陈寅恪治疗。陈寅恪住进了陕西街的存仁眼科医院三楼73病室的当天，吴宓在日记里写道："寅恪以目疾，住陕西街存仁医院三楼73室。宓往探视，久陪坐谈。其新病之左目，瞳孔之内膜已破，出液，不能辨视清晰……谓必将失明云云。宓深为忧伤。"12月18日，医院决定为陈寅恪施行手术，若顺利或许还有一线希望。手术过后，陈氏的头部用沙袋夹住，不许动弹。孰料术后效果极差。

时任燕京大学代理校长的梅贻宝前去探望，陈寅恪大恸，说："未料你们教会学校，倒还师道有存。"许多年后，已是80高龄的梅贻宝在其回忆录中写道："我至今认为能请动陈公来成都燕京大学讲学，是一杰作，而能得到陈公这样一语评鉴，更是我从事大学教育五十年的最高奖饰。"

当时吴宓身兼数职，有三份教授薪水，手头自然宽裕，他慨然以万元付陈寅恪作为家用，无私帮助这位"妻儿何托任寒饥"的挚友。

1945年元旦，吴宓起床后的第一件事就是去医院探望陈寅恪。下午，又借来张恨水的小说《天河配》给陈寅恪送去，以便打发时光。后来，陈寅恪的妻子唐筼因劳累回家修养，吴宓更是每日去医院相陪。陈寅恪在医院前后待了50天，而吴宓前去探视至少有27次。

数日过去，吴宓回陕西老家省亲，陈寅恪也出院回家休养。从陕西回到成都，吴宓就立即去访陈寅恪，他还搜购带来两箱枸杞子等药材给陈治病。

1945年暑假，英国皇家学会及牛津大学约请陈寅恪去伦敦疗养眼疾。吴宓闻之十分欣慰，立刻为陈寅恪的行程做精心准备，忙得晕头转向，连自己的工作计划也一改再改。吴宓还决意亲自护送陈寅恪去昆明。不巧的是送行前些时日，吴宓忽然患了胸病，进医院做了手术，医嘱不能旅行。眼见无法亲身陪同，吴宓在抱憾之余，又请人护送陈寅恪，并再三嘱咐要精心护理。

时间倥偬，转眼过去十几载。也许彼此都感到，他们来日无多了，决定一见。那是一种怎样的相见！1961年8月30日夜，吴宓乘火车抵达广州，陈寅恪派两个女儿去接站。吴宓在当天的日记中写道："乘中山大学之汽车，过珠海桥，行久久（似甚远），方到中山大学；即入校，直抵东南区一号（洋楼）楼上陈宅。寅恪兄犹坐待宓来（此时已过夜半，12时矣）相见……"

吴宓是专程"来粤晋谒"陈寅恪的，因而在广州逗留的5天每天都去陈宅探访，有时不止一趟。他们叙旧，吟诗，论学，陈寅恪向吴宓介绍了自己的生活状况。吴宓这次到访，于陈寅恪而言，绝非一种礼节上的往还，而是打破了他多年生活上的平静和寂寞。当年正值困难时期，吴宓日记频有陈家"送来炖鸡一碗，加红薯与卤鸡蛋一枚"、陈寅恪夫妇设家宴"鸡鱼等肴馔甚丰"、"在陈宅晚餐，肴馔丰美"等记载。临别，陈寅恪夫人又将自种的花生"剥而炒之，强宓带去一包"。9月3日是吴宓在广州的最后一天，陈寅恪写了四首七言绝句，总题为《赠吴雨僧》，其中两句为"暮年一晤非容易，应作生离死别看"。如陈寅恪所料，这是两位结交40年挚友的最后一聚。古语"患难见真情"，吴宓和陈寅恪无疑堪称典范，自此之后，我们只能在历史里闻听这对知音的绝响。

林徽因的李庄时代

月亮田上流动的风景

几年前，读了诗人翟永明的文章《林徽因在李庄》，平缓的叙述与少见的干净笔触里，其实多少透露了女诗人的"情境认同"，一种尽量克制的伤感，仍然在叙述的字里行间悄然释放，直到某个突然的尽头。后来，再读到陈岱峻先生的全景式描述，不禁对李庄产生了些许神往。毕竟，到了40岁这个年纪，本不应该将一个人与一个逗留之地强行联系起来，山川依旧，人去屋空，如此而已。但情绪并不尊崇这个法则，很多地方，不就是因为一个人的足迹，或者仅仅是一个人名就被人们铭记一生的吗？

2005年春，诗人李加建应邀为李庄撰写画册《人文李庄》的文字，我作为本书的特邀编辑，前后去李庄七八次，少不了也到月亮田的"林梁故居"看看。记得一天中午从席子巷去月亮田，机耕道上有一辆拖拉机坏了，塞住了道路，我们只好弃车步行。机耕道上满是赭红色砂岩和鹅卵石，被黏土胶合，吸满了暑热,走在上面就像走在蒸笼里。偶尔有江风打过来,芦蒿摇曳,太阳在田里乱闪,水稻的气味兜头而下。见一小排农家瓦房,小学老师王荣全对我说,那就是张家大院。

我看陪同我们的王荣全老师,是土生土长的李庄人,他的嫂嫂李淑华当时就经常为营造学社提供蔬菜、瓜果,等等,日子一长,油盐柴米、问药买茶,几乎成了营造学社在本地的代理人。往事从王荣全口里流出来,宜宾话的爆破音,宛如顶破石板的竹笋。

没有人进一步说明月亮田的准确含义。当地秀才左照环先生认为,是曾经有一块弯曲如月的水田而名之。它位于李庄镇子西面,依山临水,一边是缓慢而降的"柑子坡",柑橘的灯笼在寻找月亮的踪迹;另一边是泥褐色的滚滚东去的长江水,空气中弥漫着大江的水腥味。在依山一侧,宜宾特有的修篁直插天穹,并不规整的稻田像破碎的镜子,叠光返照,构筑着一派田园景色。

上坝月亮田当然不止一个张家大院,四周散落着碉堡式的几幢民居。如今在层层稻田、蔬菜地围合下,只剩下孤立的呈L形的一小排平房。张家大院的正房基本保留了原貌,租借给营造学社侧面的两个小院没有了,那些一直摇曳在回忆录里的香樟树、芭蕉林、桂圆树也已不存,那棵桂圆树曾经绑了一根大竹竿,供营造学社的老少晨练,更为日后古建筑测绘作升屋上房的必会技能。值得庆幸的是营造学社办公室和部分宿舍的建筑基本保持了原貌。在两扇新做的木门两边,连接板式的木墙;粗大的木柱间以篾条、泥巴、碎谷草、白灰泥修筑成的串夹壁，最大的一间是工作间，光线并不好，全仰仗玻璃亮瓦。里面摆放着粗糙的四方桌和长板凳，但据说只有那张靠窗的书桌才是当时的旧物。屋后有一方小天井，杂草横斜，时间的青苔将铺路的石板盖了个严严实实。

正厅左边是梁、林的卧室，地板朽坏，一走就吱嘎吱嘎叫唤，来人不得不放轻脚步，不愿惊起沉睡的尘埃。在我们来时，已经有几个游客在此徘徊流连，男人们做着悠长的深呼吸，似乎想尽力吸入空气里弥漫的氤氲。但遗憾的是，由于此屋长期被农家用来堆放浇灌农具，空气里倒是有一股宿粪的味道，这就有佛头着粪的意味了。透过窗户，并不能望见大江，也听不到江涛的低鸣。我想，这对一个心情并不好的人来说，反而是好事。我不由得推测林徽音将"音"改为"因"的心机。"徽音"出自《诗经·大雅·思齐》"大姒嗣徽音，则百

李庄月亮田翻修过的梁思成、林徽因故居。蒋蓝摄

斯男。"就是说：大姒继承好遗风，多子多男王室兴。"徽音"即美誉之义。为避免与海派男作家林微音相混淆，1935年以后，林发表作品就改署"林徽因"。她的理由不大像出自一个弱女之口，说是出自一个少不更事的理想主义者恐怕更为合适："我不怕人家把我的作品误为林微音的，只怕日后把他的作品错当成我的。"这种脾气，就像冰心写了一篇小说（《我们太太的客厅》）讽刺林徽因，林徽因就从山西带回一坛陈年老醋，立即叫人送给冰心消受一样。韩石山在传记里感叹："对林徽因这个人来说，改叫徽因或多或少减少了些叫徽音的韵致，假若世上真有韵致这回事的话。"（《徐志摩与陆小曼》，团结出版社2004年1月版，24页）而着眼于林的心性，韵致早已吹气如兰，挥之不去，即使名字少些韵致，但韵致又哪里是一字之易就更增删的呢？不过，这"因"字偶然被林拈起，倒是暗合了因字的本义，就是"茵"的本字，指坐垫，车垫，像人在车席子上，当然了，理解为芳草茵茵、气息氤氲也可。改名已经十年，十年足以抵百年尘梦，在李庄的岁月里，林徽因陷入了潮湿、闷热、音讯阻断的境地。"太太的客厅""金童玉女"之类，已经随山坡上的岚烟消散。月亮田，并没有因为丽人的到来而南山悠然。

营造学社入住李庄后的第一个考察目标，便是川南的僰人悬棺。距李庄约二百多里的兴文县曹营乡的苏麻湾和珙县麻塘坝，是僰人悬棺的集中区。1941年春，梁思成、林徽因、刘敦桢、陈明达一行来到曹营乡的苏麻湾，斧削般的陡崖上，不时有大鹰盘旋，蔚为壮观。学者们为悬棺之谜展开了各种推测，林徽因说,这些谜还是留给后人去解开吧。其实,无法经历的事,对陌生者就是"谜"。1942年,林徽因在大足石刻考察中偶感风寒,回李庄后肺病加剧,一躺,竟然就是4年。

林梁偶尔心情好,会出去散步。在田埂上散步。尽管西装不再挺括,但梁仍然保持绅士风度,因为他挎着当地十分罕见的相机。开始阶段,林一直穿素色旗袍,松绾头发,江风迎面一吹,站在秧田里的农民就直起腰杆,看这流动的风景。由于口音关系,当地人不明白他们的问询,只好憨厚地笑。他们大度地点头致意。一般来说,他们不会走太远,这主要是林的身体。肺病,这个20世纪二三十年代的著名病症,几乎成了一种"文化病"。当然,这倒不是说穷人就与此无缘。但当地人很清楚,在封闭的穷乡僻壤,得肺病的人的确甚少,而文化人的每一声咳嗽,总会在古典的海棠前,增添一丝触目的血痕。郁达夫甚至在《沉沦》里予以了美学化的比兴:"他想把午前的风景比作患肺病的纯洁的处女,午后的风景比作成熟期以后的嫁过人的丰肥的妇人。"就不用说36岁即逝世的刘师培了,后来的高君宇、瞿秋白、鲁迅、萧红、郁达夫、柔石,连徐志摩早期慕渴的圣女——英国小说家曼殊斐儿(现在译作曼斯菲尔德)35岁就死于肺病。徐志摩只见过曼殊斐儿20分钟,他称之为"那二十分

梁思成在李庄用的印盒(正面)。
李庄镇人民政府提供

不死的时间",曼氏之死一度让诗人痛心疾首。如今,他挚爱过的林徽因再次置身于肺病,真不知是否是天意的作弄。

病中的时光越来越慢

不过,我倒是有一个私下观点,如《养生箴言》所言:"肺病者宜逃名,名人每多言,言多则损肺气",如果是这样的话,结合上文,那真是成了繁复的巧合。但不幸的是,事情并没有因沉默而停止。在这期间,李济先生一双如花似玉的女儿在李庄先后夭折;中研院社会学所所长陶孟和先生的夫人、一代名媛、翻译家沈性仁也在李庄香消玉殒,皆因肺结核。

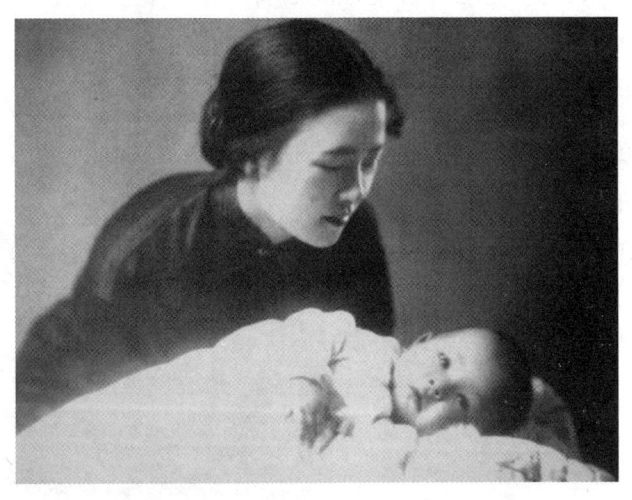

林徽因与小女梁再冰在李庄。李庄镇人民政府提供

李庄没有西医，农民吃点中药就可以长寿，死乃天意。人们不大谈论这些。但梁思成必须履行学者丈夫的责任。他学会了注射，多次向老友们求助，甚至自己去宜宾设法。最后，把伴随他20多年的派克金笔和从纽约州北部的学府之城绮色佳（Ithaca）购得的手表（估计这是他们去美国度蜜月的纪念）也送进当铺。梁思成拎回两尾草鱼，林徽因不解，梁思成幽默地说："把这派克清炖了吧，这块金表拿来红烧。"这是真正的黑色幽默！这两样东西，是一个文化人的最后标志了，他彻底付出了，他已经到了绝境。

为减轻压力，梁思成借去成都办事的机会，弄到了一些西红柿种子，委托博物院筹备处李济带回李庄，请人在家门前田边种植起来。在此之前，李庄人并不知道西红柿为何物，看着这些肥硕的红果，农民们一尝，更是受不了那股奇怪的味道。听说林徽因为此笑个不停，她偶尔到西红柿地看看。移栽到陌生之地，就能扎根而结果，人却远没有这种适应性。刚摘过果实的西红柿秧，就要枯死了，来年它还会有红透季节的运气吗？

林徽因缠绵病榻，不停地咳，持续，而尽力克制。声音被农民听到，五脏六腑仿佛要全部一涌而出。他们听着嘶哑的声音总觉得有些陌生。梁太太怎么了？得了这种病，唉……

无法得知林徽因当时的思想，但我敢说，那些风华与韵致，那些微笑与理想，那些萦绕在西山、英伦的缱绻，简直不可能被回忆。一回忆就会让人血流不止。从现在保留下来的很少一些在李庄时期的照片来看，林的陡然衰老，未必仅仅是病的原因。而且从此之后，林徽因再也没有复原。这就像一个人，不得不去一个陌生之地，身体去了，但令她牵肠挂肚的东西却在另外之所，她必须具备让灵魂往返于长途奔波的马拉松技术。一个人已经名满江湖，固然可以厌倦名声，一个人情有所属，固然可以古井不波，但那些从窗口飘荡而来的汽笛和云影，大概不会让一个诗人心如死灰吧。举个例子，我们知道徐志摩飞机失事后，林徽因收藏了一块在失事地找到的飞机残片（一说是座位上的木板）。她从来没有在李庄出示过，但显然是带到了李庄的。在5年时间里，难道她从来就没有触摸到这金属的锋口吗？

　　徐志摩前妻张幼仪很反感陆小曼，也不得不承认陆小曼很美，是个天生的美人胚子。但性情直率的张幼仪还说了一句很富哲理的话：林徽因是"一位思想更复杂、长相更漂亮、双脚完全自由的女士"。这句话花下藏刺，绵里裹铁。反过来看，我们看不到一句林对她们的评价。也许，这些压根儿就跟自己无关。可是，既然已经无意闯进了一个牌局，渴望独善而退，只怕是不容易的。

　　病到深处，时光就慢下来，往事在蒸发，由清晰而渐次模糊，就像远去的背影终于融化到夜色。剩给自己的，就是一片菜油灯聚拢的安详。油灯只能照亮它自己，但暗示了周遭黑暗的广阔。在每一次灯花的爆裂中，椭圆的灯火顶起了黑暗。那些从缪斯丝质长袍上飘落的碎光，如今，开始被一盏菜油灯置换。灯下，已经没有了烛影摇红、撒豆成兵的幻梦，只有一件事情很明确，在最不需要感情左右的古建筑世界，让剩下的光得以延续或扎根。是的，就是延续。

在李庄一共出版了两期《中国营造学社汇刊》，即第七卷第一、二期，印数极少，保存至今的已经成为极品。梁思成在抗战期间的学术研究成果，大部分都登在这两期刊物上。病床上的林徽因承担了出版刊物的工作，其中一期就由她编辑。李庄只有一处印土特产标签的石印作坊，由于纸张缺乏，他们便自己绘图、刻写、编排。最麻烦的在于要把照片内容用药水绘在纸上。成品纸是马粪纸，然后进行石印，从折页子、修切、打孔、穿线到裱装封面都要自己动手完成。这其中凝聚了学社同仁们无数的才智和心血，甚至还包括林徽因母亲的功绩。以简陋的石印出版的这两期堪称精美的高质量汇刊，受到国内外同行的持久赞誉。我看过几幅翻拍自哈佛大学馆藏的《汇刊》照片，在林徽因编辑的一期里，目录页刊印有勘误表，足以见证其孜孜以求精神。正文均为铁笔刻写，其中有一部分是出自林徽因的手笔。所谓字如其人，真是毫厘不爽。

更费心血的，自然是梁思成和林徽因对《中国建筑史》和英文《图像中国建筑史》的研究和写作。我无法想像在这间简陋的住房里，要在书案上、病榻前堆积起浩繁的史籍和数以千计的照片、实测草图、数据、大量的文字记录，然后进行分类、编排、归总、撰写。他们有一台1928年出厂的打字机，由于缺乏打字机的色带，所以总是打不出颜色，就用墨汁加上煤油，自己试制色带的墨汁，然后再涂上色带。也许，对林徽因来讲，从疾病的辗转而俯身于这毫无飞扬的纸上建筑，她，难道就没有一丝遗憾？时间在流逝，书稿在增加，而疾病也爬上了眉梢。林徽因在承担该书全部的校阅和补充工作之外，撰写了书中第七章五代、宋、辽、金部分。1944年,《中国建筑史》终于杀青,结束了没有中国人书写的中国建筑史的缺憾,纠正了西方人对东方建筑艺术的偏见。限于当时的条件,只用钢板和蜡纸刻印了几十份。而《图像中国建筑史》的正式出版,则已是距完稿整整40年以后的事了。

越是深入的进入到一个陌生而奇异的领域,尤其是对这些领域逐步开始产生出奇怪的感情,是很容易迷路的。这种情况久而久之,也就不想再返回什么了。金岳霖在写给费正清、费慰梅的信里描绘林徽因说:"她是全身心都浸泡在汉朝里了,不管提及任何事物,她都会立即扯到那个遥远的朝代去,而靠她自己是永远回不来的。"(见陈学勇编《林徽因年表》,《新文学史料》1991年第1期,161-170页。)

这就逐渐让我感觉到,在林徽因的生命历程里,的确有一个微音哑散的"李庄时代",是她性格、身心陡然转折的时期。从她的年表里可以发现,1940-1945年,她总共写了4首诗,即《一天》《十一月的小村》《忧郁》和《哭三弟恒》,平均一年不到一首,但均为她诗作中的精品,体现出了一种舒缓的慢性美学,感伤、迷惑而追忆,逐渐摆脱了以往绚丽、轻快的高亮节奏,将一种形而上之思引渡到了字里行间。所以,如果说李庄之前的林徽因,无论是在北平、长沙还是昆明,都还多少保持了她的客厅遗韵的话,那么在李庄之后,她无疑被疾病与萧索,带入到了一个平淡得不容艳丽与芳香回旋低萦的领域。她那意象飞动的天空,已经为自己的弟弟林恒的阵亡和几块小小的亮瓦替代。在一个连风也吹不到的病榻上,作为太太客厅的女主角,俨然已成为心如槁木的病妇。

林恒牺牲后,林徽因对一个叫林耀的飞行员特别关爱。他来自澳门,是林恒的朋友,林徽因称他是一个"有思想的人",林耀也常给梁思成夫妇写信。

1941年,他作战负伤,左肘被射穿,伤到神经。医生知道他酷爱西方古典音乐,便劝他买架留声机,用音乐来镇静。他最终还是恢复了手臂功能,又驾起了新型驱逐机。归队前夕,利用短暂的假期,他专程到李庄。临走时,他把唱机和唱片都留给了林徽因,说自己用不着了,竟是一语成谶。就这样,梁思成夫妇失去了又一位飞行员朋友。发潮的唱片,在留声机转盘上流泻出走调的贝多芬、莫扎特的音乐,就像那些苦难的时光,浸透着林徽因不尽的哀思。她的病越发严重了。

梁、林的学生,后来成为梁妻子的林洙在《梁思成之死》一文分析说:"事实上林先生的早衰正是抗战时期后方恶劣的环境所造成的。"(见《"梦魇"系列·事件卷——兵变!兵变!》,四川人民出版社1993年6月1版,46页)这"早衰"一词,正中要的。

36岁是本命年。但徐志摩就在36岁失事。如果说36岁的林徽因进入李庄时的韵致让时代记忆犹新的话,那么,在5年以后她离开之时,她一步就跨入到老境,这中间似乎没有舒缓的过渡。抗战胜利后她到达重庆时,医生的诊断颇可证实我的结论,医生说对梁思成说:"来太晚了,林女士肺部都已空洞,这里已经没有办法了。"

在林徽因陷入李庄的岁月里,不知道有多少人,在为之牵挂。著名文学评论家李健吾之于林徽因，就颇值得一记。其实，比林徽因小2岁的李健吾只有一面之晤，但对一个有朦胧情怀的男人来讲，已经够了。

听到林徽因病故的消息，身在上海的李健吾立即表达了对林徽因和其他3位女作家的情感。文章（《咀华记余·无题》，见《咀华集·咀华二集》复旦大学出版社2005年版）说："在现代中国妇女里面，有四个人曾经以她们的作品令我心折。好像四种风，从四个方向吹来……时时刻刻被才情出卖的林徽因，好像一切有历史性的多才多艺的佳人，薄命把她的热情打入冷宫……""四位作家，死的死（据说林徽因和萧红一样，死于肺痨），活的活。都在最初就有一种力量从自我提出一种真挚的，然而广大的品德，在她们最早的作品就把特殊的新颖的喜悦带给我们……"

后来，李健吾确切得知林徽因尚在人世，喜出望外，立即为其写了一篇《林徽因》。这篇文章几乎不为世人所知，斫轮老手李健吾只用了千余字就说明了一切，用"炽热、口快、性直、好强"清楚勾勒了林徽因的性格特征。但是，李庄时代的林徽因，显然已经从这些特征旁边绕过去了，宛如她从来没有一幅在李庄的玉身长立的照片，更没有留下在修篁摇曳的背景下微笑的镜头。她已经绕过了这些风月，在疾病的边缘坐下来，看那些模糊而斑驳的石板、雕刻、垂花、衬枋，如同在日记里打量自己的足迹。我估计她根本没有见到李健吾的文章，即使见到了，那又如何？走出了客厅的主人，已经不需要再说什么了。眼下，她甚至觉得，"不断缝补那些几乎补不了的小衣和袜子……这比写整整一章关于宋、辽、清的建筑发展或者试图描绘宋朝首都还要费劲得多。"

林徽因口中常喃喃地念着莎剧《哈姆雷特》里那句著名的台词："To be or not to be, that is the question!"（生存还是毁灭，这是一个值得考虑的问题）逗得大家开心一笑，他们很自然地将这句台词的意思理解为：研究还是不研究，那是一个问题！（王开林《风华绝代》，《书屋》2002年第4期）其实，这并不是"玩笑"，未尝不是她心绪的流露。

金岳霖的"喂鸡逻辑"

这里，有一个大人物自然绕不过去，那就是金岳霖。金前后两次从昆明赶到李庄，说是来写文章，其实主要是为照顾林徽因。早年，林曾半开玩笑地送了他一只公鸡做伴，不想竟培养了逻辑学家养鸡的终生爱好。风尘仆仆的他，1941年秋天来到李庄，就张罗着买小鸡雏，在林家后院拉开了行家架势。王荣全老师提供给我一张从梁从诫家里翻拍的老照片——在梁家的后院里，金岳霖弯着腰，左手挽个竹篮子，右手伸出，摊着手在喂鸡。他的身后，刘康龄（刘致平之女）、梁思成，梁再冰、梁从诫，错落成两排，全都盯着鸡们欢快地进食。可以看到，院子周围扎着半人高的篱笆，篱笆外还有一棵大树，绿荫倒挂而下。只是如今，这棵树如同往事已不存。我站在后院里，听到尖锐而悠长的蝉鸣，似乎把明晃晃的阳光，提到更高的速度，垂直的光照在青石板上乱溅……

金岳霖先生在月亮田梁思成家后院喂鸡。李庄镇人民政府提供

按照金岳霖的说法,他一生共写了三本书,比较满意的是《论道》,写得最差的是《逻辑》,而花费精力最多的是《知识论》。1939年他到昆明不久,六七十万字的《知识论》已经杀青。后在一次跑警报的路途中不慎丢失。金岳霖到达李庄后,很为营造学社的纯正学风所感,他借了营造学社一张桌子开始重写《知识论》。

大家互不干扰工作到下午,梁思成和同人们放下工作,一些人开始在空坝上爬竹竿,借此锻炼身体。梁思成找来一个大茶壶,与金岳霖闲聊,林徽因躺在马架椅上,被人抬到坝子上来透透气。

1941年8月,林徽因写信给费慰梅、费正清,用了一个奇特的比喻:"思成是个慢性子,愿意一次只做一件事,最不善处理杂七杂八的家务。但杂七杂八的家务却像纽约中央车站任何时候都会到达的各线火车一样冲他驶来。我也许仍是站长,但他却是车站!我也许会被辗死,他却永远不会。老金(正在这里休假)是那样一种过客,他或是来送客,或是来接人,对交通略有干扰,却总能使车站显得更有趣,使站长更高兴些。"信后还有金岳霖的附笔:"当着站长和正在打字的车站,旅客除了眼看一列列火车通过外,竟茫然不知所云,也不知所措。我曾不知多少次经过纽约中央车站,却从未见过那站长。而在这里既见到了车站又见到了站长。要不然我很可能会把它们两个搞混。"

在"车站"、"站长"和"过客"之间,身份时而清晰,有时又是互嵌的。也许,"过客"比所有人都更坚守职责,成为了车站永久的居民。

前不久看过一个资料,是对暮年金岳霖的访谈,谈到林,垂垂老矣的金岳霖说:"我所有的话,都应该同她自己说,我不能说。我没有机会同她自己说的话,我不愿意说,也不愿意有这种话。"每读至此,我就无法再读下去了。

王荣全老师告诉我,2003年以前,他一家就住在张家院子里的几间偏房里。1954年搬进去时,他还是个孩子。他对我说:"书架上有英文书,哪个也看不懂。后来也不知道哪里去了。家具旧得很,后来也打来当柴烧……"如今,唯一的遗物,只剩一个小小的印泥磁盒,成了承载他们手泽与心迹的凭证。

1945年8月10日,日本通过中立国瑞典、瑞士发出请降照会,接受《波茨坦宣言》,无条件投降。当天傍晚,李庄在外电广播中得到这个消息,这个夜晚,李庄跟重庆、成都,跟全中国一样沸腾。当夜人们走出家门,同济大学的师生以及中央研究院各所的学者们情不自禁地奔向街头,游行欢庆。4年来,林徽因第一次离开她的居室,是坐着滑竿去的。她形销骨立,只能强撑着病体,模糊着泪眼,默默地立在街边,看着欢呼的人群,分享着胜利的喜悦。在一座破茶馆里,她喝了一杯茶,以茶代酒,和着自己的眼泪……

自此开始,林徽因那一种"出门"的愿望开始被激活了。费慰梅在《梁思成与林徽因》一书里回忆说:"她后来写信给费正清欢迎他去,还说:'告诉费慰梅,我上星期日又坐轿子进城了,还坐了再冰的两个男朋友用篙撑的船,在一家饭馆吃

陪同加拿大南希博士在李庄中国营造学社工作旧址参观。蒋蓝摄

了面，又在另一家茶馆休息，在经过一个足球场回来的途中从河边的一座茶棚看了一场排球赛。头一天我还去了再冰的学校，穿着一套休闲服，非常漂亮，并引起了轰动！但是现在那稀有的阳光明媚的日子消逝了和被忘却了。从本周灰色多雨的天气看，它们完全不像是真的……"后来，就是为了"玩玩"，一有了航船，她就和梁思成一起去了重庆，这是5年来她第一次离开李庄。

梁思成返回李庄后，写信来告诉费慰梅及费正清："为了治理长江险滩，一系列的爆炸已使重庆和李庄之间的班轮停运。就是邮递也只能靠步行的邮差来维持。徽因要回李庄已不可能。"显然，当时准备到重庆"玩玩"的林徽因，就这样离开了李庄，永不再回来……

十一月的小村

唐朝的宋璟在《梅花赋》里说："艳于春者，望秋先零；盛于夏者，未冬已萎。"明白这个道理并不难，但从来没有"艳"过"盛"过的人，又如何知道灿烂之后的平静，与一潭死水的云泥之别呢？所以啊，这话应该是经历者自况，而不是旁观者言。想想杜牧的诗句："砌下梨花一堆雪，明年谁此凭栏杆？"心里不由一惊，月亮田没有梨花，倒是后院唯一的一棵柑子树的小白花，庶几近之。林徽因留心过砌下的那堆雪吗？

林徽因没有为生活了5年的李庄直接写过什么，当年梁思成把李庄称作"谁都难以到达的可诅咒的小镇"，而林徽因则以《十一月的小村》自问自答:"是什么做成这十一月的心,十一月的灵魂又是谁的病?"

但寂寂一弯水田,这几处荒坟,
它们永说不清谁是这一切主宰;
我折一根竹枝,看下午最长的日影,
要等待十一月的回答微风中吹来

在我看来,隐隐的还是觉得有些怅然。但对一个庇护了自己5年的穷乡僻壤,直到她离开,仍然没有找到答案。当林徽因跨进离开李庄的下水船的一刹那,斜照,最后一次将她的身影写在水上……

60年弹指一挥,沉到旋涡的往事,又浮出水面。中央博物院的旧址张家祠堂已改建成李庄小学,那扇被梁思成称赞过的白鹤窗,被钉上了学校五花八门的标语,后来又钉上"爱护卫生,人人有责"的镔铁板;同济大学医学院的旧址祖师殿,除了前庭高阔,演绎着往昔的气度,其他的建筑基本上都成了混乱的民居,院子的几棵树之间扯了几条塑料绳,蔬菜的藤蔓爬满了中庭;同济大学东岳庙现在是李庄中学所在地……一切都物是人非,那些人和那些往事,已在光阴的冲刷下,不是再见告别,而是永诀。

这让我想起民国三十二年(1943年)九月梁思成在李庄拍摄的一组照片。是反映云南昆明营造学社所在地龙头村以及宜宾李庄生活的3幅照片:幼年梁从诫、梁再冰在龙头村的学习照、梁思成带着一双儿女坐在李庄月亮田的学社门口，以及一碗梦中的羹汤。照片上面有梁思成的签名。照片右侧有题写给中央研究院历史语言研究所董作宾先生的3个儿女的字迹："小（董）敏、小（董）兴、小（董）萍：从龙头村的窗口，到李庄的门口，希望胜利后能喝到这样一碗。"这指的是一套精致的羹碗，有碟、有碗、有勺，后经摄影家董敏的组合，深深体现了一代知识分子盼望胜利的心情。可惜的是，这样一碗银耳羹，他们在以后的岁月里，也未必能喝得恬静而悠然……

一个下午，我驾车驶离李庄返回成都，在一个高坡停住，心里突然悲痛起来。蓦然回首，中国营造学社，梁思成、林徽因、金岳霖，《中国建筑史》，寂寂无名的月亮田已经成为历史的镜像，临水自心惊，临照即老去。在我头掠过的，是随晚云而至的凉意。

作者在李庄考察

齐白石成都逸事

著名学者萧公权先生在四川前后居住了23年。1938年冬季梅花开放时节,在春熙路上一家花店里,他偶然看中一束绿萼梅,一问,老板索价奇昂。还说:"花有几品,人有几等",意思是高贵之人方能赏识高贵之花。这些往事,让我经常在春熙路上张望,不但想看到这样的卖花人,也渴望遇到这样的赏花者……

齐白石与胡开文笔墨店

国画大师齐白石与春熙路有着不解之缘。这要略微讲一讲"胡开文笔墨店"。

胡开文的创始人是安徽绩溪人氏胡天柱(1742-1808年),原名胡正,字柱臣,号在丰,绩溪县上庄村人。据说有一次他从老家绩溪上庄村省亲回来,经过一座溪源山。爬到半山腰,天已黑尽,只得摸到附近一座山神庙里宿夜。睡至半夜,忽见一位白发老翁手托一墨,飘然而来。老翁在他面前站定,问道:"你就是休宁汪氏墨店的胡天柱吗?"胡天柱说:"正是。老翁怎知贱名?"老翁笑道:"我便是南唐李廷圭,知你接替汪氏墨店，店业待兴，特来转达神明旨意。"胡天柱从梦中惊醒，朦胧间见庙堂正上方有一块斑驳的匾额，胡大喜过望，回到休宁后，当天就挂出了胡开文招牌。他根据梦中的幻境，融合徽州山水的风光，花了九九八十一天时间制作了一套墨模，用它制出的墨立刻震动了制墨界和文坛。胡开文墨店很快兴旺起来。胡天柱以墨业致富后，曾捐官而匹获从九品意在衔，被赐予奉直大夫。

翰林出身的方旭做过四川提学使，辛亥革命后退隐，工诗善文，书画皆精，尤其是书法，连尊经书院的山长王闿运都赞誉不已。他有一个同乡李润伯，专做笔墨生意，他便出主意叫李润伯在成都开一家"徽州胡开文"的笔墨店。李润伯贩运来许多安徽笔墨，遂于1924年在青石桥开设"徽州胡开文笔墨庄"。

1926年之后，成都市商业热点逐渐移至新开辟的春熙路，胡开文笔墨店于是在春熙路开设了分店。不久将青石桥老店停业，专心经营春熙路北段的商店。

胡开文笔墨店为了结纳文人名士及在文化界中有影响的人物，又为金石、书画家代收润例。这对爱好并需求金石书画的社会人士，也起到一定的媒介作用。当时，与该店建立了代收润例的书法、金石、国画等艺坛人士先后有：谢无量、盛光伟、郑曼陀、林君墨、唐耕耘、施孝长、姚石倩、陈亮清、张嵩容、周申甫、木鱼等名家。

鉴于齐白石的书画影响力甚大，成都书画爱好者纷纷要求通过胡开文笔墨店求索齐白石墨迹。经该店在北京的人和白石老人反复联系沟通后，白石老人同意书字作画，这不仅方便了顾客，也因此使白石老人与成都结下了翰墨之缘。1933年齐白石让三子齐良琨到四川，以印画广泛交友。

据《齐白石年谱》记载，1935年5月下旬的一个上午，齐白石不小心撞到屋前为加紧门户自装的铁栅，戳伤了腿骨，数月方愈。1936年3月初，应四川省主席王缵绪之邀，他携宝珠及良止、良年三位美女翩然入蜀，后来还在"诗婢家"刻印作画。白石来成都，求书购画者络绎不绝。由于胡开文笔墨店的宣纸、画料、笔墨应有尽有，为齐老挥毫提供了方便，满足了需求。之后齐老还亲临店堂和该店人员亲切交谈，并兴致勃勃地为全店人员作画留念。他随后还去了新都、青城、峨眉山等地，9月5日才回到北平。

齐白石与"治园"

齐白石像

齐白石1936年入川，最主要是因为王缵绪的一再邀请；另一方面是他的第二个夫人胡宝珠是四川丰都人，可以借此机会返乡探亲。

齐白石带着胡宝珠和两个孩子经汉口，过沙市、万县，抵嘉州，一路风尘到达成都。这次远行，齐白石有不少收获，认识了不少艺朋好友及门人弟子，包括神交多年当时又正在成都的金松岑、陈石遗、黄宾虹等人。齐白石先生莅临蓉城，应邀住在文庙后街王缵绪家中。他与王缵绪的交往始于王氏求印购画。约1931年王托在北京的友人请齐白石刻印。王缵绪曾一再邀请白石老人来蜀一游，说入蜀可挣丰厚润资。据郎绍君先生文章回忆，王缵绪赠给白石老人一个侍女淑华，为他"磨墨理纸"，淑华在伺候老人近一年后送归家乡。王家大公馆本就是一座富丽的花园，小桥流水，楼台亭阁，很适合画家求静悟道的习性。齐白石作《梦游重庆》诗，对此专门题款："王君治圆与余不相识，以书招游重庆，余诺之。忽因时变，未往。遂为万里神交。强自食言前约，故梦里独见荆州。"诗曰："百尺红素倦红鳞，一诺应酬知己恩。昨夜梦中偏识道，布衣长揖见将军。"1932年7月齐白石创作了精妙的《山水十二屏》赠王缵绪，可见简直是厚待，堪称白石山水的极品。在其中《梦中蜀景》一屏中，他就题了《梦游重庆》这首诗。这就是说，开始阶段，两人的交情不薄。

另据《白石老人自述》记载，1936年，齐白石时年74岁。"四川有个姓王的军人，托他住在北平的同乡，常来请我刻印，因此和他通过几回信，成了千里神交。春初，寄来快信，说：蜀中风景秀丽，物产丰富，不可不去玩玩。接着又来电报，欢迎我去。并于五月十六日到成都，住南门文庙后街。"

在清末民初时期，成都就流行"南唐北李"之说。"北李"是人们所熟知的著名作家巴金的故居——李家官宅。"南唐"指清末民初的唐家宅院，位于现今文庙街一带。1932年唐家宅院卖给了军阀王瓒绪,改名治园。"南唐"的后人——当代著名文史专家唐振常先生回忆说:"故居是四进大宅,大小房间不下六十余间,园中既有戏台、假山、水池,还有西方园林的开阔的大草地,活动的天地极为广阔,有山可望、有湖可入、有水可涉,花木丛中、鸟语花香。"现在唐家宅院已经消失,但在当时成都只要一提到唐家,就如现在人们一提到薛涛马上就会想到望江楼、锦江一样,"唐家花园"显然具有城市代表性。

齐白石老人应王瓒绪之邀在宅院等处居住了大约3个月,他在这儿画画制印,或会见朋友学生。余中英早年为赵熙弟子,善于书法,精于绘画,后来也成为齐白石的弟子,齐白石特地为余中英画了四纸一堂的《送余中英归蜀》画屏(现藏成都市博物馆),另还画了《螳螂爬香图》等许多流传后世的作品。

但坊间的说法逐渐成为人物"演义",说四川慕名而来者送来的润金高高垒起在画案一侧,求画者竟然在画室门外院子里排起了长队。白石老人手不停挥,但对这些富人求画没有多少好感和热情,但他们以银子当灯笼,却是十分诱人啊。老人偶然见到一个拉黄包车的车夫,大汗淋漓拉来一个求画的官绅,他却将刚画完的一张蔬菜小品给了车夫,并叮嘱他快拿回家好好保存。此等传说难以求证,但估计总有一些根据吧。

其实,齐白石来成都一方面是为王刻印、作画;另一方面,是王缵绪向齐白石出示了很多他历年的藏品,请齐白石代为鉴定,并要求齐白石在鉴定后的作品上题记作跋。让齐白石为难的是，王缵绪出示的这些东西大半是赝品，这不过是官场酬酢之假货（更深层原因是，需要齐白石题款，就更应该支付鉴定费，但王缵绪没有）。据说王缵绪原来答应给3000元酬金，等齐白石离开时，王只给了400元，这一结果，让对经济异常认真的齐白石非常不满。根据知情者透露，王缵绪后来曾经对人讲，齐白石搞了他的女人！他的确有一个很美的小妾。情况是否如此，抑或是王的托词，则不得而知。齐白石在8月24日的日记里写道："某某（原文用墨涂去）以四百元谢予。半年光阴，曾许赠之三千元不与，可谓不成君子矣！"连邀他游蜀的人名都已涂去，但细看还可以看出是当时鼎鼎大名的四川军阀王缵绪。

5年后，81岁的齐白石耿耿于怀，又在《蜀游杂记》末页题了两句话："翻阅此日记簿，始愧虚走四川一回，无诗无画，恐后人见之笑倒也。故记数字，后知翁者，翁必有不乐之事，兴趣毫无以至此。"由此可见白石老人对军阀的认识。

老人还有同一年的《丙子账册》一本，记的都是画店送款收件的事。其中一页有横书"补损失"三个大字。下面写："寄成都二尺二幅、四尺二幅。王缵绪收到隐瞒，已现实之。事情勿论，今补还荣宝，已免事。"可见真是秀才遇到了兵。

这里涉及一个重要人物的出场，那就是青年时代的陈子庄先生。他早年到成都后曾向武术名家马宝学习拳术，并在成都参加国术擂台比武，当场重伤二十九军军部的一名武术教官，因而名扬一时，遂被王瓒绪聘为军部教官。王瓒绪成为四川省主席后，又聘陈子庄为私人秘书，并为他鉴收文物字画。名为

"私人秘书",其实更含有保镖的意义。

早年陈子庄居住荣昌"兰园"期间,曾潜心研习史、诗及绘画书法。曾仿制石涛、八大、齐白石等人书画,得其神似,以至流世乱真。对造假画卖钱的事,他一直引以为悔,在临终时,也把这种愧疚写进了遗嘱。

抗日战争前,黄宾虹、齐白石先后到成都,都曾住王瓒绪私邸,作为主人秘书的陈子庄,也曾为之牵纸磨墨,亲历大师们绘画的全部过程。他不但得到向他们求教的机会,而且进一步一窥八大山人、石涛、吴昌硕等诸大师之精蕴,艺术胸襟由此大为开拓。从此陈子庄的画艺大进,胸臆为之开阔。由弟子陈滞冬辑录的《石壶论画语录》里,晚年时节的陈子庄指出:"齐白石画虾的目的是什么?为什么不去画蚂蚁?齐白石自己好笑,说:'买我虾的人特别多,他看得懂?'他把虾的两个大钳画得比真的还大几倍,实际上他的寓意是说这个世界是个鱼虾世界。他画的螃蟹懂得人多些,因为他曾题有'看你横行到几时',反正结果是油炸下酒,不然就画个巴篓,爬出去也跑不远的。王朝闻说他的虾画出了半透明体,此真外行之谈,那是技巧,齐白石的画最可贵的是思想性,那是学不到的。"如今一些人以为,这是陈子庄利用齐白石来抬高自己。分析陈子庄晚年贫病交加、连中国美术家协会四川分会也未蒙获准入会的情况来看,他非常自尊,完全不需要以此自炫。

齐白石两游春熙路

时任《新新新闻》记者的邓穆卿先生，为我们记录了白石老人游历成都以及春熙路的情况，时隔70余年，依然是那样清晰可感——

白石山翁到成都三天，以身体疲乏，尚未挥毫作画。昨日（5月30日）午前八点，记者刚要出街的时候，恰逢他老架着眼镜，光着头偕其姬人移步蹀入本报社来，蓦然看见，高兴至极，便请他老偕其姬人，在本报客室里坐坐。饮茶后，他索本报看，当奉上一份，过目数行，他说一时看不完，便交其姬人带回寓再看。他老向记者说，他要买些零星物件，请为他作个向导，同时也来见见面。

在室里坐了一会儿，谈了些话，他便约记者出街，向春熙路北段走去。他老精神颇佳，步行甚健，只上下阶沿时，姬人恐其费力，稍用手搀扶。

在春熙路上，他老向记者说，成都饮食，他是食得惯的，不过他是在乡里住得久的人，喜欢吃"乡味"，厨师弄的菜味浓又辛辣，有时加入些"味素"更不好吃，且不合养生之道。他很喜欢吃蔬菜，只是放点盐，用水煮熟便是好食品。他说他作客异乡，弄菜殊感不便，他要买汽炉、小铁锅，好自己烹饪。

记者知道他要买汽炉等具，便同他到春熙路百货店去看。在路上，他问我病好了没有，因为记者前（廿九日）天拜访他的时候，曾着凉头痛，他问清楚后又谈了药方，叮咛珍重，令人感到他老对人的亲切。

在"万利长"百货店买汽炉，索价每个十元多，钞价较上海高一倍以上，货又不好。又看了两家后，同他老到"益大"商店，货色稍好，结果他老以六元八角钞购汽炉一个，他取中央银行十元钞券一张，嘱商店找补点角票以便坐街车，店中答无角票找补，记者也向店里人说，请找些角票以便此老零用。店里人称实无办法。他老不禁喟然而叹："人人都说成都好，谁知道拿着钱都不好用。"店里人听他老口音是异乡人，才多方设法，找补了五角票六张，二角票一张。他的姬人看中了"益大"的檀香木折扇，想买一柄，他老看见便说，檀香木折扇上截是竹子接成，下截才是檀香木，不耐用，香味也香不多久，他老说竹子折扇要好得多。他的姬人也便未买了……

这个买煤油炉子的细节，倒是很能体现白石老人的性情。邓穆卿先生又在1936年6月26日《新新新闻》里进一步披露新闻：

他偕其姬人散步春熙路，沙白的长髯，手里摇把白纸未书画的折扇。他说他日前曾去新都一游。当天便转成都。他说灌县青城山风景秀丽，暑气稍减时，他是要去一游的。刘君（启明）当时向他介绍成都古迹，诸葛武侯观星台（在天府中学内）、外西抚琴台以及赵子龙洗马池（在和平街）、子云亭等处。他说他一定要去一游，并请做向导。齐说：当时天热，他清晨作画或雕刻。午后一热便休息，作画与治印成时，便为人取去，寓所里无余留，每天必画，从未间断。

谈到吴昌硕、黄宾虹诸氏，他未表示意见，不过在他的谈话间，对吴有大醇小疵之感。谈到一般作画的，他表示失望，他说："作画与读书一样，要读画多，才能有得，动辄下笔实少希望。"他说他的画，一般人恐怕看不来，因为不守成法，不落昔人窠臼，不胜曲高和寡之慨。他很称赞成都余中英。他说余近来画竹甚佳，治印亦好，顶有希望。

大家谈到王湘绮先生（他的老师）清末对四川文化之功，他老极尊崇湘绮，他说湘绮真是大家，喜怒笑骂皆成文章。他说他早年湘绮在时，每有疑难，曾多请益于湘绮……

2004年5月1日，国画大师齐白石的小女儿齐良芷和外孙女齐媛媛，重走当年齐白石的蜀游之路，并为新画作收集素材。74岁的齐良芷老人一出双流机场，就迫不及待地前往春熙路闹市等处，寻访父亲当年入蜀刻印的百年老店"诗婢家"。当晚，齐良芷还和岑学恭等四川书画界名家共同作画，聊起父亲齐白石当年的一些生活点滴，齐良芷感慨万千。

……

著名学者萧公权先生在四川前后居住了23年。1938年冬季梅花开放时节，在春熙路上一家花店里，他偶然看中一束绿萼梅，一问，老板索价奇昂。还说："花有几品，人有几等"，意思是高贵之人方能赏识高贵之花。这些往事，让我经常在春熙路上张望，不但想看到这样的卖花人，也渴望这样的赏花者。

国画大师陈子庄的成都断代史

陈子庄的生前好友、国画大师晏济元,曾称誉子庄先生为"八大山人"(见陈滞冬、江功举:《陈子庄与晏济元》,载《文史杂志》1988年第2期)。只要读过陈子庄先生在20世纪60年代晚期的自况诗《题山水》的人,就不能不承认他承载了八大山人的诗性与画意:"百年难得诗千首,画里青山便是家。莫愁明日无米煮,河东分我一杯霞。"八大山人在《题画山水》里吟哦道:"人坐秋树下,月在秋树上。若吟落叶空,瘦影自相向。"这样,我们只要在"闲情写向青山里,却被青山一面遮"的感叹里,去触摸那一把壶,石质、实心,不悬壶,不盛茶,也不装酒。

名号当中蕴玄机

陈子庄(1913-1976年)为四川省荣昌人,出生地为荣昌县双河镇峦堡村紫金观岩湾"陈家老房子",六七岁时随经商的父亲搬家到永川县的永兴场。早期作画,时

陈子庄自画像

号兰园、中期号南原、下里巴人、陈风子（陈疯子）、十二树梅花主人、石壶山民等，晚年号石壶。他还经常自称"老九"，老九如何如何，说话时山羊胡微颤，语调有点调侃，卷舌音漏来一缕辣味儿。这不是"臭老九"的自况，而是他心目中的画坛排序。

四川长江画院的常务副院长、陈子庄晚年的弟子王发强先生回忆起这个名号，眼里充满了往事的迷离："我们几个青年，经常陪先生去茶馆，有时先生心情好，会谈到一些旧事。他说过，自己佩服历史上的八位大师：方方壶、青藤、八大山人、石涛、吴昌硕、齐白石、黄宾虹和侠僧担当和尚，自谓老九，可见子庄先生的价值谱系和心性。当然了，六七十年代里，不明觉厉的人，还以为是伟人赐予知识分子的那顶铁帽呢。"

随着研读子庄先生的资料越来越多，我逐渐能感觉到，他晚景里的慎独、突然的怪诞和内心的铁。他早年曾出任荣昌袍哥公口"叙荣泸公社"的总舵把子，那时荣昌街头流行这样的顺口溜："荣昌三大王，县长、议长、陈子庄。"可见其江湖地位（《陈子庄的袍哥生涯》，见陈文明编著《重庆旧闻录1937-1945之帮会秘事》，重庆出版社2006年12月1版，60页）。根据《三年解放战争国民党军队起义将领全名录》记载，1949年前夕陈子庄出任"西南第1路第1纵队司令"（见《三年解放战争国民党军队起义将领全名录》），于同年12月22日以少将身份在成都随王瓒绪部队起义，参加解放军第十八兵团联络部工作。1955年任四川省文史馆研究员、国画组组长。以他的天资和经历，他大概是不屑于与什么新式知识分子为伍的。用他的话说，"人家都是高人！我么，闲散之人而已。"他把所有泼出去的东西收回来，蛰伏在心中，制成一把壶。

1968年是闰年。当法国青年涌上街头大举革命时，中国2000万青年则顺着伟人的巨手指引方向阔步走向广阔天地炼红心。这年为陈子庄家庭大难之年，他最喜爱的幼子溺水而死，妻子大受刺激，精神失常，另外两个儿子先后去农村落户，大儿子又在外地车队工作，他身体状况每况愈下……他在这一年改号"石壶"，又自刻"石壶五十五岁之后作"印章数枚，不仅仅是纪念这次家庭变故，也是纪念自己艺术上升至一个新境的心记。

海灯法师在成都的大徒弟、现在已是名满西蜀的武术大家张金成对我回忆道：我与陈老师认识于1963年。记得是1972年前后，老师经常坐三轮车来到我位于横布街的家，我总是花一角七分钱请他吃一碗白油抄手。有一天他兴致很高，就站在窗前掏出身上的刻刀和石头，一会儿就刻好了"石壶"印章。刚巧他画完一幅送朋友的画，立即就盖上了。不管张金成懂不懂，子庄师随口说，"当年自己目睹齐白石刻印，他是先把印面上几个字的直画刻好，再刻横面，再补上弯曲初。印出一看，好像是直笔同弯笔相连刻成的。白石先生说：'方法要简单，效果要最好。'我终身得这两句话的教益最大。"

子庄师转眼看见张金成墙头挂着一幅成都柒画家绘制的仕女图，突然发怒："扯球了。挂这些烂东西会看坏眼睛的。"

他自号"石壶"，暗示了承仰于那八位大师的泽被，就是说，我们是一路的。从另外一个层面说，石壶可以盛水，但石壶也许本来就是实心的，油盐不进，因而在虚与实之间，石壶举重若轻，就像一个轻功高手，舍舟登岸，羚羊挂角，只在雪地留下浅浅的印痕。成都宽巷子的代表人物、"恺庐"的主人那木尔·羊角先生至今认为，石壶里装着永远喝不到的酒。是的，有酒仙之称的子庄先生，"文革"后就不大喝酒了。

其实，这个石壶还有来历。子庄先生生前曾对弟子李维毅说起过，他在荣昌的家对面有一座山叫石壶山，他在60岁前后改号石壶，实为思念之情——即思乡之意。

中国人喜欢在姓名之外，进一步以"字"表达祝愿或渴望。子庄先生原名陈富癸，字子庄、思进，后来被人喊成了"富贵"。富贵就富贵吧，富贵不好吗？有人说，好极了好极了。

说好的人，是国民党土桥监狱里的一个阴阳大师。

根据陈寿民先生的记述，1941年春，"中国民主政团同盟"在张澜等人的筹备下宣告成立，张澜被推为主席，陈子庄对张澜十分敬佩。在此期间，陈子庄随之加入了民主同盟。他在王缵绪的书房偶然发现蒋介石逮捕张澜的亲笔手谕，掂量之后，毅然将此消息告之张澜，叫他赶快脱身。陈子庄也连夜潜回家乡，草草处理完家事，立即外出避祸。他随后参加抗日游击队，途经万县被国民党宪兵十二团逮捕入狱，关押在重庆土桥"执行总监部"的牢房里。

多年之后的1949年初，王缵绪问陈子庄："我知道是你将消息告诉张澜，才使张逃脱。这是为何？"

陈子庄回答："朋友有难，理应相助义不容辞。如果你有难时，我也一样帮你。"

据说这番话让大势已去的王缵绪非常感怀。1957年10月20日,深感绝望的王缵绪以到重庆以治疗牙齿为名,化名张正言,同"反革命分子"雷绍丞潜赴深圳偷越国境时被捕。他浑身绑着的金条细软被全部没收,而让他最感绝望的,是他到死都认为陈子庄"举报"了他。因为他出走之前,只跟陈子庄讲过自己的目的。

陈子庄在土桥牢房,还引出了一段独斗日本浪人的武林传奇。

狱卒早闻陈子庄名望,提供纸笔让子庄作画消遣。但监狱中人耳听八方,听说文武全才的陈子庄进来了,一渲染,关在监狱里的几个日本浪人知道了。既然是武士,手脚发痒,想不想抢手?(四川方言,指比武搏击)陈子庄一听就来气了,"抢个锤子!你们几个日本佬一起上!"他飘然而起,一人独对6个日本浪人,一招"花打四门"的招式连同几道破风之声,6个浪人瞬间倒地,震惊了所有当事人与看客(见陈寿民编著《父亲陈子庄》,四川美术出版社2006年11月1版,31—32页)。王发强先生对我回忆说,1970年某天,偶然与子庄先生谈及"文革"中的武斗现象,子庄先生哼了一声就把话题扯开了。他只说,当时监狱里有一个阴阳师,看了自己的骨相,掐指一算:"喔唷,不得了不得了,你是大富大贵的命啊!你要发大财。"子庄先生转过头来对几个弟子说:"你们几个看看,我如今清贫至此,无名无势,连个画桌都没得,想起那个龟儿子的胡诌我就好笑……"

其实,子庄先生颇通易经,仅给弟子、蒙古族人那木尔·羊角等人偶然谈及，他相信"无咎"是至高之福，但在一个处处有咎的时代，这无疑是一种奢求。

看来，从宛然而飘逸的"兰园"，到铁枝横斜的"十二树梅花主人"，须弥纳芥子，壶中乾坤，荣辱悲欢，真是风驰电掣。还是石壶最熨帖。

提到武功，陈子庄平静的眼里墨精乍现

在四川，有"诗书画三绝"之称的屈义林先生，曾经赋诗《七绝·哀陈南原》：

> 棠城父老说拳师，
> 尺幅千金走四夷。
> 地下南原应自笑，
> 身前身后两难知。

妙的是最后一句，"两难知"与其说是历史富有深意的安排，不如说是时代际遇的真实反映。

2008年冬季的一个下午，我与国画家王发强在成都的陕西会馆喝茶。这座有300余年历史的硬山顶建筑面对一个紧凑的庭院，两棵高大的银杏树把冬季的成都天空撑高，往事一如气流从瓦檐飘坠而来。谈到受业恩师陈子庄先生，王发强关掉了身边一直播放佛教音乐的录音机，讲述了两个不为人知的细节，就像沉重的脚步从禅意纷飞的落叶间踏过，发出窸窣碎

音——

1972年,王发强偶然听说朋友陈寿岳的父亲就是陈子庄,心头一惊。他虽已是成都市铜材厂的工人,但一直喜欢画画,平时也玩"印画",早闻先生的大名。一天他特意去仁厚街11号院找陈寿岳,是为他介绍女朋友。陈寿岳不在,开门的是一个又高又瘦的老人,穿对襟蓝布上衣,手里还握着画笔。老人面带肃然,蓄山羊须,目光澄澈,审视片刻,然后请人入室,自己则继续作画。这就是王发强与子庄先生的首次见面。子庄习惯自我调侃,说自己"像个杀猪匠"。其实,先生睿智的眼神里闪烁着难以藏匿的智慧与豁达,很让王发强入迷。他环顾四周,真是家徒四壁,那张作画的桌子应是饭桌,不断发出吱吱呀呀的摇晃声。

埋头作画的陈子庄突然发话:"这画,你看出点意思没有?"王发强起身回答:"老师的山水与我平时见到的很不一样啊。""是吗?与你见到的一样就完球啰!"子庄大笑起来,声音干涩,"你觉得有意思,有空就来看看吧。"对这样的邀请,王发强喜出望外,随即成了仁厚街11号院的常客。

王发强习惯站在那张吱吱呀呀的桌子边,屏声静气,一边为老师铺纸磨墨,一边看一抹山水在子庄先生的笔锋下得以赋形,得以传神。近距离的反复观摩让他的画艺提高神速。一次,子庄自语:"我绘画最大的特点是描写大自然的性格。一幅创作是作者全人格、全生命力的表现。我努力想做到这一点,你也要深悟此语啊!另外,学画要深究中国哲学。初成'画家',后来要脱离'画家',否则最终只是画匠而已……"在书籍荒芜的年月,一个有心人的记忆力往往极好,这些话烙铁一般印在王发强的脑门上,宛如和尚的燃顶。

1974年三四月份的一天,王发强依然站在那张吱吱呀呀的桌子边,就像少林武僧站桩一般,看老师作画。子庄先生并不抬头,但他突然发问:"你气色不好哇,有什么事?"王发强如实回答:"父亲拉痢疾,病得很重!"子庄先生精研易经,自通医理,说不碍事,提笔写了一个中医学院教授的名字交给他,叫他带父亲去看病。第二天中午,王发强回家吃饭,才发现,一大早子庄先生拄着手杖乘电车来到交子街88号自己的家,正与父亲王凤凯交谈甚欢。过了不久,子庄先生还来过一次,又与父亲谈了一整天。

对子庄师的两次家访,王发强看得很重:"那时我不过是一个默默无闻的人物,但先生的高义让我大受触动。连我赶马车出身的父亲也兴奋得不得了,说这个陈先生是个奇人,还在青羊宫打过'金章'(四川主政者熊克武于1919年农历二月在成都青羊宫花会期间设下擂台,由贴身保镖李国超做擂主,声称若有胜过李国超者,不仅予以重赏,还将委以重任,最后获胜者将得到象征荣誉的金章,第二名为银章,第三名为蓝章,川中武林人士闻讯后纷纷前往一试身手。1953年举行最后一届后,"打金章"停办。"打金章"逐渐成为老成都对武林打擂比赛的称谓),真是文武双全。在我看来,古人所谓礼义仁智信,先生是用言行诠释了其精髓,他更用黑铁一般的沉默,昭示了'贫贱不能移、富贵不能淫、威武不能屈'的精神。"

一般而言,人的经历一多,所受的牵扯与浸淫就难以避免，所谓世故就是如此累积的。但还有一类人，基于强悍的生命底蕴，他穿越的人与事、激越与伤痛，不过是对他生命底色的铺垫，反而彰显出其强力的向度。不失赤子情怀的梁启超十分崇拜墨子的人格。自号"任公"，有感于国人缺乏坚毅，为发掘尚武精神和刚性文化，在《中国之武士道》中指出："中国民族之武，其最初之天性也。"而"武"从来便是和"儒"、"道"、"禅"思想相辅相连。梁启超还提倡一个知识分子应该牢记的概念——儒侠，呼唤一种持续的、坚韧的、疾风一般的胸怀。若以此观陈子庄先生，可谓一语中的。而与历史侠义人物更具巧合的是，子庄先生还在肉铺当过伙计，这自然让我联想其专诸、高渐离、朱亥等人的铁血。

儒侠并非身怀绝技的书生。书生绝技在身，为心性拓展出了一种恢宏的气象，此人遭遇的忧患自然就比儒、比侠更多。陈子庄6岁即在荣昌双河场铁罗坝陈氏祠堂读书，11岁时因家庭经济困顿，遂为当地庆云寺放牛，寺庙管饭，不发工钱。庆云寺有武僧，陈子庄遂得到高僧惠宏、惠戒的指点，学武4年后，又拜著名武师谢棕粑捶、荣昌彭家岩彭水老六等人学习武功6年，加上陈子庄学武非常刻苦、用心，武功日渐长进。14岁时就在荣昌县以教授拳术为生。后来又在成都拜绿林一代宗师马宝为师，继续深造。陈子庄广交武术界朋友，多次在成都等地打擂，此后又多次担任武术评判，并结交河北沧州武术名家李雅轩（雨山），与他联袂出版了拳经《行义拳大观》。这就让我发现，如果说20世纪中国还有教武为业的文人的话，那就非作家萧军和画家陈子庄莫属了。

陈子庄口述之《谈艺录》上有这样一段描述:"成都有河北人国术师李翁雅轩,今已八十余岁,打太极拳是全国第一,吾与翁交谊甚厚,尝见其打拳,一手未止,二手又起,连绵不断,宛如游龙,人如在云中穿行……,完全是神在指挥。李翁对其女道:'你不要学我的姿态,要学我的神态。你可常自闭目凝思,揣摩我的神态,久之自得。'拳艺犹以神运,学艺术还能只重技法吗?"(见陈滞冬编著《石壶论画语要》第56节,人民美术出版社2010年3月1版)深湛的文化底蕴,使子庄获得了打通文、武的妙境。

前排为武术大师马宝。右一为陈子庄。拍摄于20世纪30年代初期

采访中,子庄先生弟子、书画家陈滞冬特意对我指出,1954年是陈子庄生活的最低谷时期,这一年他41岁。当是最难将息阶段。经历了诗人胡风所高唱的"时间开始了"的激情,风云突变的局势让他发现,历史好像就是重复的。既然无法悬壶济世,那就只能躲到壶中。从青少年时代开始努力挣得的丰裕生活已一去不返,孩子一个接一个出生避世,家庭负担日重一日。由政治上的失望导致的人生价值取向的迷失带来的巨大精神苦闷无法排解,社会各方面的压力也渐渐聚集起来,走投无路的陈子庄这时甚至想到过自杀。老朋友王缵绪已在四川省政府担任要职,经过一番努力,由重庆市统战部推荐,陈子庄调四川省人民委员会文史研究馆任研究员。1955年陈子庄全家遂由重庆迁往成都。

1966年以前,陈子庄每月可以从省文史馆领取50元生活费,后来增加到60元,政协方面补给约120元,每月有固定收入180元左右。"文革"开始,陈子庄的收入就只有省文史馆的60元,四子一女,妻子张开银出身荣昌豪门,依然操持家务。一家七口,生活陷入捉襟见肘的窘况。1968年幼子陈寿眉溺水而亡,妻子饱受刺激精神失常,两个儿子先后去农村落户,大儿子又在外地工作,他身体状况也愈来愈差,风湿性心脏病不时发作。

有关这些苦痛,陈子庄从不与人谈及,一是出于局势,二是他的慎独修为。他几乎每天都要到街头茶铺喝茶,礼拜天就到少城公园的鹤鸣茶社。鹤鸣与另一家绿荫茶社是旧时"叫咕咕"(教师)谋职的处所,朱自清、叶圣陶甚至陈寅恪、钱宾

四、吴雨僧诸先生也常来此品茗。长廊覆青藤,只是老梧桐的冠盖之下,风物依旧,面孔却是陌生的。

某天,王发强陪子庄师到少城公园喝茶,讲到画意,子庄师伸出三根手指蘸茶水,手指在桌面一抖,一只飞跃的蝙蝠就落成了。看得王发强目瞪口呆,子庄师微微一笑:"神奇吧。够你揣摩的。这只蝙蝠要一直飞在你的灵魂里才行。"

时局风雨飘摇,他依然衣着整洁,使用的笔墨也是当时所能买到的上等货。他从不使用水彩,而是用最贵的颜料,包括黄金一般昂贵的洋红。无论走到哪里,总是随身带着一个速写本,画茶馆外的梧桐,水波里溶开的夕光,牡丹的俏丽,小憩在岸边好像又将展开翅膀的木桥,这些被一些人视为"小技"的速写,子庄先生做得却是一丝不苟。这个习惯,源自1940年他在重庆与画家叶浅予的交往,他十分佩服叶的速写技能。他的不少画语,也记录在这个速写本上。多年以后,陈滞冬提及此事依然十分感动:"一些人看过陈先生的画后,后来发现,他山水画中的场景完全在巴山蜀水间找得到,一般人觉得他记忆力惊人,却不知先生是在完成'心证'之后,才来作画的。"

1972年夏天,张金成陪同陈子庄、太虚大师的高足本光法师、王云舍先生游历新都桂湖。只要坐下来,陈子庄会习惯性写生。当天他兴笔画出本光法师与王云舍。张金成一时兴起,在速写画上,用指甲勾了一点朱砂点在本光的鼻子上,以喻本光法师的红鼻头。惹得几位高人哈哈大笑:"太像了太像了!"

陈子庄与海灯法师等武林名宿一直是老朋友,按江湖规矩,他尊1903年出生的海灯法师为兄,因而名声在外。1962

年和1964年,海灯法师来成都两次小住,均居于大慈寺,陈子庄常到大慈寺与海灯法师喝茶论道。他依然是手不停挥,一边说,一边画。"文革"武斗期间,不时有红卫兵从重庆、永川、绵阳等地来到成都,打着子庄先生"同门"的旗号上门拜见。那时,天王老子都可得罪,就是不能得罪红卫兵。陈滞冬一次陪先生在成都街头碰到一批"练家子",对方问:你们是什么门派的?子庄先生笑笑:"我们是画画的,走错路了。"陈滞冬偶然看见陈子庄不得已在自家院坝里"指点"这些一心解放全球的三脚猫(四川俗语,早期多用以喻武艺不精的江湖艺人,后也泛指对某种技艺略知一二,但又不精通者。词义来源有多种释法,猫的叫声为"妙",于是人们以三脚猫喻江湖艺人,尽管他们口中不断"妙妙"而鸣,但其本领不大,自然也"妙"不到什么程度)。他一展身形,手脚生风,平静的眼里立刻墨精乍现。

峨眉僧门第六代掌门人何伟琪对我回忆,他的师傅侯仲约曾谈及一桩往事:某次陈子庄和"千手观音"彭元植、"南侠"蓝伯熙相约去武侯祠,刘备殿前的双龙抱口九龙铁鼎,系明成化十年(1483年)所铸,通高1.30米,两耳各铸一龙,张口相向。均以双爪抱住鼎口,鼎腹祥云缭绕,游龙戏嬉云间:三只鼎足为双角怪兽,象征三国鼎立。三人一人抓一脚,竟将这近两千斤的大鼎举起来!

王发强回忆说,子庄有一次偶发豪气:"我如果毕生练武,老子就是第一!"

动荡的迁居史

陈子庄先生16岁，于1929年到成都闯荡，后在成都生活30年，前后居住过四个地方：1955年之前，借住在朋友位于太升南路侧的内江街民宅，之后迁居到康庄街48号；1965年夏天迁到宁夏街西城角的"新村"底楼的一个套房；1968年底迁居西城江汉路37号的一所平房大院；1972年冬天搬到毗邻支矶石街的仁厚街11号院内，直至去世。如此搬来倒去，景况一如"过山车"。

陈季忠在《醉仙陈子庄》一文里回忆说，先生的住所在城东康庄街一所大杂院临街口的右侧，一道破旧的矮土墙，墙面斑驳不堪生着厚厚青苔。临街的墙面便是一道低小的木板门。进门便是一块草席般大的凸凹不平的土天井，右边是子庄师的书房兼画室。低矮的房檐下窗户与门紧挨，房内黑乎乎的，靠窗下一张老式方桌，桌上摆着几样画具——砚台、笔洗、笔筒、几只小白盘，对着方桌的里边依墙而立的是一个小旧书柜，柜的上两层排满了书籍，底层堆着一叠叠画稿和宣纸之类。柜顶上放着一个乌木筒，里面插满了画卷。与书柜一字形排着一张单人铁架床，床架上的油漆早已脱落，露出的铁锈又被人的接触而磨光发黑，床上一张草席、一卷小棉被。床上面的墙上挂着四个条形镜框，里面经常轮流装着老师自己的画作，我每次去了都对着镜框百看不厌。屋中的空地至多可容三人站立看老师作画，人多了只能到屋外窗下观看了。屋内地面

上铺的木板已朽烂脱钉，走动时稍不留意就会把木板另一端踩翘起来……（见《美术报》2003年7月19日）

那木尔·羊角先生对笔者回忆道，就连散架的门板也是用绳子捆起来的。这门，不但挡不住汹涌的世风，也无法隔绝刺骨的风雨。成都的雕塑师朱成对我回忆说，记得一年盛夏他与何多苓去仁厚街拜望陈子庄，他正赤膊趴在这块门板上，正在一张巴掌大的纸上作画，他宽大的背脊与极小的纸张给朱成留下了很深印象（见蒋蓝《朱成：人民美学的实践者》，《成都日报》2010年2月1日）。

尽管如此，子庄先生的文房四宝还是齐备的，砚台是名士吕洪莲所赠，上有明人题跋，古意幽深。他当时主要为本地一些文化机构作画，比如1964年为武侯祠画《锦官城外柏森森》，是用8张4尺纸拼贴起来作画，完工之后即病倒。他的画，也通过成都市文物商店予以对外销售，收购价是一张3毛钱；而他私下出售的扇子画，一张售价为1毛钱。既使如此，也不能立即做到一手交画，一手交钱。他还要在一种挑剔的目光下等待，等待外行的购买者一种近乎侮辱的盘诘。而他，在等米下锅……

如此代价，现在听来近乎天书。面对生活压力，他甚至已经不能"免俗"，外面的好友如诗人戈壁舟或是新加坡等地知音请他作画后，也给钱给毛料衣物给紧俏食品，他也一并笑纳。妻子的病时好时坏，坏的时候整天坐在屋里破口骂人，陈子庄在外屋安静地画画。他必须学会宠辱不惊，安之若素。该做午饭了，陈子庄搁下画笔，从口袋里掏出些零钱，交代女儿买点菜回来,然后继续作画。忽然他想起剩下的钱已经不够明天买米了,于是赶紧拄着青城山藤杖,出门去找老朋友借钱。羊角也好、罗巨白、张金成也好,唐际民也好。都借过不少钱粮给他。拿人手短,吃人口软,他内心承受不住,甚至不惜把自己尚未出版的巨构《龙泉山水册》等画作抵押在别人那里,这还包括吴作人12幅送给陈子庄的"斗方"(这是陈子庄与吴作人交互交换而来的画作),由此造成至今难以弥补的损失。

前债不还,后债难借。陈子庄开始悄悄变卖文房四宝。某次,他拿出收藏多年的一个端砚,说好作价30元卖给书画名家陈季让。对方工资当年很高,但后来老先生变卦了,只肯出20元,理由是端砚虽好,还差一个盖子,意思是扣除10元作修理费。拿到钱,陈子庄手杖发抖,说不出话。张金成目睹这一切,忙拉老师到茶馆消气。陈子庄突然仰天长叹:"天哪,几十年的朋友了……"

听上去,他顿时就老了20岁。

"文革"期间,子庄先生被抄家之后,印章一枚不剩,他开始自刻印

这是陈子庄先生"文革"时期在一张《成都晚报》(1966年9月7日)上所画的花鸟

章。他将一本《封泥考略》从头至尾一枚一枚地描摹下来,学习篆法、章法。因此,不但陈子庄后期作品用印全是他自己刻制,而且也使他的篆书形成新的风貌,并有用篆书题长款的作品出现。陈滞冬记述说,老师晚年所用印泥相当讲究,盖印的位置,朱白文的配置都一丝不苟。

年关将近,寒气冻得颜料发硬。宣纸上的陈子庄,一脸暮气。

那木尔·羊角——那时还叫杨桂林,1968年大年三十当天去子庄师家探望。屋中比巷子里还冷。家徒四壁,年关之下没有任何年货,暖瓶里没有热水。子庄师脸色不佳,但依然提笔为羊角画了一幅黄色的牡丹图,权作贺礼。

杨桂林甚感歉意。第二天初一大早,就带着礼品上门拜年。一进门就呆住了,师母旧病复发,把家里所有的副食品票全部撕碎,喋喋不休骂着陈子庄,诉说着"文心雕龙偷人"之类的怪语。子庄师则在一旁静静作画。那个年代,副食品票就是一家人的命,撕了,碎了,一了百了。见客人来拜年,子庄师十分感慨:"我一早去了市场,今年公鸡在年关涨价了,我买不起啊。我没有什么好招待你,画一只公鸡送你吧。"他一边画,一边诙谐补充道:"你要记住哟,我这只公鸡,以后一定会卖大价钱,买活鸡的话,可以用卡车来装。"

他特意在画作上题写了时间:"戊申。写于成都西城角寓所,南原急就。"

置身内忧外患之中,子庄师清贫乐道,这幅记录着特殊心境的公鸡图,后来被人"借"走一去不回,但子庄先生的棱棱风骨至今让羊角一说起就潸然泪下。

1972年入住仁厚街11号院子,此地不但是子庄先生的终老所在,更成为他臻于澄澈之境的终极地。这是一所老旧的西式院,子庄先生一家搬来时,邻居有一个姓陈的医生,还有在房管局供职的一户人。子庄先生一家有两间房和一个小厨房,大约40平方米。唯一的桌子是一张弟子们找来的四腿不齐的饭桌。就凭这样一张桌子,陈子庄的山水画进入到奇丽高峰,他其实等于这张桌子为那个时代之后的中国山水画树立了一个舰标:非不能至,而是你们找错了方向!他不断外出写生,整理画稿,新奇的艺术风貌愈变愈多,山水画几乎幅幅的情调、笔墨、趣味、结构、格调都不相同,但又和谐地统一于独特的一己风格之中。

1972年3月,陈子庄开始到龙泉山写生。有不少弟子或乘车或用自行车载子庄前往龙泉山。张金成陪同陈子庄就去过好几次,他气促而腿软,走到山泉镇就无法再走,一边休息,借此写生作画。有人见了大感不解,龙泉山有什么好景色呀?毫无嵯峨奇诡之相,如何入画?子庄气喘得紧:"景色并不一定是眼前的实景。而是心与现实交融之境。"他前后画了数百幅写生,竟然无一重复,后整理成《龙泉山写生册》34幅山水小品。其中《山中有佳境,欲说已忘言》就堪称这一时期心境的呈露,真是物我两忘,唯有那出尘的愉悦,在龙泉山野艳若桃花。

美术理论家孙克在《陈子庄艺术》里特意指出:"这批作品,在友人帮助下,仅题字便用了3个月,可见他的创作态度

1973年陈子庄与夫人、女儿、外侄在仁厚街11号院内。照片为余中英弟子、书法家洪志存请留真照相馆上门拍摄。选自陈寿民《父亲陈子庄》

1973年陈子庄在仁厚街11号院内读书。照片为余中英弟子、书法家洪志存请留真照相馆上门拍摄

1973年在仁厚街11号院内所摄。照片为余中英弟子、书法家洪志存请留真照相馆上门拍摄

是十分严肃的。如其中一件，题为《山泉铺望菜花田，用枯笔点缀而成》，此图用笔较为繁复，山岭用枯笔渴笔中锋勾成，秃笔直点皴去，只求画面的黑灰节奏，岭表的杂树更为单纯，随着岭头的走向而排列，是树木的意象，又是节奏下排列的墨点，具象而又抽象，形成陈子庄特有的简洁、天然、直率的画风。"（见陈寿民编著《父亲陈子庄》，四川美术出版社2006年11月1版，87–88页）

　　他急于回到他熟悉的蜀地深处。他在山野的皮相之下触摸到山野的骨头。同年10月，他沿武阳江东下，历双流、彭山、仁寿三县，得写生稿200余幅，后整理成《武阳江写生册》150余幅。1973年3月，往凤凰山写生，整理成写生册12幅。10月，往夹江县改制国画纸，陆续创作写生稿数十幅。1974年秋，他往绵竹、汉旺写生。汉旺镇有一个他的弟子叫李本初，那时在煤矿当技术员，他的家就是接待站。每次盘桓至多半月，他的心脏就承受不住了……如此还是积累了写生稿200余幅，后整理成《汉旺写生册》121幅。陈滞冬充满深情地指出，陈子庄在生活最艰难、精神最压抑、思想被严厉禁锢的时代，以自己的艰苦努力和过早消耗生命的沉重代价享受到了艺术创作的自由与乐趣。这一段陈子庄创作的黄金时期，由1971年持续到1976年。他在家作画期间，往往在大门外贴上"遵医嘱不会客"的字条，一边口含治疗心脏病的药片一边创作。据说，只有张金成等极少数几个人来访，子庄师是例外的，他会放下画笔，连同自己的心境，用一张旧报纸悄然盖住，然后大摆龙门阵……

中国画的基本功有二：临摹与写生。中央美术学院研究生院院长薛永年在为《陈子庄写生稿册》所作序言里指出："石壶所作山水花鸟，平淡天真清新自然，其炭笔、铅笔、速写亦笔简意远，机趣天然，工取势，妙剪裁，擅抽象，富内美，饶情韵，不唯得物象之特点，尤具随物宛转与心徘徊之妙，谛视之为创作亦无不可，当世画坛人亡业显者，江西南昌有秋园黄氏，四川成都有石壶陈氏，率皆借古开今，独出手眼，论者谓黄繁陈简，各擅胜场……"

这等于解释了很多画坛中人的不解之谜：从没有学习过西洋画法的陈子庄，何以能够对走兽、飞禽、植物、山石的把握那么精准。王发强曾经见过子庄师一个专门画牛的小册页，几十种牛的形态森然壁立，其对骨骼、肢体、内蕴力道的呈现毫不重复。这不但是属相为"牛"的他对一种精神的二度还原，更是一种磨砺。他在与牛的对视里，不但完成了对事物的揣摩，而且浑然托举，臻至化境。

他贫病交加到了何等程度？他一度用医用棉签在废报纸上作画。羊角先生保留至今的就有他在当时报纸上画的一幅花鸟。记得2009年我第一次见到这幅画时，那种一丝不苟的气息，沙子一般扑入我的眼睛。这是一张1966年9月7日的《成都晚报》，在整版高唱"文攻武卫"的文字上，先生用淡墨覆盖了这一层咆哮，他在漫漶，他在稀释，他在开花。他把浓得化不开的局势一笔荡开，在脆弱的再生纸面吹气如梅，开始是墨梅，意犹未尽之余，他突然点染了几朵红梅，普天之下哪里有墨梅与红梅成为并蒂的技法呢？我想，那"鲜血红梅"的意象，恐怕才是他墨水之下的浓血——须知，在那个年代，这等做法是完全可能被人检举为"反对文革"的。而那只与时代语境完全背离的鲜艳小鸟，斜睨着高天滚滚寒流急，宛如源自虚无的黑客。它的羽毛仿佛是激烈的简化字反面远处——那高渐离轰然破裂的筑音。

这是他心中的"花叫"之声吗？

鸟在斜睨什么？！

他到了买不起一个存画箱子的程度，画作只好放在一个装"红芙蓉"香烟的大纸烟箱里。某次，一个外地人在仁厚巷口卖樟木箱，箱子很大，做工也不错。对方要价30元一口，但他掏空了口袋，也凑不够这笔钱。王发强先生当时在场，子庄先生那一脸的无奈，恍在眼前。

1962年夏天，在人民公园举行的扇面画展上，陈子庄正在为当时《成都晚报》某记者画钟馗图。左三为弟子羊角先生

子庄先生倾力山水，他说："中国的文学、医学、音乐、舞蹈都是哲学的体现。最高境界的山水画，常人看不懂，因为它也是哲学。中国不叫'风景画'而叫山水画，本于'智者乐水，仁者乐山'，是人格的体现。有仁无智，不能改进社会；有智无仁，则为谁服务？山水，生万物以养人，一动一静，一阴一阳。整个人类的存亡发展其实就系在这山水上面。"因此山水画不等于风景画。他的山水不是风景的肖像描写而是自己的内心刻画，他不重景点的秀雅而注重体验的深沉。他那有关巴山蜀水的事与思所凝成的深重墨色里，有着生命不堪承担而又勇于承担的重量。"知不可为而为之"的心结，在他笔下，亮出了凸凹的锋棱。

1973年，一个嗅觉灵敏的日本人好不容易来到成都仁厚街，他四处打听陈子庄的住址。他站在11号院门口，希望能拜谒他心目中的大师。陈子庄得知了，坐在破藤椅上对弟子说："让他走！我不见日本人。我在永川的'兰园'被日本飞机炸得稀烂，一些人腿还挂在树枝上。他们休想得到我的画。"据说有人开导他：老师你四处借债，卖点画给日本人可以赚一大笔啊。陈子庄大怒："少给老子扯这些。滚出去！"

2009年12月，一个雾气弥漫的下午，我来到仁厚街11号原址，这里早已修建成光鲜的成都市民主党派大楼，陈子庄当年的居室刚巧变成了入门通道。见我在门口徘徊，身材挺拔的保安在我身边警惕地转悠，听说我在找寻陈子庄的老房子，他显得很热情："陈子庄？哪个单位的？电话号码是啥子？我帮你打……"我进一步想，常人根本不知道子庄先生的骨殖厝藏何方，这又怎不令人仰天叹气！

用陈子庄画裱糊窗子的人

李贺《致酒行》："吾闻马周昔作新丰客，天荒地老无人识。"移之于六七十年代的陈子庄，孰几近之。受人之礼，子庄先生往往是涌泉相报的，他不断拿出自己的画作馈赠给礼遇者。但礼遇在很多人眼里不过是个形式，既然视为形式，事情难免圆凿方枘，直至有灰飞烟灭的一击。所谓"铁磨铁，磨出刃来。磨朋友的脸也是如此"。

子庄师有一个一再对他表示好感的晚辈，马某某，为1953年的四川大学毕业生，时住成都小河街。1974年的冬月，他热情邀请子庄师到家吃羊肉。王发强用一辆28自行车载子庄师前往。到了马家，子庄师的拐杖瞪瞪挂响楼板，一抬头看到了自己的十几幅画作，被主人用来裱糊窗子。面对一派"花窗"图，子庄师深深吸气，猛挥手杖将"花窗"轰然击碎。

"你可以看不起我，但你不能侮辱我的画！"

他拉起王发强就走。王发强觉得寒气扑面，自己找不到一句话。走着走着，子庄说："我瞎眼了。"

这是一个谁也没有提及的事例，我估计怕他的心流血。

现任四川省博物院副院长的魏学峰，1984年大学毕业分配到位于暑袜街的四川省文史馆。他上班的第一天，打开分配给自己使用的办公桌抽屉，发现了8张陈子庄的画。自幼浸淫书画的魏学峰深知陈子庄的价值，他单纯地认为这是前任者遗忘了的至宝,慌忙把画上交给文史馆领导。其实,别人是把这些东西当成垃圾,鬼才要。但陈子庄出名后,行情急剧看涨,这画已是"公家之物",自然找不到了。提到这个事,魏学峰就跺脚,不知是在为自己当年的单纯,还是为了那再不见天日的绝作。

2010年年底,我偶然在收藏家闫晓怀的博客上,看到了如下一文:

1987年秋冬季节,为给即将举办的"陈子庄遗作展"筹集展品,我和张正恒教授赶赴成都,下榻锦江宾馆。四处联系的结果,得知成都某市民家中有陈子庄作品数百幅。于是,我们立刻兴高采烈地登门拜访。这是成都最普通、最常见的民居,老房子,平房,黑瓦脊,斜屋顶,总有上百年的历史了。

家中只有女主人。我一进屋,便开门见山:"听说您家里有几百张陈子庄的画儿?"

"有的,好几百张,一叠一叠的。那个陈疯子,死前几年,总好到我们家头来,坐下就画,几天就画一摞。我一面弄小儿子,一面做饭,每次吃过午饭,他就回去了哈。"

"画儿在哪儿呢?"

"糊在墙壁上喽。"她还指指天花板,"诺,上面糊的也是。"

举眼望去,天花板与墙壁上贴的都是《四川日报》《人民日报》等大张报纸。并无任何画作痕迹。

"贴的不都是报纸吗?哪儿有画儿?"

"年年贴一层,已经贴了好几层啰,陈疯子的画儿压在下头了嘛！"

我顾不上征得主人同意，脱鞋上床，顺着墙壁往下揭，一大片，一大片的贴墙纸，被我揭了下来。

"张老师，你在桌子上一层层慢慢揭开，看有没有陈子庄的画儿？"

张正恒便坐在桌子边头儿，一层层往下揭，始终未见到陈子庄作品的痕迹。我又搬了个大方桌，再搬个小方桌，叠上去，撕天花板上糊的纸。然后，丢给张教授揭，依然一无所获。

女主人突然拍了拍脑壳儿："哎哟，忘了忘了。几年前春节，我们两口子把旧墙纸统统揭掉，都烧掉了。这几层墙纸是后贴上去的。"

我心里咯噔一下，知道几百张石壶的作品早已化作轻烟缕缕了。

女主人继续说："我家哥子那年从北京转来，丢下一刀啥子安徽的净皮纸在屋头，陈疯子晓得我这里有好纸，三天两头跑过来画，每张纸都裁得书本本大，画了一张又一张。"

张老师问："不会都贴墙了吧？柜子里头抽屉里头找找看，兴许还有？"

"没得啰！没得啰！陈疯子说他的画好值钱，跟齐白石差不多，要我放好！乱讲！他的画，一张也卖不脱。那时候，我家娃儿又小，画画的纸软得很，还吸水，他丢下的画儿，我顺手就给娃儿擦屁股了。"

……（闫晓怀《陈子庄数百幅作品被糊墙、擦屁股》，载《石壶画选》，北京荣宝斋出版社2010年版，88页）

此事经过反复求证，应说大体属实。

匿身在石壶里的子庄师啊，我猜测，你冒着寒气饿着肚子回家后，你多半会做梦。那是一个白日的噩梦。你会梦到那石头的壶裂开了——不是你需要透气，而是你把石头捏成了齑粉，成了你的颜料。

有圣立言：挖陷坑的，自己必掉在其中。滚石头的，石头必反滚在他身上。

泰戈尔在《飞鸟集》里说得极好："人类的历史是很忍耐地等待着被侮辱者的胜利。"

陈子庄的"大画"

在近年国内拍卖市场上，陈子庄的小品每平方尺达到30万元，精品更高至每平尺50万元。子庄先生小品极佳，加之他的"大画"现世的极少，很多画坛中人均认为他的"大画"远不及小品。

1988年3月20-27日，"陈子庄遗作展"在中国美术馆举行。开幕当天，隐士一般的吴冠中先生便独自前往观展。书画收藏家闫晓怀记录了自己与吴冠中的现场谈话：

看完300幅作品后，吴冠中说："画得好！尤其是小品，很精彩。要知道，想在一平尺的画纸上表现大山大水，描绘山形水势，是很困难的一件事情。子庄先生做到了。但似乎大画没有小画精彩。"

我连忙解释:"陈子庄在世时,穷得很,买纸的钱都没有。偶得宣纸,都裁成小幅来画,以多画几张。"

"那就难怪了,是画得少的缘故。大画的布局与小画的布局,仍是有区别的。"

这里可以补充两个事例。

据王发强回忆,1963年4月,国家主席刘少奇和夫人王光美应邀访问印尼、缅甸、柬埔寨、越南,这是中国国家元首首次出访东南亚。四川省政协将在蓉的岑学恭、吴一峰、赵蕴玉、陈子庄等老一辈画家召集起来,希望他们创作一批国画精

1962年陈子庄在成都望江楼公园,他正在掏口袋里的写生本

品，成为刘主席带到东南亚的国礼。陈子庄很久没有画大画了，会议在望江楼公园举行后，他一口气喝干了三碗白酒，创作一幅6尺《薛涛吟诗图》。早在1959年，他已经画过设色纸本4尺的《拟薛涛诗意图》，但那是诗意，没有人物。此幅《薛涛吟诗图》，全在展示薛涛一手持杯、一手凌风的悲秋身姿。裙裾的褶皱与身后的竹影被一种更为强大的气场所统摄，与薛涛侧首的波光构成了一波三折之妙。此画是辗转到了东南亚已不得而知。因为听老师反复提及，这幅画，王发强恰好在北京"陈子庄遗作展"上目睹！王发强说："人物的心态，从持杯之手的姿态上就可以强烈感觉到！这等功力，我至今没有在别人画作里见过。"

2006年1月，中国规模最大、档次最高的陈子庄画展在杜甫草堂开幕。"重器"之一，是现藏于武侯祠博物馆的陈子庄巨作《锦官城外柏森森》，长4.2米、高2.76米，尺幅达11.6平米，合计104平尺。

这画是陈子庄于1963年应成都武侯祠博物馆之邀而作。陈寿岳回忆，在创作《锦官城外柏森森》时，平时省吃俭用的陈子庄破例，狠下心来买了一支18元的狼毫，前后十多次前往武侯祠写生，在长时间的准备后，用一天的时间趴在地上一鼓作气创作完成。这幅画当时得到了武侯祠博物馆50元的润笔费。

《锦官城外柏森森》为构图近景，以线条和色彩代替传统的皴法，具有强烈的表现力。将诗意融入笔端，无疑成为陈子庄山水画的代表作。

此巨作中，何为杜甫的诗意？我以为，要害在于"成都柏"。蔡梦弼曰:"成都先主庙西院,即武侯祠,有武侯手植古柏,公《蜀相》诗云'丞相祠堂何处寻,锦官城外柏森森',此又一证也。田况《古柏记》:自唐季调瘁,历王孟二国,蠹槁尤甚。然以祠中树,无敢伐者。宋乾德丁卯岁仲夏,枯柯复生,日益敷茂,观者叹耸,以为荣枯之变,应时治乱,目三分迄今,八百余年矣。明季,蜀经张献忠之乱,成都老柏,今不复存。""成都柏"长得孤高,虽然受到巨风摧折而终于不倒。陈子庄力图在纸上复原一种伟大精神,一种被摧

1962年陈子庄(左四)、陈仲年(右二)、赵蕴玉(左三)等在大邑县地主庄园陈列馆

毁、被毁弃的高贵品质。所以,它不被摧毁的根由,是因古柏的正直而为神明扶持之故。在我看来,此画更寄托了陈子庄"志士幽人莫怨嗟,古来材大难为用"的孤愤情怀。

问题是,看客未必读得懂潜藏在枯墨里的刺。

四川省文史研究馆馆长刘孟伉先生为画题诗云:"南原画手成都客,为画苍苍之巨柏。自言昔游古剑州,终朝看柏无时休。铜柯铁干三千本,到眼龙鸾一例收。蜀相祠堂新壁好,八尺宣州近来少。画楼一夜风雨急,惊电连天六幅扫。锦官城外森森者,游人爱柏兼爱画,我来题画不题柏,柏犹易种画难觅。"

此外,陈子庄还为乐山大佛画六尺山水大画;根据伟人诗意而绘制《苍山如海,残阳如血》巨构;为成都市新都区桂湖公园杨升庵纪念馆画的巨幅荷花;为新都宝光寺画的八尺荷花鸭子;为眉山三苏祠而作《东坡图》以及为四川大邑刘氏庄园画数幅花鸟屏;为江油李白纪念馆也留下了珍贵墨迹……在20世纪60年代,陈子庄为四川各地名胜画了三十余幅巨制,至今被当地博物馆珍藏,定为国家文物(见陈寿民编著《父亲陈子庄》,四川美术出版社2006年11月1版,62页)。如果能够把这些画汇集起来搞一次展出,我估计——不妨这样说吧——那个背女子过河的和尚倒是放下了,而没有背上女子的那个,还远远没有放下!他想着留香的背,想着温玉的胯,那些软与小,他虚拟地背着红颜跋山涉水。

不妨记住陈子庄的话:"要画得像不容易,要画得不像更困难,最高境界是物我两忘,主观的客观的都忘了。"而念念不忘大画、小画的人，似乎什么都没忘，进而盯死了另外一件东西。

飞去来兮的杯具

杯具原指盛水的器具，后因与"悲剧"一词谐音，成为2010年大热的流行语。人们在网络上杯具来杯具去，弄不懂的人以为遇到一群卖瓷器的了。逐渐的，杯具飞舞，杯弓蛇影，宛如飞去来器，生活中都常常用杯具来代替悲剧，随着网络语言的流传，更出现了"人生是张茶几，上面放满了杯具"等。

据说，原声词"悲剧"早在2008年底到2009年初就已经在网上流行。第一次使用"杯具"的人是学术超男易中天，他在一期《百家讲坛》中就深深地喟叹道："悲剧啊……"这张

1971年11月26日子庄先生致友人手记

截图在各大论坛迅速流行。至于作家六六在《蜗居》里台词："人生就像一张大茶几，上面摆满了杯具（悲剧）和餐具（惨剧）"，不过是一大总结性提升。

在此，我继续炒冷饭就没有什么意思了，也是杯具而已。2010年1月，我偶然在成都长江画院与著名国画大师晏济元的小儿子晏秉常先生相遇。晏秉常长着一头怒发，听他摆老龙门阵，尤其是陈子庄先生与晏济元先生的交往细节，我突然发现了"杯具"的横空出世。

1971年，时年57岁的子庄先生听到谣传，说著名国画大师晏济元在重庆去世，由人推己，甚是悲伤，作《悼晏平子》诗。其实，子庄写过三首有关晏老的诗。一首写于弟子带回来的临摹晏济元《鹧鸪图》的作品上，陈子庄睹物思人，写道："十年一见千里，笔底鹧鸪有声。不是巴山路险，与君醉到天明。"另一首诗是陈子庄得知晏济元瘫病在床已久，思念之余写下《慰晏平子瘫病》："斗室无聊甚，诗颓半句多。常忆晏平子，老病近如何。"陈子庄当年有意和晏济元结拜弟兄，两人相互敬慕已是画坛佳话。

1976年2月，因心脏病复发，入四川医学院附属医院，治疗已经3个多月的陈子庄决定回家过年。同月，晏济元来成都探视他。老友相见，老泪纵横。这应该是他们的最后一面。

1976年四月份，陈子庄因心脏病复发，再进四川医学院。时年64岁的子庄先生，已经对自己的生命有了一些不祥预感。他开始反复审阅自己手头几百幅画作，不满意的就顺手撕碎，撕得旁观者心惊肉跳。

某天，他掏出20元钱，在病房里交给弟子王发强，请他去春熙路上的瓷器店买6个茶杯和1个葫芦形瓷瓶。什么原因，他没多说。王发强来到孙中山铜像附近的一家瓷器老店，如愿买回了东西。还可以交代的一个细节是，买东西一共花费了11元左右，王发强自己倒贴了1元钱，退陈子庄10元钱的整数。陈子庄一默，觉得王发强退少了，坚持要认真算账。于是，同病房的市劳动局郭局长作为证人，算账的结果让陈子庄有些不好意思，只好向弟子尴尬地笑笑。在王发强眼里，先生经济的窘况某种程度上已经改变了他的心性，真是让人无限感伤。东西他托人带往重庆，转交晏老。

晏秉常对我说，父亲一见瓷器，"哎呀"了一声，伸手击额。见儿子不解，晏老缓缓地说："杯子就是辈子，我名晏平，别人喊我晏平子嘛。葫芦瓷瓶就是向我致敬，祝我长寿的意思。杯子，杯子就是'辈子'，6个杯子，暗示了他这一辈子道路的坎坷啊。寓意'路悲'也，也暗示了他一个甲子的艰难。看来，他八成过不了今年这一关了。"

1976年7月3日深夜，陈子庄先生毫无声息地去了，他桌子上的杯具和餐具完好如初。他用自己风

1976年子庄先生因心脏病入住四川医学院时，委托弟子王发强去春熙路瓷器店购买了这个葫芦瓶和6个茶杯，送给重庆的国画大师晏济元。一方面致意问候（济元别名晏平），另一方面委婉表达了自己的一生是"路悲"。蒋蓝摄

雷电闪的一生，证明了"石壶"的质地，胜过了那些轻飘飘的杯具和餐具。

晏秉常对我讲，家里一直保存着子庄先生的赠物，但不知什么原因，葫芦瓶子还在，但是那6个杯子却无论如何找不到了。

我想，也许是天意吧。

如今，网友们最近都一窝蜂地爱上了"内牛满面"（泪流满面）这句感慨语。如今看了《蜗居》，是不是要把感慨改成：人生啊！什么杯具、餐具，这些本该搁在茶几上的东西，都堆在了卧具（蜗居）上，因为在巴掌大的生活空间里，根本没地方摆茶几啊。但是不要忘记了，早在这个词汇流行几十年前，陈子庄先生就告诉过人们，他体验到的刻骨铭心之感了。

1937年晏济元与张大千（左）在北京颐和园

如今想来，真是悲乎！

还可以补充的一个例证是1964年发生的事情。

当年，晏济元受吴作人邀请，并由吴作人操办，准备在北京举办个人画展。美术家也被一个协会罩着，作为集体领导的中国美术家协会四川分会被绕过，主席李少言立即召开了一个会议，陈子庄也受邀参加。李少言发言，批评晏济元此举属于"无组织无纪律"，擅自举办未经审查的个展。会场无声，陈子庄举手要求发言。他缓步登台，把脸朝向李少言："晏济元有人请，说明他有本事。何时有人请你去北京举办画展呢？"李少言被戗得说不出一个字，会议只好草草收场。近年有人指出，陈子庄先生之所以毕生没有加入美协，其实与此并非直接相关，因为他就是这样的脾气。为此我采访了四川省美协20世纪50年代初期的协会工作人员钟知一先生，他回忆，子庄先生一直就是用这种口吻同领导说话的，怪话多，让一些人很不舒服……

飞来的横祸

有些时候，横祸不一定是飞来的。它款款而来，自然而然，就像一个老邻居，要与你喝两盅，要促膝谈心。酒酣耳热之际，他深情道别，然后直奔组织，举报你的酒中真言。

2012年夏天，我与陈滞冬在青峰书院相遇，我们被何洁大姐安排到一间客房。他对我回忆，1976年初，寒风料峭之下，子庄师感到心悸，极度不适。他送老师到人民南路与陕西街西口处的四川省一医院门诊部治疗。"省一院"楼下是门诊部，楼上可以住院。

此地距离抗战时期名满四川的"帝国主义的孑遗"——存仁医院甚近。那时在存仁医院里还有一座大钟楼，也曾经是成都很有名气的地方，这名气是"文革"因武斗而闻名全城。那时，西御街口的新华书店的四层楼房是一派的阵地，陕西街的钟楼作为制高点则是另一派的阵地，两楼相距不过一二百米，两派打武斗各据一方，不时从楼顶传来几声枪响，市民们站在人民南路就成了两个莫名其妙的革命派之间发动阵地战的观众。

一天上午，陈滞冬去医院探望老师，与平常的安静完全不同，他远远就发现几十个带枪的"民兵"挤在走廊上，听到子庄老师高昂激越的声音从病房里传出来。陈滞冬进去一看，见一个五大三粗、一脸横肉的小伙子正与老师聊天，这人长相就像怒目的金刚。从表情上判断，门外那几十号人，应该是这个金刚的手下。听了几句，陈滞冬明白了。

子庄先生曾经给他谈起过，早年自己犯了事，潜伏回到荣昌老家，当地警察奉命正在四处捉拿他。但警察头儿是他的朋友，就把子庄藏到自家楼上，然后再带着队伍四处缉拿去了。显然，对这样的生死之交，子庄不会漠然不顾的。警察头儿的儿子当时在铁路上当司炉工，向造反派吹嘘自己认识一个武功了得、画艺出众的高人陈子庄，造反派头头一听，崇敬之心顿生，就带着手下来医院拜会这个高人。

在这样的阵势下，久走江湖的陈子庄提高了嗓门，拿出了他"总舵把子"的语调，侃侃而谈。他甚至当场收下了这个头头为弟子,并赐名"蓝白芷",因为名字特殊,陈滞冬一下就记住了。当时陈滞冬心头大惊。子庄有为喜爱的弟子赐名的习惯,像陈滞冬、罗巨白的名字均为子庄所定。而像这样贸然地为一个腰挎手枪的造反派头头赐名,并许诺收为门徒,这实在是平生仅见。

陈滞冬至今认为,老师也许是出自对政治的极度敏感,知道不答应恐怕过不了今天这一天,才故作豪气,将来人应付过去。

但梁子就此结下。

不久,陈滞冬偶然发现街头站满了人,在看杀人布告。那个年代,"布告""通知"几乎是人民最喜欢阅读的免费新闻了。他过去一看,赫然看到"蓝白芷"的名字,作为一个反革命集团首领被镇压。这份出自四川省公安厅的布告里,提到了这个集团的黑后台——陈子庄!在布告上赫然见到老师的名字,陈滞冬觉得太奇特了,他难以置信——这是怎么一回事?!他托人找到了一份布告,急忙来见老师。

显然,陈子庄早已经得到了这个噩耗。他脸如死灰,吩咐陈滞冬把自己的所有往来信件,一并交四川省政协机关保存。陈子庄固然做了准备,但这巨大的精神压力,让他本就不堪重负的心脏病,瞬间加剧了。

2013年4月10日下午,我在成都双顺路"蔚蓝小区"采访著名的郁达夫专家、名中医郭文友先生。郭先生生于1939年,他偶然谈到他认识陈子庄,我心头一惊。

"文革"期间,陈子庄的弟子通过关系,找到当时在成都中医界小有名气的郭文友,希望郭先生为陈子庄先生治病。郭文友对我回忆:

子庄先生高而瘦削,到我这里来时挂着竹节拐杖,他喜欢双肘横架在拐杖上,双肩耸着说话,不紧不慢,一望就是民间异人。他患的病是心室狭窄,血流量时大时小,很不规律,这造成了他成天心悸、气喘不已。那时我住在九眼桥头培根路临河的旧平房,一来二去,我们成了朋友。子庄先生每周要来两次,我请他喝8分钱一杯的烧酒(一两酒),他看完病就在我这里作画。我当时家境不佳,根本买不起供他作画的纸张,只好找些画册、书本的干净扉页,他也不嫌弃,就在上面动笔。他前后送了我几十幅作品,记得有一套36幅的山水册页。直到他出了大名后,我却怎么也找不到这已经是"价值连城"的东西了,估计是被哪个习画者借去,从此一去不归。如今我手头仅存一幅"斗方",因为我是乐山人,他画的乐山山水,一只打鱼船和鱼老鸹独立寒江……

那时,我一直在苦苦收集、研究郁达夫的作品,逢人就说郁达夫,子庄先生某天听到我谈及一个从南洋回到大陆的作家,叫"了娜",因为他写有一篇长文《郁达夫流亡外纪》,发表在1947年8月出版的《文潮月刊》三卷四期上,这是一篇十分重要的文章,却从来没有弄清楚这个与南洋时代的郁达夫关系十分密切的见证人,到底是谁。我的老师王澍湖先生的一个学生,家里恰好有全套《文潮月刊》,我借来抄写过。他一听立即打断了我的话:"却慢!这个人我认识,他是四川省文史馆馆员,因为我听他讲过,他抽的烟杆上,镶有郁达夫亲手刻制的一个玉石烟嘴。这个人与我有交道,叫张、张、张……"我闻之大喜,名字冲口而出:"是不是叫张紫薇?"

"对头,就是他!"

那时张紫薇已经从成都一中退休,住在郫县合作乡回龙村,他名之为"紫薇草堂",是同盟会会员但懋辛的手迹。平时他到成都开会,均是住在女儿处。子庄先生去过张紫薇女儿的住处,就带我去盐道街边的东府街临街一个小平房,可惜女儿已经到天回镇参加劳动去了。我们又到天回镇、驷马桥一带四处打听,最后无功而返。子庄几经联系,他又带我赶到一环路跳伞塔的机械工业信息研究院情报研究所,终于见到了张紫薇的女儿。我后来在她女儿处见到了张紫薇本人,文学史上"了娜"与现实中的张紫薇终于合璧。我后来写了文章,首次在文坛确认了那个南洋巴东小学校长"了娜",就是张紫薇。我在《新文学史料》1979年第5期上见到了署名"了娜"予以转载的《郁达夫流亡外纪》后,建议张紫薇去信,确认自己就是原作者"了娜",张紫薇如愿以偿,"验明正身"……这是拜子庄先生之赐,了却一桩现代文学史上的悬案。张紫薇已于1986年4月1日仙逝,时年87岁。

因为我听说陈子庄临近解放时,他将担任过四川省省主席、川军第二十九集团军(上将)总司令的王瓒绪的金银财宝押运到了香港存放,这就是说,他亲自去过香港。"文革"时代,前后有多批政工人员为此搞"外调",陈子庄先生为此背了极大的包袱。我私下听说,王瓒绪偷渡之前,特意找到陈子庄,剖明心迹。陈子庄可能找有关单位反映了实情,他陪同王瓒绪上了火车,谎称没带烟,要下车去买。一下车,火车就启动了。公安人员一直跟踪王瓒绪到达深圳……这个情况,属实与否,我不便向他当面询问。我们经常沿河散步,谈论很多事情。记得是1972年初春的一天,天气很冷,他拄着拐杖,"笃笃笃"而行。我们漫无边际地散步,走到了北门大桥附近,子庄先生突然说:"哎,活着没啥子意思,我真想一头跳下去!"我再三规劝、宽慰,说基辛格都来中国了,《中美联合公报》发表了,那么敌对的事情也有转机,万事富含易理,一切总会有转机的……他愁眉紧缩,看着河水,不说话。

1973年以后,陈子庄不再到我这里来了,后来我得到他病逝的消息。心脏病加心病,把他彻底压垮了。

细节就是卡在脊椎间的骨刺

1991年,王发强先生到郑州出差,他在五一广场旁边发现了一个小画店,一个老者守摊,显得极清冷。听出王发强的口音,老者来了兴致:"成都有一个画家叫陈子庄,你认识吗?"王发强含而不露,反问老者有何见教。老者说:"我一直在注意这个人,表面上他的用笔有点杂乱,但用心揣摩,发现他的笔法伸缩自如,内蕴力道。我觉得他有一个心诀'如动不动',功夫由动修炼到不动,即由动归静,渊渟岳峙。我推测,他应是练武出身。"听完老者的见解,王发强暗自惊诧不已。转念想到,子庄先生从黄宾虹的墨法中悟出了笔、墨、水、色浑然一体，挥运之际随机生发的高难度画法。而这样的技法，在牡丹图里翩若惊鸿。

和张大千一样，子庄先生对牡丹情有独钟，为牡丹泼墨作画一百多幅，题款众多，有云："吾蜀丹景有祥云青，花大如碗口，开时绚烂夺目"；"吾蜀丹景山牡丹，不在洛京之下"等等。他独具慧眼，最先发现了天彭牡丹野趣之美，以及由此生发的对自由的反思。诗云：

> 生在丹山北，
> 垂垂野意浓。
> 移入庭园里，
> 胭脂血泪红。

如此诗句，更暗示了他生命的旨归，他对这种仰人鼻息的生活已经厌倦了，可是，率土之滨，可有容忍你自由的方寸之地吗？山野之趣，化作迷梦；但斗争正成为最高语境的白日之梦，那就只有纳梦于梦了。长江画院院长丛林中有一天对我说：子庄颠倒过来就是庄子，他是国画的庄子啊。

有论者认为，在出于艺术世家的宫廷乐师与双耳失聪的贝多芬之间，在称"不受贫困之扰是哲人幸福"的叔本华和穷乡僻壤的穷人教派之间，在谈论什么姿势最优美的林语堂和在糊窗户纸上作画的陈子庄之间，更值得信任的是后者，因为他们的彻底精神穿越了物质，并在生命大美的历史长河中豁然崛立。

一如子庄先生的牡丹，侧立、微转、花叫，恍如狮子吼……

而更应该记住的，是陈子庄先生临终前的一天。1976年7月2日。

进入1976年，子庄先生身体尤其是精神状态每况愈下。那个"反革命集团黑后台"的阴影，越来越大，越来越浓，将他牢牢罩定。他找弟子陈滞冬设法让他住进医院。滞冬一个朋友的父亲那时恰好手里有权，遂安排子庄先生进入到四川医学院住院部治疗。一来可以养病，二来可以避一避这红尘之中的祸事。

7月2日傍晚六点多，王发强在家吃晚饭，好好的饭碗突然倾覆，他心里顿感不祥。他拔腿就走，一头大汗来到四川医学院附属医院内科住院部的心脑血管病房。这是一间两人病房，在当时属于干部病房，这是四川省文史委等单位再三呼吁才为子庄先生争取到的"待遇"。同病房的成都市劳动局郭局长输完液就回家休息了。病房被热气笼罩，陈子庄躺在床上，气促而极度消瘦。王发强打来一盆热水为子庄擦洗身体，毛巾一擦，身体不断掉下殷红的结痂。这是缠身多年的皮肤病决堤般的暴发症状，医生、护士已经敬而远之。王发强又喂了他一杯水，子庄显得很平静，指了指床下。那里有一个纸箱子，装着他近年积累下来的几百张"斗方"，那其实是子庄先生半辈子的心血。

他开口说话："我撕碎了一些不满意的，留下的是最好的东西了。你们要看管好！"

这里的"你们",王发强的理解是,既指众弟子,也指子庄的子女,但弟子们对此只能沉默。令人痛心的是,这些遗作精品王发强后来再没见过,包括子庄先生自刻的印章,均消匿于茫茫人海了……

但更有一幕让王发强心惊肉跳:那天陈子庄眼睛滚动,眼泪翻卷上来:"1942年,我在荣昌与张开银结婚时,迫于生计,曾仿制石涛、八大山人、齐白石等人书画,得其神似,以至流世乱真,造假画卖钱,我引以为悔,我把这种愧疚写进遗嘱里去了。"

沉默半晌,他突然说了一句:"哎呀,真想吃一碗鳝鱼面!"

王发强记住了,说天色已晚,店铺早关门了,明天去买。

也不知道老师听到没有。他紧闭眼睛,颧骨高耸,面色灰暗,渐渐睡了。

大约晚11点,王发强离开病房。走出医院,天上星斗璀璨,只是北斗七星斟满的水,天河滔滔,在天上堆积,不知道何时才会决堤。

回家路过文庙后街时,睹物思人,王发强想起了一段往事——

《白石老人自述》记载,1936年,齐白石时年74岁——"四川有个姓王的军人,托他住在北平的同乡,常来请我刻印,因此和他通过几回信,成了千里神交。春初,寄来快信,说:蜀中风景秀丽,物产丰富,不可不去玩玩。接着又来电报,欢迎我去。并于五月十六日到成都,住南门文庙后街。"

齐白石荭蓉，求墨宝者络绎不绝，一时洛阳纸贵。文中提到的军人，乃第四十四军军长王瓒绪中将。清末民初，成都流行"南唐北李"之说。"北李"是著名作家巴金的故居——李家官宅，地处现在的正通顺街。"南唐"指清末民初的唐家宅院，位于现在的文庙街。而"南唐"的后人，正是著名的文史大家唐振常先生。唐振常先生回忆说："故居是四进大宅，大小房间不下六十余间，园中既有戏台、假山、水池，还有西方园林的开阔的大草地，活动的天地极为广阔，有山可望、有湖可入、有水可涉，花木丛中、鸟语花香。"（《忆故居》，见《唐振常散文》，浙江文艺出版社2000年10月1版，450-460页）现在唐家宅院已经消失，但在当时成都只要一提到唐家，就如现在人们提到宽窄巷子、锦里、春熙路一样，具有城市代表性。

1932年唐家宅院卖给了王瓒绪，改名"治园"。1936年齐白石应王瓒绪之邀在宅院居住了三个月，创作了诸多名品。

陈子庄在成都时曾拜一代武术名家马宝为师，马宝因刺杀四川都督尹昌衡不遂，最后被尹昌衡的义气所感化，成为尹昌衡的贴心保镖。后来陈子庄在成都参加国术擂台比武，就是闪电式的一个腿击，当场令二十九军军部武术教官重伤倒地，名扬一时，遂被王瓒绪聘为军部教官（见丘峙《黄宾虹蜀游，陈子庄赴沪》，《文汇报》1991年10月23日6版）。王瓒绪成为四川省主席后，又聘陈子庄为私人秘书（实为私人保镖），并为他鉴收文物字画。抗日战争前，黄宾虹、齐白石先后到成都，都曾入住文庙后街王氏私邸"治园"，23岁的陈子庄得到向他们求教的机会，并得到机会窥见八大山人、石涛、吴昌硕等诸大师之精蕴。可以说，子庄先生最初的花鸟画，正是揣摩齐白石而得其堂奥，再追溯吴昌硕，由此奠定了自己独行于世的美学格局。

《陈子庄年表》记述说："1932年，陈子庄19岁，这年秋天，黄宾虹来四川游历，在成都期间借寓李天明'一庐'，与老友蔡哲夫、谈月色及成都名宿林山腴、画家沈潜庵等人往来。陈子庄因蔡、谈二先生的关系，得以观看黄宾虹作画，这是陈子庄第一次有机会亲见中国近代绘画史上大师级人物绘画创作的实际操作情况，对他的启示必然很多，也为他中年以后从黄宾虹山水画法中悟出自己独特的山水画风格种下了前因。"（见陈滞冬编著《石壶论画语要》，人民美术出版社2010年3月1版，210页）

王瓒绪将自己历年收藏的古今书画搬将出来，请白石老人鉴赏，结果大半是赝品，这让王瓒绪十分尴尬。如今可以推测的是，鉴于齐白石并未拿到王瓒绪承诺偿付的3000元，仅敷衍了400元，这让齐白石极为不快，自然没有陈子庄向齐白石拜师学艺的可能性了。

但齐白石的阅历非常老道，他显然已经看出当年陈子庄的异质。他提出，只要你愿意可以随同到北平。陈子庄因故没去，他后来特意仿了两幅白石的花鸟画托人送去，此举本是致意，但齐白石误解了陈子庄。他一看仿作，立即大叹："我叫他跟我一道来北平，他不来，就搞这个名堂。"后来齐白石让齐良琨托人转交给陈子庄亲笔信，是担心陈子庄一味模仿自己而耽误了前程。

晚年时节的陈子庄,经常与门人谈及齐白石。某天他说:"齐白石画虾的目的是什么?为什么不去画蚂蚁?齐白石自己好笑,说:'买我虾的人特别多,他看得懂?'他把虾的两个大钳画得比真的还大几倍,实际上他的寓意是说这个世界是个鱼虾世界。他画的螃蟹懂得人多些,因为他曾题有'看你横行到几时',反正结果是油炸下酒,不然就画个巴篓,爬出去也跑不远的。王朝闻说他的虾画出了半透明体,此真外行之谈,那是技巧,齐白石的画最可贵的是思想性,那是学不到的。"

(见李维毅辑录《石壶论画语录》,自印,非卖品)

子庄先生曾经对弟子们谈及黄宾虹三次入川,自己前去接送的事情:"每次去接宾虹大师,我都要到杭州灵隐寺拜会弘一法师。然后逆水而上,饱览长江沿途名胜,听取大师的金玉良言。"黄宾虹出川,陈子庄都要护送过奉节,挥手自兹去,江涛伴泪鸣(见李本初《我所了解的陈子庄的前半生》,《中国书画报》1997年第74期)。对常人而言,见高人一百次,除了热烈鼓掌和超九十度鞠躬,往往并无心得,佛家的说法是无缘。但唯有有心者,"灵云一见桃华悟",他所获得的灌顶提升,又岂止是艺境之问?

王发强昏昏沉沉睡了一晚,翌日一早,子庄师的小女儿哭哭啼啼地来敲门,王发强猛然一怔:恩师陈子庄于凌晨因心脏病而去了。他立即赶到位于仁厚街11号院设立的灵堂,翻遍抽屉,竟然找不出一张像样的陈子庄先生的正面照片。陈子庄有三张拍摄于1973年在仁厚街11号院的照片,是洪志成请留真照相馆的师傅上门所摄,这也是陈子庄一生最为辉煌的一瞬。最后,大家决定用他工作证上的一寸照片放大而成。模模糊糊的遗像,是不是暗示了陈子庄那谜一般的一生?

对有些智者而言,谜底就是谜面。

而那一碗没来得及送去的鳝鱼面,成了王发强毕生的痛。

他去世前10天,为弟子罗巨白画的一幅山水扇面并题写杨万里的诗句,该是绝笔了。

他在写的最后一封致友人的信里说:"心中甚苦,也甚乐……"

也许,他想到了弘一法师"悲喜交集"的彻语。

美国诗人保罗·安格尔的短诗《文化大革命》,发出了一种让心脏破裂的声音:

拾起一块石头,
我听见一个声音在里面吼:
"不要惹我,让我在这里躲一躲"

是的,那把石壶终于碎裂了,那一道躲在石头里的闪电借助于裂缝滑了出来,敛满纯光的伤口足以让黑暗显形!

接着,伤口流出了石里的铁屑和浓墨。

……

我不想再引述后人对子庄先生的赞誉之词,颇有一种"手中无尺铁,徒欲突重围"之叹。自称"远绍诸葛亮'淡泊明志、宁静致远'之旨,近承陈寅恪'独立之精神,自由之思想'之意"的美术学者刘墨先生，在其《国画门诊室——二十世纪画坛名家作品批评》中如此评价说："从某个角度来说，陈子庄的笔墨可称绝诣，但总体上，他仍成不了大师，其原因值得我们的深思……最让我难忘的，是一次在别人家见到陈子庄的一张小画，纸可能也不大好，但整幅画的墨色是透明的，淡墨处如此，浓墨处亦复如此，这种透明的东西在中国画的笔墨中是最难的，因而也可以说是最高境界。从美学的角度说，能使墨色透明，实在是自己的心胸达到豁然开朗的情形之下才有可能。"继而又说："黄宾虹是只画给他自己看的，而陈子庄却希望得到人们的承认，因此在黄宾虹的画中充满一种苦涩的味道，而陈子庄的画却有美丽的东西。美丽当然不是什么不得了的坏处，但是格调却总不能和尘俗彻底地脱钩。"真乃曲折钩回，首鼠多端。我想，天有大美，并非绝尘而去，反而是凌波微步，不即不离。

有意思的是，在一篇题为《刘墨国画小品评析》的网络文章里，署名"书斋听竹"的作者这样分析道："文人画一路是他的当然喜好，我看他（刘墨）的有些画从意境看是追梅清和龚贤的，但更多的作品从构景和笔墨看是在陈子庄基础上的再创造。陈子庄比梅和龚的笔墨要简约些自由些，而刘墨似乎比陈还要简约，陈子庄的山水很多是用色的，而刘墨的好多作品不用色，还有，我看他的笔墨也要比陈子庄更为单纯。"

既然刘墨认为陈子庄存在如此多的缺陷，那么，为何论者又要反复拿子庄先生来对比呢？岂非咄咄怪事？！这分明是另外一种意义的"步韵"，而且，"步"得痕迹深重，举轻若重，直捣动机，雪地的尾巴拖得太长了吧？

医生曾对陈子庄说，你的心脏肿大，足有常人两个心脏大。子庄自嘲："我有一颗牛心！"即使到了衰病交浸之际，陈子庄还是对门人说过这样一句话："我死之后，我的画定会光辉灿烂。那是不成问题的。"（见陈滞冬编著《石壶论画语要》，人民美术出版社2010年3月1版，38页）在一个黄钟毁弃、瓦釜雷鸣的时代，依是声声震耳。

（本文采访写作时间长达2年多。其间得到王发强、陈滞冬、那木尔·羊角、张金成、丛林中、郭文友、李维毅等众多人士的帮助，特致谢意。）

罗常培与成都七二七大轰炸

漫长的旅途

罗常培是著名语言学家，历任西北大学、厦门大学、中山大学、北京大学教授，历史语言研究所研究员，北京大学文科研究所所长。1950年6月中国科学院成立后，罗常培出任语言研究所所长。按理说，语言学家拘于学理，于写作一道往往理念满纸，形象干瘪，但在罗常培先生笔下却是完全不同的一番缤纷之景。这里指的是包括《蜀道难》与《苍洱之间》两部游记构成的、近年一再重印的《苍洱之间》。这可以让我们发现，即便置身山水，罗先生也不舍精深学风，对一地的地理、名物、民俗、传说、渊源等，有颇为精彩和独到的发掘，这使得全书的内容不但丰满可读，还弥补了同类著作的缺失。

教授、学者跑空袭警报，是一个不衰的话题，在西南联大时就有很多逸闻。有个段子流传甚广：1939年至1940年日本飞机轰炸昆明，师生看到五华山上红球升起，便放下一切开始跑警报。一次刘文典看到沈从文夹在人流中，很是不屑："我跑是为了保存国粹，学生跑是为了保留下一代的希望，可是该死的,你干什么跑啊!"(黄延复《刘文典轶事》)由此可见刘文典对沈从文的顽固成见。但沈从文对此一直保持沉默,心态大可玩味。

当时傅斯年、汤用彤、罗常培等也住在靛花巷的楼房,楼有3层。每次警报一响,大家都往楼下跑,甚至跑出北门。傅斯年晃动庞大身躯,从楼下跑到3楼气喘吁吁地通知陈寅恪跑警报(陈寅恪有睡午觉的习惯)。危急之中,傅斯年把陈寅恪搀扶到防空洞,才会安心。陈寅恪曾写过一则趣联:"见机而作,入土为安。""机"指来空袭的日本飞机,"入土"指进防空洞。紧急之中,他依然保持士人的风度。

1941年5月,罗常培与梅贻琦、郑天挺从昆明出发,到重庆向教育部接洽西南联大的校务工作。他们从叙永县入川,然

1944年,联大中文系教授在昆明联大新校舍合影(左起:朱自清、罗庸、罗常培、闻一多、王力)

后去宜宾李庄看望林徽因、梁思成夫妇以及在板栗坳的史语所同人，再顺岷江逆流而上到达乐山、峨眉，参观武汉大学，然后绕道成都，拜会了华西、齐鲁、金陵各所大学的朋友。这次行程所接触到的学人及相关人士200余位。

罗常培一行的几千里行程，就像在四川兜了一个大圈子，竟然花了3个月，坐过一次飞机，也坐过轮船、汽车、黄包车、滑竿，不时有慌乱，也伴有愤怒："行期的大部分都耗费在等车、候船、汽车抛锚、山洪冲断公路……许多意想不到的事情上面。"读他的旅行杂记，不但体会到什么叫"蜀道难"，更能体会到抗战艰难时节的一代知识分子励志笃学、心忧天下的本色。

就在他们历尽艰辛到达成都时，他们又遭遇了永生难忘的七二七大轰炸。

"没找到一条可以通过的路"

罗常培一行是7月25日凌晨坐黄包车到达距离成都南门还有4公里的地方，车夫无力再走，他们只好冒雨步行进入成都市区，入住设于骡马市大川饭店的中国旅行社。

尽管甚为疲惫，罗常培还是到市区看望朋友。他毫不掩饰对成都的喜爱，原因是成都的布局很接近他的故乡北平。他对比了春熙路与王府井、玉龙街与琉璃厂、打金街与廊房头条、少城与后门里头、薛涛井与陶然亭、草堂寺与松筠庵、华西坝与清华园的趋同风格，觉得只有武侯祠的地域色彩浓郁，难以在北平找到比附的建筑。他觉得美中不足的是，在成都停留6天，其中4天都遇到了空袭。

7月27日早晨8点，罗常培一行在朱自清、沈弗斋教授陪同下游览武侯祠。参天古柏勾起了学者们的思古之情，似乎忘记了当局对空袭的反复提醒。当他们一行再去杜甫草堂时，看到了路边竖立起来的预行警报的黄色旗子。罗常培承认，"成都人因为最近几个月敌机并没有当真来过，所以大家的心里，简直不拿情报当一回事，没想到这一次敌机可当真来了，而且还来了一百零八架！"

9点40分，发过空袭警报后，他们还在城西四家村朋友处谈天。10点45分连续听到紧急警报，没过10分钟敌机已经轰鸣在头上！"紧跟着高射炮炮声隆隆，投弹声轰轰，几间房子动摇得像地震，屋顶上的瓦和窗子上的玻璃被激荡得上下交响着……"不愧是语言学家，他用了四种声音描绘那一时刻的地动山摇。到下午1点40分解除警报后，他们坐车进城，转了半小时，"压根儿没找到一条可以通过的路。""举目所见不是栋折榱崩、瓦砾遍地，就是胫断肱飞、血肉模糊！"一直到下午4点，他们才到达城外朋友家吃午饭。尽管朋友准备了丰盛的菜肴，"有昆明三年看不见的鲜虾和西瓜，可是一想起刚才目睹的惨状，无论有什么珍馐美味也觉得不是滋味！回到旅行社以后，看见离开我住的房子不到两丈远就中了一个大炸弹，我的房里虽然顶棚震落，尘土满地，幸而还没有直接命中。"因为罗常培那口旅行箱里，装满了学者们的论文。

28日，7点40分警报的黄色旗子一挂出，成都立即骚动

日本飞机大轰炸后的成都一幕

了。"成都市民再没有昨天以前那样镇静了。"他发现成都"不但没有重庆那样安全的防空设备，连昆明那种跑警报的味儿都赶不上。因为第一，城市太大，从城里跑到郊外已经得费去很长时间，走出很远的道路；第二，东南北三门外各有轰炸的目标，比较上只有西路安全一点儿。因此，一遇到警报这条路上往往拥挤不堪；第三，成都郊外到处都是水田，不像昆明郊外那样空旷，要想跑出去不远就找到一个像昆明北郊的独山……是绝对办不到的"。当天，罗常培来回奔波18里，跑得皮鞋开线……

在后来的几天里，罗常培继续东躲西藏，疲惫不堪，打消了去青城山的念头，但依然详细记录了空袭的细节。

学者娄育在《语言学家文艺作品中的史料——赘疏罗常培

先生的〈蜀道难〉和〈苍洱之间〉》一文里指出，罗常培"详细记录了每一次亲历'空袭'的时间，有的篇章甚至详细地记录下敌机的数量及轰炸情况，这又可为研究中国抗日战争史的学人提供些许材料上的参考"。

人们在他的旅行记中却看不到沮丧和抱怨。正如冰心在1942年版的序文所说："三个多月困难的旅途，拖泥带水，戴月披星，逢山开路，过水搭桥，还仓皇地逃了好几次警报，历尽了抗战期中旅行的苦楚。"一个人在自己"茅屋为秋风所破"之际，想到的是"安得广厦千万间，大庇天下寒士俱欢颜"，这恰是真学者的情怀。

据时任西南联大总务长的郑天挺回忆，1941年7月，他与梅贻琦、罗常培在成都办完事后，准备转重庆回昆明。梅贻琦联系买好飞机票后，恰好又得到搭乘邮政汽车回昆明的机会。虽然邮车比飞机晚到一天，但可以为公家节约两百多元钱，于是梅贻琦决定退飞机票。郑天挺感慨："俭朴正是他的廉洁的支柱。"这次入川的公务之行，罗常培花光了自己的不多的积蓄，对照他的游记，可见当时学人的清廉本色。

萧军：地老天荒一寸心

必要时就把这颗脑袋掷过去

萧军曾自述，自己的原名刘鸿霖，笔名是以京剧《打渔杀家》里的萧恩为楷模，及自己是行伍出身的缘故，取名萧军。而萧红是因为她追随萧军后为自己起了这一名字。至于后来的"小小红军"之说，则显然是后人涂抹的政治亮色。然而，经过一系列的误会，彼此伤筋动骨之余，萧军在兰州滞留期间，跟熟人王德谦（原上海正风文学院女学生）的妹妹、艺人王德芬发生了一场新恋情，并立即完成了闪婚。1938年7月18日，萧军偕王德芬来到成都。

牛津大学出版社2013年出版的《萧军延安日记1940-1945》，是近年公开的有关延安时期的最重要的史料之一。1942年4月8日，萧军得到萧红死讯当天的日记："下午听萧红死了的消息。芬哭了。"4月10日日记中又说："心情只是感到闷塞。我流了两次泪。对于她，我不是悲悼过去的恋情，只是伤怀她的命运。'我不杀伯仁，伯仁由我而死'，我不愿承担起这罪过和谴责。"

萧军对萧红之死的反应，从他的一贯为人方面似可以推论。对于两人的分手及萧红的早逝，萧军晚年不止一次说过这样绝情的话："作为一个6年文学上的伙伴和战友，我怀念她；作为一个有才能、有成绩、有影响的作家，不幸短命而死，我惋惜她；如果'妻子'意义来衡量，她离开我，我并没有什么'遗憾'之情！""也可以这样说：在文学事业上，她是个胜利者！在个人生活意志上，她是个软弱者、失败者、悲剧者！"

个中具有深切而难以言说的原因，足以让我们审视这个人。要知道，1932年初，萧军见到萧红后，在哈尔滨就将许氏和两个孩子打发回老家，并宣布与许氏脱离关系，命她自行改嫁；1938年初在临汾萧军不听萧红劝阻，执意要去打游击，并表示与她断绝关系，当时萧红刚怀了他的孩子。

当时的大背景是，萧军参加了左翼文学活动，在鲁迅先生逝世后又到了武汉，和聂绀弩、胡风创办《七月》刊物，险些被特务绑架丢进长江，幸亏得到共产党人的救助才脱险。在这之后，萧军和王德芬夫妻辗转由临汾、西安、兰州到达成都。

其实，这距离他们结婚才刚过去一个月。1938年6月2日这天的《民国日报》上，刊载出了王蓬秋刊登的"小女德芬于本年5月30日已与萧军君订婚，因国难时期一切从简，祈诸亲友见谅是幸"的订婚启事。

新婚燕尔，丁玲的倩影挥之不去，但似乎没有冲昏萧军的头脑。不久后他与中共地下党在川康文艺界的负责人周文取得联系。周文对这样一位作家和友人的到来十分高兴，首先解决了他的工作问题——把他介绍到成都《新民报》任副刊编辑，并由沙汀和读者王影质为他们在长顺街租了一间房，后来又连续搬家，终于入住桂花巷46号，租了两间厢房。沙汀同萧军常见面，还一起到小酒店喝成都特有的"碗碗酒"。

关于萧军在成都《新民报》副刊的这段经历，以及在整个成都抗日救亡活动中的作用，车辐先生20世纪80年代中期撰写的《忆成都文艺界的抗日救亡活动》一文（《文史杂志》1988年6期）中回忆说：

《金箭》出到第五期，为成都警备司令部强令停刊，主要人员上了黑名单。剩下来的文艺园地，只有《华西日报》副刊，恰巧萧军来成都，在《新民报》副刊上辟了文艺园地，还出了《国防文艺》周刊……虽然在日本帝国主义飞机轰炸中，他们却以战斗姿态出现，车瘦身的家首先被炸，萧军就及时地组织他写了《家居在火场》，揭露日机滥炸不设防城市的罪恶！萧军编的副刊，战斗气氛浓厚，鼓舞作用大。

萧军在成都编《新民报》副刊，名字叫《新民谈座》，他还负责文协成都分会的出版部。1939年1月，经老舍、李劼人等作家的多方筹措，中华文艺界抗敌协会成都分会成立。李劼人、周义、萧军3人为理事。分会还编辑出版文艺刊物《笔阵》，由叶圣陶、牧野任主编，李劼人、萧军也参加具体办刊。该刊以大量篇幅反映抗战，影响日益扩大，越办越好，成了当时成都最有影响的文艺刊物之一。

两人在成都住下来之后,萧军整天除了上班、开会就是串门,很少在家,在家也不是写稿就是看书,对年轻的新婚妻子王德芬视而不见,只有夫妻生活是照常过的,王德芬不能拒绝做妻子的义务,自觉沦为了一个泄欲工具,生不如死,从她后来写的回忆录来看,萧军嫌她文化水平不高,头脑简单,讨厌她哀怨流泪,对她在床笫之间的表现也不甚满意,也就是说,他追到她之后很快就后悔了,就像当年在哈尔滨,他和萧红发生关系之后也是很快就厌倦了、后悔了一样。在离家千里举目无亲的成都王德芬只认识萧军,只能依靠他,两人在家很少说话,王德芬于是就一封接一封地给他写信,祈求理解和同情:"亲爱的,不要再对我那么陌生冷淡吧,我需要你的爱,它会给我以力量,它会给我以鼓励,同时它也能使我的身体健康起来的。最后我再说一声:我是不能离开你永远不能离开你的。我的笔太笨拙,不能尽情表达我内心所要说的一些话,我想你都会理解的,我毕竟是太幼稚太肤浅,希望你不要和我太认真吧!""希望你别和我认真吧!那会苦坏了你!家是不可爱的,晚点回来也好,只希望你在外面能快活!你不要多疑我对你有什么不满,那都是多余的想法。"

他们有时借刘开渠的工作室开会。刘开渠夫人程丽娜后来回忆说,记得有一次晚会就在工作室举行,萧军非常高兴并主持了整个会议。他选了苏联的一个小剧《求婚》以助兴;演员仅两人,一男一女,全是老年未婚者。端木露西愿演老处女。但男老汉找不出人来演,萧军还根据程丽娜唱过京戏的经历,要她演老头。戏的内容是老头对老处女看不顺眼,千方百计刺激她，老处女当然不服，猛烈反击；相互闹得不可开交时，老头忽然下跪求婚，老女人也装成娇滴滴的样子半推半就，然后就闭幕了。这惹得大家哈哈大笑。

同时，萧军一直在创作《侧面》，并终于完成。这是一部18万字的散文游记，连同积存的几部尚未公开出版和考虑重印的书稿，例如17万字的杂体文章《四地文集》，长达两万行的叙事诗《乌苏里江的西岸》，还有一部多卷本尚未写毕的45万字的长篇小说《第三代》。1940年年初，他在成都写出并公开登载的一则《萧军求请出版家赐助印书》。

现代文学版本学家龚明德先生指出，萧军设想把"现有文艺作品"和想再版的作品一并"招标出版"，他提出的条件有两个："一，凡真正以从事文化事业为目的的书店或个人，均可录印；二，版税最低额为百分之二十……"如果一旦"双方条件合适，本人已出作品或新作，均可托其出版"，这就是希望长期合作了。

可惜的是，"招标出版"并无人接招，由此可以发现当时萧军在成都的生活是颇有几分艰辛的。发布"启事"这年，他已是33岁了。

1938年6月26日，为统一成都市学生救亡组织，在中共地下党的直接领导下，学生抗日宣传一、二、三团，协进乡村宣传团，华西协中移动剧队等进步学生团体，联合成立了成都市学生抗敌协会（简称"学抗"），成立大会在少城公园音乐室举行。12月9日"学抗"为纪念"一二·九"运动3周年举行讲演会，邀请刚刚迁徙到成都的朝阳学院教授邓初民及作家萧军讲演，参加者有大、中学生共600多人。

抗战初期，金陵大学、齐鲁大学、燕京大学和金陵女子文理学院内迁成都华西坝，与原来的华西协合大学合称为五大学。这些大学也在兴办平民夜校，使夜校逐渐成为传播革命真理的阵地，培养输送积极分子的课堂。由于发现参加夜校的青年人踊跃，萧军性如烈火，很想为抗战多出一份力。他积极筹划创办了一所"印刷工人文艺补习夜校"，并自任讲师。学校每周开课两次，主要讲授文艺常识和写作方法，通过写作训练，抓出一批好稿，培养文学新人。经过半年的授课，一批工人文学爱好者提高了思想觉悟和创作水平，如萧波、邱毅等人都成了崭露头角的文艺新兵。对这段经历，萧军是颇感自豪的，他后来到延安后，曾经多次向友人提及。

萧军在《新民报》当编辑，四处演说，自然上了特务的暗杀黑名单。当时，他公然宣布："我的资本——脑袋一颗。我的武器——尖刀一把。我的办法——两手换（拼个你死我活），到必要时就把这颗脑袋掷过去。"最后这句话，却是胡风先生的名言。他是这样说的，也是这样做的。他准备了一把尖刀，藏在大衣口袋里。平日出门办事，格外警惕是否有人跟踪盯梢。

1940年春，国民党制造"抢米事件"，嫁祸于人，逮捕中共四川省委负责人罗世文、车耀先等。事件发生后，中共川康特委召开紧急会议，决定加紧疏散一批党员及骨干。萧军因目标太大（鲁迅逝世下葬时，他是扶棺者之一，又是去"万国公墓"下葬万人送葬队伍游行示威的现场总指挥），为了预防不测,地下党四川省委书记罗世文通知他及早离开。萧军到了重庆,在林伯渠、董必武、邓颖超的帮助下,带着妻子和舒群等人化装逃离,投奔延安。

萧军与成都小吃的缘分

萧军是这样评价自己的:"我是个性格暴烈的人。""对于任何外来的、敢于侵害我的尊严的人或事常常是寸步不让,要以死相拼的;但对弱者,我是容忍的。甚至容忍到使自己流出眼泪,用残害虐待自己的肢体来平息要爆发的激怒……这痛苦,只有自己知道。"不难想象,这样的人,即使喜欢起什么东西,也具有爱情一般的高温。

人们都说"味在成都",但具有南北"通吃"之力的,当然是成都小吃。不过,对出生东北的萧军来讲,几十年来让他没齿不忘的,却是成都小吃中,最便宜、最大众化的东西——"甜水面"。所谓"甜水面",其实就是极普通的麻辣担担面,只不过按成都人的口味,略放了一点点糖,加了一点甜味而已。小吃让作家如此梦牵魂绕,怕不仅仅是小吃的独特风味吧。

抗战时期的成都,文人们生活很无规律,萧军总是开夜车写稿、编辑,实在饿了,就跑出来吃几碗"甜水面"、买两个锅盔。其实,出生于东北的萧军本来就喜欢面食,他最爱在街边小摊上吃馄饨、馅饼、豆腐脑之类的小吃,很大众化,不拘小节。据说因怕被好友的家人碰上,嫌他不"绅士",有时只好饿着肚子不吃了。而且他还有曾经在躲空袭警报蹲防空洞时渴望一碗"甜水面"而不得的经历,这些经历却长存在萧军记忆中。

王德芬在《我和萧军风雨50年》当中回忆说,当年成都物价甚低,两人一顿饭两三角钱就可以吃饱,萧军不但吃甜水面,一吃就是七八碟,他还爱吃"鸳鸯面":一碗面一半是白色的细粉丝,一半是褐色的荞面条,拼命放辣椒油、花椒油,这才过瘾。

后来他们搬到桂花巷李劼人先生的院子里,李劼人尚在指挥街开饭馆,取名"小雅轩",也常请萧军夫妇吃饭,品尝正宗的川菜。但萧军仍然觉得还是甜水面来得过瘾。

直到40多年后的1982年,萧军先生作客成都,他一下飞机就在陪同人员指引下直奔市区,在成都巷子里急于找一样东西:正宗的"甜水面",以解压抑几十年"甜水面之瘾"。而几十年沧海桑田,他已经辨认不出他记忆里的成都了,位于长顺上街的桂花巷还在,但已寻不出旧时面貌,而记忆里的味觉成了他最忠实的向导。当萧军在机场向接待人员提出先品尝"甜水面"的要求时,接待方却一时发蒙,不知萧老先生的"甜水面"为何物。后来经人提醒,才知萧军所谓的甜水面,就是现在成都妇孺皆知的"担担面"。接待人员恍然大悟之余,即带萧军一行从机场直奔当时颇有名气的"洞子口凉粉店"。

李劼人《皇城甜水面担子》里指出,甜水面应该出现在清末。20世纪40年代最有名气的是成都白云寺的"甜水面"。甜水面在"三年自然灾害"期间就消失了,80年代开始恢复。

"洞子口凉粉店"的甜水面也许不如20世纪40年代白云寺的"担担甜水面"正宗，也许经过几十年积存的"味觉记忆"，我想，就是拿猩唇豹胎来也无法补偿这相思之苦。

车辐在《川菜杂谈·从洞子口凉粉说开去》里有一段话："凉粉，市井小吃也，但为名厨曾国华利用为'凉粉鲫鱼'，是新中国成立前'蜀风'一道名菜。"据记载："洞子口凉粉"老板赵金山，旧时在老南门大桥边开"洞子口赵凉粉"，大受疏散市民欢迎。武侯祠一带，也是"跑警报"之地。当地农家一听警报声就忙着煮饭炒菜，等候来客上门。在日军空袭的隆隆声中，成都涌现出一批制作"抗战快餐"的烹饪能手，逐渐形成自己的风味特色，最终成为地方名小吃。

对这些说教，萧军老人已顾不得了。据说，萧军先生坐下来，埋头苦干，一口气吃了3碗甜水面（另有一说是4碗），边吃还边饶有兴味地讲起当年跑防空洞吃甜水面的逸事。最后说："那时中午如能有碗滑爽适口的甜水面吃，就算很不错了。"还有一个说法是，萧军那天为先品尝甜水面，以至延误了一场特为他举行的座谈会。

饭后，他来到四川省作协5楼会议室，向大家坦言：希望作家们多锻炼身体，持之以恒，并举杜甫"胡马挟雕弓，鸣弦不虚发"、陆游"上马击犯胡，下马草军书"等例子，讲了一番身体力行的话。

这回返成都，遥距他离开蓉城已54个年头，萧军算是过足了"担担甜水面"的瘾。直到离蓉踏上归程，对成都甜水面蕴含的奥秘还是始终未弄明白。他这样表白："你们的甜水面我不大理解，你们在面中加红酱油都是甜味，这在我吃过全国的面食中，也是少见的。甜味中加上辣椒，这就更奇特了，但是吃在口里，却很受吃，好吃，有回味，别的地方没有这样的做法。"

甜水面的主要原料为手擀面条，约筷子粗细，讲究"筋道"。作料有辣椒油、花椒、红白酱油、红糖浆、蒜泥、芝麻酱、酱油、豌豆尖，是一种纯由调料拌出的面条（有点像宜宾的燃面）。甜水面使用四川最辣的朝天椒，是所有四川带辣小吃里辣力最大的，很多人也会被辣得泪、汗长流。甜水面的特点是充分发挥了辣、甜和芝麻酱的极端之力。有趣的是，如果将甜水面中辣、甜、芝麻酱中任何一种味道去掉，它都会变得使人食后有厌腻感或死辣感，然而甜水面无此感觉，所以它创造了三位一体的和谐。

看看，这么繁复的配料，萧军直到去世也是弄不明白的。

作为还珠楼主的李红

还珠楼主名满江湖,他自行取名为李寿民——取"长寿县一小民"的意思。但他的原名一直叫李善基,光绪二十八年(1902年)二月二十八日出生于四川省长寿县(现为重庆市长寿区)李家祠堂,为官宦世家。他自幼得到父亲调教,3岁习字,5岁吟诗成文,9岁作五千言的《一字论》,惊动闾里,县衙特送"神童"匾到李家祠堂,以资鼓励。他从小随当过苏州知府的父亲李元甫宦游各地,曾三上峨眉,四上青城,巴山蜀水给他留下了难以消泯的生命刻痕。由于久历江湖,人情练达,武侠成了他最为向往的境界。长大后发奋致力于武侠小说,独树一帜,声誉鹊起,遂成一代宗师,堪称通俗文学的如椽巨笔。1949年以后,武侠小说在大陆绝迹,他改弦更张,改名为李红。怎么个"红"法呢?因缘际会,他奋力写出很多著名的京剧剧本。1958年夏天,李红不幸中风偏瘫,卧床不起;1961年2月21日病逝于北京。

男儿总有侠客梦

1859年开始,云南李永和、蓝大顺的起义军风卷巴蜀;随后太平天国翼王石达开于1861年率领10万大军进入四川，大量士兵后来退居民间，或开馆收徒，或充当卫士、保镖，冷兵器时代的暴力与尚武风气，在四川民间影响深巨。

近代四川武林豪杰辈出。据史料记载，晚清时节，璧山县邓显扬（人称邓四教师），长于轻功，驰走甚捷，宛如神行太保转世，人誉"国技家"。光绪初年温江的赵华山先生，精于"铁汉碑（臂）"和弹腿，授徒甚多。光绪末年在成都设棚（开场子）授徒的马黑子，人称"神腿"。其徒马镇江腿功深得真传，人称"无影腿"。龙泉驿的谢昆山（"谢打滚"）曾任清军十营总教师，精于地趟拳。四川省都督尹昌衡的镖师马宝，人称"铁人"，精于南拳。其他如青神的杨海泉、绵阳的方和尚、简阳的余发斋及民国后的杜自明、郑怀贤、钟润生等武师，都曾为成都地区的武术发展起到积极作用，促使成都武术擂台赛的技击水准高超，风格多变。

辛亥革命后，四川第一个官办组织"四川武士会"，1912年在成都忠烈祠正街正式成立。四川都督尹昌衡任名誉会长，武林名将马镇江为会长，刘崇俊为副会长，都督尹昌衡的镖师马宝具体负责实施。1918年春四川军政以"团结、尚武"的精神为名，举行了"打擂比武赛"。地点设在成都青羊宫内，开设三组擂台。得头名者得金章，得二名者得银章，得三名者得蓝章。前三名都头戴金花、身披红绫、大放鞭炮、打马游街，好似科举时代中举的状元、榜眼、探花。这一举措极大地激发了民间的热情：由传说中的比武招亲，落地为比武而获得官职，由此进入仕途。

第一组擂主是督军的查马长李国超，副擂主是唐伯垌。第二组擂主是余发斋，他儿子余鼎三为副擂主。第三组擂主为马宝。每组主擂3日，这是车轮战。各路豪杰尽相竞技，10天比赛下来，公认李国超功夫超群，武艺精深。自此后，每年春季成都举办花会时，都要在青羊宫举行一年一度的武术擂台赛（民间称之为"打金章"）。从1922年起，还开设了女子打擂和少年组打擂，这在当时还是很稀奇的事，故有人曾作竹枝词叹道："更有片言须记取，打擂来了娘子军。"

李寿民虽然出生在长寿县，自幼随父宦游，家却在成都。在成都尚武风气影响下，十一二岁就狂热地迷恋武术，尤其喜欢街头的"操扁挂"。那时，大名鼎鼎的宗师马宝住在白云寺街12号马公馆，名震川渝。马宝字飞熊，后改为哲良，成都本地人，生于1864年。据马宝的关门弟子杨季冰老先生回忆，马宝出身贫寒，却自幼爱武，他没钱拜老师，就常跑到场镇看江湖汉子卖艺，偷经学艺，回家后比比画画，无师自通。他还时常跑到锦江边举巨石练力气，沙滩狂奔乱跳，爬树取鸟蛋，树林中逮弄蛇虫……就是不肯正经读书，入私塾3年才念了一卷《人之初》，还不能背诵，只好停学。成人后身材高大，臂力过人，喜养雀打斗赌博。但他对母亲很孝顺，想方

在傅作义军中任职的李寿民

设法买好东西伺奉，乡里称他为"马孝子"。

李寿民一心想拜马宝为师，但马宝却不肯轻易收徒，一见他骨骼远非"清奇"之辈，尽管他哀求不已，却被马宝一再拒绝。李寿民为表示他的决心和诚意，决心效法太极的杨露蝉，跑到白云寺街马宝住家的门口下跪，一跪，就是三天三夜。烈日当空，晒得他汗流浃背，马宝的外孙女王二小姐拉他不起来，瓢泼大雨，把他淋成落汤鸡，王二小姐拉他，还是坚决不起……马宝见此，自己的昔日似乎宛在眼前，于是收他为弟子。

李寿民在马宝的教导下，狂热习武。其实这段时间并不长，他已经手脚发痒，信心爆棚了。

有一年，成都国术界把擂台由青羊宫搬到了少城公园（即今日人民公园）。公园内搭了一个两三米高的擂台。当时比武分三个组：老年、中年和少年。李寿民在街上看见那轰轰烈烈的场面，看得他心猿意马、摩拳擦掌，暗暗下定决心，不在少年比武中拿下金章誓不为人。

那年李寿民16岁，分在少年组。打擂那天，少城公园人山人海，挤得水泄不通，擂主在一声锣响之后，宣布少年比武开始。李寿民一身武打装扮，纵步飞身跳上擂台，据说只是这一跳，就赢得一片喝彩。

腰力十足的李寿民可谓少年轻狂，可能是看卖打药的江湖场面看多了，敞开嗓子炫耀说："小爷拳打北山猛虎，脚踏南海蛟龙。台上无父子，拳下无兄弟。若被小爷打成五劳七伤，瞎子跛子，口吐鲜血，鼻青脸肿，就不要跳上擂台……"

李寿民滔滔不绝，他没有料到一团红云宛如"红灯罩"施展的大法,已经空降自己身边。上台的是一个身穿红色箭衣、头上梳了两个小辫子的丫头。那小丫头不言不语,举拳就打,一来一往,才三五个回合,一脚就把李寿民踢在台下。成都人总是幽默而直接的,笑声四起,有人说:"草包!草包!"

有的喊:"脓包!脓包!"

在我看来,这一次教训,对于李寿民是深刻的。他自然明白拳怕少壮之理;更应该明白山外有山。那么低下头来,甚至闭目而视内心,更可以看见自己的渺小。

法庭上的情侣

长寿县历史悠久,人文积淀深厚,也属藏龙卧虎之地。

在长寿城乡,民国初年的孙仲山就无人不知。只要提起孙仲山,人们总是众口一词:孙仲山是大富豪,做了很多善事。孙仲山本名原辅,后名鸿猷,字仲山,大清光绪三年夏历四月初四日(1877年5月16日)出生于长寿县千佛乡新场村孙家湾,1950年5月7日病逝于天津,享年74岁。孙仲山是一代大亨,在天津卫有"商侠"之誉。致富了必然要捐官,两者道理相通。孙仲山小施薄技,1903年被袁世凯"奏保以知县补用",本来是分发江苏候补的,随后袁世凯着意发挥孙仲山办理赈捐之长,于是奏请朝廷同意,改派孙仲山驻京办理捐务。后于民国七年(1918年)冬,孙仲山在天津成立了豫泰盐号,财势逼人。后来孙仲山创办大中银行,成为近代中国民族工商业发展的一个缩影。

李寿民一直在外闯荡、漂泊。他曾有恋人文珠，两人青梅竹马，情深意笃。在自己22岁时，为挑起养家糊口重担，李寿民北赴天津谋取生计，临别依依，信誓旦旦。后来分手，他受到巨创。

　　直到26岁未与女性交友，这在提倡早婚的时代颇为罕见。由于情深难忘，多年之后，他撰有《女侠夜明珠》，以寄托那无法消弭的浓情。

　　当时李寿民在为天津的报馆写稿，非常勤奋。他做过《天风报》的编辑、记者，等等，但为时均不长久。后来又进天津邮政局当小职员，为了奉养母亲培育弟妹，又设法兼职家庭教师，经人介绍，他到孙仲山门下，一经晤谈，顺利聘请他出任私塾教师，传授二小姐孙经洵、三少爷孙经涛的古文。二小姐年方二八，待字闺中，这时来了一位男老师，看见李寿民一表人才，满腹文章，心思就动了。当时李寿民教书教字，规定每天要写大楷九宫格两张，小字卷格纸一张。二小姐早经欧风美雨熏陶，经洵借写小字写出情书："老师老师我爱你，老师老师我想你……"李寿民一看，心惊肉跳，继而大为感动，师生恋开始悄然上演。

　　1931年年初，李寿民和孙经洵已经私订白头之约。孙二小姐听他叙述过与文珠的情事，了解到这份纯洁而深厚的感情，因为了解，终于释然。当年夏天，李寿民接受天津《天风报》之约，撰写武侠处女之作《蜀山剑侠传》。起初，他为笔名踌躇不定。这一时期，他往往用"木鸡"（带有典型四川人的自我嘲讽精神，指呆头呆脑之意）、"寿七"（李家有三房九兄弟,自己排行第七)这两个笔名。发表《蜀山剑侠传》之际,他觉得这两个笔名不妥。名不正,则言不顺。一天他正在写作,未婚妻孙二小姐走到身后,深情地说:"寿民,我知道你心中有一座'楼',里面藏着一颗珠子,就用'还珠楼主'做笔名吧!"寿民一听,恍如头颅被斧头劈开!半晌才回过神来:"经洵,我绝不会辜负你的情意。"

事情没有浮出水面之前,好像一切很寻常。

孙仲山为人严谨,注重礼教,更顾及脸面。直到某天发现女儿爱上了穷书生,恍然大悟,终于大发雷霆。他把女儿关在绣楼,辞退了李老师。不久二小姐成功出走,不知去向。孙仲山动用力量打听到女儿去向,便给地方法院递上诉状,告李寿民拐骗良家妇女。法院闻风而动,便把李寿民逮捕,关进监狱。1930年11月的某天,天津地方法院审理此案,孙老板考虑到身份,命儿子孙经涛代理出庭。开庭当日,李寿民呆立在被告席上。"私奔案"轰动了天津内外。

当时拐卖良家妇女是一项大罪。原告席上坐着孙经涛。他一方面为父亲着想,另外也不能不考虑到姐姐的未来。他必须要申诉"不良教师"的不伦之罪。李寿民提出申辩,据说才说一句话,就被法官喝一声:"狡辩!"喝了几声狡辩后,就叫全体起立,听候宣判。

走完过场,正要宣判,突然二小姐孙经洵闯进了法庭。她昂声说:"请等一下,不要宣判!"

她开口说:"我今年已24岁,婚姻完全可以自主。被告是一位作家。他的确曾经是我的老师,我现在是他妻子。夫妻生

当年还珠楼主轰动平津的所谓"拐卖良家妇女案",就在此审理

活在一起,怎么是拐卖良家妇女?!"

孙经洵一番话,立即改变了庭审结果。法官不得不决定:宣告李寿民无罪,当庭释放。

横空出世的《蜀山剑侠传》

1932年,李寿民与孙经洵正式结婚。结婚之前,孙经洵专请妇科医生验明处女,然后登报声明,再行结婚。结婚典礼由段茂澜主持,为新娘拉纱者是袁世凯的孙女桂姐,后来成为孙的义女。四大名旦之一的尚小云,则送来了全套家具。婚礼热热闹闹,结婚堂堂正正,孙老板尽管不满,却也奈何不得。

李寿民对于段茂澜这位兄弟感激不尽。长子出世时,特为之取名"怀海",以示怀念。后来子女众多,他就干脆用茂澜字"观海"的"观"字予以排行——观承、观芳、观贤、观鼎、观淑、观洪、观政等。自幼习武,恩怨分明,李寿民对于岳父怨恨颇深,先写《轮蹄》勾勒其老封建情状,原稿写成,给诸小舅、小姨传阅,无不捧腹。后写《蜀山剑侠传》,更况以最凶恶的妖怪绿袍老祖。笔伐可谓凌厉。其实两人婚后,随着《蜀山剑侠传》等问世,还珠楼主声誉日隆,孙仲山也早有悔意,经几次疏通,女儿虽然动心,女婿却不肯通融。一直到1946年夏,在结婚15年后翁婿于上海见面,但以后仍很少往来。(许寅《当代武侠小说之王还珠楼主》,《上海滩》1988年第10期)

民国时代的书商最大特点,是嗅觉灵敏,动如脱兔。他们

还珠楼主李寿民与夫人孙经洵。1954年摄于北京

马上察觉出，还珠楼主《蜀山剑侠传》蕴藏着惊人的销路。书商将报纸连载内容印成薄薄的单行本，一时引起了抢购风潮。

还珠楼主的作品，十之八九归上海正气书局出版发行。据书局主人说：在每一集出版的三四天内，一万册之数，一抢而空。早晨开出门来，就有顾客望门而候了。那许多顾客，以摆设书报摊的小贩为多，一个人要买好几本，买回去不全是拿去出售，而是以租出为主。上海、重庆、成都等城市以"租借小说"为营业的书店报摊，无不备有《蜀山剑侠传》，读者之多，到了"惊世骇俗"地步。此书最初归天津励力出版社发行，因战事关系，中间一度停止续出。到励力上海分社探听续出消息的人很多，外埠来信探问者远及南洋一带。西南地区有翻版伪本流行，卖得很火。我的父亲就对我回忆说，20世纪40年代初期他在汉口、重庆读小学期间，利用点滴的零用钱也要去租看《蜀山剑侠传》。一些无钱的同学甚至不惜一字一字抄录，开了"手抄本"先河。书店老板太过精明，把每个章回拆开订为薄薄一册，一个铜板租借一个章回，一读再读，犹如中魔……

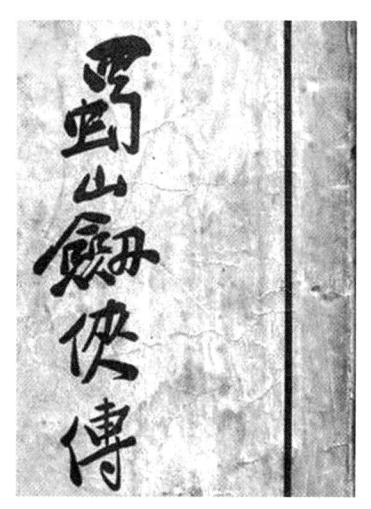

《蜀山剑侠传》，民国三十六年（1947年）出版正气书局重印版

"还珠楼主先生：我是一个武侠小说迷，上海的武侠小说没有一部没有看过，自从见到您的《青城十九侠》等，我才觉得眼前放出一种异样光彩，我敢说我平生还没有见着像您这样的一支神笔呢……"这是1940年10月11日的《新北京报》，刊载的陆小曼写给还珠楼主的信。信中，陆小曼竭力赞扬还珠楼主的武侠小说《青城十九侠》，表达了对还珠楼主文字的无上崇拜。当年《新天津画报》发表的《陆小曼的妙语——寄给还珠楼主的两封信》，此文记载了陆小曼和还珠楼主交往的史实。

有学者称，陆小曼晚年"整天斜倚床上，百看不厌《红楼梦》以及还珠楼主的剑侠小说，她倒并非偏爱二者，实在是家中别无藏书"、"大陆解放后，小曼的毒瘾戒了，身体仍差，偶尔还画点画。大部分时间都赖在房间里，看还珠楼主的《蜀

民国时期的天津电话南局。还珠楼主曾在此供职办公

山剑侠传》。"

书商再接再厉,一口气翻印出了七八版。财源滚滚而来,李寿民大受鼓舞。不写则已,一写就是长江大河。他真的将这部鱼龙漫衍的小说一直写到了60多集、逾500万字,故事视野更为浩瀚,仍然是毫无金盆洗手迹象。据他向朋友说:"我打算要写一千万字。"倏然没有按照设想完成,书商抢印出版了60多集,在抗战前极为畅销,每次印刷出版都达到数十万册。

《蜀山剑侠传》是李寿民的处女作,也是他的开山成名巨制,由此奠定了还珠楼主作为武侠小说宗师地位。该书以武侠与蜀地传说、上古神话相融合,状写了峨眉剑侠与邪派恶人做斗争的故事。《蜀山剑侠传》首先被香港邵氏电影公司买去推上银幕,在成都上演过的有《荒江女侠》《魏徵斩金角老龙》《唐明皇游地府》3部。20世纪30年代初,成都大光明电影院在少城公园建成开演,打炮上演的就是还珠楼主的这3部作品,成都人把电影院几乎挤爆,演了几十场还是场场爆满。

《荒江女侠》塑造了一个惩恶除奸的红姑。红姑手下四大门人:笑道人、哭道人、千里眼和顺风耳。红姑是峨眉派的掌门人,用手一指,一道剑光就能在百里之外取人首级;笑道人不笑则已,一笑就要天崩地裂发生震古烁今的冲击波;千里眼一望千里,在青城山就可以看到少林寺的一点一滴;顺风耳能听到玉皇大帝与王母娘娘发布诏书御旨……这些形象,皆有所本,作家不过是把中土的想象,发挥到了极致。

有一年,成都大旱,三个月滴雨未下。这就是"丙子大旱",看起来不但旱魃吃人,民间已经出现人吃人现象,李寿民根据这一现象写的两部作品,一部是《魏徵斩金角老龙》;一部是《唐明皇游地府》。金角老龙主管下雨,他不下雨,造成丙子年大旱,魏徵一怒之下,斩下他的龙头,唐明皇不救灾救荒,还在宫里与杨贵妃寻欢作乐,在还珠楼主笔下,敢于把唐明皇弄去地府"游街",很不简单!

与"红灯教主"歃血为盟

成都东丁字街的华瀛大舞台,始建于民国初年,在川剧走上低谷之初,开始上演新川剧,在戏剧刊物上有一段顺口溜:"要看新戏去华瀛,若问台主是哪个?红灯教主王国仁。"

20世纪90年代,王国仁妻子田翌曾写有《忆王国仁舞台生活》《王国仁的舞台艺术》等文章,认为王国仁大胆革新川剧,遂享有"红灯教主"之美誉,这也不是什么新鲜洞见,乃是平实之论而已。四川民间所谓的"红灯教",意即胆大不怕事。成都观众中流行一段顺口溜:"红灯,红灯,花样翻新,堪称教主,不怕鬼神",就是最好的注脚。王国仁虽非科班出身,但思路新,花样多,善于扬长避短,凡戏都要来个出奇制胜。所以才有《关公走麦城》首

川剧名丑王国仁

创丑角演红生的先例（王大炜《川剧名丑王国仁》，《四川政协报》2009年4月14日）。

王国仁相貌端正，身高近1.80米，自称长着一个"板鸭脑壳"，意思是指自己满脸的胡子和疙瘩，像一个板鸭。另外一个说法是：20世纪40年代的成都《蓉风报》包干了王国仁艺事活动的报道后，大刀阔斧地辟出专栏，并取了个滑稽的标题，叫作"王国仁无声无限唱片公司"，还仿照上海唱片公司的鸡图案标志，画了个鸭图案作题花，这就使王国仁又有了一个"板鸭脑壳"的新外号。王国仁唱川剧，一不是科班出身，二从来没有拜过师。演的角色从来都是自编自导的小丑。他上台演小丑戏《花子拾金》，别人演这出戏，都是拿根打狗棍，一副叫花子模样；王国仁演这出戏，穿的是笔挺的西装，手上文明棍。

王国仁不喜欢旧派川剧，他打听到还珠楼主的《蜀山剑侠传》很走红，便登门拜访。两人一见，相见恨晚。据说还珠楼主与红灯教主便喝了血酒，歃血为盟，成了兄弟。

王国仁与还珠楼主合作很愉快，把《蜀山剑侠传》搬上川剧舞台。在舞台上有歌有舞，机关布景，打得闹热，吸引了一批不喜欢老派川剧的中青年观众。川剧版《蜀山剑侠传》一天上演一集，由于情节

解放初期的李寿民

曲折给人悬念,演了60多场,场场爆满。这就让我们发现,川剧宛如今天电视连续剧那么上演,一演数月,观众看折子戏,如读一个短篇;连缀为本戏,就犹如读了一部长篇。可惜的是,王国仁与还珠楼主合作的"川剧连续剧",是空前绝后的。

还珠楼主不仅在川剧舞台上大有名望,在京剧名家中也大有交往。他与名旦尚小云有缘,交同莫逆,1932年结拜。为尚小云撰写《汉明妃》《卓文君》等剧本。后来还为尚小云的两位公子写过剧本。他在写武侠小说的同时,还为一些京剧戏团写了不少京剧的剧本,都成为尚小云剧团的保留剧目。他根据在《北平日报》上连载的长篇武侠小说《青城十九侠》,把这一小说特意为尚小云编成了京剧,由于情节不同于老派京剧,因而轰动一时。

"红得发紫"的李红

抗战期间,沉浸于武侠神魔世界的还珠楼主,也遭到了暴力的打扰。

日本人占领华北,要他合办刊物,他不答应,结果被抓去关了两个月。出狱以后,生活十分困苦。抗战胜利后,他再次到上海,正气书局劝他不要再涉足军政界,还是在上海写稿子才是正业。于是他住在上海老垃圾桥北面,一直写到了1948年。1949年上海解放前夕,香港一书商为其全家买了飞机票,请他赴港写武侠小说,他断然拒绝前往。

1950年后,在一派"新风气"吹拂下,他渴望华丽转身,立即改名李红。他在上海天蟾京剧团谋到编导的饭碗，奋力写出《白蛇传》《岳飞传》等京剧剧本，整理、改编的剧目有《斗雷》《南山化蝶》《霍小玉》《李岩之死》《喜相逢》等剧目，由著名的京剧表演艺术家尚长春、尚长麟兄弟主演过。

1953年，李红与谭元寿、李丽芳等人，进京到军委总政文化部的京剧团任编导，被选为北京市戏曲编导委员会主委。许礼平《书如剑气多飘逸——记还珠楼主行书宋诗》指出："招牌大了，但收入仅百五元，尚幸领导识做，破例容许兼职，李才能靠三份薪金养活全家，此时还在协和医院戒掉烟霞旧习。李像其他知识分子一样，努力自我改造，认真学习当时风行的《联共（布）党史简明教程》、黄药眠编的《文艺理论学习参考资料》等书。近朱者赤，于是易名'李红'，用于撰写反映农民起义的通俗文艺作品，文艺要面向工农兵，那社会无复'还珠说剑'的风华了。到反右一役，李侥幸躲过，但不多久，报刊大版杀出：'不许还珠楼主继续放毒'，从《蜀山》批到《剧孟》，这回'蜀山剑侠'遇上中共笔杆，竟不堪一击，虽未呜呼，却也脑溢血造成左偏瘫，生活无法自理，端赖爱妻悉心照顾，多活两年，病中还不忘创

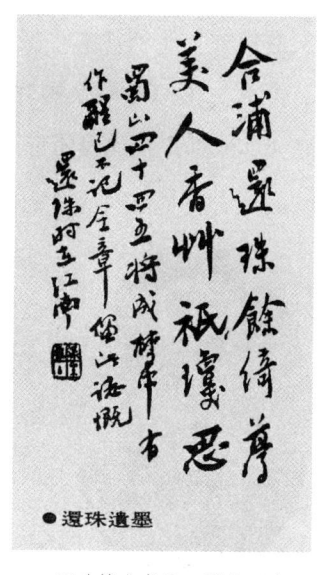

还珠楼主书法：蜀山四十四卷将成梦中有作留此梗概

作，口授长篇历史小说《杜甫》，完成初稿后赶紧辞世，享年五十有九，寿民不寿，只与杜工部同寿。算避过了五年后那场丙丁红羊浩劫。"（《旧日风云》，生活·读书·新知三联书店，2015年3月版）

1956年开始，风声鹤唳，他不得不在报纸上发表关于神怪荒诞小说的"公开检讨"。后来他还写了一些戏，也写过小说《剧》。

值得一提的是，李红写了许多京剧剧本，却没有写川剧剧本。也许听到了故乡的呼声，他颇感不安。局势稍稳下来，他创作了一出川剧剧本，剧本始名《陈姑赶潘》。经过三易其稿，才改名为《秋江》。故事精彩，对白风趣而幽默，烘托出年轻貌美的女尼，在浩浩的秋江之上，追赶离他而去的情人潘相公。《秋江》一搬上川剧舞台，就轰动蓉城。20世纪50年代，北京举行全国戏曲观摩大会，川剧是全国五大剧种之一，成都川剧代表团带去的剧目第一个就是《秋江》。《秋

还珠楼主的标准像

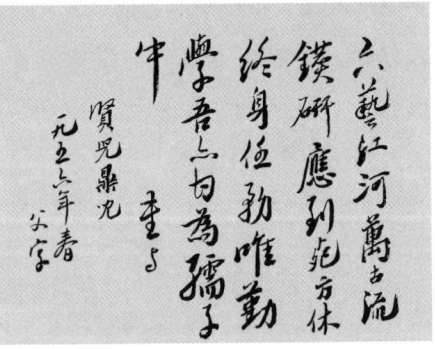

还珠楼主遗墨

江》出场的只有两个人物，一个是女尼姑陈姑，一个是摇船的老船公。扮演陈姑的川剧演员是筱桐凤，扮演老船工的是周企何。这两位演员的名声很大，除了公认他们二人是川剧表演艺术家，还是为一大批年轻川剧演员所敬仰的老前辈、老师父、老师爷。

筱桐凤是阳友鹤的艺名。彭县出了川剧台上的三只凤：筱桐凤、杨云凤和飞来凤。阳友鹤不仅是三只凤之首，还被川中曲艺界称作是"川剧的梅兰芳"。

在北京首届戏曲观摩会上，川剧梅兰芳对京剧梅兰芳执弟子礼；梅大师对《秋江》的演出大加表扬，对李红的《秋江》剧本认为是不可多得的佳作，并请其他剧种移填，李红在戏曲观摩会上也成了一个大名人。这，是李红"红得发紫"的时候。可惜，仅仅是他生命中的一瞬。

不久前我偶然得到一部《还珠楼主散文集》，为"武侠小说家散文系列"之一，周清霖、顾臻编，香港天地图书有限公司2014年出版，厚达468页。这是第一本还珠楼主散文集，收录大部分文章为原载20世纪30年代天津《天风报》副刊《黑旋风》之"还珠楼主丛谈"专栏，多为浅近文言风格，时隔八十多年，再度展现于文坛。内容涉及史事、技击、书法、篆刻、诗词、美食、茶道、命理、编辑等，可作为其武侠小说的外篇来读。本书还收入《微笑集》《文剪集》以及散文、杂文、小品等，为武侠文学研究界提供了极具价值的资料。

李劼人的退学风波

文学大师李劼人原名李家祥,笔名有老懒、懒心、抄公、云云、菱乐等,1891年6月20日(清光绪十七年五月十四日)出身于华阳县(今属成都市)北门经历司街一个知识分子家庭。他家原籍湖北省黄陂县,先辈在明末清初迁居入蜀。李氏家门至李劼人已8代单传。

李劼人小学毕业后,进临川印刷局当了排字工。不久父亲病逝,遂与母变卖家业,扶柩回到四川,寄居于成都状元街的外婆家里。当时一大家人的生活,只能依赖曾祖父、祖母所积存的几百两银子的利息度日。此外,便只有祖母制作出售"殊砂保赤丸"的销售收入了,大概每月不到十元。为了一家人的生计,李劼人的母亲整日操劳,席不暇暖。

光绪三十三年(1907年)开春,万物复苏,李劼人顺利地考入华阳中学戊班继续求学,为此姑爷刘碧仁每学期资助他50元的学费。

这所学校大有一番来历。

光绪二十八年(1905年),胡雨岚、陆慎言(绎之)、徐炯(子休)、杨静川、王叔钧等筹议建校,创立华阳小学堂于梨花街潜溪书院旧址。越三年,方旭任提学使司,考核全川教育成绩,以华阳、成都两小学为最佳,于是改升中学。民国二十八年四月(1939年),奉令疏散,搬迁至桂溪寺。这所学校知名的校长和老师有林山腴、庞石帚、盛震生、陆伯年、胡万鲲、谭肇闻、陈虞裳等。这所位于梨花街的华阳县立中学,即是成都三中的前身,与成都县立中学(位于青龙街)属于当时成都境内唯一的两所县立中学;且与20世纪40年代的"省立华阳中学"(列五中学)没有关系。

李劼人入学不久,为了一个同班同学受欺侮,他仗义相助,得罪了学校监督(即校长)陆绎之,学校竟加以违反校规、辱没师长之名,视为"浮嚣""油滑"子弟。所以,冒犯权威的代价是——李劼人竟然被勒令从华阳中学降回到华阳小学!是可忍孰不可忍,年轻气盛的李劼人愤然退学。

对于这一桩对他影响颇大的事件,李劼人不会沉默。多年以后,他在《追念刘士志先生》一文里写道:"为了一个同班同学受欺侮,不惜大骂了丁班一个姓盛的学生一顿,而受了监督(即校长)陆绎之、教务冯剑平不公道的降学处分——即是将我由华阳中学降到华阳小学去。"由此可见,这一处分对于一个初中生明显太过严苛了。

陆慎言系成都人,晚清举人,他毕生投身教育,于1904年与陈罗潨一起创办淑行女塾于文庙后街私宅,为成都女子师范学校的肇始。宣统三年(1911年),淑行女子中学堂改名为四川省城女子师范学堂,成为独立的女子师范学校。1935年秋,更易校名为四川省立成都女子师范学校。由此可见,陆慎言能够一改风气创办女子私塾，勇气可嘉，但这些经历也决定了他为人必须严正，近乎古板。

　　李劼人转而报考四川省的最高学府——四川高等学堂的附属中学。四川高等学堂创建于光绪二十九年（1903年），光绪三十三年秋季，开办了附属中学。投考这一天，李劼人见到了德高望重、受益终身的良师——刘士志先生，由此引出了无数佳话。华阳中学的退学风波已经在李劼人的心里埋下了叛逆的种子，对于学校、对于老师，他似乎总怀有不满，但伴随学识的升华，这种不满已经脱离恩怨，升华为对封建专制的冷峻批评。不料，李劼人再一次面临被学校"斥退"的情况：一次他和同学张新治开玩笑，互相散发四六言文体写成的传单，彼此讥骂。他用自己发明的复写纸复制，散发的多些，文字含蓄又幽默，引来同学的笑声更多。被学校的学监发觉，送到刘士志先生手上。刘先生把他们找去。李劼人来了犟脾气，说："都是我一个人做的，我不要人分过，请处理我一个人好了。"刘先生笑着说："那就没有别的说头，记两个大过。"旁边的教务先生说："李家祥（李劼人）我记得已记了十一个小过，若再记二大过，就应该斥退的。"这是李劼人没有料到的，面临的是被斥退的后果。刘士志先生开口说："那么，暂记一大过，五小过再说。"危机过去了，李劼人对刘先生有了一种更深的认识。

铸剑者龙志成

正是由于火,铁匠们才能将铁块

　　铸成美妙的形状,他们思想的形象:

没有火,任何艺术大师也不能使

　　黄金呈现出最纯真的色调。

　　不,无与伦比的凤凰也不能重新再生,

　　除非经历烈火的煅烧。

——米开朗基罗《十四行诗》第五十九首

欲拔未拔的剑

本文标题本应该去"者",是缘于迅翁早有高文在上,怕怠慢了。反过来想想,在道与器的辨证中,学理早已顺溜,直如剑上走水。但一旦由国学步入国术,进入剑文化殿堂,国人就立场不稳站不住了,他们惮于赤脚从锋刃走过,几乎有一种本能的头尾倒置能力,冲着剑的名头纳头便拜,"人驭剑"变成了"剑驭人",所以我们目睹了太多的神剑之歌。但我想凸显的，还是人。

那是一把欲拔未拔的剑。冲冠一怒的人，剑在鞘中已经等待太久。就像闻到杀气的战马，急不可耐地用铁蹄在地面刨出火星。剑嘎嘎地在力的迟疑中，渐渐地，变成了嵌入黄铜鞘口的锯声。这样，剑嘎嘎地啃着自己的兄弟，剑在鞘身反复摩擦，登徒子一般展开了它那革命的利刃。但拔剑的人渐渐在怒火的边缘感到了冷意，他主要是在权衡，平息愤怒的代价，自己是否拿得出。这样，他就被一个算式算迷糊了。准确点说，他畏惧。剑，被暗回到黑水之下。但剑的潜泳技术并不高超，它们积重难返，是被委以重任的方言。大量的欲望在分泌，在谋反，在哗变。许多名剑的一生，连一次也没有被拔出过，就锈死于鞘。或者在某个著名的尸体边安卧，与那些"拆骨为刃"的肋骨隔衣相望——相看两相厌。这就像石达开的翼王之剑，被死对头四川提督唐友耕缴获，后来就陪唐友耕在成都浆洗街大墓里殉葬；而一般的安排是，剑被鼻烟壶、青花瓷、黄花梨雕件拥簇着，成为古董架上只能看不能摸的辟邪神器。

某一次，欲拔未拔的剑，突然看到了大光。手臂颤动之下，光的世界是摇晃的风景。剑明白自己体内，有十万只马蹄敲打出来的鬼火，足以浇熄天上的光。但事情到此为止，剑又被心事重重的人按回到黑水……人与剑相隔。剑从水下瞻仰人世，剑身轻易被水折断；上面的衮衮诸公啊，挺胸腆肚如孕妇，都被水放大，成了人物。

我的书房里挂着一把剑。二十多年了。

书读得太累，就有一种拔剑的冲动。我有好长时间没有去唤醒它了？剑柄蒙上了一层灰，不但是雾霾天气的罪恶，也是我疏懒、血气渐失的物证。我把剑取下，手指扣紧，掌心略空，灰尘的滞性恰好使我毫无黏腻地掌握它。

现在，我装模作样，煞有介事，想着丹田，想着意到心到，想着从脚后跟到腰部发力，想着剑乃手臂的延伸最后是手臂与剑均不见……熟能生巧，一日不练手生，心中无剑，对这些城府极深的口诀日久生情，很容易发展为癔症。好在我也仅仅只能把剑抽出，刺杀一番雾霾空气，就快快插回剑鞘。但冷兵器时代不同，人们相信剑乃是寄托的发射架。投笔从戎的书生，或一手执笔一手仗剑的文人，比如李白、辛弃疾、谭嗣同、秋瑾，等等，总让我感动不已。书生剑气，一直为我供给"活着"的血气。是的，我们有太多的话语一直处于图纸和计划阶段而束之高阁。目睹一些弱智与弱力的骨骸，轻易就被消费主义吞噬得无影无踪。我追忆那些回荡在冷兵器时代的热血，是以怎样的狂啸和公正，沐浴一代又一代的凡人成为英雄，然后静寂地视死如归……在一个缺乏文化的年代，武化是最好的老师。金属与死亡一再证明这个铁血法则。

红锈爬上剑身时，龙泉山的桃花正将火烧云举高。当锈的裂纹漫过剑脊，死去的父亲从空中俯照，把我的骨头照成蜡。剑刀挂在墙头，任铁锈将它全身染红。蠢梦而动的兵戈，从午夜的深水里伸出头来，大口的呛血。不知道，剑何时溜出房门，干了一桩路见不平的事，还是某个动机暧昧的事体，把自己钉在刃尖吃痛，渴望成为受难者，或者，剑在熔化。钟摆停在往昔的恩仇中，铁的怀疑气息，与狂奔的桃花在室内游走，让墙壁上的影子,比朋友还多,结构比爱情更稳定。我想弄清楚,在桃花的掩护下,锈如何,安然走过锋刃的独木桥?今夜,我肋骨剧痛,一股大力让我浑身是冰,莫不是,那蛰伏的宿敌,已经埋伏在窗下?

这是虚构的——不过是我的"私人梦"。

剑是冷兵器时代的脊梁,古汉语习惯以帝王之尊来比兴武道利器,于是剑乃为"百兵之王",但也可弑王。在各国历史上,都有关于统治阶级将"剑"作为权贵象征的记载。尤其是在中国,譬如秦始皇统一全国后要必然铸一把"定秦"剑;曹操打仗的时候一定要佩带一把"倚天"剑,就连黄帝的下属,也不忘给这位华夏民族的祖先配上一把"轩辕"剑。

剑是"百兵之君",炼成君子不易,铸剑者却铸下了一段段匪夷所思的传奇。干将、莫邪、欧冶子等人的传说世人皆耳熟能详。鲁迅最钟爱的便是心血之作《铸剑》。1936年2月1日,在给黎烈文的信中,他说:"《故事新编》真是'塞责'的东西,除《铸剑》外,都不免油滑。"时至今日,当剑已随那段漫长的历史一道沉入了记忆死水,还会有铸剑者在挥舞大锤吗?

站在剑刃上抚摸脚踝

网络上,大凡写有点重量的帖子就叫"打铁"。蜗居在成都市九里堤南路一间老旧民居内的龙志成老人,举起了满是老茧的双手,对我大喊:"我是铸剑者,姓龙,名志成!你是哪个？报上名来。"

2007年深秋,成都市作协主席何世平与《成都晚报》副刊部主任卢泽明,决定联合主编一本反映成都平原民间手工艺现状的田野实录,后来出版了,定名《成都的三十三双手》。三十三道梁来三十三道弯,当然了,三十三条羊肠之外,还有奇绝无俦的"三十三剑客图"。

我决定采访龙志成。

龙志成矮小,并不单薄。他的体格很像茶马古道上的背夫,近300斤的负重榨干了他们的全部脂肪与疏松,皮肤呈现出楠竹扁担的一派熟铜色。他干笑几声,咯咯咯,额头皱成一片烂布,有点病态。他住的房子是一栋破旧的居民楼,灰头土脸。橱窗对面的墙上,两幅巨大的草书:"剑"和"龙",并配有两副对联,其中一副是:

试锋昔传欧冶子,论剑当推西蜀龙;
巨龙腾飞凤展翅,我铸宝剑树国威。

措辞通达,颇有硬气。不足15平方米的卧室其实是一间兵器库。刀、剑、棍、戟……这些傲慢的利器闪着光,幽蓝漫游,白光低回,金属断口特有的一种烂银色,以及兵器长期安卧散发出来的一股惰气。他的生活用具就对房在一角,深吸一口,还有剩菜的味道。

从1979年开始,龙志成前后铸造了数十把钢剑和若干其他兵器。剑基本上被美国、英国、德国、日本、瑞士、新加坡、马来西亚等国以及中国港台地区的知名人士收藏。龙志成自己只留存了4把。那不但金不换，而且旁人不能摸。其他兵器则是老人铸来练功。

剑高高在上，就像婚姻中攀高枝，不但考量繁琐而且极难侍候。为什么铸剑？

龙志成的重庆口音极具爆破力："说来话长……有不少媒体报道过，说'我因见女儿习武所用之剑太差，所以自铸宝剑。'其实是他们不懂我。我是干啥子的？你恐怕也不晓得。嘿嘿，我是吃机械设计加工饭的，我不但懂铁，我也懂钢。不懂钢铁，还铸个锤子的剑！"

"另外，我退休了，除了钢铁，我实在不太懂别的。跟人打交道不像与钢铁，人海中很多龟儿子，滑头得很！钢铁多听话啊。铸剑一举多得，所以说做就做。"

铸剑不是削木头，哪里是一个外行说做就能做？曾经有一则新闻报道附会说："龙志成自称'铸剑之术得自梦中太上老君所授'。"听我一说，龙志成脸上那片烂布褶皱大张，一如绷紧之绸，双目精光四溅，在我脸上扫了一个来回。然后，他又回复到烂布松弛的表情，笑了。是一种干笑，有点抽搐。他转身打开一个旧柜子，取出一大摞图纸，摊开让我看。

这些都是龙志成当年在机械工厂工作时亲手设计绘制的机械构造图。齿轮、曲轴、连杆、模具、凹槽……

老人回忆说，自己1928年生于重庆。8岁时父母病逝，自己靠做学徒长大。1949年12月他参了军，随部队进驻西藏，后来长期驻守在中缅边境。1955年龙志成复员到成都木材加工厂，依靠自学很快由一名工人成了厂里有名的技术师。没有上过学，但一心想要做发明家，这不是明白着要挑战人才体制吗？好在提倡积极革命为共产主义贡献聪明才智，他自学，终于在30岁上成为工厂的技术骨干。发明的多种仪器后来都成为工厂的特色产品。但贡献一多，他就被盯上了。"文革"期间，被革命者扣上了"资产阶级反动技术权威"的帽子，被批斗了整整10年。

龙志成说："龟儿子些整我。我不是资产阶级，也不是啥子权威，我是一个善于动脑筋的人。"

龙志成于1979年51岁的时候就病休了。为了治病，他一面求药，一面随好武的女儿开始习武。铸剑的念头浮出水面。

不要牛皮哄哄，云遮雾罩。龙志成铸剑，使用的不过是工厂金属加工的程序。

第一个步骤是设计图纸。大到剑身，小到剑柄上的花纹，他都有详细的方案绘制。耐人寻味的是，绘图的参考资料，他参考的并非市面上常见的流水线上的兵器，而是传统书籍上关于铸剑林林总总的记载。历经多次失败，终于在开始铸剑7年后的1986年，他完成了第一把宝剑——龙氏剑。他不懂小资们的"七年之痒"，他只有七年之痛。

绘好图纸后，第一要务就是选材。在他看来，剑最好的钢材不是千锤百炼的国粹，乃是德国产的轧钢。挑选好上好的圆钢条放到用泥石砌成的炉里烧制，扯动风箱掌握火候。这时就要严格注意钢条被吹红的颜色，太亮则温度过高，太暗则温度不够，要颜色发白；同时也不能局部发白，要颜色一致。如果火候不到，受热不均衡，剑坯的钢性和韧性就会出现问题。要么太硬要么太软，最终结果就只能丢弃。

在我看来，龙志成不是一个一门心思要从古文化的汁水里打捞利器的人。他从"坚船利炮"身上剜取了一块骨头，用的方式俨然是"西学为体，中学为用"，也不怕被人指责为"溃夷夏之防，为乱阶之倡"。他渴望从一个非传统的突然角度，凿壁偷光，亮出一击反手剑。

还是回到他的操作步骤。

待火候到位，他立刻钳出钢条，用重20斤的大锤敲打。直至其温度变冷，再投入火中烧炼。如此反复，直至打造成剑坯。紧接着磨制宝剑的大致轮廓，若发现缺陷，立刻再热锻纠正。

这让我想起哲学大师加斯东·巴什拉的话："在人类以前的获得物中，最大的伦理性获得物就是劳动者的大锤。以破坏为目的的暴力因为有了大锤才变成富于创造性的力量。从为了打杀的棍棒过渡到铁匠的大锤，在这个过程中，存在着从本能达到最高伦理性的全部过程。"

我有一点从书本得来的淬火常识，知道一些铸剑师往往选择菜籽油作为淬火介质。理由是菜籽油沸点高、热容量大，聚合和氧化速度较慢。据测定，菜籽油的淬火冷却速度160℃/秒，矿物油为100℃/秒。在没有专业设备和专业调和淬火油的情况下，菜籽油是非常不错的选择，大部分碳钢和部分合金钢均可使用。当然，事前必须对菜籽油进行处理，保持水分在0.3%左右，淬火中可延缓聚合作用和氧化作用的发生，从而增加使用次数。对这些"纸上学问",龙志成皱了皱眉头:"菜籽油淬火是传统锻剑习惯,我不大用。因为我使用的钢材已经很好了,无须脱了裤儿打屁。"

以上工序完成后,即将进入最后一道同时也是耗费时间最长的一道工序:精磨。

对此,龙志成解释:"宝剑有菱形四面,每次剑面打磨回合次数、力度轻重缓急要一致,否则剑面会扭曲变形、厚薄不均,由此前功尽弃。剑面也需如明镜光彩照人,不能有一丝瑕疵,因此每一面都需手工打磨几万次,次数不能有丝毫偏差。"为了避免出现丝毫马虎,龙老收集来一大堆硬币,提神凝气,摒除杂念地打磨,每个剑面用特制的磨剑工具磨足1000次,便放一枚硬币在一个空罐头盒子里。够了1万次就在墙上画一笔,一个"正"字就等于5万次!磨一把剑就至少要写下4个"正"字。如此科学的计量法,好像也不是古法所推许的。但在甲骨文里,"正"字上面的一个小方框代表了古代的城郭,下面的"止"表脚,引申许多人一起去一个城郭,意思是军队出征,攻打城池。所以"正"的本来的意义就是"征"。作为汉语记号的"正"字,暗含兵戈。

磨剑台位于阳台,他年老力衰,已废弃不用。那是一座长、高各约3尺的木架子。磨剑台面是一整块乌木雕成,一头设有螺栓固定剑柄,中间突起一个凹型的槽,用于放置剑身。龙志成抽出一柄废剑,放到槽中。双腿拉个弓步,左手帮紧一砂石,右手运劲,从剑尖开始向前磨:"千万不能停顿,运力要均匀。"在磨剑槽的左边,有一个深约一寸的笔直沟渠,刚容一指。护剑人张磊说:"这是龙老师的左手的小指磨出来的。"

剑身如此难得,剑鞘和剑柄又岂能有丝毫马虎?他选用的是乌木作为原材料。乌木在四川盆地均有出产,就是价格高昂。由于剑鞘粘接技术要求非常高,又因乌木本身的质地,粘接稍处理不当,就会使整个剑鞘变形。龙志成经过4年的研究,发现乌木的质地会因季节及温、湿度的差异而发生轻微的变化,他就依照自然的变化设定出最适合当时木质条件的粘接方法。遗憾的是,个中细节老人说太过复杂不愿多谈。这种保守,可以理解。

至于剑鞘和剑柄的花纹,老人一般选用熟铜作为原料。先在图纸上设计,然后制造专门的样品器皿,将熬好的铜汁灌入其中,冷却后取出便成。龙志成取出一枚特制的大钢钉,用铁锤在剑身上敲打。原来竟是预先写好字后,再一点一点敲打出来的,凹凸错落,煞是好看。

老人说,为了配合剑的古色古香,他特意花了两年时间学习篆体书法。

剑铸成,还不能放在鞘内任其生灭,必须"养剑"。龙志成常常会带着它们去到名山大川,让它们充分吸收阳光、雨露和天地间的精华。譬如他最后铸成的"龙腾剑",就曾经到过青城、峨眉、金山寺、真武观等地方"一游"或"数游"。见四周无人,他偶尔把剑拔出,一晃一抖……像一个影子,可以站在剑刃上,弯腰抚摸脚踝。

铸剑者龙志成

1986年，老人历经8年所铸第一把宝剑面世，被一些武学权威誉为"天下第一剑"。这其实是国人的礼数，但较真者不满意，在"第一"上发难。媒体反复炒作，龙志成暴得大名。他顺水推舟，建立了国内首家民间宝剑制造社——龙氏宝剑社。内地、港台武术界，以及海外多个国家的爱好者均来求剑，武术界繁文缛节尤多，麻烦就来了。龙志成有点恼火，干脆关闭了剑社。

他成天叮叮当当，把家里当铁匠铺，疯子也会被治好，谁受得了哇？1988年初，他焦躁，显得急不可耐。干脆离妻别子，独步遍寻成都荒郊野外，最终在东郊塔子山下一个草木丛生的荒地上，搭起一间仅能御风的破木屋。以至于后来他搬迁到九里堤以后，邻居们无人不知道这个"龙大侠"，转过脸就小声解释："其实是个不顾家的疯子。"他选择的炼剑之处，其实是沙河边的一个丛林荒地。他用黄泥石头筑起一个炉灶，既做饭，又炼剑。就在这里，龙志成开始了长达10年的隐居生活。这在普遍安于平常生活的成都绝对是个怪物，就是放眼中国能有几许？可是这样的人注定无法"感动中国"。10年造剑的隐居生活是非常孤单寂寞的，白天静寂无声，夜间风声雨声，他要集中心神，一人做起古时穷毕生精力乃至生命才能完成的绝世之作：当铁匠做剑身，当铜匠、银匠做装饰，还要当木匠做剑柄、剑鞘，当画家设计图案，当书法家刻字……20世纪80年代末期,他的一把铸剑至少要卖2000美元;后来定的价是5万元以上(人民币)。当然,龙志成也未能免俗,他向一些"名门正派"的掌门人赠剑,自然是希望以此扩大影响。比如,中国武术研究院副院长蔡龙云大师在得到武术界人士的反映后,特意试用,后致信龙志成:"有人说价格太高,但剑质量确实也一流……"

抽刀断水,拔剑裁云,剑穗带起的痒意,已是绝好的"报料"。这也意味着,一个人学会了锻造利剑和锁链,他可能用剑斩断锁链,但未必有能力"断臂求悟"。

龙志成铸剑成了,武道也在同步推进。他曾先后获得过包括武当武术大会在内的五项武术金牌,入选了《中国当代武术名人录》。并依靠修炼自创的"武当龙魂养生功",多年的痼疾竟不治而愈!

他继续寻找着"赠剑"的大目标。2004年6月,龙志成因为一桩"收藏之争",动了心火,引得他暴跳如雷。

青城山举办道教文化节,吸引了海内外人士关注。龙志成事前表示,要向大会赠送一把剑。14日一早,他身背宝剑来到青城山。不料,他突然改变了决定。

他的解释是:"当初是他们(指青城山武术界管理人员)来向我求剑,作为道家弟子,我为道家文化节首次破例,特意赶制'青城剑'相赠。谁料到竟然因为他们内部争执剑的所有权,上午还专门开会商议,我的剑是为文化节所铸,不是为哪个人铸的!这是我最后一把外传的剑,只有等有了有缘人,我再将剑传给他!"

口水无法将剑浮起来，漂木一般进入觊觎者彀中。这把"青城剑"，依然被他带回家。放着，也是不准看。

我提出看一眼，龙志成沉默了一下，打开"青城剑"剑匣。里面躺着一柄三尺长剑，乌木剑鞘，剑柄缀一条鲜红丝绦。他抽剑，一抖，剑尖没有因大力摆动而盘曲，没有盛开在我想象中的朵朵剑花，他铸的剑显然比寻常的武术剑重而硬，因为表演用的武术剑重量一般不超过2市斤。光，一点一点大起来，狭窄的房子宽了，光影交错之下，菱形剑面如镜光交错晃出一抹云烟。立定，剑就无声无息，全然是钢蓝之静，全然没有张艺谋《英雄》当中被油漆匠的荷尔蒙鼓噪起来的截云断雨的剑气，也没有激荡在李安《藏龙卧虎》里电镀克洛米的纯西洋弹簧钢片儿发出的破风"龙吟"。剑，有点儿木头木脑，油盐不进，轻轻缩回剑匣，像小袋鼠回巢！

……

铸剑是对钢铁的赋形，是给钢铁以生命的炼金术。用米开朗基罗的话来说，是"铸成美妙的形状，他们思想的形象"。

不知道米开朗基罗是否制作过兵器？他的确是把自己的思想锲入了雕塑。龙志成自然没有大哲如此丰富的内在储备，也没有古人往剑身注入烦琐神话甚至幼儿精血的文化镶嵌技术。他突然说："我有点厌烦铸剑了。剑剑剑，别人听成了贱贱贱，我就是不近人情的剑，挥断了多少情丝？还铸个锤子的剑！"

剑寂寞，决绝之剑寂寞，铸剑寂寞。但更寂寞的，却是一个失去了恩仇的世间。

现在，时髦的玩法已经涉及体力活的领域，比如陶吧、木工吧就很红火，连遁出都市生活的"铁吧"也铿锵开张。周末，几位朋友约我去打铁。一想起铁，我的心就会被刺痛，一种温暖的痛。它离我最近，后又离我最远，现在我要如磁石那样把它找回来。郎费罗在诗作《乡村铁匠》里用了一句奇妙的话："铁匠是个魁梧的壮汉，一双大手真有力气；在他雄健的胳膊上，肌肉就像铁打的一样。"龙志成根根肋骨冒起，像捅条。那些软质的、塌陷的、懦弱的物质，唯有在铁的灌注与逼近之中，它的性质改变了。至于汉语语境中是否会出现郎费罗所希望的结局——"这样铿锵作响的铁砧上，可以造就出火红的事业和思想"，那就另当别论。

而在我的修辞感觉里，铁剑固然比钢剑更软，但因人为注入的地气更多，铁比钢更具诗意。钢剑有点像明星，铁剑则是黑客。这个道理，也可推至暗光远去的青铜剑——那是无名——杀人越多就有了名头的时代。

2013年4月，作家王希告诉我，龙志成先生在2012年已魂归道山，薪尽无传，其铸剑一道绝响巴蜀。

剑存，人去如剑气，绕指柔。

在成都的浣花溪，龙志成完成了真正的"浣花洗剑录"。

2009年夏天，我改写完《复仇之书——中国历史上的侠义传奇》一书后，去了一趟苏州虎丘。不但抚摸了被"剑文化"在"试剑石"上深深凿出来的剑槽，又被拥挤不堪的人流推向"剑池"，拍了几张照片就又被人流拥开了。"剑池"正好排干了水，几个工人在开挖污泥。在这个"剑冢"里，那些流传数千载的传说，均在池底的污泥里找不到半丝根须。我不禁想起自己幼年做过的一件大事：一个邻居送给我一把自己制作的短刀，我不懂"寸铁杀人"的古训，嫌它太短，"不像刀剑那样神奇"，于是挖坑下埋，我希望它像庄稼那样长出来。这件事如同地主埋财宝，说不得。我埋在一个荒僻的山墙下。一年后我去找那把短刀，怎么也找不到。

本文一些采访素材由朋友王希提供，特此致谢。

画家钟知一：于牛角间了悟中道

笔下真性乃天成

钟知一先生的住宅位于成都锦江区桂王桥东街。此地属《四川日报》宿舍区，早无沁人心脾的桂花香。过去确有桥一座，长四米宽二米，传说为明代桂王府园林内的小桥，清末在桥周围建立天主教堂，解玉溪由北向东南，流经白家塘、王家塘而下，通顺桥、玉带桥、桂王桥则是横跨解玉溪的桥梁。后水位下降，河流改道或淤塞，解玉溪早已不存矣。二十多年来，置身八楼的钟知一先生已习惯这样的昨是今非，他把大地上的几十盆花草端到露台，把自己的画室围绕起来。我推想，他等于把埋在汽车喇叭、混凝土和沥青之下的往昔托举起来，他在寻找穿过花叶的水声。夫人故去后，他就习惯与他的那只大花猫一道，在八楼窗口俯瞰蜀天低云、蝇营狗苟，他

画家钟知一。蒋蓝摄

沉默半晌，继续在宣纸上聆听他心中的水声。

我在他的画室看他作画写字，欣赏他完成的画作。烟霞满纸，一股泠泠之声从墨色下悄然起身，透过淋漓山水，我发现，无论是人物画，还是山水画，他那种不露声色的喜悦和安静，总是不紧不慢地袅袅生发，而更有一种强悍的韧性，如一抹苍黄的竹丝，恰是他生命的底色。

我站在他的一幅山水画作之前。宛如一条冰河，在初春的消融下缓缓流动。那些漂浮的冰块，相互碰撞，时而清脆时而沉闷的撞击声，逐渐替代了回忆的愉悦而成为生机的高音部。究竟是生命向往的猎猎滑翔之声，还是色彩本身述说的欢娱，已经很难去进行这样的机械分辨了。只是觉得，不是自己孤立地深入思想的腹地，甚至伴之有可能无从返归的恐惧，而是存在的寻思同色彩已经在沉默与信心中缔结了忠贞不渝的盟约。这自然跟浮士德和梅非斯特的条约相去甚远，但同艾滋拉·庞德与惠特曼订立的合同有着某种近似——被生命浇灌的花朵，只会朗现于对激情的深切认同之中！这样，我朝着殊途同归的区域，进行着一次返乡式的探求。

我在论及一位散文家的作品时，曾指出：大地的根性往往缺乏诗性，缺乏诗性所需要的飘摇、反转、冲刺、异军突起和历险。也可以说，诗性是人们对大地的一种乌托邦设置；而扑出去而忘记收回的大地，就具有最本真的散文性，看似无心的天地造化，仔细留意，却发现出于某种安排。一百多年前，黑格尔曾断言："中国人没有自己的史诗，因为他们的观察方式基本上是散文性的。"这是特指东方民族没有史诗情结，却道明了实质：让思想、情感随大地的颠簸而震荡，该归于大地的归于大地，该赋予羽翅的赋予羽翅。如此，一片飞起来的大地就与艺术家翅下的世界平行而居、相对而生。

我发现在钟知一画案边，放着一本摊开的《石壶论画语要》。这本四川美术出版社1987年8月出版的小册子，如今已是很难找得到的珍本了，陈子庄先生说："绘画一道有两个要素，一是性灵；二是学问。无性灵不能驾驭笔墨，有学问才能表达思想。个人的艺术风格是上述两个条件相结合而后形成的。否则，只在画得像不像上徘徊作难，便什么都谈不上了。"可是，在经过"像"的圆满过程之后，方才能在"不像"的标举中展示一己的追求和旁逸斜出！"凡观察事物，以本心、天心去看，境界则高。反之，以私欲心、人心去看，则生佛家所谓'障'，境界自低。"对此，钟知一深以为然。他说："一旦低到土地的尺度才能明白大地，才能明白什么叫地性与地力。我拿起笔，是以对大地的感情来描绘大地。"

诚如他在《读"野林彩墨画"之浅识》里的体会："一个艺术家的艺术风格，是和他的世界观和艺术观密不可分的。"在我看来，钟知一先生是深具大地根性的画家。他也是迄今为数不多的以"大地为本"的画家。他远离了那些抽象与变形、主义与群体，他更远离了那些一心在纸上求怪求异而不问事物情状的画法。他的画笔就是三叶草，他的颜料就是土地之色，又由于他擅长中西方画法，从这个意义上说，钟知一恰是极为纯粹的大地画家。

物性即是心性

1925年冬月初十,钟知一出身于乐至县薛婆镇农家,抗战时改名为薛包镇、复兴场,1949年后同乡的陈毅元帅一锤定音,改名为劳动乡,沿用至今。此地居民多为湖北孝感移民,钟知一的父辈有10个兄妹,做农活在当地赫赫有名,父亲硬是凭一双手,挣来了七八亩地。钟知一5岁开始半耕半读,对美术特有兴趣。他童年的美术启蒙读物就是几本残缺不全的绣像本《水浒》《西游记》《隋唐演义》《封神榜》,绣像磁石般吸引着他。他开始提笔习画,先在纸上描摹,后来用桴炭在墙壁上越画越大。画在墙壁上的绣像人物,就像他的"招子",惹得乡里四邻来看稀奇,乡亲家逢年过节也请他写对子、画门神。看到乡村的村民用滑竿来接送钟知一,竟然还有人送来鸭子、鸡蛋做"润笔",父亲十分高兴,同意儿子学画。时间一长,能描会画的钟知一成了当地的小才子。

钟知一至今记得,12岁的他还没有犁耙高,就赶着耕牛下田了。风传他犁出的埂子又直又均匀,庄稼汉子们开始不相信,都跑到田边观看。看过之后,他们对这个12岁的娃娃服气了。钟知一说:"犁田不是靠蛮力气,因为我懂牛!"所谓"耳如扇子,尾如鞭子,角如钻子",这分明是宝牛之征!

他对我回忆了一件往事:他幼年跟着姐夫跑耕牛生意,姐夫大讲"相牛经",相牛的"五大"与"五小","四薄"与"四短",隆肩高一寸,犁牛不用棍。言传身教,钟知一懂得了"牛性"。一次他们买了5头牛赶往一个场口,由于牛怕生,都是昼伏夜行。中途遇到暴风雨,冰雹突降。人与牛依靠闪电指路,来到一个无人看守的茅坑,里面堆满了草料。房间太小根本挤不进去,牛非常聪明,齐齐转身,用庞大的身体抵挡风暴,用头偎依着屋檐下的钟知一,牛渴望在那个少年的触摸下获得勇气。在一道闪电炸亮山巅时分,他看到牛的眼光,那种驯良与纯善,那种无助与孤独,他在牛热热的呼吸里感到一股升自大地深处的暖意,直冲脑门。他鼻子发酸,想哭。他知道,这牛很快就要卖掉。他突然有点害怕停雨,害怕马上又要上路……

天亮了,他们把牛群赶到场口。看着牛被买主一条一条牵走,钟知一不敢回头。姐夫抚摸着他的头:"看,赚钱了,你怎么不高兴,是不是发烧了?"钟知一不说话,他在流泪,想着远去的牛。

1946年,很少骑马的他,甚至在南江河边参加了一次赛马会,竟然夺得了银奖。钟知一的说法是,一通百通。懂得牛性的人,也通马性。

1952年他随"川西区第一届少数民族访问团"去阿坝州,前后8个月的高原体验不但让他懂得藏族风情与人心变异,也使他有更多机会去观察藏地的动物和千姿百态、层林尽染的高原景色,他画了上百幅速写。1956年他创作的四幅国画《马尔康之春》《拓荒者之歌》《同学们》《索桥》参加了全国首届青年美展,《同学们》一举夺得银奖,人民美术出版社以年画形式全开彩印向全国发行,先后被权威刊物《新观察》《萌芽》

转载。可以说，国画《同学们》深入到了那个时代的每一个角落，后收入具有划时代意义的新中国10周年8开画册《中国画选编》，成了钟知一的代表作。而他动用的储备，就是自己在藏区画的几百幅速写。

在采访中，钟知一却对我揭了此画的"老底"："细心者会发现，画中有一个学生弯曲的腿当时就画错了，因为人不可能反关节弯曲啊。我决定再画一幅此画，看看前后相距50多年的时光，自己的得与失！"

很多读者特别注意到钟知一笔下动物的神采，无论是骏马还是牦牛，无论是大象或是骆驼，均有一种山一样的雄浑气质。1956年他在米亚罗采风时，当地藏民甚至送了他一只金丝猴，他带回成都一边观察揣摩，一边笔不停挥。早年张善子在苏州、成都喂养乳虎，与八弟张大千一起对虎作画，成为中国近现代画虎大家，赢得"虎痴"美誉。后来因为家庭喂养不便，他忍痛把金丝猴送到了成都动物园。而更让钟知一想不

钟知一作品《同学们》（工笔画）

到的是，1970年他在西昌丙乙底彝村采风时，花5元钱从老乡手里救回了一头小黑熊。这只黑熊成了他的"乖幺儿"，人与熊一起生活了几个月，熊把一种莽野的阔达气象注入他的画笔中……

在钟知一的众多动物题材作品里，最触动我的还是他笔下的各种牛。20世纪90年代，他的国画《卧牛图》堪称"牛系列"的代表作，牛的力量通过弯曲的背脊和峭拔的犄角展示出来，明代洪应明在《菜根谭》里指出："鹰立如睡，虎行似病，正是他攫人噬人手段处。故君子要聪明不露，才华不逞，才有肩鸿任钜的力量。"而牛最为强悍的韧性与血气，却是在"卧倒"的散漫之中，在一种反刍岁月的静穆里散发出来，给人以极大的张力。1994年，此画在全国中原杯书画名家作品展中获得金奖。

钟知一《卧牛图》的题跋语更展示了他"隔山打牛"的心法："问君何所思，君曰无所思，只因生性呆与痴；问君何所求，君曰无所求，只因生肖属丑牛。"我偶然发现，在四川20世纪的国画界，恰有三位生肖属牛的国画大师：生于1901年的晏济元，生于1913年的陈子庄，生于1925年的钟知一，这样的巧合恰恰构成了一个意味深长的序列——薪尽火传，巴蜀画派源远流长，蔚为大观。

我问钟老现在还有什么打算？他沉默了半晌："我正在画一幅大画《九牛图》，有印度神牛、西班牙斗牛、美国西门达尔牛、康区犏牛、西昌水牛、秦岭黄牛等等，当地球已经是一个人类的村落时，九牛乃是祥和安宁共处之兆啊！"我翻看着他已经准备妥当的各种牛的速写稿,九为满数,九九归一,只要处在稳定平衡的位置上,需要改变状况,只要往前发展,往往就会处在与九有关的位置上。所以,元阳复始,是否是在"知一"的过程里,只取一勺饮,即知弱水三千?!这个问题,钟知一是了然于胸的。

画人物就是对精神的状写

而钟知一得到社会认可的第一批作品,却是早在《同学们》问世之前的巨幅领袖画像!由此可见他对人物的把握准度。这首先得力于他深厚的素描功底。

1946年春,只身来到成都的钟知一报考四川省立艺术专科学校,考试考素描,他在一张8开纸上画静物,交卷后他就后悔了,因为他发现别人都比自己画得好。主考官是留学法国的著名雕塑家郭乾德先生,郭先生叫来钟知一:"你不懂事物的明暗,但是你画得很准确,说明你很用心。"张榜公布那天,钟知一竟然得了第四名,成了半公费学生。

钟知一沉浸在艺术天地里,进步很快。他在"三大面"(亮面、灰面和暗面)以及"五大调子"(亮面、灰面、明暗交界、暗面反光及投影)的交错中,体悟一种对事物精确地表现之力。年底放假了,素描课老师张仰浚发现钟知一不回家,一问是缺路费。张先生摸出两块大洋塞在他手里。从此以后,张先生每周悄悄给钟知一吃一碗羊肉泡馍的钱,并赠送一些纸笔给他。钟知一动情地对我说:"如果没有郭乾德、张仰浚先生的知遇之恩，我可能早回家种田去了。"

1949年12月20日，成都解放。由贺龙元帅率领的部队举行了浩浩荡荡的入城式，吸引蓉城三百万市民拥向大街小巷，鞭炮声、秧歌声、腰鼓声通宵达旦，声声不息。25日，正当人们还沉浸于解放的狂歌醉舞之际，钟知一所在的四川省立艺专的校长黄怀英，突然通知他带领四位同学到四川大学进行"川西区第一届人代会"的会场布置。他和张明德等对礼堂主席台和整个会场定好设计方案，大家便分头去准备材料，动手书写标语，制作彩旗。钟知一来到礼堂外的广场，见到大礼堂是一座中国古典式的宫廷建筑，虽然大门口加了巴洛克的欧式圆柱，仍然不失宏伟壮观的民族建筑。他想，如果在高大的屋顶上挂上一巨幅主席头像，使代表们很远都能看到，岂不给大会添彩？！这是一个惊人的念头，他从来没有想过，万一有人认为"画得不像"，落个"歪曲领袖"的罪名怎么办？于是他马上安排木工做了一个宽3.5米、高约5米的油画框子，底色油漆尚未全干，就动笔开画。巨作在3个多小时内一蹴而就。没等油画色干透，就请工人将画像安装在预定的屋顶上。

殊不知，这幅纯粹出于赤诚的画作，竟成了四川很长时间内最大尺寸的领袖油画。

随着"川西区第一届人代会"的顺利召开，这幅画像风一样传遍了各地。四川省人民政府以及各大机关找上门来，要求钟知一画马恩列斯毛五人大画像。这谈何容易！当时的省立艺专校园，就成了一个巨大的画廊。他站在梯子上作画，有"东方色彩大师"之称的校长李有行先生竟然站在一旁端颜料盘子，让钟知一惶恐不已。见他忙得实在不行，校长下令他只画人物五官，服饰、背景等由别的同学完成。如此奋战一个多月，画完六七组共30余张大画。这在钟知一从艺70年里，堪称绝无仅有。

我特别喜欢钟知一的木刻《鲁迅》。记得钱玄同曾说，鲁迅像一只猫头鹰。可以说，猫头鹰乃是鲁迅先生的"圣动物"。鲁迅在致友人的回信中也说：我的文章是枭鸣，别人不爱听。在钟知一先生笔下，鲁迅那种独立于世、秉烛夜行的决然之气以及深沉的倦意，一种侧身而立的高大身姿，让人肃然起敬。如果说赵延年的《鲁迅》最大特点在于鲁迅额头皱纹的处理手法"晕刻法"——皱纹竟然是灰色的；而在钟知一那里，他显然运用了油画中的高光，但又把鲁迅的眼袋和颧骨予以了刻画，而那退回到暗影的半侧脸庞，莫非是复仇者眉间尺将利刃匿于黑暗？

这样的人物技法，还体现在《越南儿女》等佳作当中。陈毅元帅的肖像诗意画《雪压青松挺且直》，手法细腻、神形兼备，其"雪压青松挺且直"的大无畏气概跃然纸上，表现出画家深厚的功力和满腔真情。这两幅作品中人物眼眉的浓墨重彩，恰是钟知一的用力之处。

钟知一作品《鲁迅》（木刻）

山水乃是中道的呈露

然而，钟知一画得最多的还是山水。

透过满纸烟霞，让人感到他的心灵与笔墨的神会，那是他心中的山水。灵性之美满纸，泼墨山水造境奇胜，清雅脱俗、笔墨多变、出神入化，将山水间快意潇洒、灵动生辉展现得淋漓尽致。《六月雪》却是雄浑藏地雪山的美景，升腾的云雾环绕山间，远处的披雪松林，与更高的天空层垒而上，近处的浅黄草甸间，几批若隐若现的骏马成为这肃穆世界唯一的动词。厚重、静穆，却不乏生命的跃动，不愧是其山水画中的精品之作。

《空谷传声》《克拉玛依之光》《胡杨傲雪图》《九寨飞瀑》《秋色斑斓》等画又展示出画家独出机杼的另一面。他那纵情大泼写的山水《雪夜鹧鸪山》《雷雨将至》《霜晨月》《春寒》等具有犁庭扫穴的气势，雄浑之余，浓妆淡抹，为山为石，为云为水，云无心以出岫，鸟倦飞而知还，韵味于留白之处盈盈欲飞。

具有中近景意味的《九寨飞瀑》中，红叶、白水、黑山的交相辉映，他竟然还"移"来了两头熊猫，此画展示的是著名的诺日朗瀑布，"诺日朗"在藏语中是伟岸高大的意思，是男神的隐喻，雄性之流穿越柔性之媚，俨然是一曲纯然无垢的"天地阴阳交欢大乐赋"。此画为钟知一赢得了"2000年中国百杰画家"称号，可谓实至名归。

需要注意的是，即便是在忘情泼墨的山水画卷里，我们依然可以发现钟知一心目中的"圣动物",仙鹤、苍鹰、牦牛、骏马、熊猫……这才是推动他心中山水的动词!

在传统山水美学范式里,钟知一没有亦步亦趋,他的"皱纸法"炉火纯青,可谓是西部山水的情结之痒。就是将绘画用的纸揉皱后,利用画纸全部或局部的凹凸,再用大笔或排笔在凸起的部分着墨或着色,使纸面呈现不规则不可预测的痕迹。自然而变化不定,辅以画笔的整理、归纳,可取其形,也可渲染气氛,有意想不到之效。

我每一次与钟知一交谈,我就越来越固执地认为,这位致力于色彩历险的老人,仍然在不计得失地燃烧自己。他从古文化的墨汁之河中溯源并畅游而下,一些遍寻不获的追问,促使他在油画的天地间予以展现,在两级或多极世界中寻求和睦相处的契机。我不知道我对"中道"的理解是否适合于钟老,那就是:必须有能力去实现一个极端到另一个极端的跋涉,才可能获得一种冰炭相遇所构成的消融,直至恬然。这是上升与下陷,飞翔与坠落,盛开与凋谢的峰回路转。

苍茫世界的中道,就如同牛头上的一对犄角!

8月的一天,我和钟知一摆龙门阵,又谈到了牛,话题成了"牛门阵"——

古罗马诗人卢克莱修说:牛是介于狮子和鹿之间的动物。诗人选择了两种具有极端意义的动物,是希望牛具有一种中庸性质:"牛的生活得益于比较温和的气候;牛对愤怒和恐惧无动于衷,永远不会被气晕了头,也不会被刺骨的严寒弄得四肢麻木;狮子残暴,鹿胆怯,牛介于这两者之间。"这也许是西方人的"牛观",但我以为,卢克莱修的这个见解十分空泛,远没有体现牛的德性。

东方语境中,由于农耕文化的缘故,牛的地位尽管如同低伏的大地,但牛是大地的动词,是希望的拽动者,它被赋予各种光晕是很正常的。但沉默的牛并不领这个情,它们从生到死就是奉献,甚至,推开了背上的文化之光,继续行走于苦难之中,牛用弯角把天空里的彤云顶开,它不需要这些装饰,用脊背托起了夕照和弯月。甚至,牛就是为了丈量苦难才委身于这个世界的。因此,每每看到一些人议论牛角之争,说"中国的水牛角的形状不同于非洲水牛,实在对生存斗争不利,既不能御敌,又无从自卫,毫无优越之处"之类,我就想说,牛来到这个世界,的确不是来搏杀的。

学者何怀宏在其箴言录《随感》中说:"我赞美达于两极的中道,并使这两极如大鹏之双翼。"灿烂的内爆火光已然照亮身处周遭的黑夜,在这一刹那的通透中,已经不可能去考察墨汁与油彩的差异了,他甚至来不及去字斟句酌地营造语境。他必须说出的是,从高唐神女的云鬟到维纳斯出浴时流淌着黄金光芒的披发之间的共性与异性;从庄周的蝴蝶翩飞大写意到俄罗斯大师列宾的精微光影写实中,如曼陀罗花突如其来地妖冶之间,落英缤纷,天花乱坠:他在极度纷乱的无序中寻找阶段性的有序;他在极度自由中寻找有律的自在——于中道回眸自性。

再说一遍吧:苍茫世界的中道,就如同牛头上的一对犄角。知一,方能知艺明世。

布金满地流沙河

吾生也晚,加之缘悭一面,我与沙河先生并无交集。他的著作倒是几乎都拜读过,从30年前的《台湾诗人十二家》《锯齿啮痕录》到《Y先生语录》《庄子现代版》《芙蓉秋梦》《书鱼知小》《晚窗偷得读书灯》《正体字回家——细说简化字失据》,我还在自己的文章里引述过他的见闻。隔着书纸识他,既有毛玻璃效应,但读得多了,渐渐也生出烛影摇红的意象。

他曾经解释说,笔名"流沙河"出自《尚书·禹贡》之"东至于海,西至于流沙",因国人习惯名字为三字,所以将"河"复补。解释到此为止,沙河先生踩了一脚刹车。这其实是指涉大禹的疆土,东西南北都有其声,四海遍布禹的身影。传说颛顼就是禹,禹亦是第一位古蜀王。颛顼的版图也就是禹的疆域。禹时的流沙指的是高山坝地上的"流沙河"。"流沙,沙与水流行也。"蒙文通《古地甄微》论证其地望在岷山附近,不产水妖沙僧,且盛产沙金。峭拔而不群的笔名,是否也预示了某种跌宕极大的人生境遇呢?红尘之中,反而是其本名"余勋坦"更为积极向上啊。

流沙河先生早年以短篇小说集《窗》《农村夜曲》和诗

集《告别火星》知名于文坛,清丽而劝世的《草木篇》,并非变天账的变体,但新人聚目如豆、如钩钩针;伟人更是目光如炬,火眼金睛辨析出根性之毒。为此,沙河先生被迫拉板车、锯木头为生,20载只能饮鸩止渴。既然"勋坦"不再,那就只能像岷山下的流沙河一样,裹挟泥沙、千磨万击继续流淌。他以逾一个甲子的勤勉,从诗歌、小说的峭拔写作渐次跨入散文、随笔之澄明境地;其学术兴趣也出入于名与物的文字训诂,随笔进入到我称之为"名物写作"的域界,一如老吏断案,拨云见日,一开蜀国天青。

我第一次见到流沙河先生,是在12寸黑白电视机屏幕上。恍记得是1978年,当时的电视剧只能收到四川电视台的节目,见到一个高高长长的儒者,穿中山服,脸窄,他实在太精瘦了,细脖子在庞大的中山服衣领子里,游刃有余,进出自如,一俯一仰,衣服就一阵乱抖。他手拿几张稿纸,站立在麦克风前,用成都话朗诵长诗《梅花恋》,一板一眼,饱含深情,缅怀老一辈革命家朱德的丰功伟绩。他语调顿挫,让当时还在读初二年级的我大感新鲜。当时朗诵不流行配音,黑白电视机屏幕上雪花飞舞,偶合天成,反而为流沙河横空移来的革命梅花增加了背景,我记住了其中两句诗:"含笑黄泉,唱一曲梅恋新篇。""这不真实的真实实在太真实",尽管懵懂,我还是觉得,真好。

后来,我急步成为文学青年,读骑马钉装订的《青年作家》杂志,读上面连载的《锯齿啮痕录》,通宵达旦,废寝忘食。后来陆续读到浅蓝色封面的大32开本《流沙河诗集》,读到深灰色封面的小32开本《游踪》……

20世纪80年代中期，文学被推举到价值的顶峰，报纸上开始出现征婚广告，不写一句"本人爱好文学"就征不到女朋友。我那时生活在小城自贡，散文家孙贻荪有一天对我说，自己刚从成都回来，去了一趟流沙河家，发现他墙壁上悬挂着魏明伦的题字。我一听，大惊。恰好我与作家王锐合著的诗集《岩石中的声音》出版了，我寄了一册给沙河先生，可是我辈当年腰力十足身无分文，不过都是"潲鼻子"，鼻子塞满了豌豆儿，我竟然还写了一张纸条："沙老能写片言回信否？"自然，他不会写，放到今天我也不会理睬。

"儒者在本朝则美政，在下位则美俗。"这话，倒不是很适合沙河先生。我辈急火攻心，越来越靠近、仄身杀入所谓的"文坛"，沙河先生在我辈你争我夺之际，穿起圆口布鞋提起一个黑包包（后有人告诉我，包里有《新华文摘》《飞碟探索》，外加一把钢制的自磨小刀。这个习惯，倒与早年的鲁夫子近似），就越来越远离文坛了。喝茶。与三五会心之人晤谈。读书。读可心之书。而这样的书，越来越少了。作家肖平对我讲过，沙老认为，读书读到50岁以后，有三五百本藏书就差不多了。读书做减法是自然的，虽然"半部《论语》治天下"听起来就不靠谱。比较起来，我辈是贪多嚼不烂，我至今还在不断买书、读书、做笔记，如果他面对我的几万册藏书，想来会背手、撇嘴、斜睨，笑，不发声。

2005年仲春，经诗人魏志远引荐，我到青峰书院拜谒何洁，认识了，再去，三顾四访，她就是我终生的大姐。何洁具备几套话语系统，官人听得，平民晓得，文人懂得。她语流滔滔,荡涤而来的不是岷江中水与沙的浑厚,而有些近似成都平原的山溪水流,或潺潺涓滴,或水草摇曳,或刚猛无俦,她苦心孤诣用话语堆砌起来的晴好往日,某天,她又呼风唤雨把它彻底冲毁。自己毁给自己看。当然,也给我辈看。何世平、林文询、陈岱峻、陈滞冬、谭楷、易丹等听得无声无息,而在一个金刚蝉拉长金属鸣叫的黄昏,她对我常常叹息:"兄弟啊,我硬是恼火。嘿,说这些!"

何洁记忆力惊人,自己写过的几十万字的作品基本能复述。有时,她在来访者面前径直忘情地走到过去,走出很远,在"故园"某个篱笆墙的转角,她立即折返回来,用一脸宽慰的笑容面对众人:"喝茶,喝茶,茶味正好!"

你看,她收回来了,仍然强硬。我逐渐明白女人的苦,母亲的苦,作为身处暴风眼里一个漂亮女人的全部惶与挣扎。我必须承认,这些留在记忆里的情愫落地生根,多少影响了我的价值判断。2017年6月3日参加熊焱长篇《血路》研讨会,下午龚静染、吴鸿与我在府河边的茶座聊天,我问吴鸿兄:"据说沙河要对《锯齿啮痕录》大改大删?"吴鸿兄正言相告:"绝无此事。"我就放心了。

吴鸿一直是沙河版权的代理人,他回忆起一次去沙河家的细节,口不言钱,情义所至,提笔就写:

"我拿出《诗经现场》请沙老给王稼句先生签名。他和吴老师对王稼句先生都非常熟悉,说他是很好的文化人。他问我:'稼句说过要毛笔签没有?'我说:'没有,您看怎么方便吧。'由于沙老眼睛不太好，现在写文章都在用硬笔了，所以我说随便他怎么都行。我与同去的晓亮在客厅里与吴老师聊天，沙老把签名本给我的时候，我看到还是用毛笔签题的，并钤章，可以看出沙老对文化人王稼句先生的尊重。晓亮是爱书人，这次去是让沙老给题'积书崇贤'，一个爱书的形象，跃然纸上。"

吴鸿一再谈及沙河对他糖尿病的关心与规劝……岂料，这就是我与吴鸿兄的最后一次晤面！

如果说流沙河最好的诗作是《故园九咏》，那么他最峭拔的随笔，乃是《锯齿啮痕录》，川地新文学以降的随笔，迄今无出其右者。

我的视野里，散文与随笔是两回事。随笔的试验精神是随笔最高的精神宗旨，悄然贯注于思想层面与文体嬗变。既是试验，随笔的宿命就是历险。不管怎样，鉴于杂文和随笔本质上都是以议论为其内在的魂灵，它们从散文的方阵里旁逸而出，遗落坠生民间，形成了独立的文体。我注意到，在汉语写作中流行了十几年的人文随笔，它从来就没有被从未命名的"人文散文"置换过。林贤治先生对人文随笔的解释很清晰：抛弃学院立场，坚守民间，以此立场表明一个非学院的民间价值向度。我认为，随笔不但是散文界的撒旦，也是文学散文的异端。散文需要观察、描绘、体验、激情，随笔还需要知识钩稽、哲学探微、思想发明，并以一种"精神界战士"的身份，亮出自己的底牌。散文是文学空间中的一个格局；随笔是思想空间的一个驿站；散文是明晰而感性的，随笔是模糊而不确定的；散文是一个整体性，随笔是片断式。这没有高低之说。喜欢散文的人，一般而言比较感性，所谓静水深流，曲径通幽，峰回路转；倾心随笔者，显得较为峻急，所谓剑走侧锋，针尖削铁，金针度人。

流沙河脱去脂肪老而弥坚，其随笔畛域，到了鬼斧神工之境。

在一个黄钟毁弃、瓦釜雷鸣的当下，有人指出沙河先生乃是"耄耋之年、厚积薄发"，可谓皮相之论。不知人生经验乃是随笔之基，超验乃是诗学之根，怎能妄议思想的旨归？

这条河，一直不息流动。包括他奋战于金堂县城厢镇木工房里，一身臭汗裹挟锯木屑，木屑纷飞如汉字，一抖，仍要看书。白云苍狗，一时的蛰伏也是一种存在，恰如海德格尔所说，有时后退就是另一种前进。曾子曰："飞鸟以山为卑，而层巢其巅；鱼鳖以渊为浅，而穿穴其中，然所以得者，饵也。君子苟能无以利害身，则辱安从生乎？"速不如思，便不如当，用意不如平心，心随意走，文字恰是他的委婉心迹。而作为汉语里承载生命智慧的最高文体——随笔，更成为沙河先生的拿手利器，偶尔飞花摘叶，喜怒笑骂，文随意转，蓦然回首，顿觉妙手天成。

历史是看不见的，它的氤氲之气存乎建筑、植被、街坊、饮食、风俗之中，存在于个体的记忆里，写作的本质就是针对回忆的写作。蜀脉悠悠三千载，与我们的祖辈血脉相通，而钩稽民间的个体记忆，展示时代加诸于个体的不堪承受之重，摒弃那些华丽的宏大叙事，彰显太史公文史不分家的元典写作，乃是沙河先生的价值向度。就展示成都的历史、文化、风物、习俗、遗构而论，沙河先生完成的是一座"纸上成都"的逶迤建筑，为蜀地保有了弥足珍贵的文化记忆，至今尚无人出其右者。

从这个意义上说，历史就是"写"出来的。

"偶有文章娱小我；独无兴趣见大人。"沙河先生的文字生涯恰恰映照出蜀地的百年浮沉。金钩铁划，秉笔直书，以文化的立场为蜀地招魂。

沙河先生停止写诗已有多年，近年他连续发表诗见，似非绝缘。他首先来了一个自我批评："我的诗也写得不好，那是年轻时自我感觉良好，但现在看起来，很多都是搞宣传的。"罕见，沙河先生竟然使用了"宣传"一词。他进而认为，诗歌只有好坏之分，没有新旧的区别，但相较直到今天仍可细细品味的唐宋经典诗词，"好多新诗没有那个味。""除了徐志摩、戴望舒、海子少数几个人写的，新诗有多少可以反复读，可以进入典籍的？很少。现在很多诗都是口语、大白话，甚至口水话。"他的结论是，新诗是一场失败的实验。

我基本不同意以上的判断。

沙老啊，你不能拿西服与马褂作比较啊。个中道理自然浅陋，你的意思是说，一旦成为汉语，就必须尊崇汉语的独有之美。问题是，西服与马褂是两个纯然无关的复杂审美体系。台湾现代诗运动以来50年，他们一度成为大陆意象营造的函授老师，倏忽30载已过，如今的大陆汉语诗歌水准，早已超越彼岛不可以道里计，他们到大陆参加诗会，顶着巍巍名头，是本着尊重长者的公序良俗，实则叨陪末座。而且，诗歌固然只有好坏之分，肯定还有新旧之别。我完全同意批评家朱大可的见地：如果要给当代汉语文学评分，诗歌理应最高，其次是小说。尽管这两者被西方审美体系宰制的成分，要大大高于散文和随笔。

新诗不要不是拿来朗朗上口的。"音韵"是一个精怪的、不讲道理的气场，其实人们记忆里的很多东西，往往与"颂圣""崇古"情结有关。能否诵读，至少不应该成为责难新诗的大理由。

但是就人生智慧而论，"而今的个修歇处，见山是山，见水是水"，是以经验返照事物，因为能指短缺所指宏阔，立马就可以放之茫茫四海，仿佛烛照大雾。而以诗学的竹筒管窥人生，"众里寻他千百度，蓦然回首，那人却在，灯火阑珊处"，这是成大事业者、大文学者、大学问者的澄明之境。这更适用。我想，我在此谈论的，与沙河先生的诗论，属"不可言明的共同体"。

我的几篇文章里，多次涉及流沙河踪迹，尤其是"故园"。

2007年初春，我到青城外山青峰书院拜谒了何洁先生。她是可以称作先生的女性，此时她与流沙河离婚已17年了。她拿出几本老旧的笔记，其实就是几大本一天一页的那种日历，她在日历背面密密麻麻记录了特殊时代的生活：槐树街，拖拉机，油灯费，故园……

流沙河断代回忆录《锯齿啮痕录》里，反复提及的"故园"，他诗歌里一叹三咏的《故园九咏》，均指向一个现实点位——金堂县城厢镇槐树街5号——昔日的余家老公馆。

城厢镇我前后来过几回，第一次是参观彭家珍大将军纪念馆。后来两次去，就属于我的文学田野考察了。

何为"城厢"？是指靠近城之地，亦泛指城市。《明史·食货志一》说得很清楚："在城曰坊，近城曰厢。"这暗示了本区域乃是一块权力的飞地。在如今行政区划上，城厢镇归属青白江区。在漫长的历史岁月中，这里却是金堂政治经济的中心。城厢在西魏废帝二年（553年）金渊郡所属的白牟县治就设在今天青白江区的城厢镇。至北周，废金渊郡及白牟县，城厢成为金渊县辖地。唐高宗咸亨二年（671年），白牟故治始称古城镇，归金堂县（今赵镇）管辖。宋仁宗嘉祐二年（1057年），为避水患，金堂治所由赵镇迁址而来，并以县名代其镇名，统称金堂。以后历经元朝、明朝、清朝及中华民国，约九百年间，城厢镇一直为金堂县治所在之地。自中华民国二十九年（1940年）开始，实施新县制，更名为城厢镇。1950年后，金堂县政府再迁赵镇，城厢镇建制未变。1981年，城厢镇划归青白江区麾下。

这些地方性知识的繁复与绞缠，就像故园与祖居、故居的词义分野一样。故园是心中的故乡，它伴随你走遍天涯海角，是镇纸，压得住一切慌张；故居仅仅是现实里居住过的一个地点，扛不走，也吃不下，孤零零立在那里任人宰割——而且这是承受了百年祖居的庇护而成为故居的。诚如流沙河的诗作《我家》所言："荒园有谁来！/点点斑斑，小路起青苔。/金风派遣落叶，/飘到窗前，纷纷如催债。/失学的娇女牧鹅归，/苦命的乖儿摘野菜。/檐下坐贤妻，/一针针为我补破鞋。/秋花红艳无心赏，/贫贱夫妻百事哀。"

　　流沙河先生在《锯齿啮痕录》中说："我的老家在距离成都市88华里的金堂县城厢镇（该镇今属成都市青白江区了）槐树街余家大院内，原是一个大地主家庭。我3岁那年随父母迁回老家的时候，家道早已式微，父辈们分了家，各自挥霍殆尽。我的父亲余营成这一房有田20亩，算是小地主……"

　　2015年初春某天，我专程去城厢镇拜谒沙河先生的老屋——余家公馆。槐树街在城厢镇西街中间，实为一条小巷子，开头窄，里面宽，两侧的老墙斑驳而沧桑，石灰斑驳，露出了石灰下的黝黑青砖。几经打听，得知是流沙河曾居住的房子。

　　余家院子虽破败，但却很清静，宽大的雕花衬枋依然支撑着木结构的瓦房，房檐下有垂枋，几个娃娃坐在廊道的长板凳上游戏。听说是来寻找流沙河的故居，一位推破28自行车的瘦眼镜儿，带我到里面一个小院子里，指着一道门，傲然说："那就是流沙河先生的住过的房屋，那棵大树就是流沙河先生亲手种的。"树颇高大，那是1967年上半年栽的，半年之后，儿子余鲲就出生了。这所院子经过多次分割，如今除了天井，已不复往日格局。

　　一敲，再敲，砰砰砰，黄油漆刷过的木头门，一位老太婆颤巍巍开门，她一米四几，伸手。食指与拇指不停搓动，有点鸡爪疯。这是国人特有的手语。

　　要钱！"啥子钱？"

　　"10元钱! 参观费。"她说话，是本地口音："房子住过流沙河，大文人，估计你晓得。房子是我儿子租的，所以要收钱！"

原来门腰处贴有一张打印纸："私家住宅进门收费10元"。我笑笑，退身而出。想不到沙河先生的大名，是以这样的一种方式被人使用，进而造福桑梓，怕是他未曾预料的。天井一侧的水泥墙上，有孩子用毛笔写的几首古诗，标明是"古诗背送（诵）"。但突有两行老道的毛笔字体以正视听，写的是"观身卧云里，阅世走人间"。这分明是苏东坡的诗句"阅世走人间，观身卧云岭"，看来写的人老迈，记讹了。

天井里的海棠开得正艳，血比杜鹃浓。我记得，"故园时代"之人在此依靠竹篱笆有一张黑白照片，那是一个多么让人感怀的时刻啊……

后来成都女诗人李清荷的诗集邀我作序，我读到《西街聊记》一诗，心头涌起"微暗的火"，更有无以名之的况味。李清荷利用诗歌的"甲马"，展示了"诗学的缩地法"，她刻意回到了50年前——

一条长长的街道巷子，像一条绳子似的/通向深处。我在街上，走过来/走过去。差点与数十年前的/流沙河擦肩而过。旁边就是三清观/他那时还是一个孩童，/或是一个留着带时代印记的发型的/青年文学爱好者……

那种强烈的在场感，想象中的几个细节，凸显了一种铁链哗动的动感，李清荷的高跟"朵朵朵"地响在"故园"场域，这不禁让我想起卡洛斯·威廉斯笔下，那个弯腰拔掉鞋跟钉子的描写。接着，李清荷展开了女人的心事：

流沙河,一个在城厢镇生活多年/在阴暗潮湿的槐树街故居里/写出《草木篇》的老诗人,是可敬的/如今,他院子里的凤仙花开了/让跟泥土一块长大的我,觉得格外亲切/矮矮的花圃里,一棵长得无比硕壮的/车前草,都让我找到了当年流沙河/生活的滋味。只是我不知道,当年/作为幼童或者青年的流沙河,是否想到过/一个他乡的女子,因为孤独/因为无法让夜变得更加妥帖,而以悲观主义花朵的名义/驻足在他的门前?

小女子李清荷带着孤独,应打消疑虑去拜谒沙河老,施施然道一个万福才是。我想,如果不是玫瑰之刺靠近了里尔克的手指,那也应该是"江左三大家"之一的吴伟业之于曼陀罗。清荷啊清荷,你有点冒险。其实,谜底就是谜面,正如花,也可以不开。不论植物是否泄露这一秘密,你靠近的存在就是一个巨大的历史钉子,而且不容易拔掉。真是情何以堪!

昔日河道纵横的成都府,如今仅有府河、南河、清水河、江安河、沙河、摸底河等寥寥河道经过市区。还有一条流沙河,满载岁月之沙,布金满地。

记得离开城厢镇时已是暮晚,我在城厢镇西街街头,看见一老者站在浓荫下,用架架车载着一条小渔船和拦河网,卖乱跳的鱼、虾、螃蟹。这些道具是佐证他的河鲜均从沱江而来。我买了3斤小鱼,每条二三寸长,回家油炸起锅。端起酒杯,还在想,那些血红的海棠。

如何定位和命名蒋蓝的写作

成都凸凹

这些年来,诗人蒋蓝在散文界的陡崖式崛起,令人刮目相看,更令那些写了大半辈子的散文大家茫然失措,尴尬无比。他的那些呈批量层出不穷的独树一帜、异彩纷呈、波谲云诡的作品,形成了一道炫目的应接不暇的奇景。这就为我们提出了一个问题:成就如此情状,搞出这般动静,他操持的究竟是一种什么样的独门写作?有人说是诗性写作,可左右一看,诗性写作的何止他一人耳?有人说他是百科全书式写作,可百科全书式写作,显然指的是对自然科学和社会科学的知识的组合运用与综合性撰写,不完全在文学尤其文学方法的谱系中,再说,这个命名也不算新发明,贴有此标签的人显然无法将蒋蓝纳入同道。有人说他是非虚构写作,可这又有存狭隘之嫌吧?有人说他是蒋蓝写作,可这又太模糊太取巧太偷懒太不成学理了吧?除此,还有其他的说法。但我都认为不能完全覆盖、精准概括和深刻提炼蒋蓝的写作实践与成就。

我认为,蒋蓝的写作,可以称作"超极写作"。为把这一点说清楚,让我们来看看蒋蓝写作的原始基底与现形风貌。

首先，我们来观摩一下蒋蓝的文本范畴与界阈。蒋蓝文本众多、繁复、令人眼花缭乱，如狐影步于迷宫，但大体可梳理成五个部分。一是历史类。皇皇一部《一个晚清提督的踪迹史》和那些写侠客等历史人物的文章可纳入此类。二是非虚构类。此类以写现当代人物为主，比如写陈子庄、林昭、何洁与流沙河、廖观音、凌君如等。作为非虚构写作的代表性人物，蒋蓝对非虚构写作的本质做了清晰、有力的论断："我认为，非虚构写作具有五个典型特征：全副身心地在场；具有正义论价值观念的真实记录；独立的具有个人文体意识的文本；富含多学科学识的跨文体结构。还有一个特征是图像，构成了文图的互嵌景观。'非虚构写作'彰显的价值尺度是真实、自由、独立人格等特质，它着眼的文本价值在于让一切事实进入熔炉，炼就出文学的纯铁。一言以蔽之，非虚构写作是反虚伪的真文学。"非虚构写作与报告文学在这一论断中的分野，自然厘清，不辩自明。非虚构写作代表性人物还有李敬泽、阿来、李舫、梁鸿、野夫等。三是诗性、思想性类。这一类主要由他的诗歌、诗学随笔、评论和片断式文本以及身体政治类文本构成。四是动植物类，包括传说、史书和当今生活中的动植物。五是田野调查类，包括一些采访笔录和人文地理随笔。

当然，这只是一个便于言说和研究而给出的简单、粗暴的分类。事实上，这些类别也是相互穿插、渗透乃至覆盖的。比如，每个类别都有历史元素与方法、非虚构元素与方法、诗性和思想性、田野调查元素与方法，只有动植物元素没有完全波及和覆盖所有。

蒋蓝笔下的非虚构系统里，其实还有一脉重要的取向，即他命名的"名物写作"。不可否认，很多作家尤其诗人笔下的散文，架构宏富，叙事繁复，主题深妙，令人眼花缭乱目不暇接，但抽丝剥茧、剔筋见骨后，你会发现，面前的文字，大抵是悬浮的、臆想的、意淫的、虚妄的、玄幻的——只有一大堆飘飞的名，没有一具有尺度有重量有形状的物。名与物各在一个空间，互不见面。也有见面，但此名见的不是此物而是彼物——那是他们用生花妙笔胡编乱造出的世间并不存在的结结实实的怪物。他们的德性连古人都不如。古人早说了，破万卷书、行万里路。他们倒好，闭门造车，关在书斋神游九州一日千里。试想，一个写历史大散文的人，连一件扑满田野泥土的古器都没摸过，连一本残破的印满一代一代古人指纹的古籍都没翻过，写出的文字，岂不笑死先人，丢尽老祖宗的脸！

"在一个散文高度同质化的时代，我们完全可以从名物之学的研究谱系之下，厘定出一条我称之为'名物写作'的文化踪迹。物名衍生于物，又与物有明显区别；物名与物一样，宛如语言学里能指与所指的关系，各自承载着时代、风化、情感的演变。名与实、形与神、心与物的关系实质上是哲学基本问题的体现，这也意味着，作家对名物的考察，其实就是渴望回到事物源头的努力。"这是主张名物写作的蒋蓝对名物写作的阐解。其实，时间对每一位有志写作者的考量，何尝不是用一把文学的柔尺测量其文本中词与物、名与物的距离？优秀、精良的写作者，总是殚精竭虑地将这个距离无限地趋于零，甚至，有如神助地，让物反坐过来，以弥补对词对名诚实乏力的些许亏欠。

接下来，我们来看看蒋蓝的文体生成机制与文体标本范式。

蒋蓝的文体自成一体，独创一格，辨识度极高，血脉性格特征极强。一般来讲，我们看见的大多文章都是沿着时间的衍进枝蔓线路来布局的，随着空间的远近、大小来腾挪和走向的，但蒋蓝不；我们看见的好些文章，只在于呈现一个人一群人，说清一桩事，但蒋蓝不。蒋蓝的文章基本上都是在扒脉刨根，深剥细剐，拂惯常信息还原一种惊心真相，逆庸常识见传达一种另类思想。因此，他往往从一个点起笔，而后用繁花似锦的诗意想象与喻体、唯美加俚俗的怪诞修辞与排山倒海的乍现灵光，肆意荡开，自由结具——那一刻，我们看见的是古今中外的、百科全书的人事与风物，飞蛾扑火一样尽皆环绕在他的笔底磨盘，而后对撞、交媾、搅拌、烹制、化开——化为一件思想奇崛、自成一格、直接入史的文学作品。他起笔的点，也许是一个人，一则故事，也许是一句词，一阵釜溪河的回风。就是说，他的点，是不可归类的任意点。这就是蒋蓝文体的生成机制与法则，秘密向任何人公开，不上锁，但没有哪个人偷得走，蒋蓝有这个自信。因为他放弃门上的世俗锁，是由于他在文体的内室安装了一把看不见的神性锁。从这一点看，有着绝决的民间立场的蒋蓝又似一位教书育人的学院派人士——不像那些靠操持一种祖传或师承绝技立世和行走江湖的民间高手，生怕毕生绝学和手艺外泄，一夜断了前路。事实上，当今画界就是如此，草根画师作画作到紧要处时，若有同行在侧，是一定要找个理由停笔的。

现在，来瞧瞧何谓超极写作？超极写作中的超，是超越、超级、超前和超然的超，这里面，既有俯瞰、极速、先进、高级、独尊、自傲、上格、获胜的意思，还有自在、逍遥、随心所欲的成分。翻检蒋蓝的散文，我们会发现这种目空一切又凌驾一切的"超性"无时不有无处不在。

超极写作中的极，不是级别的级，层级的级，而是极端、极限、极地、极至、两极的极。从不同的视角看，蒋蓝的写作方法是有多种向度的，但稍作研判就会发现，他所有的向度都是从"极性"、取"极性"、带"极性"的。否则，他就不会将他写动植物的书取名为《极端动物笔记》《极端植物笔记》。他迷恋暴动、破坏、起义，迷恋"倒读与反飞"，迷恋"在梦的边缘徘徊的脚步"。他躲开主流，向边地进发、开辟根据地的努力与建树，不料却引来了主流的眺望与动乱。

简言之，超极写作，即是打通了自然、历史、社会、人类、宗教、哲学、艺术等各学科机枢，以跨界的黑豹身形，超然于既往文本文体之上的一种令他者无法跟撵、不能模拟的天才型的个人化文学发明与创新。

蒋蓝的读者都知道，蒋蓝迷豹，还迷梼杌。在我看来，他这是以豹和梼杌自喻，他甚至直接就是全知万能的豹和叛逆无忌的梼杌附体后天然组合的文化镜像与文学化身。有了这个前提，我们就可以轻而易举破译超极写作的底牌与本相了：超就是豹子，极就是梼杌。豹子与梼杌一左一右破空而来，风卷残云，赫然行世，就是超极写作。

有一种说法，叫文如其人，人如其文。蒋蓝与蒋蓝的文本及其文学创作运动，是否遵循这一法则，我就不在这里比对了。我想说的是，蒋蓝此君，不仅擅长蜷缩书斋读万卷书、放下书向

内里作文，还擅长让长而结实的身体大展其形，彰著口锋之技，手脚之厉。可谓，文也文得，武也武得。他是一名怪哉，一列单数，一位异教徒，一个外星人。

对于蒋蓝这样的文本、文体和身手，该用一种什么样的黏合剂将它们绑缚在一起并一口道出？如此的写作活动和创生实践，该拿什么来定位和命名？不言自明，让超极写作成为蒋蓝文学生成的身份指认与言说标签，是一条道可以走到黑的唯一靠谱的单径。

写于2016-7-9

（原载《文艺报》2016年10月28日第二版）

作者简介

成都凸凹，又名凸凹，本名魏平。1962年春天生于四川都江堰。诗人、小说家、编剧。成都文学院终身特约作家。出版《甑子场》《大三线》《花儿与手枪》《桃果上的树》《字篓里的词屑》等小说、诗歌、散文、评论共20余部。凸凹作品研究集有《凸凹体白皮书：〈手艺坊〉诗歌美学六十家评》《场域中的小说艺术——〈甑子场〉学术研讨会论文集》。现居成都龙泉驿。

后　记

我经常外出参加文学笔会，每每被人问到一个问题："成都"是什么意思？要简略说清楚这个问题，还不大容易。

对成都得名由来，首次予以解释的是《太平寰宇记》的著者乐史："周太王逾梁山，止歧下，一年成邑，二年'成都'。"但"成都"两字，最早见于《山海经》："成都载天之山"。此山是由古蜀"成侯"的关系而得名。简单点说，"成"的雏形是古巴蜀文字，有"邛笼"含义，"成"就是二三层重叠的笼，为上屋下仓，类似干栏式建筑。因重叠反复义衍生为旧，如成俗即为旧俗，成语即是旧语；成即为笼，又有盛人、盛物之义。汉语之"成"是戊与丁的合体字，戊为斧钺之形……"成侯"是以这个字来作为部族权力象征。

"都"字在汉语中多指王城，而古蜀语、藏语中指两条河交汇所在。最早的"成都"是在川、青、甘边境两条大河交汇所在，那里是成侯部族聚居之处，后来逐渐东移至平原。而一个政权在水泽漫流的平原定居，就叫"都"。

所以，"成都"不是"建成的都邑"，而是"终了的都邑"。古蜀人的发音大体是dudu。

蜀地有两个含义。其一，是指古蜀王朝。此由蜀族人鱼凫氏建立第一个政权开始，经历望帝杜宇建立的杜宇王朝，再到蜀王杜芦（开明氏）为秦国所灭，共13位君王在位，延续700余年，后人称为古蜀王朝。其活动范围主要包括成都平原、川中丘陵、汉中盆地等。其二，是泛指蜀文化影响的范围。

名不正其言不顺，不知事体当时的称谓，也就无从与有关的记载相印证，更谈不上阐释其实际功用和历史价值。我还渴望回到事情发生的过程中。由过去时态通过窄门进入到正在进行时态。2014年，我提出"踪迹史"的经纬坐标就是：最大限度回到历史现场（空间），以同机位的视角去穿越事件（时间），并把以往记录的历史重新放置在现场予以往日重现式的厘定。否则，就容易像那些向壁虚构者，连实物都未接触过，他们忘情地在纸上完成的宏大描红作业，甚至不及毕竟与真龙遭遇过一回的叶公。

我不是专门学者，是属于后知后觉型的作家，不敢奢望像才子们那样高起高打、旱地拔葱，因而在史料甄别上尤其小心翼翼。《蜀地笔记》主要涉及成都平原以及周边区域的历史风物，从名物学、地名学角度出发，落地于物产、季候、饮食、服饰、建筑、器用、方言，乃至风俗传说，我在正史之外，参阅了大量稗官野史，并进行了较为艰苦的田野调查与口述史记录，很多著名学者以及非著名的山野乡民，一直是我的老师。收入蜀地风物的《蜀地笔记》，与专收蜀地人物传记的《成都笔记》一起，构成了我20年来的地方性写作。

蒋蓝

2017年8月30日深夜于九眼桥